AM TAGESENDE

LIZ HARRIS

Übersetzt von
INGRID PRICE-GSCHLÖSSL

HEYWOOD PRESS

1

1919

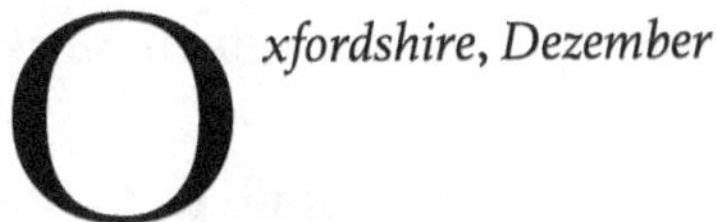

O xfordshire, Dezember

MIT TIEFGEBEUGTEN HÄUPTERN zum Schutz gegen die klirrende Kälte des eisigen Dezemberwinds standen die Trauernden im kleinen Friedhof hinter der steinernen Kirche - die Damen mit tiefschwarzen Florschleiern und die Männer in wärmendem Kaschmir. Mit bleichen Gesichtern starrten sie auf den handgefertigten Sarg, der im noch offenen Grab lag. Es war dies die letzte Ruhestätte des im Alter von achtundsiebzig Jahren verstorbenen Arthur Joseph Linford, dem Gründer von Linford & Sons, einem der wachstumsstärksten Bauunternehmen Südenglands.

Wir haben unseren Bruder, Arthur Joseph, der Barmherzigkeit Gottes anvertraut und übergeben den Leib nun der Erde, intonierte der Gemeindepfarrer.

Etwas abseits von den übrigen Trauernden starrte Joseph Linford mit unbewegter Miene auf den Sarg seines Vaters. Dann hob er den Blick und schaute über das offene Grab hin zu seinem Sohn Robert und zu Roberts Gattin Lily. Ihr Gesicht war von einem kurzen schwarzen Florschleier verdeckt und sie hatte ihre Hand in den Mantelärmel ihres Gatten gesteckt.

Mit finsterem Blick betrachtete er nun seinen Bruder Charles, der neben Lily stand. Sarah, Charles' Gattin, hatte sich mit etwas Abstand auf seiner anderen Seite aufgestellt. Noch so eine absurde Ehe, dachte sich Joseph.

Über seine eigene Gattin und Tochter hinweg blickte er seitlich auf Thomas, den jüngsten der drei Brüder, der am Grabrücken stand.

Thomas' Beinprothese verursachte ihm offensichtliche Beschwerden, denn er stützte sich schwer auf seinen Stock und seine Gattin Alice.

Josephs Blick verweilte kurz bei Alice und er fühlte erneut das Erstaunen, das ihn bei ihrem Anblick stets erfasste. Es war für ihn durchaus verständlich, weshalb Thomas Alice geheiratet hatte, doch beim besten Willen konnte er nicht verstehen, was sie an ihm fand. Ja, sie hatte sich gut verheiratet, aber ihr Leben mit Thomas war sicher kein leichtes, und eine Frau, die so gut aussah wie Alice, hätte ihr Leben doch sicher auch mit einem aufgeschlosseneren Mann verbessern können.

Joseph wandte sich nun von beiden ab und über das Grab hinweg erneut Robert zu, und eine Welle heftiger Enttäuschung erfasste ihn.

Gefolgt von Zorn.

Wie war es möglich, dass sich Robert, sein einziger Sohn, von einem hübschen Gesicht so hatte einnehmen lassen, dass er völlig blind für die soziale Herkunft und die fehlende Bildung dieser Frau geworden war. Und was noch schlimmer war – dass er sie schließlich auch geheiratet hatte? Es war einfach unfassbar.

Er war völlig entsetzt gewesen, als Robert ihm erzählte, dass er Lily Brown liebte, die im Krieg als Land Girl auf einem Bauernhof in der Nähe von Chorton House, dem Landhaus der Familie in Oxfordshire, ausgeholfen hatte. Beim ersten Anblick des Mädchens hatte er sofort gewusst, dass sie für seinen Sohn völlig ungeeignet war, und er hatte Robert daraufhin immer wieder ermahnt, dass er mit seinen achtzehn Jahren doch noch gar nicht wüsste, was er im Leben einmal wollte, und er hatte ihn auch immer wieder aufgefordert, sich von dem Mädchen zu trennen.

Aber hatte Robert auf ihn gehört und seinen Rat befolgt?

Keineswegs.

Und eineinhalb Jahre später war sein Entsetzen noch größer gewesen, als ihm Robert eröffnete, dass Lily ein Kind erwarte und ihn bat, seiner Heirat mit Lily zuzustimmen.

Er hatte seine Zustimmung anfangs natürlich verweigert.

Er bot Robert an, der Frau eine großzügige Abfindung für sie und das Kind zu geben, wenn sie sich bereiterkläre, die Umgebung zu verlassen. Oder, falls sich Robert wirklich nicht von ihr trennen konnte, ihr die Möglichkeit zu bieten, sie in einem kleinen Haus in der Gegend unterzubringen, wo sie von Robert nach Belieben so lange diskret besucht werden könnte, bis – und Joseph war sich dessen absolut sicher - der Tag kam, an dem sich Robert bewusstgeworden war, mit welch geistloser Frau er es zu tun hatte. Dann könnte er seine Besuche ganz einfach einstellen und sich auf das Leben konzentrieren, für das er geboren war.

Es war doch gar kein Grund vorhanden, sein Leben durch eine Ehe mit ihr zu ruinieren.

Doch Robert war stur geblieben und sagte, er würde andernfalls bis zu seinem einundzwanzigsten Geburtstag warten, da er dann die Zustimmung seines Vaters nicht mehr brauche, und er würde Lily dann am Tag nach seinem Geburtstag heiraten.

Bei seiner hartnäckigen Verweigerung, auf die Stimme der Vernunft zu hören, hatte ihn aber sicher sein Großvater unterstützt. Josephs Vater hatte Lily nicht nur bei sich in seinem Haus in Hampstead aufgenommen, nachdem sie der Bauer von seinem Hof gejagt hatte, sondern hatte ihr auch versprochen, für die Zeit von zwei Wochen vor der Geburt und für einen Monat danach eine Kinderschwester anzuheuern. Und wenn das nicht schlimm genug gewesen wäre, wollte er danach auch noch ein Kindermädchen einstellen!

Der nunmehr verstorbene Arthur Joseph Linford hätte es Robert gar nicht leichter machen können!

Schließlich konnte Joseph gar nicht anders, als der Heirat zuzustimmen und sofort danach war Robert zu Lily und seinem Großvater gezogen. Sechs Monate danach hatte James das Licht der Welt erblickt.

Außer Roberts Großvater und seiner jüngeren Schwester, Nellie, war niemand aus der Familie zu Roberts Hochzeit gekommen. Dorothy, das älteste von Josephs drei Kindern, wäre wahrscheinlich dabei gewesen, doch sie wohnte in Deutschland.

Bei dem Gedanken an Dorothy verfinsterte sich Josephs Blick erneut.

Natürlich müsste er nach Deutschland schreiben und ihr den Tod ihres Großvaters mitteilen. Das wäre aber ganz sicher sein erster und letzter Brief an sie. Was ihn betraf –

und seine Frau und die anderen standen in dieser Angelegenheit hinter ihm – gehörte Dorothy ab dem Tag, an dem sie einen Deutschen geheiratet hatte, nicht mehr der Familie an.

In Gedanken sah er das Bild seiner Tochter vor sich, ihre intelligenten dunkelbraunen Augen und ihr lachendes Gesicht. Dabei erfüllte ihn ein durchdingender Schmerz des Verlusts. Weshalb war Dorothy nur so schwach gewesen!

Er wischte sich verstohlen die Augen und blickte erneut auf den Sarg.

Was um Himmels willen hatte sich sein Vater dabei gedacht, als er Robert half, sein Leben so zu zerstören?

Alle wussten, dass Robert eines Tages die Leitung von Linford & Sons übernehmen und sich darin bewähren würde. Trotz seiner jungen Jahre zeigte er bereits, dass er nicht nur fähig war, eine erfolgreiche Baufirma zu leiten, sondern dass er auch über die nötige Vorstellungskraft verfügte, sie in neue Höhen zu führen. Seine Heirat mit Lily Brown war ganz offensichtlich gegen die Interessen der Firma gegangen und es war erstaunlich, dass Roberts Großvater, der Gründer der Firma, ein Mann, der nie irgendwelche irrationale Entscheidungen getroffen hatte, so charakterwidrig gehandelt hatte.

Ein plötzlicher kalter Windstoß rüttelte an den kahlen Hecken um den auf einem Hügel gelegenen Friedhof. Eine Menge trockener Blätter wirbelte über den harten Boden und häufte sich um die alten Grabsteine. Joseph zitterte und zog den Kragen seines Mantels enger um seinen Hals.

Ja, Robert hatte einen Fehler gemacht, aber er verdiente es nicht, für den Rest seines Lebens unter den Folgen seiner jugendlichen Verliebtheit zu leiden. Daher oblag es doch sicher ihm, als Roberts Vater und Vorstand von Linford &

Sons, alle nötigen Maßnahmen zu ergreifen, um dies zu verhindern.

Josephs Blick wandte sich wieder Lilys Gesicht unter dem Trauerflor zu und er kniff seine Augen zu schmalen Schlitzen zusammen.

Fehler ließen sich wiedergutmachen und dieser Fehler würde da keine Ausnahme sein. Zum Wohl von Robert und von dessen kleinem Sohn James würde er diese Frau, sobald es ihm gelang, aus deren Leben schaffen, ganz gleich wie er es bewerkstelligen würde.

2

───────

H*ampstead, zwei Tage später*

Robert stand in der Mitte des auf Hochglanz polierten Parkettbodens und sah sich gebannt im vorderen Empfangsraum um. Nie hätte er sich in seinen kühnsten Träumen vorgestellt, dass das Haus seines Großvaters eines Tages ihm gehören würde.

Und nach den Gesichtern seiner übrigen Familienmitglieder beim Verlesen des Testaments seines Großvaters zu schließen, war es denen ebenso ergangen. Fassungsloser Überraschung waren schnell Enttäuschung und schließlich Resignation gewichen.

Seinem eigenen schockierten Erstaunen war Benommenheit gefolgt. Und die Notwendigkeit eines stärkenden Drinks.

„Lily", rief er. Er nahm seine schwarze Seidenkrawatte

ab und ging zum Getränkeschrank aus Mahagoni. „Wo bist du?"

Er warf die Krawatte über die Lehne des ihm am nächsten stehenden Stuhls, löste den steifen Stehkragen seines gestärkten weißen Hemds, nahm eine Karaffe vom silbernen Untersatz und goss den Whisky daraus in ein großes geschliffenes Becherglas, als Lily schnell ins Zimmer trat.

„Ich war bei James", sagte sie und nahm ihren schwarzen Hut mit Schleier ab. „Ich hab' ihm gesagt, dass wir jetzt ein eigenes Heim haben. Ich bin aber nicht sicher, dass er mich verstanden hat", fügte sie lachend hinzu.

Er wandte sich ihr mit dem Glas in der Hand zu. „Da müsste er schon sehr intelligent sein, wenn er das mit seinen weniger als sechs Monaten verstanden hätte", entgegnete er. „Ich habe mir einen Drink eingeschenkt. Möchtest du auch einen?"

„Nein, danke. Nicht jetzt. Ich will nicht, dass er mir in den Kopf steigt. Ich möchte jede einzelne Minute der Erleichterung genießen. Denk doch daran, wie wir auf dem Weg zum Anwalt in Panik waren, weil wir fürchteten, aus unserem Heim geworfen zu werden. Noch dazu mit dem Baby. Und wir auch wussten, dass uns dein Vater nicht helfen würde. Aber schau uns jetzt an!"

Mit einem lauten beglückten Seufzer sah sie sich im Raum um. Dabei fiel ihr Blick auf den großen Spiegel über dem schwarzen gusseisernen Kamin, die Ölgemälde in ihren Goldrahmen, die von der Bildschiene im oberen Teil der dunkelgrünen Wände hingen, und die mit rosa Samt tapezierte dreiteilige Sofagarnitur.

„Und das soll nun alles dir gehören, Robert", meinte sie, als sie verwundert die Stirn runzelte. „Es scheint kaum möglich zu sein."

„Um ganz ehrlich zu sein, bin auch ich völlig überwältigt. Mir scheint, als ob mir ein Stein vom Herzen gefallen wäre." Er stellte sein Glas nieder und hielt ihr seine Hand hin. „Komm, sehen wir uns doch unseren Garten an."

Er nahm Lilys Hand und führte sie durch die Vorhalle zum hinteren Empfangsraum und von dort zu den hohen Aufziehfenstern.

Händehaltend stand er mit Lily vor einem der Fenster und blickte hinaus in den Garten. Im schwachen Licht der Vormittagssonne schienen die nackten Zweige der skelettartigen Ulmen am anderen Ende des Gartens in silbriges Gold getaucht zu sein und das spärliche Wintergras, das sich vom Haus zu den Bäumen hin erstreckte, erglänzte in schimmerndem Grün. Über die Reihe der Bäume hinweg sah Robert Häuser und Gärten in dunstig-grauer Entfernung und dahinter die Weite des Hampstead Heath.

Dieser Anblick erfüllte ihn mit großer Dankbarkeit seinem Großvater gegenüber.

„Als mir Großvater seinen Model T schenkte, dachte ich, dass er unglaublich großzügig ist", sagte er mit einem Kloß im Hals. „Aber all dies zu bekommen – " Er machte eine weitläufige Geste. „Und dazu das Geld für den Erhalt – irgendwie scheint es mir nicht richtig zu sein. Lily, wir haben so ein Glück."

Er ließ ihre Hand los und legte seinen Arm um ihre Schultern.

„Du verdienst es, Robert – du warst immer gut zu deinem Großvater. Er hat mir erzählt, wie viel Zeit du mit ihm nach dem Tod deiner Großmutter verbracht hast. Dass er dir das Haus geschenkt hat, ist seine Art, dir dafür zu danken."

„Ja, vielleicht. Aber Papa ist hier aufgewachsen, genau wie meine Onkel. Sie hätten einen Anteil an dem haben sollen, was früher einmal ihr Zuhause gewesen ist. Und auch die anderen Enkel. Ich aber habe alles bekommen."

„Aber deine Onkel haben doch ihre eigenen Häuser, und Louisa und Christopher wohnen natürlich bei deinem Onkel Charles und deiner Tante Sarah. Sie sind noch jung. Genau wie Nellie, die bei deinen Eltern wohnt. Wir hatten ja nirgends, wo wir hingehen konnten." Sie zog seinen Arm enger um ihre Schultern. „Es könnte aber noch einen anderen Grund geben. Dein Großvater war wirklich einsam, bevor wir eingezogen sind, und vielleicht wollte er uns zeigen, wie froh er über unsere Gesellschaft war."

Robert starrte sie überrascht an. „Einsam? Aber er hat doch Papa regelmäßig gesehen, und auch Onkel Thomas. Er war oft im Bauhof in Kentish Town und hat die Leute im Büro beraten. Und er hat mit Onkel Thomas dort auch oft Kaffee getrunken."

„Aber er hat sich im Bauhof nicht mehr so wie früher zuhause gefühlt. Er und ich haben oft miteinander gesprochen, als nur wir zwei das Haus bewohnt haben. Ich konnte mich gut mit ihm unterhalten, im Gegensatz zu deinen anderen Verwandten. Er hat mir erzählt, dass dein Vater in der Firma so viel verändert hat, dass er sie kaum mehr wiedererkannt hat. Und obwohl alle im Bauhof sehr nett zu ihm waren, hat er doch gemerkt, dass sie sich insgeheim wünschten, er solle gehen, damit sie sich wieder an die Arbeit machen können. Er ist aus Gewohnheit hingegangen und um sich zu beschäftigen."

Robert zog seinen Arm noch fester um Lily. „Das habe ich nicht bemerkt. Niemand von uns hat es bemerkt. Aber du, Lily, hast es gemerkt." Er beugte sich nieder und küsste sie auf den Kopf. „Vielleicht hat er uns das Haus geschenkt, weil er dir dafür danken wollte, dass du ihm eine gute Freundin warst. Er hat ja gewusst, welch schreckliche Dinge

Papa über dich gesagt hat und versucht hat, unsere Heirat zu verhindern. Und als Großvater dich näher kennengelernt hatte, wusste er auch, weshalb ich dich so sehr liebe. Er hätte gewusst, dass es keine Vernarrtheit war, wie Papa es nannte, und vielleicht wollte er, dass wir ganz einfach einen bestmöglichen Anfang für unsere Ehe haben."

Sie legte ihren Arm um seine Mitte und blickte zu ihm auf. „Ganz gleich, was der Grund auch sein mag, ich weiß, Robert, dass wir hier sehr glücklich sein werden. Ich spüre es. Und ist es nicht ein wunderbares Heim, in dem James aufwachsen kann!"

„Ja, das stimmt. Ich mache mir aber immer noch Sorgen wegen der Familie. Sie waren alle wirklich gekränkt und bestürzt. Du hast sie ja beim Anwalt gesehen – Onkel Thomas war der Einzige, der Auf Wiedersehen gesagt hat. Wir müssen das in Ordnung bringen."

„Aber wie denn? Sie hassen mich doch alle."

„Ich gebe zu, dass es nicht einfach sein wird. Mir fällt nur ein, dass es das Haus ist, in dem die Familie in London immer zusammengekommen ist – alle waren einmal im Monat zum Sonntagslunch hier. Vielleicht sollten wir das auch so weitermachen? Ein monatliches Lunch und nach dem Essen vielleicht einen Spaziergang, wie wir es früher gemacht haben. Wenn wir das tun, wird vielleicht alles wieder in normale Bahnen geraten. Schließlich können sie doch nicht wirklich glauben, dass ich Großvater überredet habe, das Haus mir zu vermachen. Ich weiß, dass Papa das nie glauben würde."

Lily machte einen Schritt zurück und starrte ihn besorgt an. „Robert, die Vorstellung, dass dein Vater hier im Haus ist, versetzt mich in Angst und Schrecken. Jedes Mal, wenn er mich ansieht, werden seine Augen ganz komisch. Für ihn werde ich immer die ältere Frau sein, die es auf euer

Vermögen abgesehen hat und die seinen kostbaren Sohn gestohlen hat. Und die anderen denken jetzt wahrscheinlich ebenso, wenn sie es nicht schon früher gedacht haben. Vielleicht glauben sie nicht, dass du deinen Großvater beeinflusst hast, aber sicher sind sie überzeugt, dass *ich* es war. Ich will dir natürlich helfen, die Dinge mit deiner Familie wieder in Ordnung zu bringen, aber ich möchte lieber noch ein wenig warten, bevor wir sie einladen."

Er schüttelte den Kopf. „Es gibt keinen einzigen Menschen, der Großvater dazu gebracht hätte, etwas zu tun, das er nicht wollte, und alle haben das gewusst. Niemand kann ein Unternehmen wie Lindford & Sons aufbauen, der sich dabei von anderen Leuten gegen seinen Willen zu etwas zwingen ließe. Wir tun das Richtige, wenn wir die Familie zum Lunch einladen, und je früher desto besser." Er zog sie noch enger an sich. „Lily, du musst dir deshalb keine Sorgen machen. Mrs. Bailey weiß, was zu tun ist, wenn wir Gäste haben. Du musst lediglich das Menü genehmigen. Es ist gar nicht schwer, ich verspreche es dir."

Sie hatte ihren Kopf gegen seine Schulter gelehnt und war einen Moment lang still gewesen. „Du hast mir immer wieder versichert, dass du deinem Vater sein Verhalten uns gegenüber nie verzeihen wirst", sagte sie mit zitternder Stimme, „und auch die schrecklichen Dinge, die er über mich gesagt hat. Und du hast immer wieder gesagt, dass er in unserem Leben, wenn wir verheiratet sind, keinen Platz haben wird."

Robert lachte peinlich berührt. „Das war im Überschwang der Gefühle gesagt. Papa tat ja nur, was er damals für mich für richtig hielt. Er hat sich dabei zwar geirrt, es aber mit der rechten Motivation getan. Ich möchte, dass wir uns wieder nahestehen. Und du weißt ja, dass wir auch zusammenarbeiten. Er würde nie bewusst etwas erlauben, das die Geschäfte behindern könnte. Trotzdem würde aber jegliche Unbehaglichkeit zwischen uns beiden die Situation erschweren. Und es ist auch wichtig, dass er James besser kennenlernt und umgekehrt. Eines Tages wird James doch die Firma leiten."

„Ja, ich verstehe."

Robert drückte sie an sich. „Und ich möchte auch, dass er dich kennenlernt. Sobald er einmal ein wenig Zeit mit dir verbracht hat, wird er sehen, wie wunderbar du bist, und er wird sich dir gegenüber ändern. Die ganze Familie wird dich schließlich liebhaben. Nicht so sehr wie ich – das wäre gar nicht möglich – aber sie werden dich wirklich gernhaben."

Lily stieß ein nervöses Lachen aus. „Robert, ich weiß, du wirst das lächerlich finden, aber im Kreis deiner Familie gerate ich immer in Panik. Sie waren alle an angesehenen Schulen, haben die verschiedensten Leute kennengelernt, und sie wissen immer, wie sie sich kleiden und was sie sagen sollen. Ich aber nicht. Ich weiß nie, was ich zu ihnen sagen soll. Ich kann Kühe melken, Felder pflügen, Zäune reparieren, jede Arbeit am Bauernhof erledigen, was sie aber kaum interessieren wird. Und ich kann ihnen auch sagen, wie man ein Kleid näht, aber das werden sie ja auch nie tun müssen."

Er legte beide Arme um sie. „Lily, mach dich nicht selber schlecht. Unter deinem schönen Äußeren geht viel vor sich. Du bist stark – das hast du in deinem Leben sein müssen. Und die Fähigkeiten, die du aufgezählt hast, zeigen, wie schnell du etwas lernst. Es gibt nichts, das du nicht kannst, wenn du es tun willst. Ich liebe das an dir. Und auch die anderen werden es tun, sobald sie dich kennen." Er zog ihr Gesicht zu sich und küsste sie fest auf die Lippen.

Sie kuschelte sich an seine Brust.

„Und du darfst auch nicht vergessen, dass wir James haben", fuhr er fort. „Du könntest ja über ihn reden. Und hier kommt noch ein Vorschlag – außer Hampstead hast du noch nichts von London gesehen, und du könntest anfangen, dich ein wenig in der Stadt umzusehen. Das würde dich sicher interessieren, und dann könntest du ihnen davon erzählen. Mama oder Nellie würden dich bestimmt begleiten, wenn du sie fragst."

Lily sah zu ihm auf und verzog ihr Gesicht. „Nein, das würde ich nicht tun. Allein der Gedanke, den ganzen Tag mit beiden verbringen zu müssen, ist für mich furchterregend!"

„Das verstehe ich nicht", erwiderte er etwas irritiert. „Aber wenn dir die Idee nicht gefällt, dann könntest du doch Tante Sarah fragen, was sie macht, wenn Onkel Charles in der Bank ist? Und du könntest auch Mama fragen. Papa arbeitet ja die ganze Zeit. Oder Nellie – sie ist doch gar nicht viel jünger als du. Wenn du tust, was sie tun, dann kannst du dich auch mit ihnen darüber unterhalten."

Lily holte tief Atem. „Ja, du hast recht. Ich werde alles tun, was du sagst. Ich liebe dich, Robert, und werde dich nicht enttäuschen. Und deine Familie soll wissen, dass ich unser Glück sehr zu schätzen weiß." Sie lächelte ihn an und kuschelte sich wieder an seine Brust.

Robert lächelte beglückt auf sie nieder. „Lily, das ist großartig. Ich danke dir. Ich möchte es mit allen so bald wie möglich wieder in Ordnung bringen – nichts ist ja wichtiger als die Familie." Er hielt plötzlich inne und zog sich zurück. „Du lieber Himmel, das tut mir aber leid! Wie gedankenlos von mir. Es ist ja nicht deine Schuld, dass du nicht weißt, wie es ist, einer liebevollen Familie anzugehören. Das wirst du aber und dann wirst du auch dieselben Gefühle für sie haben wie ich."

Sie richtete sich auf und küsste ihn auf die Wange. „Also gut. Ich verspreche dir, dass ich mich sehr bemühen werde mit allen gut auszukommen, und dazu gehört auch Joseph."

Robert drückte sie fest an sich. „Danke, Lily. Es tut sich jetzt viel Aufregendes im Büro und Papa und ich müssen uns wieder gut verstehen, damit wir alle Möglichkeiten, die sich uns bieten, nutzen können."

„Was ist denn so aufregend?"

Er lachte. „Ich zweifle, ob es für dich aufregend wäre."

„Vielleicht schon, denn ich bin ja nicht dumm, nur weil es deine Familie von mir glaubt."

„Also gut. Es gibt nämlich Anzeichen dafür, dass sich der Markt ändert, und dass es nicht alle Bauunternehmer bemerkt haben. Wir aber schon – das heißt, Papa hat es bemerkt, und mehrere Häuser, die wir in Zukunft bauen, können von den Leuten gekauft und nicht nur gemietet werden."

„Du musst aber sehr reich sein, um ein Haus kaufen zu können!"

„Nein, nicht mehr. Die Bausparkassen werden größer und nehmen immer mehr Mitglieder auf. Das bedeutet, dass die Leute jetzt das Geld für den Hauskauf leihen können. Und viele dieser Leute möchten jetzt außerhalb der Stadt wohnen, wo sie mehr Platz haben. Bis jetzt war es aber schwierig, von dort zur Arbeit zu kommen, doch jetzt, wo die Straßen verbessert werden und das U-Bahnnetz erweitert wird, ist es möglich. Papa hat das bemerkt und wir haben schon seit einiger Zeit mit dem Geld, das wir für unsere Kriegsaufträge eingenommen haben, Bauland außerhalb von London, und vor allem ganz in der Nähe der Hauptstraßen in die Stadt aufgekauft, und dort werden wir jetzt diese Häuser bauen."

Sie blickte ihn verwundert an. „Ich bin erstaunt, dass du so viel weißt.“

„Ich doch nicht, aber Papa weiß es. Glaub mir, Papa möchte sicher genau wie ich die Vergangenheit hinter uns lassen. Er ist aber ein stolzer Mann und er wird nicht den ersten Schritt tun; das liegt nun an uns. Wir werden die Familie ganz bald zum Lunch einladen.“ Er hielt einen Moment lang inne. „Lily, ich möchte wirklich, dass du mich dabei unterstützt – ganz ernsthaft und nicht nur vorgetäuscht.“

„Ja, ich bin mit dir dabei“, entgegnete sie rasch.

„Und weil wir gerade von den Straßen sprechen“, fuhr er freudig fort, „habe ich da noch eine Idee – du könntest Autofahren lernen. Du bist auf dem Bauernhof ja mit dem Traktor gefahren und es wäre also nur eine Sache des Übens. Ich benutze das Auto nur selten während der Woche und du könntest dann mit dem Auto Freundinnen besuchen, oder tun was du willst.“

„Wir haben noch viel Zeit, darüber nachzudenken“, warf sie schnell ein und steckte ihren Arm unter seinen. „Du weißt doch, dass du James seit unserer Rückkehr noch nicht gesehen hast. Weshalb gehen wir nicht zu ihm hinauf? Er wundert sich bestimmt, wo wir sind.“

„In seinem Alter? Welch ein erstaunliches Kind!“

„Das kannst du mir glauben.“ Sie legte ihren freien Arm auf seine Brust. „Und wenn wir ihn begrüßt haben“, fuhr sie fort, „könnte ihn Annie im Kinderwagen spazieren fahren und wir könnten uns vor dem Lunch ausruhen.“ Sie blickte lächelnd zu ihm auf.

Er ergriff schnell ihre Hand. „Worauf warten wir dann noch? Wir machen es aber umgekehrt – zuerst das Bett und dann James.“

Lachend liefen sie zur Treppe hin.

3

Der traurige Ruf einer Eule durchbrach die Stille der Nacht. Er war bereits in regelmäßigen Abständen erklungen, seit sie und Robert zu Bett gegangen waren.

Robert war fast sofort eingeschlafen, denn er war völlig mitgenommen von den Aufregungen des Tages und von den Plänen, die er gemacht hatte, seitdem er wusste, dass das Haus nun ihm gehörte. Als Lily neben ihm lag, hatte sie die Augen geschlossen und auf den Schlaf gewartet. Doch der war ihr aufgrund der nagenden Besorgnis, die seit ihrer Rückkehr am Vormittag immer stärker geworden war, versagt geblieben. Es war ihre Besorgnis darüber, dass sie Robert schließlich enttäuschen würde, weil es ihr nicht gelang, für ihn die Art von Frau zu sein, die ein Mann in seiner Position haben sollte.

Der Ruf der Eule war erneut zu hören.

Sie hatte nun jegliche Hoffnung auf Schlaf aufgegeben, schlüpfte aus dem Bett, zog ihren Morgenmantel gegen die kühle Nachtluft fest um die Taille und tappte in Pantoffeln leise die Treppe hinunter in den hinteren Empfangsraum.

Blasses Mondlicht erhellte ihren Weg zum Sofa, das dem Kamin gegenüberstand. Sie setzte sich, zog die Beine an und ließ die Pantoffel auf den Boden fallen. Ihr Blick wanderte zu den grauen Aschenresten unter dem fleckigen Eisenrost.

Es war noch gar nicht so lange her, dass sie es war, die sich um die Reste des Kaminfeuers vom Vorabend hatte kümmern müssen. Ihre Aufgabe war es gewesen, bei Tagesanbruch herunterzukommen, während die anderen noch schliefen, die Fensterläden zu öffnen, die Kamine auszufegen und darin Holz einzulegen, die Metallteile zu schwärzen und zu polieren, und das Chaos aufzuräumen, das ihre Arbeitgeber am Vorabend zurückgelassen hatten.

Und in einer jeden dieser Morgenstunden, als sie in der kalten Morgendämmerung widerwillig aus dem Bett geklettert war, hatte sie sich danach gesehnt, eine andere Person in einem anderen Leben zu sein.

Und jetzt war sie das.

Für eine Frau, die ihren Vater nie gekannt hatte – er hatte während der ersten Monate ihres Lebens ihr dürftiges armseliges Heim, in dem sie und ihre Mutter hausten, verlassen, und war nie zurückgekommen – hatte sie es weit gebracht.

„Er ist ein Taugenichts", hatte ihre selbst völlig unnütze Mutter von ihrem Vater gesagt und dann nach der Flasche gegriffen. „Glaub mir, Mädel, uns geht's besser ohne ihm."

Sie musste sich immer mehr allein durchschlagen, während ihre Mutter ihre Zeit in der Kneipe verbummelte. Als sie alt genug war, hatte sie es sich angewöhnt, die Umgebung nach Essbarem zu durchsuchen. Sie lief dazu auch die Feldwege entlang, die zur nahegelegenen Kleinstadt führten und fragte dort die Ladenbesitzer, ob sie bei ihnen für etwas Essbares aushelfen könnte.

Ihre Mutter sah sie kaum einmal, und wenn, dann war

sie meist zu betrunken, um sich um sie zu kümmern. Manchmal fragte sie sich, wo denn ihre Mutter das Geld für den Alkohol herhatte, bis ihr das Barmädchen der Kneipe erzählte, dass ihre Mutter den Männern für ihren Alkoholkonsum im Hinterzimmer *Gefälligkeiten* erwies.

Und Roberts Vater hatte tatsächlich geglaubt, dass auch sie, Lily, so eine Frau war.

Das war sie aber keineswegs, und dass sie das nicht war, hatte sie zum Teil mehreren glücklichen Umständen zu verdanken.

Der erste kam, als sie sieben oder acht Jahre alt war.

Damals hatte sie sich eines Tages vor dem Bäckerladen in der Stadt herumgedrückt, in der Hoffnung, dass ihr der Bäcker die zerbrochenen Plätzchen schenken würde, die er nicht verkaufen konnte. Dabei sah sie plötzlich, wie in der Nähe eine ältere Frau über einen Stein stolperte.

„Kann ich Ihnen helfen?" rief Lily und lief zur Frau hin.

„Danke, liebes Kind", sagte die Frau, als Lily sie am Arm nahm und ihr aufhalf.

„Ich trag den Korb für Sie", bot ihr Lily an und hob den Korb vom Boden hoch.

Gemeinsam gingen sie langsam zum Häuschen der Frau, das sich auf der anderen Seite der Stadt befand. Dort angekommen bestand die Frau darauf, dass Lily mit ins Haus kommen sollte.

„Was sind denn das für Kleider?" fragte Lily, nachdem sie den gekochten Schinken verschlungen hatte, den die dankbare Frau vor sie hingestellt hatte. „Die Kleider da", sagte sie und zeigte auf zwei Kleider, die von einem Haken an der Wand hingen.

„Ich bin eine Schneiderin, Kleine", erzählte ihr die Frau. „Ich mache Kleider und Hemden für Leute in der Umgebung, und bessere sie auch aus. Damit verdiene ich ein wenig Geld und habe etwas zu tun. Weißt du, ich wohne ganz allein, seitdem meine Tochter einen Bauern geheiratet hat und zu ihm gezogen ist."

Am nächsten Morgen ging Lily zurück zu der Frau und fragte sie, ob sie wieder ihren Einkaufskorb tragen dürfte.

„Du bist im richtigen Moment gekommen", sagte die Schneiderin, und ein Lächeln erhellte ihr Gesicht. „Siehst du diesen Kuchen", und sie wies dabei auf einen Kuchen, der auf einem Teller in der Mitte eines einfachen Holztisches mitten im Zimmer stand. „Ich hab' ihn gebacken, für den Fall, dass du mich wieder besuchst. Setz dich, mein liebes Kind, und ich schneide dir ein Stück davon ab. Natürlich nur, wenn du auch Kuchen magst."

„Oh, ja", erwiderte Lily begeistert und setzte sich schnell hin, als ein noch warmes Stück Kuchen vor sie hingestellt wurde. „Vielen Dank, Frau ..."

„Nenn mich ganz einfach Tante Muriel, liebes Kind."

Und das war der Anfang ihrer Freundschaft.

Sobald Lily morgens ihr Bett gemacht hatte, lief sie in die Stadt zu Tante Muriel. Die gab ihr gleich etwas Wasser, mit dem sie sich waschen konnte, und dann ein gutes warmes Frühstück. Dann half Lily beim Saubermachen und Kochen für das Mittagessen, und danach beobachtete sie Tante Muriel beim Nähen und hörte ihr zu, wie sie von ihrer Tochter erzählte. So lernte Lily zum ersten Mal in ihrem Leben, was Mutterliebe sein konnte, und sie beneidete die Tochter und schwor sich, dass auch sie eines Tages eine wirklich gute Mutter sein würde.

An dem Tag, als ihre Mutter betrunken in einen reißenden Bach gefallen und ertrunken war, saß die neun Jahre alte Lily in Tante Muriels Häuschen und lernte, wie man eine Socke stopft. Lily ging nie mehr nachhause zurück.

Im Lauf der Zeit waren die Hände der Schneiderin steif und krumm geworden. Lily hatte inzwischen immer mehr von den Stopf- und Näharbeiten übernommen, bis zu dem Tag, an dem Tante Muriel vier Jahre später merkte, dass sie nicht länger arbeiten konnte und das wiederholte Angebot ihrer Tochter annehmen musste, zu ihr zu ziehen.

„Bitte, Tante Muriel, darf ich mitkommen. Bitte. Ich werd' ganz brav sein und für alle nähen und saubermachen", bettelte Lily, während dicke Tränen über ihre Wangen kollerten.

Auch Tante Muriel war in Tränen aufgelöst. Sie legte ihre Arme um Lily und drückte sie fest an sich. „Es schmerzt mich, dass ich es dir sagen muss, aber ich kann dich wirklich nicht mitnehmen. Ich wäre so froh, wenn ich es könnte. Aber meine Tochter sagt, dass sie schon mehr Mäuler zu stopfen haben, als sie es sich leisten können, und sie glaubt auch, dass es bei den vielen Landarbeitern im Umkreis eine riesige Verantwortung ist, ein dreizehnjähriges Mädchen im Hof zu haben. Ich geh aber nirgends hin, bevor ich nicht weiß, dass du irgendwo gut untergebracht bist."

Bald danach hörte eine der Familien, für die sie gearbeitet hatte, von Lilys Notlage und gab Bescheid, dass sie ein Hausmädchen brauchten. Nach einem tränenreichen Abschied von der Schneiderin, die ebenso verzweifelt wie Lily war, trat Lily also in den Dienst der Familie.

Ihr Treffen mit Tante Muriel war ihr erster glücklicher Umstand gewesen, dachte sich Lily, und sie wickelte ihren Morgenmantel eng um ihre Knie, während sie auf die restlichen unverbrannten Kohlenstückchen starrte, die noch in der Asche unter dem Kaminrost lagen. Ihre Arbeit bei dieser Familie war ihr zweiter glücklicher Umstand gewesen, doch es dauerte noch etliche Jahre, bevor sie sich dessen bewusstgeworden war.

In der Familie war eine Tochter, die mit Lily altersmäßig nicht weit auseinander war. Die Tochter hatte Lily gern und wollte sie als Freundin haben, aber ihre Mutter hatte ihr verboten, sich mit einer Bediensteten anzufreunden. Ein- oder zweimal hatte die Mutter jedoch den Bitten ihrer Tochter nachgegeben und Lily erlaubt, im Zimmer zu sitzen, während ihre Tochter von der Gouvernante unterrichtet wurde.

Nach dem dritten Unterricht, den Lily beobachtet hatte, und bei dem die Tochter versucht hatte, Lily zu zeigen wie klug sie war, hatte die Gouvernante der Mutter gesagt, dass ihre Tochter viel fleißiger war, wenn Lily mit dabei war.

„Mir gefällt die Idee zwar nicht", sagte die Mutter in eisigem Ton, „aber ich werde Lily erlauben, dass sie während des Unterrichts neben dir sitzt. Aber nur, Lily, nachdem du deine morgendlichen Pflichten erfüllt hast", fügte sie an Lily gewandt hinzu. „Ist dir das klar?"

„Ja, gnädige Frau. Ich danke Ihnen", hatte Lily mit einem kleinen Knicks gesagt.

Sie war gar nicht daran interessiert, Schreiben und Lesen zu lernen, und sie mochte auch die Tochter nicht besonders, aber sie hasste die Arbeit einer Hausangestellten, und es war ihr schnell bewusstgeworden, dass ihr die passive Teilnahme am Unterricht eine Pause im Arbeitstag ermöglichte, die sie sonst nicht gehabt hätte.

Dass Lily so wenig wusste, irritierte die Tochter aber bald, und sie sagte zu Lily, dass sie ihr Schreiben und Lesen lernen wird. Natürlich würde Lily nie so klug sein wie sie, meinte die Tochter, aber sie könnten zumindest zusammen an den von der Gouvernante festgelegten Aufgaben arbeiten.

Zum kaum verdeckten Ärger der Tochter lernte Lily jedoch alles so schnell, dass sie in kurzer Zeit, auch zu ihrer eigenen Überraschung, die Grundlagen von Schreiben und Lesen gemeistert hatte und mit der Tochter Schritt halten konnte.

Und dann, drei Jahre nachdem sie ihre Arbeit als Hausmädchen begonnen hatte, war das Land in den Krieg eingetreten, und alles hatte sich verändert.

Die Familie entließ die Gouvernante, und die Tochter, die nun regelmäßig ihre in der Nähe wohnenden Cousinen besuchte, wollte kaum mehr Zeit mit Lily verbringen, die noch dazu hübscher war als sie.

Zu Lilys großem Kummer gab es nun keine Erleichterung mehr von ihren Aufgaben als Hausmädchen für Leute, die zunehmend schlecht gelaunt waren und ständig klagten, dass es keine Männer mehr für die Arbeiten auf dem Feld gäbe, da sie alle im Krieg eingesetzt waren, und über die daraus entstandene Nahrungsmittelknappheit, die durch die deutschen Seeblockaden noch verschlimmert wurde.

Die Befreiung von der täglichen Plackerei kam schließlich zwei lange Jahre nach Kriegsbeginn. Und dies war ihr dritter glücklicher Umstand.

Eines Tages, als sie gerade dabei war, die hölzerne Treppenspindel in der Eingangshalle zu polieren, hörte sie, wie in der Familie besorgt über den Ernteausfall des Jahres diskutiert wurde.

„Die Lebensmittelreserven im Land reichen nur noch für drei Wochen und es besteht die Gefahr einer Hungersnot", sagte der Vater.

„Cecilia ist genauso besorgt wie wir es sind, aber sie hat mir etwas Interessantes erzählt, als ich sie heute früh besucht habe", sagte die Mutter.

„Das ist sehr unwahrscheinlich! Diese Frau sagt doch

kaum einmal etwas, das von Interesse sein könnte",
schnauzte der Mann seine Frau an. „Es ist völlig unverständlich, weshalb du sie als Freundin haben möchtest."

„Wie dem auch sei, sie hat mir jedenfalls erzählt, dass es jetzt eine *Women's Land Army* für Frauen gibt, die in der Landwirtschaft arbeiten und die Männer im Kriegseinsatz ersetzen sollen. Kannst du dir das vorstellen? Es ist zwar eine seltsame Idee, aber sie könnten doch bei der Lebensmittelversorgung helfen."

„Ein Hirngespinst", hatte der Vater in abschätzigem Ton gesagt. „Eine Frau könnte doch nie tun, was ein Mann kann. Landarbeit ist Männerarbeit."

Sehr zu Lilys Ärger war ihr in diesem Augenblick die Dose mit der Bienenwachspolitur aus der Hand gefallen und beide waren still geworden.

Aber sie war nun neugierig und als sie das nächste Mal mit der Tochter allein war, fragte sie diese nach der *Land Army*. Die Tochter wusste aber nichts davon und wechselte schnell das Thema.

„Die sagen dir natürlich nichts", hatte ihr der Milchmann erklärt, als er am nächsten Tag die Milch brachte. „Die wollen doch nicht, dass du gehst und auf dem Land arbeitest. Lass es dir gesagt sein, mein Fräulein, viele junge Frauen wie du tun genau das und bekommen viermal so viel wie du als Dienstmädchen." Und er hatte ihr dann versprochen, dass er sie an ihrem nächsten freien Tag auf seinem Wagen in die Stadt mitnehmen würde, damit sie auf dem Postamt mehr darüber herausfinden könnte.

Als sie schließlich das Anmeldeformular ausgefüllt hatte, war ihr bewusstgeworden, welch ein Glück es war, dass sie Lesen und Schreiben gelernt hatte.

Einige Wochen danach war ihr der Milchmann dann erneut zu Hilfe gekommen, als er sie zu ihrem Vorstellungsgespräch im örtlichen Rekrutierungsbüro mitgenommen hatte. Dort wurde sie kostenlos medizinisch untersucht und gefragt, welche Arbeiten sie machen könnte und weshalb sie zur *Land Army* gehen möchte.

„UM DEN BAUERN ZU HELFEN", hatte sie gesagt, denn sie hatte sich für die landwirtschaftliche Arbeit anstelle von Nahrungsmittelbeschaffung oder Holzfällen entschieden.

Da sie bereits neunzehn Jahre alt war, hatte man ihr erklärt, sie könne sofort in einem der Übungshöfe für Frauen ohne landwirtschaftliche Erfahrung anfangen. Nach vier Wochen müsse sie dann eine Leistungsprüfung ablegen, und wenn sie die bestand, würde man für sie Arbeit auf einem Bauernhof finden. Ihr anfänglicher Arbeitsvertrag sei für zwölf Monate und sie bekäme einen Fahrkartengutschein, mit dem sie zu ihrem Bestimmungsort gelangen könne.

Daraufhin hatte sie sofort ihre Stelle als Dienstmädchen quittiert und war ein *Land Girl* geworden.

Eineinhalb Jahre später war der Krieg vorbei und sie hatte bereits Robert kennengelernt. Und das war der bisher allerbeste glückliche Umstand in ihrem Leben gewesen.

4

———

Rückblickend war sich Lily bewusst, dass sie Robert schon vom ersten Augenblick ihres Treffens an geliebt hatte, dass sie sich aber zu sehr fürchtete, sich ihren Gefühlen für jemanden zu stellen, der so viel besser als sie und für sie so unerreichbar war.

Sie war inmitten eines nur zum Teil gepflügten Feldes auf einem Metallpflug gesessen und hatte gerade verzweifelt die Zügel der widerspenstigen Pferde geschüttelt, bei dem Versuch, die beiden wieder zum Pflügen in Gang zu bringen. Schließlich hatte sie schon fast alle Hoffnung aufgegeben und war beschämt bei dem Gedanken, hilfesuchend zurück zum Hof gehen zu müssen, als sie hinter sich Lachen vernahm.

Sie wandte sich um. Ein Junge stand hinter ihr am Feldrand in der Hecke, und trotz der Entfernung konnte sie sehen, dass er von ihren Anstrengungen äußerst amüsiert war. Er kam langsam auf sie zu. Sie drehte sich rasch wieder um und schüttelte erneut die Zügel energisch auf und ab.

Als er sie erreicht hatte, war sie noch immer in der Mitte des Feldes festgefahren.

„Brauchen Sie Hilfe?" fragte er.

Sie wollte gerade dankend ablehnen, doch bevor sie etwas sagte, warf sie einen Blick nach unten. Von dort blickten sie die hellsten blauen Augen an, die sie je gesehen hatte. Sie gehörten einem hochgewachsenem, sehr attraktiven jungen Mann mit dunklem Haar und breiten Schultern. Er war sicher kaum ein Jahr jünger als sie. Er starrte sie mit unverhohlener Bewunderung an. Sein Anblick hatte ihr Herz höherschlagen lassen und ihre verneinende Antwort war ihr im Hals steckengeblieben.

„Halten Sie die Zügel fest", sagte er und ging auf das Pferd zu, das ihm am nächsten stand. Er fasste es am Zaum und zog es vorwärts. Da folgte ein Huf dem anderen und der Pflug setzte sich in Bewegung.

„Rutschen Sie ein wenig rüber", forderte er sie auf, als er zu ihr zurückgekommen war. Sie rutschte auf die andere Seite des Holzsitzes und er kletterte zu ihr hinauf und setzte sich neben sie. Dann fasste er die Zügel neben ihren Händen und schüttelte sie leicht.

„Das ist nicht zu glauben!" rief sie aus, als die Pferde ruhig vorwärtszogen.

„Sehen heißt glauben", sagte er und lächelte sie schelmisch an, wobei ein Grübchen auf einer Wange zu sehen war.

Er sieht wirklich hinreißend aus, dachte sie, und lächelte ebenfalls.

Sie lächelte noch immer, nachdem sie das restliche Feld gemeinsam fertiggepflügt hatten.

Es war das erste von vielen Feldern, die sie gemeinsam gepflügt hatten.

· · ·

Während der folgenden Wochen befreiten sie gemeinsam die Felder von Disteln, gruben Mangolds aus, zogen Gräben und melkten die Kühe. Ganz gleich was ihr der Bauer auch aufgetragen hatte – wenn er mit seiner Familie in Chorton House war - hatte er es mit ihr gemacht.

Und er hatte mehr Zeit in Chorton verbracht als je zuvor.

Zu ihrer großen Freude schien es ihn nicht zu stören, dass sie ein paar Jahre älter war als er, kaum eine Schulbildung besaß, und dass sie in ihrem Leben mehr auf die Güte anderer Menschen als auf die ihrer Familie angewiesen war. Es dauerte nicht lange, bis sie zutiefst in einander verliebt waren und heiraten wollten, denn mit jedem Treffen war die Leidenschaft gewachsen und sie sehnten sich danach, ihren Gefühlen endlich freien Lauf lassen zu können.

„Ich liebe dich, Lily Brown“, sagte Robert eines nachmittags, als sie mit zerwühltem Miederleibchen in seinen Armen lag. „Es bringt mich um, wenn ich wie jetzt aufhören muss und dich so sehr begehre. Ich möchte mehr als alles andere in der Nacht neben dir schlafen und morgens neben dir aufwachen. Ich werde Papa von uns erzählen. Meine ganze Familie soll wissen, wie sehr ich dich liebe, und ich möchte, dass wir so bald wie möglich heiraten.“

Lily nagte zweifelnd an ihrer Unterlippe. „Ja, ich möchte es auch, Robert. Ich liebe dich so, dass es weh tut. Aber glaubst du wirklich, dass er einverstanden sein wird? Er ist ein so bedeutender Mann, und du bist es auch. Und ich bin gar nichts.“

Er wandte sich um und blickte ihr in die Augen. „Du bist keineswegs nichts, Lily, denn du bist mein Alles“, sagte er leise. „Du bist überhaupt die wunderbarste Person, und sobald dich Papa kennt, wird auch er es sehen. Er kommt nächstes Wochenende mit mir nach Chorton und ich werde ihn dann um seine Zustimmung bitten. Er möchte, dass ich glücklich bin, und weil du mich glücklich machst, wird er bestimmt einverstanden sein."

„Ich hoffe so sehr, dass du recht hast", erwiderte sie besorgt.

Als sie am nächsten Wochenende Hand in Hand vor Joseph standen, erzählte ihm Robert von seiner Liebe zu Lily, der wunderbarsten Frau der Welt. Als er aber in dem Moment, in dem er seinen Vater um dessen Einwilligung zur Heirat bitten wollte, den Ausdruck in Josephs Augen sah, geriet er ins Stocken. Schließlich fasste er aber doch den Mut und beendete seinen Satz. Dann wartete er.

Joseph explodierte vor Wut.

Er beschimpfte Lily lautstark und schrie, sie solle sofort den Raum verlassen. Lily war entsetzt und wollte davonlaufen, aber Robert ergriff ihre Hand und hielt sie fest. Dann ging Joseph auf Robert los und beschuldigte ihn voller Zorn, ein leichtsinniger Idiot zu sein, und ein unschuldiger kleiner Hund, der einer durchtriebenen älteren Frau von weiß Gott woher zum Opfer gefallen war. Frauen wie sie wären nur für eines gut, donnerte er, und das wäre sicher nicht die Heirat.

Lily rang nach Luft. Eine Welle der Scham und Verlegenheit hatte sie erfasst.

Sie warf Robert einen raschen Blick zu und sah, wie zornig er war.

Er drehte sich erbittert um und zog Lily auf dem Weg zur Tür mit sich. Sie hetzten durch den Garten zum Bauernhof und unterwegs entschuldigte sich Robert immer wieder für das haarsträubende Verhalten seines Vaters. Als sie die Tür zu ihrem Zimmer erreicht hatten, küsste er sie mit fieberhafter Intensität und versicherte ihr, dass sie trotzdem heiraten werden. Dann ging er zurück nach

Chorton House und direkt in sein Zimmer, wo er die Tür hinter sich zuschlug.

„Wir werden uns in Zukunft wahrscheinlich nicht mehr so oft treffen können", sagte er am nächsten Tag zu Lily, nachdem er vor seiner Abreise nach London noch schnell in ihr Zimmer gekommen war. „Papa wird sicher versuchen, mich so oft wie möglich in London zurückzuhalten. Du kannst aber sicher sein, dass ich bei jeder Gelegenheit nach Chorton kommen werde. Lily, ich liebe dich und ich will dich heiraten. Daran wird sich nie etwas ändern. Papa wird es schließlich einsehen und nachgeben müssen."

Sie blickte mit tränenerfüllten Augen zu ihm auf. „Robert, ich werde dich jede Minute vermissen, die du nicht hier bist. Ich liebe dich über alles. Und ich weiß, dass ich es nicht sagen soll, denn vornehme Damen sagen sowas nicht, aber ich kann es nicht erwarten, mit dir das zu tun, was die Leute tun, wenn sie verheiratet sind. Schon der Gedanke allein lässt mich nicht einschlafen."

„Oh, Lily!" Er drückte sie fest an sich und küsste sie leidenschaftlich.

„Ich denke, dass es besser ist, wenn niemand davon weiß", flüsterte sie in seinen Pullover hinein. „Wenn dein Vater wüsste, dass wir uns nach alldem, was er uns vorgeworfen hat, noch immer sehen, dann würde er dir vielleicht nicht mehr erlauben herzukommen, und das könnte ich nicht ertragen."

Robert nickte. „Ja, du hast recht. Wir müssen etwas finden, wo niemand hingeht. Wo wir zusammen sein können." „Oh, Lily", sagte er und zog sie noch fester an sich, so dass ihre Körper ganz nahe aneinander waren. „Ich kann es auch nicht erwarten, endlich mit dir verheiratet zu sein."

Es hatte nicht lange gedauert, bis sie in einer entfernten Scheune einen Heuboden gefunden hatte, der nur selten benutzt wurde. Wenn Robert nun nach Chorton kam, ging er sofort zur Scheune und auf den Heuboden, bis Lily zu ihm kommen konnte. Diese erhaschten Momente des Beisammenseins waren alles, wofür sie lebten.

Und dann, im Frühling nach ihrem ersten Treffen, kam Robert eines Tages totenblass zu ihr und sagte, dass ihn sein Vater für ein Projekt eingeteilt habe, für das er den ganzen folgenden Monat in London bleiben müsse. Während dieser Zeit könne er kein einziges Mal nach Chorton kommen.

Beide starrten einander an, völlig verzweifelt bei dem Gedanken, so lange voneinander getrennt zu sein.

„An dem Freitagabend, an dem ich wieder nach Chorton kommen kann, komme ich sofort hin zum Heuboden, und warte dort auf dich", versprach er ihr und zog sie an sich. „Komm, sobald du kannst, denn wir dürfen keine einzige Minute von unserem ersten gemeinsamen Wochenende nach dieser langen Zeit vergeuden, die sich wie eine Ewigkeit anfühlen wird. Ich werde dich so vermissen."

„Ich werde dich auch vermissen", schluchzte sie. „Ich werde jede Minute eines jeden Tages an dich denken. Robert, ich liebe dich so sehr."

Nachdem er gegangen war, ging sie nach getaner Arbeit abends auf den Heuboden und saß dort weinend, während sie sich an das berauschende Gefühl erinnerte, das sie in seinen Armen empfunden hatte, ihren Kopf an seine Brust gedrückt und sein Körper eng an den ihren gepresst. Sie dachte an den Genuss ihrer zärtlichen Berührungen und daran, wie sie kichernd ihre Pläne für die Zukunft geschmiedet hatten.

Nein, sie würde es nicht ertragen ihn zu verlieren.

Doch bald schon ließ ihr der Gedanke keine Ruhe mehr, dass es schon bald sein könnte.

Sie war überzeugt, dass Roberts Vater sich nach besten Kräften bemühen würde, Robert gegen sie aufzubringen. Er würde Robert mit Mädchen bekannt machen, die für ihn die Art von Frau wären, wie er es sich für Robert wünschte. Sie würden aus denselben sozialen Kreisen kommen, Geld haben, über vieles klug sprechen können und noch dazu sehr hübsch sein. So hübsch, dass Robert sie schnell vergessen würde.

Sein Vater wäre dabei aber keineswegs auf augenscheinliche Weise am Werk. Dazu war er viel zu klug. Er würde es listig anstellen und, ganz gleich was Robert beabsichtigt hatte, war die Wahrscheinlichkeit doch groß, dass er sich in eine der schönen Frauen, die ihm begegneten und die so viel zu bieten hatten, verliebte.

Ihre Angst, einem Leben ohne ihn entgegensehen zu müssen, setzte sich in ihrem Kopf fest und wurde immer schlimmer.

Am Ende des endlosen Monats der Trennung hatte sie sich in ihren Gedanken bereits darauf eingestellt, dass er mit ihr Schluss machen würde. Sie eilte zum Heuboden, sobald sie ihre Arbeit am Freitagabend getan hatte, denn sie war sich sicher, dass er schon da sein würde, und sie wollte das Schlimmste so schnell wie möglich hinter sich bringen.

Oben auf der Holzleiter angekommen sah sie ihn. Er lag im Heu, die Hände hinter dem Kopf verschränkt, und starrte zu den Dachsparren hinauf. Ihr Herz war voller Liebe zu ihm und ein Kloß saß ihr im Hals aus Angst vor dem, was er ihr sagen könnte.

Mit klopfendem Herzen stand sie auf der obersten Leitersprosse und wartete darauf, dass er sie bemerken würde.

Als er sie schließlich gesehen hatte, war er aufgesprungen und hatte sie angestarrt.

Sie blickten einander tief in die Augen.

Dann stieg sie von der Leiter und ging auf ihn zu, wobei sie versuchte, ihr Zittern zu unterdrücken. Als sie ihn erreicht hatte, zog sie ihren Filzhut vom Kopf, warf ihn zu Boden und blickte ihn mit klopfendem Herzen beklommen an.

Als sie aber den Ausdruck in seinen Augen sah, und die Leidenschaft, mit der er sie anblickte, war ihre Beklommenheit gewichen und stattdessen erfüllte sie eine Welle von Glück und Erleichterung.

Er liebte sie noch immer!

„Robert!" rief sie beglückt aus. „Du bist wieder hier!" Und sie warf ihre Arme um ihn. Ihre Lippen vereinten sich zu einem Kuss voller Leidenschaft, der sie zutiefst erschütterte. Dann starrten sie einander schwer atmend in die Augen.

Allmählich trat ein schelmisches Lächeln in Roberts Gesicht, er legte sich wieder hin und klopfte auf die Holzplanken neben sich.

Lachend zog sie ihre Gummistiefel schnell aus, legte sich neben ihn und kuschelte sich an ihn. Sie fuhr mit ihrer Hand über seine Brust. „Ich liebe dich, ich liebe dich, ich liebe dich. Du hast mir so gefehlt."

Er legte seine Arme um sie und zog sie fest an sich. „Du hast mir auch gefehlt. Mein Gott, ich hab dich so vermisst! Du hast keine Ahnung wie sehr." Er rollte zur Seite, stützte sich auf seinen Ellbogen und starrte ihr ins Gesicht. „Lily, du bist so wunderschön. Du bist noch viel schöner als ich dich in Erinnerung habe, und das will was heißen. Ich will nie mehr wieder von dir getrennt sein."

Er senkte seinen Kopf, sein Mund suchte den ihren, zuerst ganz sanft und dann viel härter. Sie legte ihre Hand auf seinen Hinterkopf und öffnete ihm ihre Lippen.

Instinktiv hob sie ihren Körper und drückte ihn gegen seinen.

Sie fühlte wie sein Körper erbebte und sein Atem schneller wurde. Seine Brust hob und senkte sich mit rasender Geschwindigkeit.

Er konnte sich offensichtlich nur schwer von ihr lösen.

Er rollte sich wieder auf seinen Rücken, doch sein Arm war noch immer um ihre Schultern gelegt. So lag er eine Weile, ohne sich zu bewegen, und ließ seinen Atem wieder zur Ruhe kommen. Dann fand seine freie Hand ihre Brust, so wie sie es schon in den vergangenen Monaten getan hatte. Seine Finger folgten sanft der Wölbung unter ihrem dünnen Baumwollleibchen, anfangs noch zögernd in Erwartung des Moments, wenn sie seine Hand wegschieben würde.

Lily fühlte, wie der Druck seiner Hand fester wurde. Sie wusste, dass sie die Hand jetzt wegschieben sollte, brachte es aber nicht über sich. Anstatt das zu tun, was sie bisher immer getan hatte, lag sie bewegungslos da, bei seiner Berührung von brennendem Verlangen erfüllt und unfähig ihn aufzuhalten.

Robert hielt inne. Dann ließ er seine Finger um die einzelnen Knöpfe vorne an ihrem Leibchen laufen und kam schließlich zum obersten Knopf zurück, den er behutsam öffnete. Dann hielt er wieder inne.

Lily rührte sich nicht.

„Du musst mir sagen, wenn ich aufhören soll", sagte er mit belegter Stimme. „Ich bin nicht mehr fähig, es selbst zu tun."

Sie wandte ihm ihren Kopf zu und blickte in seine Augen, die vor Begehren dunkel spiegelten. „Robert, du bist es, der wunderschön ist", flüsterte sie mit zitternder Stimme. „Ich liebe dich so sehr. Ich weiß, dass du jetzt aufhören solltest, aber ich kann es dir nicht verwehren. Im vergangenen Monat habe ich jeden Tag und jede Nacht an dich gedacht. Und jetzt bist du hier. Bitte, denke nicht schlecht von mir – aber ich liebe dich so sehr, dass ich nicht will, dass du aufhörst. Nein, nicht jetzt." Sie legte ihre Hand auf die seine und ließ seine Finger um ihre Brust gleiten. „Ich weiß, dass wir es nicht tun sollten ...", und war dann allmählich verstummt.

Schließlich war nur noch ihr schweres Atmen zu vernehmen.

„Lily, Lily", stöhnte er.

Gebannt starrten sie mit brennenden Augen einander an und ihr Verlangen ließ ihre Körper schmerzhaft erzittern.

Das Knistern in der Luft zwischen beiden Körpern war fast greifbar.

Und Robert schwang sich mit einer heftigen Bewegung auf Lily und riss ihr Leibchen auf.

JOSEPH WAR SICH NATÜRLICH BEWUSST, dass Robert während der nachfolgenden Wochen Lily weiterhin sah, so oft es ihm möglich war, und dass er ihn auch nicht daran hindern konnte, nach Chorton zu fahren. Er hoffte jedoch, dass die Affäre im Lauf der Zeit von selbst ein Ende fände und er verweigerte weiterhin seine Zustimmung zur Heirat.

Es sei nichts Anderes als Vernarrtheit und keine wahre Liebe, sagte er immer wieder zu Robert. Sobald er aus seinem beeinflussbaren Alter heraus und etwas älter wäre, würde er die Dinge mit mehr Erfahrung beurteilen können und ein anderes Leben haben wollen, als das, zu dem er mit Lily verdammt sein würde.

Doch Joseph hoffte vergebens.

Je mehr er Lily in Gesprächen mit Robert verbal angriff, desto mehr trat Robert leidenschaftlich für sie ein. Bei jeder Gelegenheit und an jedem versteckten Ort, den sie finden konnten, rissen sie sich die Kleider vom Leib und kamen in der sengenden Hitze ihrer Leidenschaft zusammen. Lily war in ihrem ganzen Leben noch nie glücklicher gewesen, und sie war überzeugt, dass dies auch bei Robert der Fall sei. Und sie glaubte wirklich, dass sein Vater nichts sagen oder tun könne, das Roberts Liebe zu ihr zerstören würde.

Ein Monat vor Kriegsende blickte sie auf ihren Bauch hinunter, merkte, dass er rundlich war, und wusste nun auch den Grund, weshalb ihre Brustwarzen empfindlich waren und ihr morgens immer übel war. Am späten Nachmittag dieses schicksalsträchtigen Tages sagte sie Robert zögernd, mit einem gewissen Grad der Angst darüber, wie er ihre Neuigkeit aufnehmen würde, dass sie ein Kind erwarte.

Zu ihrer großen Erleichterung war er überglücklich. Er hob sie vom Boden und drehte sie euphorisch im Kreis.

Dann ging er sofort zu seinem Vater und erzählte ihm beglückt und aufgeregt von Lilys Schwangerschaft und bat ihn um seine sofortige Zustimmung zu ihrer Hochzeit.

In diesem Augenblick schwand Josephs Hoffnung, dass Lily angesichts aller Anzeichen für ein baldiges Ende des Krieges mit ziemlicher Sicherheit den Bauernhof verlassen und sich irgendwo eine neue Anstellung suchen müsste, da ja alle im Krieg eingesetzten Männer nun an ihre Arbeitsplätze zurückkommen würden.

Er hielt zwar noch etwas länger durch, merkte aber bald, dass dies ein Kampf war, den er nicht gewinnen konnte. Was ihm schließlich aber den Rest gegeben und ihm seine Zustimmung abgerungen hatte, war der Umstand, dass

Roberts Großvater Lily eingeladen hatte, in seinem Haus zu wohnen.

JA, sie hatte Glück gehabt, dachte Lily. Sie hatte einen entzückenden kleinen Sohn und sie wohnte in einem wunderschönen Haus mit einem Mann, den sie über alles liebte, und der erstaunlicherweise dasselbe für sie zu empfinden schien. Er hatte ihr ein Leben gegeben, das viel mehr war, als sie es sich je erträumt hatte. Alle unangenehmen Dinge, die sie als Dienstmädchen hatte tun müssen, wurden nun für sie von jemand anderen getan, und sie würde nie gezwungen sein, die Art von eintöniger Arbeit anzunehmen, die ihr aufgrund ihrer sozialen Herkunft allein zugänglich gewesen wäre.

Sie setzte die Beine wieder auf den Boden, stand auf, steckte die Füße in ihre Pantoffeln und ging zur Tür.

Wenn sie also ein Lächeln aufsetzen und versuchen musste, den Eindruck von Wärme für Roberts Familie zu übermitteln, einer Gruppe von Menschen, mit denen sie sich kaum je wohlfühlen würde, dann war es doch ein kleiner Preis für alles, das sie jetzt hatte, und für die Freude, die es Robert machen würde.

Und was Joseph anbelangte, so würde sie sich nach besten Kräften bemühen, ihre Angst vor ihm zu überwinden. Denn was könnte er ihr denn wirklich zuleide tun?

5

—————

Robert lag wach im Bett als er hörte, wie Lily wieder leise die Treppe heraufgeschlichen kam.

Obwohl er seine Augen geschlossen hatte, war er doch wach gewesen, als sie vor einiger Zeit aufgestanden war. Sie hatte ganz offensichtlich versucht, ihn nicht zu stören, weshalb er auch bewegungslos liegengeblieben war. Er hatte gehört, wie sie an der Toilette neben ihrem Schlafzimmer vorbeigegangen und nach unten gehuscht war. Einen Moment lang hatte er sich gefragt, ob er ihr folgen sollte, hatte aber beschlossen es nicht zu tun, denn sie wollte offenbar ein wenig Zeit allein verbringen. Und, um ehrlich zu sein, war er auch mitten in der Nacht nicht in der Stimmung für ein Gespräch. Er hatte schließlich schon am Vormittag mehr als genug gesagt.

Tatsächlich vielleicht sogar zu viel.

Und er hatte sich seitdem schon die ganze Zeit schuldig gefühlt.

Lily hatte sich während des restlichen Tages bemüht, sich nichts anmerken zu lassen, aber er hatte die Angst in einem jeden ihrer Blicke bemerkt, und gehört, wie ihre

Stimme zitterte, als sie ihm vorschlug, was sie zu ihrem ersten Familien-Lunch servieren könnten. Und ihr Gesicht war blass gewesen, als sie ihm versprach, Auto zu fahren und interessante Beschäftigungen zu finden, die sie tagsüber tun könnte.

Und das war seine Schuld.

Er hatte sie unter Druck gesetzt, die Familie zu einem Lunch einzuladen und untertags mehr zu unternehmen, wenn sie ganz offensichtlich noch nicht dazu bereit war. Er war gefühllos und rücksichtslos gewesen. Er liebte sie doch so sehr und hätte sich daher ihrer sehr unterschiedlichen Erziehung bewusst sein müssen und sie nicht in Panik versetzen dürfen.

Das Problem war, dass er, als er die Schule verlassen und angefangen hatte für die Firma zu arbeiten, sich nie vorgestellt hätte, noch vor seinem zwanzigsten Lebensjahr ein Gatte und Vater zu sein. Und jetzt versuchte er noch immer, sich damit zurechtzufinden. Wenn er einen Blick auf eine solche Zukunft hätte werfen können, wäre er entsetzt gewesen. Er hatte die Schule gemocht, hatte im Allgemeinen ganz gut abgeschnitten, etwas besser noch im Sport und in den praktischen Fächern. Seit er aber alt genug war und verstanden hatte, dass er eines Tages Linford & Sons leiten würde, hatte er nur davon geträumt, für die Firma verantwortlich zu sein.

Bis er Lily getroffen hatte.

Er hatte nicht erwartet, dass er sich in so jungen Jahren verlieben würde, und so bald nachdem er angefangen hatte, für die Firma zu arbeiten, aber er hatte einfach nicht anders gekonnt. Sie war zu schön, und jede Minute, die er mit ihr verbrachte, war pure Glückseligkeit.

Er würde seinem Großvater für immer dankbar sein,

dass er ihn bei einem Besuch in Chorton mit Lily bekannt-
machen durfte.

Seine Großmutter war nur kurz bevor er Lily getroffen
hatte, gestorben. Da sein Vater mit den Kriegsverträgen der
Firma sehr beschäftigt war, und seine ältere Schwester
Dorothy in einem Krankenhaus arbeitete und die jüngere
Schwester Nellie noch die Schule besuchte, war er es, der
seinem Großvater Gesellschaft leistete, wenn er an jedem
Wochenende, wie früher, in Chorton war. Denn Chorton
war das Lieblingshaus seiner Großeltern gewesen.

Bei seinen Besuchen verbrachte der tieftrauernde Großvater die meiste Zeit am liebsten allein, und so hatte Robert
plötzlich viel unerwartete Freizeit.

Diese Freiheit war ihm zwar sehr willkommen gewesen,
nachdem er während der Woche für seinen Vater immer
hart arbeiten musste, aber allmählich nahm er an, dass sein
Großvater mit seinem Verlust eher zurechtkommen würde,
wenn er nicht so viel Zeit an dem Ort verbrächte, der so
viele schöne Erinnerungen für ihn barg. Und so hatte er
ihm vorgeschlagen, dass sie eine Zeit lang nicht nach
Chorton fahren und am Wochenende etwas gemeinsam in
London unternehmen sollten.

Doch dann hatte er Lily kennengelernt.

In dem Augenblick, als er sich ihr auf den Pflug
zuwandte, hatte er die volle Kraft der eindrucksvollen
blauen Augen gespürt, die ihm aus einem bezaubernden
Gesicht entgegenblickten. Einem Gesicht, das von blonden
Locken umrahmt war, die unter dem für die Landarbeite-
rinnen vorgeschriebenen Filzhut hervorlugten. Damit
waren alle Gedanken an eine Reduzierung der Besuche in
Chorton vergessen. Stattdessen konnte er gar nicht anders,
als jedes Wochenende dort zu verbringen, selbst wenn sein
Großvater in London geblieben war.

Mit dem Endergebnis, dass er in sehr jungen Jahren eine Frau und ein Kind hatte, und statt eines sorglosen Lebens das Gewicht der Verantwortung tragen musste. Unter den Umständen war das zwar begreifbar – schließlich liebte er Lily von ganzem Herzen und es wäre ihm nie in den Sinn gekommen, nicht zu ihr zu stehen, und er würde auch jetzt nicht anders handeln – wenn er jedoch auf ihr Gespräch am Vormittag zurückblickte, zuckte er peinlich berührt zusammen. Er musste sich wie ein Mann mittleren Alters und nicht wie ein Neunzehnjähriger, der er ja war, angehört haben.

Und in der Tat fühlte er sich viel zu oft wie ein Mann mittleren Alters.

Sein Vater hätte gesagt, dass es seine eigene Schuld sei, und dass er länger hätte warten und dann eine Frau hätte heiraten sollen, die dazu geschaffen war, die Frau eines Linford zu sein.

Alle in der Familie wussten, dass sein Vater von jeder Person, die einen Linford heiratete, erwartete, dass sie einen finanziellen Beitrag zum Familienbetrieb leisten konnte, und für Lily war das natürlich nicht möglich gewesen.

Zu allem Übel war Lily angesichts der sofortigen Abneigung seines Vaters, die er gleich bei ihrem ersten Treffen für sie überdeutlich gemacht hatte, so eingeschüchtert gewesen, dass sie kaum ein Wort hervorbrachte. Sein Vater hatte sie also nicht als die charmante gesellige Frau kennengelernt, die trotz ihrer Armut eigentlich für die Firma hätte von Vorteil sein können.

Stattdessen hatte sein Vater so reagiert, dass er ihn einen Monat lang unter dem Vorwand eines Projekts, zu dem er seine Hilfe brauchte, von Chorton fernhielt. Entgegen Josephs Hoffnung hatte ihm der Monat in London jedoch die Stärke seiner Gefühle für Lily gezeigt.

Während seines ersten Wochenendes in London hatte er Lily verzweifelt vermisst. Er hatte Trübsal geblasen und war auf seine Mutter, Nellie und auch seine Schwester Dorothy losgegangen, die sie kurz besucht hatte, um ihnen zu erzählen, dass sie aushilfsweise in das Krankenhaus in Alexandra Palace überstellt worden war, wo eine große Menge deutscher Internierter untergebracht war. Da es im Internierungslager an Krankenschwestern fehlte, hatte man von der zuständigen Stelle eine zusätzliche Krankenschwester verlangt. Dorothy, die gern an ihrem bisherigen Arbeitsplatz arbeitete und dortbleiben wollte, war zu ihrer großen Enttäuschung zur Überstellung ausgewählt worden.

Sein Vater, der von seinem störrischen Verhalten schließlich genug gehabt hatte, nahm nun für das folgende Wochenende nachträglich eine Einladung zu einem Benefizdinner im Tennisclub an und verlangte von Robert, die Familie zu begleiten.

Es würde aufgrund des Krieges eine etwas gedämpfte Angelegenheit sein, hatte sein Vater gesagt, aber man hatte alle Geschäftsleute der Umgebung eingeladen, die an den Kriegsanstrengungen beteiligt waren. Er hatte gehofft, dass ein Tapetenwechsel wieder etwas Vernunft ins Haus brächte und nur Dorothy war von der Teilnahme befreit worden.

Seine Mutter und Nellie waren begeistert gewesen, sich endlich wieder einmal herausputzen zu können, doch Robert war von der Idee überhaupt nicht begeistert. Um des lieben Friedens willen erklärte er sich schließlich aber doch bereit, mitzukommen, und um seinem Vater damit auch zu beweisen, dass ihn keine Macht der Welt Lily vergessen ließe. So hatte er sich in düsterster Laune auf den Weg gemacht, überzeugt, dass er sich bestimmt nicht amüsieren werde.

Zu seinem großen Erstaunen war alles aber nicht so übel ausgefallen, wie er es sich vorgestellt hatte.

Schon wenige Minuten nach seiner Ankunft hatte man ihm Marian Ames vorgestellt, deren Vater die Baustoffhandelsfirma Ames, mit Filialen in ganz Südengland, gehörte. Er und Marian hatten sich dann gleich nett unterhalten. Sie war ein schlankes Mädchen mit dunkelbraunem Haar, blauen Augen und einem freundlichen Gesicht. Ihr Gesicht war zwar nicht schön, aber es war lebhaft und freundlich.

Inmitten der Veranstaltung war sein Vater auf ihn zugekommen und hatte ihm gesagt, dass Marians Vater alle am nächsten Samstag zum Dinner eingeladen hatte. Da es in den Lebensmittelgeschäften aber wegen des Kriegs nur wenig zu kaufen gab, hatte Marians Vater keine elegante Mahlzeit versprechen können, doch zum Glück könne seine Köchin selbst mit ganz wenig Wunder wirken. Und außerdem wäre es doch nett, wenn beide Familien etwas Zeit miteinander verbrächten und sich über etwas Anderes als nur über Ziegel und Zement unterhielten.

Sein Vater hatte zugesagt und so war es unvermeidlich, dass er Marian am kommenden Wochenende sehen würde.

Eigentlich hätte er auf seinen Vater böse sein müssen, weil er Marian so offensichtlich benutzte, um ihn Lily vergessen zu lassen, aber Marian war unterhaltsam, und es gelang ihm schließlich nicht, es seinem Vater so zu verübeln, wie er es vielleicht hätte tun sollen.

Als er aber in der Nacht dann wach im Bett lag, fühlte er sich überaus schuldig. Es kam ihm vor, als hätte er Lily betrogen, weil er sich in Marians Gesellschaft so wohl gefühlt hatte.

Dabei gab es doch gar keinen Grund, weshalb er sich schuldig fühlen sollte, dachte er und rollte im Bett auf die andere Seite. Nur weil er Marian gern mochte, bedeutete das doch nicht, dass er Lily nicht mehr liebte, denn er liebte sie noch immer. Es war nur nett, jemand neuen kennengelernt zu haben, ein Mädchen, mit dem man sich über alles Mögliche unterhalten konnte – und das war auch alles gewesen.

Irgendwie hatte er während seiner vier Wochen in London sehr viel von Marian gesehen. Sie war mit ihren Eltern zu Besuch gekommen, und sie waren dann spazieren gegangen, oder hatten Tee getrunken. Oder er und seine Eltern waren bei ihr zum Abendessen eingeladen und hatten dann Scharade gespielt. Oder beide Familien waren für ein Picknick zusammengekommen.

Die beiden Väter, die bisher nur Geschäftsfreunde gewesen waren, schienen über Nacht beste Freunde geworden zu sein, und ihre Familien ebenfalls. Er und Marian hatten sich bereits mehrmals darüber lustig gemacht.

Im Handumdrehen war der Monat in London zu Ende gegangen und Marian sollte nun bald zu ihrer Tante an die englische Südküste fahren.

Vor dem Krieg war geplant gewesen, dass sie für ein Jahr in ein feines Mädchenpensionat in die Schweiz gehen sollte. Das hatte sie ihm erzählt, als sie nach ihrem letzten Sonntagslunch allein im Speisezimmer seiner Familie standen.

Da ihr Vater viel Geld verdient hatte, fügte sie ein wenig beschämt hinzu, hatte er plötzlich diese Idee vom feinen Mädchenpensionat gehabt. Obwohl sie davon gar nicht begeistert war, blieb er fest dabei, denn schließlich konnte er es sich leisten, und deshalb sollte sie auch hin. Wann immer das Thema zur Sprache gekommen war, hatte er gesagt, dass es sie etablieren würde, aber wozu, das konnte er ihr nicht erklären.

Der Krieg hatte das Reisen in Europa aber unmöglich

gemacht, und so hatte der Plan aufgeschoben werden müssen.

Als ihre Tante erfahren hatte, dass sie noch nicht ins Ausland verreisen würde, hatte sie Marian eingeladen, zu ihr an die Südküste zu kommen, denn sie wäre für ihre Gesellschaft dankbar. Henry Ames hatte die Einladung im Namen seiner Tochter angenommen, und Marian sollte nun London in zwei Wochen verlassen. Das war die Woche, in der Roberts einmonatiger Aufenthalt in London enden sollte. Da sie von der Tante schon freudig erwartet wurde, musste sie jetzt abreisen. Und sollte der Krieg schon bald enden, dann müsste sie wahrscheinlich ihren Platz im Mädchenpensionat einnehmen, sagte sie ihm, und Enttäuschung hatte dabei durchgeklungen.

Gefolgt von einem vielsagenden Schweigen zwischen beiden.

Wenn es keine Lily gegeben hätte, dann hätte er sie wahrscheinlich gefragt, ob er ihr schreiben und sie vielleicht hin und wieder besuchen könnte, und sie hätte seine Frage dann sicher mit ja beantwortet.

Aber Lily *gab* es.

Und die Wochen mit Marian hatten ihm gezeigt, dass er ihre Gesellschaft zwar sehr genoss, dass seine Gefühle für sie aber trotz ihrer Eignung als Gattin – wie es sein Vater nennen würde – nicht annähernd an das herankamen, was er für Lily empfand. Und er wusste auch, dass es nie der Fall sein würde. Was er für Marian empfand, waren Zuneigung und Freundschaft, jedoch nie auch nur ein Bruchteil des schmerzlichen Verlangens, das er tagtäglich für Lily empfand.

Bei ihrem Abschied am Nachmittag hatten sie sich etwas verlegen verabschiedet und ihre Hoffnung auf ein Wiedersehen ausgedrückt, sobald Marian wieder in London sei.

Kurz nach ihrer Abreise hatte er das von seinem Vater für ihn hergezauberte Projekt abgeschlossen und durfte nun wieder nach Chorton kommen. Er wollte dann auch sofort am Ende der Woche hinfahren.

Für den Rest der Woche war er völlig durcheinander gewesen, denn er wusste, dass er Lily nun sehr bald wiedersehen würde.

Und als er schließlich in Chorton eingetroffen war, konnte er seine Aufregung und Vorfreude kaum mehr bändigen. Er hatte ganz schnell ausgepackt, war zur alten Scheune gelaufen, wie er es Lily versprochen hatte, die Leiter zum Heuboden hinaufgeklettert und hatte dann auf Lily gewartet.

Und er hatte gar nicht lange warten müssen.

Ganz plötzlich war sie in ihrer überwältigenden Schönheit oben auf der Leiter gestanden. Er konnte sein Verlangen nach ihr kaum mehr in Zaum halten!

Und nach einem Monat der Trennung fühlte sie offenbar dasselbe.

Als sie sich einander hingaben hatte es keine Grenzen mehr für sie gegeben, und was nun folgte, hatte ihn in einen Zustand höchster Wonne versetzt.

Sie hatte ihm die Stärke ihrer Liebe für ihn gezeigt und er hatte ihr die Stärke seiner Liebe für sie gezeigt. Und in diesem Augenblick höchster Verzückung, als sie einander erschöpft in den Armen lagen, hatte er gewusst, dass er für eine andere Frau nie dieselben Gefühle wie für Lily aufbringen könnte. Sie war und würde für immer die Liebe seines Lebens sein.

Vor dem Schlafzimmer knarrte die Treppe.

Er lag mit dem Rücken zur Tür und hörte, wie sie leise hereinkam und die Tür hinter sich schloss. Einen Augenblick später spürte er, wie sich ihre Seite des Betts leicht senkte und sie sich dann darauf ausstreckte. Er wandte sich ihr zu, nahm ihre Hand und küsste sie, als sie sich an ihn schmiegte. Und kurz bevor er einschlief, verwarf er noch schnell Lilys Idee, dass sein Vater sie nie akzeptieren würde. Denn natürlich würde er sie schließlich akzeptieren. Da war sich Robert ganz sicher.

EIN KALTER TAG brach über Primrose Hill an.

Joseph lag mit weit geöffneten Augen im Bett. Seit dem Moment, als er die Treppe heraufgekommen, das Licht abgedreht und sich in das Bett neben dem von Maud gelegt und auf Schlaf gehofft hatte, waren seine Augen offengeblieben. Der erhoffte Schlaf hatte sich ihm verwehrt und ihm keine Ruhepause von seinen Sorgen, die er sich um Robert machte, gewährt. Und so war er dagelegen und hatte sich immer wieder gefragt, wie er seinen Sohn wohl aus der Situation retten könnte, in die er sich gebracht hatte.

Er war fest davon überzeugt, dass Robert seine Heirat bereuen, und dass dies eines Tages sein Leben zerstören würde. Er wusste aber auch, dass sich Robert ihm in seinem jugendlichen Stolz nie anvertrauen und um Hilfe bitten würde. Und er war sich auch bewusst, dass viel von der Schuld daran, bei ihm zu finden war.

Sein erster Blick in Lilys hübsches aber leeres Gesicht hatte Feindseligkeit in ihm erweckt. Sie war offensichtlich auf ein bequemes Leben aus und sah in Robert jemanden, der es ihr bieten konnte. Joseph hatte nie versucht, seine Gefühle darüber zu verdecken. Und als sie Robert dann in die Heiratsfalle gelockt hatte, war er überzeugt, dass es absichtlich geschehen war und sein Hass gegen sie war ins Unendliche gestiegen.

Weil er Robert liebte, was ihm Robert allerdings nie

geglaubt hätte, wollte er das Beste für ihn, und trotz seiner Enttäuschung wegen Roberts Heirat, hatte er sich beim Tod seines Vaters überlegt, wie er seinem Sohn helfen könnte, ohne dass es dieser merkte. Als Robert dann das Haus in Hampstead bekommen hatte, war es nicht nur eine große Überraschung für ihn gewesen, sondern auch eine große Erleichterung.

Maud und die anderen hatten sofort angenommen, dass er wütend sei, weil nicht nur Dorothy und Nellie, sondern vor allem auch Charles' Kinder, Louisa und Christopher, im Testament übergangen worden waren. Das was aber nicht der Fall, denn es hatte im gar nichts ausgemacht.

Dorothy, die der Familie durch ihre Heirat mit einem Deutschen Schande gebracht hatte, lebte irgendwo in Deutschland – er hatte ihr den Tod ihres Großvaters brieflich mitgeteilt, würde ihr nun aber nie mehr wieder schreiben. Nellie war ein Mädchen, das einmal heiraten würde, allerdings jemanden, der wesentlich reicher als Walter Shawcross war, in den sie im Moment vernarrt war, und sie würde mit ihrem Mann schließlich in ein passendes Haus ziehen. Und Louisa und Christopher würden von ihren Eltern letztlich gut versorgt sein. Sarah war ja selbst wohlhabend. Somit war er heilfroh, dass Robert eine passende Bleibe hatte, ohne dass er selbst auf irgendeine Weise hätte intervenieren müssen.

Als er und Maud beim Abendessen noch immer über die Hauserbschaft diskutiert hatten, erwähnte er seine Besorgnis in Bezug auf Roberts Lebensglück. Das sollte er sich schnell aus dem Kopf schlagen, erwiderte sie – etwas ungeduldig, hatte er gedacht. Schließlich hätte sein unverblümter Antagonismus, den er von allem Anfang an Lily gegenüber an den Tag gelegt hatte, sie nur noch mehr an Robert gekettet, und daraus müssten sie nun die unvermeidlichen Konsequenzen ziehen und nicht mehr länger darüber nachdenken, was hätte sein können.

In diesem Augenblick war ihm klargeworden, dass Maud nie eine bereitwillige Verbündete in irgendeinem von ihm entwickelten Plan sein würde, der Robert Jahre von Leid und Reue ersparen sollte.

Und Charles wäre da wahrscheinlich auch keine große Hilfe.

Im Prinzip gab es an Charles nichts auszusetzen, aber er war einfach kein Risikoträger. Er war solide genug, aber völlig unpraktisch, und mit einem lähmenden Übermaß an Vorsicht und einem kompletten Mangel an Vorstellungskraft und Tatendrang ausgestattet. Er und sein Vater waren äußerst erleichtert gewesen, als Charles am Ende seiner Schulzeit eine höfliche Einladung, dem Familienunternehmen beizutreten, abgewiesen hatte und schließlich in das Bankfach geschlittert war, wo er noch immer war.

Seit dem Tag, an dem Charles seiner Familie Sarah zum ersten Mal vorgestellt hatte, war er häufig im Zweifel gewesen, was eine ambitionierte Frau, wie Sarah es war, an seinem überhaupt nicht ehrgeizigen Bruder hatte sehen können. Und in jüngster Zeit hatte er tatsächlich mehrmals schon diese Frage in Sarahs Augen gesehen.

Charles würde dieselbe Einstellung wie Maud übernehmen – davon war er überzeugt. Er würde sagen, dass Lily – ganz gleich ob es ihnen nun passte oder nicht – ein offizieller Teil der Familie war, und dass jetzt niemand etwas dagegen tun könne.

Ihm passte es aber nicht.

Aber es *würde* schließlich etwas geben, das jemand dagegen tun könnte. Und dieser Jemand war er. Er musste sich nur einen Plan ausdenken. Und das würde er auch tun.

6

1920

K nightsbridge, *Februar*

JOSEPH LIEß sich in einen der Lederstühle in der Bibliothek
von Charles Haus sinken, öffnete einige der Knöpfe seiner
Weste und entnahm einer Jackentasche eine Pfeife und
einer anderen eine Dose Three Nuns Tabak. Charles Köchin
weiß, wie man ein passables Lunch zubereitet, dachte er, als
er Dose und Pfeife auf das Mahagonitischchen neben sich
legte. Und die Seezunge beim heutigen Lunch war da keine
Ausnahme gewesen.

Joseph lehnte sich zurück, schloss die Augen und überlegte, wie er wohl am besten das Thema Lily zur Sprache
bringen könnte. Zwar hatte er noch keine Idee, wie er das
Problem anfassen sollte, wusste aber, dass er, ganz gleich
was er sich auch ausdachte, zu seiner Durchführung

Charles Hilfe brauchte. Charles würde natürlich instinktiv davor zurückschrecken, irgendetwas gegen die Frau seines Neffen zu unternehmen. Daher war es wichtig, an die Sache so heranzugehen, dass er nicht nein sagen konnte.

Als er hörte, wie der Lehnstuhl ihm gegenüber knarrte, öffnete er die Augen und sah, dass Charles darin Platz genommen hatte. Joseph richtete sich auf und lächelte seinen Bruder an.

„Hat deine Köchin, soviel du weißt, je eine schlechte Mahlzeit produziert?" fragte er, und rückte sich im Stuhl bequem zurecht. „Was mich betrifft, war das Essen ja immer ausgezeichnet."

„So ist es auch, denn sie würde es gar nicht anders wagen. Schließlich wäre Sarah im Handumdrehen in der Küche und würde ihr die Leviten lesen!"

Beide lachten.

„Aber ganz im Ernst", fuhr Charles fort, „ich habe wirklich Angst, dass Sarah eines Tages etwas sagen könnte und Mrs. Morris dann ganz einfach das Weite sucht. Immer mehr Frauen glauben heutzutage ja, dass es für sie etwas Besseres gibt, als in Stellung zu gehen. Wenn uns Mrs. Morris verließe, dann könnte es für uns fast unmöglich sein, sie zu ersetzen."

„An deiner Stelle würde ich mir da keine Sorgen machen, denn Sarah ist viel zu klug und würde es nicht dazu kommen lassen. Sie kennt die Situation und ich kann mir nicht vorstellen, dass sie sich eine Schürze umbinden und Kartoffeln schälen möchte." Joseph griff nach seiner Pfeife und Tabakdose, öffnete die Dose und holte sich etwas Tabak heraus. „Übrigens", sagte er mit wohl überlegter Gleichgültigkeit, als er den Tabak fest in den Pfeifenkopf stopfte, „hat Sarah irgendetwas über das Lunch am Sonntag bei Robert gesagt?"

„Eigentlich nicht. Sie kann sich allerdings nicht vorstellen, was er an einer so primitiven Frau – abgesehen von ihren offenkundigen Qualitäten - sehen kann. Aber was Lily betrifft, so sind die beiden jetzt verheiratet, sie haben ein Kind, und wir müssen uns ganz einfach mit ihr abfinden. Wir müssen schließlich nicht wie Robert mit ihr leben."

„Das ist im Prinzip dasselbe was Maud gesagt hat."

Charles lächelte. „Aber wie ich dich kenne, Joseph, willst du wirklich wissen, was Sarah davon hält, dass Robert das Haus bekommen hat, von dem wir immer glaubten, dass es eines Tages dir, mir und Thomas gehören wird. Das ist es doch, was du wissen möchtest, nicht wahr?"

Joseph seufzte im Stillen. Das war nicht die Richtung, die er hatte einschlagen wollen. Sarah hätte sich bestimmt nicht vom Handeln seines Vaters betroffen gefühlt. Dank ihres umfangreichen Privateinkommens musste weder sie, noch Charles und die Kinder, sich Sorgen um die Zukunft machen.

Joseph schluckte seinen Ärger hinunter, dass er vom Thema, das er verfolgen wollte, abgelenkt worden war, und sagte mit erzwungener Heiterkeit: „Wie gut du mich doch kennst, Charles. Ich hoffe, Sarah ist gut damit klargekommen – sie ist ja eine vernünftige Frau mit einem guten Verstand. Leider ist sie kein Mann", fügte er trocken hinzu. „Sie wäre für unsere Firma eine Bereicherung gewesen."

„Lass sie das um Himmels Willen nicht hören!" rief Charles aus und warf die Hände in gespieltem Entsetzen in die Höhe. „Jetzt, wo Frauen Anwälte und Parlamentarier sein können, hätte Sarah überhaupt keine Bedenken, der Firma beizutreten. Dann wärst du eine Woche später gefeuert und sie würde die Firma leiten. Und in weniger als einem Monat würdest du in einem staubigen Hinterzimmer gelandet sein."

„Du kannst dir gar nicht vorstellen wie einladend das klingt", sagte Joseph mit einem Lächeln. „Bei der heutigen zunehmenden Arbeitslosigkeit und Unruhe unter den Fabriks- und Werftarbeitern, von den Bergleuten ganz zu schweigen, und bei der schrecklichen Inflation, die wir jetzt haben, sowie den Einkommensteuerererhöhungen, die in unsere Erträge und unseren Gewinn einschneiden, kann ich nur sagen, dass es sich äußerst reizvoll anhört, jeglicher Verantwortung für andere enthoben zu sein."

„Lass es dir von mir gesagt sein, es ist absolut nichts Attraktives daran, von Sarah herumkommandiert zu werden." Charles lehnte sich im Stuhl zurück und streckte seine Beine aus. „Um aber wieder auf das Haus in Hampstead zurückzukommen. Wir haben gewusst, dass er Dorothy wegen ihrer Heirat mit einem „Hunnen" vom Testament ausgeschlossen hat, ich glaube aber, dass Sarah doch ziemlich betroffen war, als Robert darin Nellie gegenüber so sehr bevorzugt wurde. Du weißt ja, dass sie Nellie so gernhat."

Joseph nickte. Maud und er hatten oft gemeint, dass Nellie und Sarah mehr wie Schwestern waren, als Tante und Nichte. Und als Maud nach dem Lunch sagte, sie würde sich jetzt in aller Ruhe in den Empfangsraum zurückziehen, war er nicht überrascht gewesen, dass Sarah und Nellie sich gleich Arm in Arm auf den Weg zu einem Geschäftebummel gemacht hatten.

Als die beiden gegangen waren, bemerkte er zu Charles, dass er hoffe, Sarah habe nach dem reichhaltigen Lunch ausreichend Energie, um Nellie beim Einkaufen im Zaum zu halten. Denn alles war teurer geworden und die Geschäfte in Knightsbridge waren ja nie billig gewesen.

„Leider ist ihre Energie grenzenlos", seufzte Charles. „Sie lässt mich nicht eine Minute in Ruhe und ist stets hinter mir her. Ich bin schon ganz erschöpft."

„Das mag schon sein, ich habe aber den Eindruck, dass es dir gut tut", erwiderte Joseph heiter, denn Charles sah so mutlos drein, dass er das Gefühl hatte, etwas Positives sagen zu müssen.

Charles antwortete darauf in erregtem Ton. „Wenn es so ist, dann aber nur, weil ich weiß, dass ich jetzt für ein paar Stunden meinen Frieden habe, während die beiden unterwegs sind. Ich nehme an, sie werden eine Weile weg sein, vor allem auch, weil sie Louisa nicht mitgenommen haben. Lou ist zwar nur zehn, aber sie und Sarah kommen einander immer in die Quere, wenn es um Kleider geht. Und weil Lou ja andauernd etwas Neues braucht, kommt das immer wieder vor. Christopher scheint da etwas einfacher als seine Schwester zu sein, was eine große Erleichterung ist."

Joseph nickte zustimmend. „Erzähl mir nur nichts von Mädchen! Nellie kauft anscheinend jede Minute etwas Neues. Meine Brieftasche freut sich schon auf den Tag, wenn sie heiratet und jemand anderen zur Last fällt."

Er räusperte sich, in der Hoffnung, das Gespräch auf das Thema von Lily und Robert zu bringen.

„Weil wir gerade von Nellie und Heiraten sprechen", fuhr Charles fort, während er sich über das Tischchen an seiner Seite beugte und seine Pfeife nahm, „was hältst du denn von Walter? Ich mag ihn ganz offensichtlich, denn sonst hätte ich ihn ja damals nicht nach Chorton mitgenommen, aber ich habe den Eindruck, dass du ihn nicht besonders sympathisch findest." Er hielt inne, während er ins Pfeifenrohr blies.

Joseph stöhnte innerlich. Wenn sie je auf Lily zu sprechen kommen wollten, dann könnten sie sich nicht mehr viel Zeit lassen.

„Darum geht es nicht", warf er nun schnell ein. „Er

scheint mir ja ein netter Kerl zu sein, aber mir wäre es lieber, wenn Nellie ihr Ziel etwas höher als nur auf einen Advokatenlehrling stecken würde. Und was die Zukunft anbelangt ...“

„Aber er wird doch nicht immer nur ein Lehrling sein?“ fiel ihm Charles ins Wort. „Er ist ein intelligenter junger Mann und wird einmal ein ausgezeichneter Anwalt sein. Und wenn es dir bezüglich seiner Familie um das Geld geht, wie ich annehme, dann sind sie zwar nicht reich aber auch nicht mittellos. Die jährliche Prämie bis zu Walters Referendarprüfung beträgt jetzt, wenn ich mich recht entsinne, zwischen dreihundert und fünfhundert Guineas, und das können sie sich alljährlich leisten. Ja, es stimmt, dass Walter dafür kein Geld in die Firma einbringen könnte, wie es unsere Mutter und deine und meine Frau getan haben, doch Nellie könnte es meines Erachtens viel schlechter treffen. Es hängt aber von dir ab, denn sie braucht ja *deine* Zustimmung und nicht die meine.“

„Ich hoffe nur, dass er mich nicht selbst darum bittet, denn er ist nicht, was ich mir für sie gewünscht hätte.“

Seine Missbilligung würde er aber nicht Nellie gegenüber äußern, schwor er sich, nicht nach seiner Erfahrung mit Robert. Schließlich hatte er seine Lektion da auf die harte Tour gelernt. Denn seine nur allzu offen gezeigte Feindseligkeit hatte Robert wahrscheinlich noch enger zu Lily hingezogen.

Und überhaupt gab es keinerlei Grund, sich bezüglich Nellie Sorgen zu machen, denn sie war noch keine achtzehn Jahre alt – das wurde sie erst im Juni – dachte er, und rückte sich in seinem Stuhl zurecht. In ihrem Alter war es doch viel wahrscheinlicher, dass sie es sich bezüglich Walter letztlich anders überlegen würde. Frauen waren ja erwiesenermaßen wankelmütig.

„Die Welt hat sich geändert – daran ist der Krieg schuld", warf Charles in besorgtem Ton ein. „Die jungen Menschen haben heutzutage ihren eigenen Kopf."

Joseph zuckte ungeduldig die Schultern. „Das mag wohl sein, aber eines hat sich nicht geändert und wird sich auch nie ändern. Da bin ich mir sicher. Und zwar, dass sich die Kinder aus besseren Verhältnissen mit passenden Ehepartnern zusammentun müssen. Denn bei den neuen Möglichkeiten, die sich im Bauwesen jetzt tagtäglich bieten, sollten wir in der Lage sein, sie zu nutzen. Da unsere Töchter aber Frauen sind, die nicht für die Firma arbeiten können und trotzdem aus der Firma Nutzen ziehen, weshalb sie zumindest ihren Beitrag auf die einzige Weise leisten müssen, die ihnen zur Verfügung steht."

„Joseph, du alter Romantiker", murmelte Charles.

Beide blickten einander an und brachen in Lachen aus.

„Na schön", erwiderte Joseph lächelnd. „Ich werde Nellie die Situation nicht ganz so unverblümt darstellen. Das wäre schließlich auch zwecklos, denn sie würde mir nur Alice vorhalten, was ja unter den Umständen völlig irrelevant ist."

„Und sie hätte damit auch recht. Alice hatte zwar keinen roten Heller bei ihrer Hochzeit, sie ist aber trotzdem ein Gewinn für die Familie. Angesichts von Thomas' Kriegsverletzungen ist seine Heirat mit einer Krankenschwester das einzig Vernünftige, das er seit seiner Torheit, sich sofort für den Kriegsdienst anzumelden, getan hat."

„Ja, da hast du recht", sagte Joseph. Er warf einen verstohlenen Blick auf seine Uhr und räusperte sich. „Und weil wir gerade beim Thema der Ehefrauen sind, was hältst du denn jetzt von Lily?"

„Ich kann dazu nichts sagen", bemerkte Charles etwas überrascht. „Sie ist für Robert ganz offensichtlich die falsche Wahl. Ich bin zwar sicher, dass sie das, was sich im Schlafzimmer abspielt, beneidenswert angenehm gestaltet, aber ansonsten kann ich kaum etwas sehen, das sie miteinander gemeinsam haben. Außer ihrem Sohn, natürlich."

„Und das, Charles, ist es, was mich des Nachts nicht schlafen lässt. Um ehrlich zu sein, wäre ich jetzt froh, wenn ich anders vorgegangen wäre."

„Wir haben dich ja alle gewarnt. Du hättest unseren Rat befolgen und sie so oft wie möglich nach Chorton einladen sollen, und dazu auch möglichst viele Familienmitglieder. Robert hätte dann schnell ihre Mängel bemerkt. Jetzt ist es aber zu spät – du kannst gar nichts mehr tun."

Joseph nahm einen kräftigen Zug aus seiner Pfeife und betrachtete dann sinnend den Pfeifenkopf. „Nicht unbedingt", sagte er schließlich.

Charles runzelte fragend die Stirn. „Was willst du damit sagen?"

„Genau das. Robert wird eines Tages bereuen, an Lily gekettet zu sein, wenn er es nicht schon tut. Es war eine jugendliche Vernarrtheit, die nie zu einer Heirat geführt hätte, wenn sie nicht schwanger geworden wäre. Ich bin sicher, dass die Schwangerschaft von ihr gewollt war."

Charles starrte ihn betroffen an. „Ich bin ganz deiner Meinung. Aber so sehr du die Situation auch ändern möchtest, es gibt doch nichts, das du tun könntest."

„Vielleicht, vielleicht auch nicht. Nachdem ihr aber anscheinend alle glaubt, dass ihn mein Widerstand in die Ehe getrieben hat – und ich gebe zu, dass ihr damit wahrscheinlich auch recht habt – ist es jetzt an mir, ihn aus dem Fiasko zu befreien, in das er hineingerutscht ist."

Charles beugte sich vor, stützte seine Ellenbogen auf die Knie und starrte Joseph eindringlich an. „Ich habe da ein wirklich schlechtes Gefühl. Die beiden sind verheiratet und sie haben ein Kind. Ich glaube, du solltest es bleiben lassen.“

„Das würde ich auch, wenn ich den Eindruck hätte, dass er mit seiner Wahl immer zufrieden sein wird.“

Charles richtete sich im Stuhl auf und lachte spöttisch. „Und wie viele Menschen sind da immer glücklich, wie du sagst? Ein wenig Unzufriedenheit bei Robert ist doch kaum ein Grund einzugreifen?“

„Es wird zu mehr führen, als nur nicht glücklich zu sein. Da bin ich mir sicher. Er wird das Gefühl haben, in der Falle zu sitzen, und er wird sich elend fühlen. Er hat doch noch sein ganzes Leben vor sich, Charles. Wer würde es zulassen, dass sein Sohn sein ganzes Leben als Erwachsener unglücklich ist?“

„Und was ist mit James?“ fragte Charles mit einer Geste der Verzweiflung. „Lily ist doch James‘ Mutter und nicht nur Roberts Frau.“

„Glaub mir, ich denke an James ebenso wie an Robert. Wenn eine Ehe schlecht ist, dann ist auch das Kind davon betroffen. Ich möchte nicht, dass mein Enkel in einem unglücklichen Zuhause aufwächst.“

„Ich habe dich ja schon gefragt, was du dagegen tun könntest?“

„Ich weiß es noch nicht, wenn ich es aber weiß, dann werd‘ ich es dir sagen.“

„Du denkst doch nicht an Scheidung? Es sind nicht nur die Kosten, sondern er oder sie müsste auch einen Ehebruch beweisen, aber sicher möchte keiner von beiden als die ehebrecherische Partei gelten. Lily ganz bestimmt nicht. Denn sie wäre dann auf dem sozialen Abstellgleis und James würde automatisch Robert zugesprochen. Damit wäre sie nie einverstanden.“

Joseph machte eine abweisende Geste. „Das weiß ich

alles. Ich habe eine Scheidung bereits genau überlegt und mich dagegen entschieden. Ganz abgesehen von allem übrigen wäre es Robert, der die Scheidung einreichen müsste, und er würde das nicht tun. Das gilt auch für eine Trennung von Tisch und Bett, was ohnehin weniger befriedigend wäre."

„Da bin ich aber froh, dass wir uns wenigstens darin einig sind", erwiderte Charles und stieß einen theatralischen Seufzer der Erleichterung aus.

„Die Scheidung war für mich nie ernsthaft in Betracht gekommen. Sie könnte ja Roberts Chancen für eine gute zweite Heirat schaden und das dürfte nichts gefährden. Aber abgesehen davon ist er zu gutmütig und würde die Mutter seines Kindes nie den Demütigungen einer Scheidung aussetzen. Ich kenne ja seine Grenzen."

Charles blickte in fragend an. „Siehst du denn Menschlichkeit und Güte tatsächlich als Einschränkungen?"

Joseph lächelte. „Nun ja, ich hätte es vielleicht anders sagen sollen. Aber es gibt noch einen anderen Grund, weshalb eine Scheidung nicht in Frage kommt. Sie wäre nämlich keine Garantie, dass wir Lily nie wiedersehen müssten. Lily ist genau die Art von Frau, die in ein oder zwei Jahren ressentimentgeladen aufkreuzen und Ärger machen würde. Nein, es müsste schon etwas sein, das endgültiger ist."

„Ich weiß nicht", entgegnete Charles und schüttelte den Kopf. „Mit dem Leben anderer Menschen herumzuspielen ist riskant. Robert ist ein intelligenter junger Mann und ich bin sicher, dass er seine Ehe zu einem Erfolg machen wird. Ich würde an deiner Stelle die Situation akzeptieren und es dabei zu belassen."

„Ja, du hast wahrscheinlich recht", sagte Joseph und

überlegte eine Weile. „Wenn mir schließlich aber etwas einfällt, kann ich dann auf deine Hilfe zählen?"

Charles zögerte und streifte eine scheinbare Fluse von seinem Ärmel.

„Immerhin", fuhr Joseph fort, die Augen noch immer auf Charles gerichtet, und klopfte seine Pfeife im Aschenbecher neben sich aus, „stehen wir beide uns viel näher, als viele andere Brüder, wo doch das Geld unserer Firma deiner Bank anvertraut ist. Und dabei sprechen wir von einer nicht unbeträchtlichen Summe, für die dir die Bank im Lauf der Jahre schon oftmals auf verschiedene Weise ihren Dank ausgesprochen hat."

„Und du weißt auch, wie dankbar ich dafür bin", sagte Charles leise.

„Und ich weiß auch, Charles, dass es dir gegen den Strich geht, etwas zu riskieren. Ich würde aber gern davon ausgehen, dass du deinen anfänglichen Vorbehalt überwindest und mir hilfst, wenn ich dich darum bitte." Joseph hielt inne und klopfte erneut mit der Pfeife gegen den Aschenbecher. „Wenn du willst, könntest du es als eine Art von Dank mir gegenüber dafür ansehen, dass Linford & Son deine Bank weiterhin unterstützt."

„Ja, ich verstehe", sagte Charles langsam. „In diesem Fall werde ich natürlich helfen."

Joseph lachte ihn zufrieden an. „Das ist prima. Aber vergessen wir das alles mal. Und sagtest du nicht, dass du einen wunderbaren Portwein hast?"

7

K *entish Town, März 1920*

ALS ARTHUR JOSEPH LINFORD den Bauhof im Jahre 1875
erwarb, da wusste er was er tat. Kentish Town war zwar
nicht weit vom Londoner Zentrum entfernt, galt aber nicht
als eine begehrenswerte Wohngegend. So war es ihm
möglich, eine größere Menge Bauland zu einem angemes-
senen Preis zu erwerben. Es bedeutete auch, dass auf dem
Bauhof genügend Platz für die Bauwagen vorhanden war
und dass viele Arbeiter in der Umgebung auf Arbeitssuche
waren.

Des Weiteren war zusätzlich zu dem einfachen, ziemlich
großen Backsteinhaus für Lagerzwecke am anderen Ende
des Hofs ein weiteres Backsteinhaus mit einem grauen
Schieferdach vorhanden, dessen Eingangstür zum Gehsteig
hinführte, und an dessen Seite sich ein kleiner Garten
befand.

Arthur war hocherfreut, dass er ein Werksgelände gefunden hatte, wo er auch wohnen konnte.

Er hatte sofort gemerkt, als er und seine junge Frau Hand in Hand durch die drei kleinen Räume zu beiden Seiten des Eingangsflurs gegangen und dann die steile Mitteltreppe zum Oberstock hinaufgestiegen waren und die vier kleinen Schlafzimmer gesehen hatten, dass das Haus über genügend Platz für zwei Büroräume im Erdgeschoß und ausreichend Wohnraum für ihn und Bertha während der Woche im Oberstock verfügte.

Nachdem sie die Schlafzimmer begutachtet hatten und sich auf dem Treppenflur umsahen, sagte er zu seiner Frau, dass er seinen Leuten auftragen werde, den Ableitungskanal und auch die Vorkehrungen zum Entsorgen der Abfälle in der Aschengrube in der Ecke des Gartens seitlich am Haus zu prüfen. Und sie sollten auch in der Küche Fließwasser und einen Heißwasserkessel installieren. Das Außenklo sollte dort bleiben, wo es war, doch im Oberstock sollte ein Wasserklosett und unter Dach zwei Räume für die Haushälterin eingerichtet werden. Das Haus hatte bereits eine Gasbeleuchtung und im Keller konnte Kohle für den Heißwasserkessel und die offenen Kamine gelagert werden. Insgesamt wäre am Haus also nur wenig zu tun.

Als sie langsam wieder die Treppe hinuntergingen, hatte er auf Berthas Gesicht eine gewisse Unsicherheit entdeckt, so als ob sie sich fragte, weshalb er derartige Änderungen am Haus vorgeschlagen hatte, und gleichzeitig schien ihr auch eine Idee gekommen zu sein, von der sie hoffte, dass sie sich getäuscht hatte.

Arthur fragte sich nun zum ersten Mal, wie sie auf seinen Plan reagieren würde und er fühlte, wie Nervosität in ihm aufstieg. Auf halber Treppenhöhe hatte er nun tief

Atem geholt und ihr gesagt, dass sie nun während der Woche in dem Haus wohnen sollten.

Sie war daraufhin sofort stehengeblieben und hatte sich ihm mit einem Ausdruck ärgerlicher Überraschung zugewandt.

„Hier!" hatte sie enttäuscht ausgerufen.

Ihr Vater hatte Arthur bei ihrer Hochzeit einen hohen Geldbetrag übergeben, gleichzeitig aber mit einem leichten Zittern in der Stimme auch gesagt, dass sie einen Teil davon zwar für ein besseres Haus in London ausgeben könnten, dass es zum gegenwärtigen Zeitpunkt aber am besten wäre, den vollen Betrag in die Firma zu investieren. Denn auf diese Weise könnten sie maximalen Nutzen aus dem steigenden Bedarf an Häusern für die zunehmende Bevölkerung ziehen.

Damals hatten die ärmeren Leute nämlich keine andere Wahl, als nur Unterkünfte in den Rücken an Rücken aneinandergebauten Reihenhäusern zu mieten, die von Linford & Sons und anderen Bauunternehmern schon seit Jahren gebaut worden waren. Und Marthas Vater war überzeugt gewesen, dass die Tage dieser Häuser, vor allem in Südengland, gezählt waren.

Er hatte Martha gesagt, und dabei fest ihre Hand gedrückt, dass die Politiker zwar immer wieder versuchten, Gesetzesvorschläge zum Verbot derartiger Häuser einzubringen, dass sie jedoch angesichts der starken Opposition seitens der Industriestädte immer wieder gezwungen waren, ihre Vorschläge zurückzuziehen. Das Gegenargument lautete dahingehend, dass die Hauspreise ansteigen würden, wenn es diese Reihenhäuser nicht gäbe, und somit auch die Mieten. Und abschließend hatte ihr Vater noch gesagt, dass Linford & Sons jedoch für den Tag bereit sein

sollte, an dem einer dieser Gesetzesvorschläge angenommen würde.

Ich verstehe, hatte sie gemurmelt.

Und die Nachfrage war nicht nur für Häuser in der
Stadt, hatte Arthur noch gesagt, als sie weiter die Treppe
hinuntergingen. Und dass es Anzeichen dafür gab, dass
Arbeiter und minderbemittelte Leute jetzt auch Häuser
wollten, die nicht mehr so eng, sondern geräumiger waren,
und einen Garten hatten, und dass dies am Stadtrand
leichter durchführbar sei, als mitten in der Stadt. Und dank
des Ausbaus der Eisenbahnverbindungen, insbesondere im
Norden und Nordosten von London, konnten die Menschen
jetzt Häuser außerhalb der Stadt mieten und problemlos
zur Arbeit kommen.

Er wollte nun den gesamten Betrag, den ihnen ihr Vater
gegeben hatte, dafür verwenden, zahlreiche derartige
Häuser damit zu bauen. Später könnten sie sich dann ein
größeres Haus in einem attraktiveren Teil von London für
sich selbst leisten.

Und sie hatten ja auch Chorton House, das ihnen ihr
Vater noch zur Hochzeit geschenkt hatte, damit sie sich an
den Wochenenden in Oxfordshire erholen konnten. Aber
während der Woche in Chorton zu wohnen, wäre unmöglich – hatte er ihr noch versichert – denn es wäre viel zu weit
von London entfernt. Wenn sie also in Kentish Town in dem
Haus wohnten, das bereits Teil des Bauhofs war, müssten sie
nicht von ihrem Kapital zehren.

Zuletzt fragte er sie noch besorgt, ob sie damit einverstanden sei.

Sie hatte laut geseufzt und ihn enttäuscht angeblickt.
Und ihm gesagt, dass sie sich den Anfang ihres gemeinsamen Lebens anders vorgestellt hatte, dass sie ihm jedoch

vertraute, das Beste für ihre Zukunft zu wollen, und sie deshalb auch mit seinem Plan einverstanden sei.

Daraufhin hatte er sie ganz fest umarmt und ihr versichert, dass sie nicht länger als unbedingt nötig in Kentish Town wohnen würden, und als acht Jahre später Thomas zur Welt gekommen war, hatte Arthur sein Versprechen eingehalten und sie waren in ein großes Haus in Hampstead, unweit von Hampstead Village und Hampstead Heath, gezogen.

Da auch seine Geschäfte florierten, und kein Bedarf mehr an Wohnräumen im Haus in Kentish Town war, hatte er drei der Zimmer im Erdgeschoss in Büroräume umgewandelt, die für ein Unternehmen mit dem Ruf und der Größe von Linford & Sons standesgemäß waren.

Und so war es in Kentish Town auch geblieben, bis Thomas aus dem Krieg zurückgekommen war, ohne sein rechtes Bein und ohne drei Finger an seiner rechten Hand.

Alice stand in der offenen Tür zu Thomas' Büro und beobachtete ihn. Er hatte, wie so oft, seinen Rollstuhl hinüber zum Schiebefenster manövriert, und saß nun bewegungslos in seinem Stuhl und starrte auf die Platanen auf der gegenüberliegenden Straßenseite, die den Blick auf die dahinterliegenden baufälligen Läden verdeckten.

„Es ist typisches Aprilwetter, obwohl es erst März ist", bemerkte Alice und ging weiter in das Zimmer hinein. „Ich hab' mich zwar untergestellt, bin aber immer noch ziemlich nass geworden."

„Dann bin also ich der Glückliche, der nicht hinauskann und daheimbleiben muss?"

„Du weißt doch, dass ich es nicht so gemeint habe", erwiderte sie, öffnete ihren Schirm und stellte ihn zum Trocknen in eine Ecke des Raums. „Und du weißt auch ganz genau, dass du spazieren gehen könntest, wenn du deine

Prothese tragen würdest, und du weißt auch, dass ich, wenn du sie nicht tragen möchtest, dich gern im Rollstuhl hinfahre, wo immer du willst."

Thomas bewegte sich nicht und blickte weiterhin geradeaus.

„Kann ich dir irgendetwas bringen?" fragte sie und knöpfte ihren Regenmantel auf.

„Ein ordentliches rechtes Bein und eine gute Hand."

Sie zögerte, zog ihren Mantel aus und hängte ihn über einen der Stühle mit hoher Rückenlehne am Tisch. Dann zog sie den anderen Stuhl zum Fenster und setzte sich neben Thomas.

Er blickte sie mürrisch von der Seite an. „Nach deinem Gesicht zu schließen willst du mir sagen, dass ich mich endlich zusammenreißen soll. Aber gib dir bitte keine Mühe, Alice, du verschwendest nur deine Zeit. Ich hab' ja alles schon so oft gehört."

Und er wandte sich wieder dem Fenster zu.

Alice rückte ihren Stuhl zurecht, so dass sie ihn ansehen konnte. „Ja, ich weiß, und ich wollte nicht meine Zeit verschwenden, wie du sagst – denn wenn du in dieser selbstmitleidigen Stimmung bist, kann ich dich ja doch nicht herausholen. Nein, ich wollte dir erzählen, dass ich zufällig Joseph begegnet bin. Er war auf dem Weg zum Bauhof, als ich an ihm vorbeiging, und wir blieben stehen und haben ein wenig geplaudert."

„Da er nur selten von etwas Anderem als von der Firma spricht, muss es ein fesselndes Gespräch gewesen sein."

Alice lächelte. „Du hast recht. Ja, wir haben tatsächlich über die Firma gesprochen. Er war voll des Lobes für das neue Bauprojekt im Norden von London und wie gut sie dabei in so kurzer Zeit vorangekommen sind." Und nach einigem Zögern. „Er will es am Freitag Charles und auch

Robert und Lily zeigen. Und sie gehen dann zurück nach Primrose Hill zum Lunch. Er hat mich gefragt, ob wir nicht auch kommen möchten. Er würde uns abholen. Er war heute sehr in Eile, sagte aber, dass er morgen vorbeikommen und dich selbst fragen möchte." Sie zögerte ein wenig. „Ich würde es gern sehen, du nicht auch?"

„Du kannst gehen, wenn du willst. Ich aber nicht."

Alice beugte sich zu ihm hin und lächelte ihn ermutigend an. „Ich denke, wir sollten aber hingehen, Thomas. Du solltest schließlich mehr rauskommen, und es wäre schön für dich, wenn du etwas mit deinen Brüdern unternimmst."

„Du meinst wohl, damit sie stolz auf sich sein können, weil sie einen Krüppel ausführen!"

Alice richtete sich auf. „Das ist nicht der Grund, weshalb Joseph möchte, dass du mit dabei bist, und das weißt du auch. Er dachte, dass es dich interessieren könnte, das neue Gebäude zu sehen. Schließlich hast du ja hinter den Kulissen viel daran mitgearbeitet, und wirst auch noch viel mehr dazutun. Und das ist auch alles."

„Sei nicht so naiv, Alice – es geht doch nicht um mich, sondern um sie selbst. Sie glauben, dass sie sich, wenn sie mich ausführen, nicht mehr schuldig fühlen müssen, weil sie nicht im Krieg mitgekämpft haben. Weil sie in ihren warmen Betten gelegen sind, während wir Tag und Nacht unser Leben riskiert haben, tief im Dreck – einem widerlichen, stinkenden, schleimigen Dreck, der dich in sich hineinsaugt – und während wir an der Front versucht haben, in verlausten Schützengräben, mit katzengroßen Ratten zusammengepfercht, unter ständigem Beschuss zu überleben. Sie waren alle in Sicherheit daheim, während ich meinen besten Freund verloren habe, der für den Großteil meines Lebens ein Teil von mir gewesen ist. Kannst du dir vorstellen wie es war, als er vor meinen Augen verreckt ist? Einen Augenblick zuvor war er noch neben mir die Böschung hinaufgeklettert und im nächsten war er in Stücke gerissen und alles was von ihm noch übrig war, war sein Helm neben mir. Und wo sind da meine Brüder gewesen? Ach ja, daheim und haben sich in Sicherheit am Krieg bereichert."

Alice stöhnte insgeheim.

Sie konnte sich gar nicht mehr erinnern, wie oft sie das schon gehört hatte, und wie oft sie ihm schon gesagt hatte, dass es seinen Brüdern gegenüber unfair sei. Die Arbeit, die sie daheim gemacht hatten, während Thomas im Krieg kämpfte, wie der Bau von Landebahnen und die Reparatur von Flugfeldern, sowie Räumung und andere Bauarbeiten waren kriegswichtig gewesen. Und da so viele Bankangestellte an der Front waren, war Charles von seiner Bank zurückbehalten worden. Aber Thomas wollte das alles nicht hören.

„Sie haben keinen Grund, sich schuldig zu fühlen, und ich bin sicher, dass sie es auch nicht tun", erwiderte sie ganz einfach. „Sie sind nur überaus betroffen, dass du verletzt wurdest und möchten dir ganz einfach helfen."

„Da irrst du dich aber. Denn sie fühlen sich schuldig, dass sie nicht den Mut hatten, sich den Gräueln des Kriegs zu stellen – den Gasangriffen, dem unablässigen Maschinengewehrfeuer, dem Schmerz, wenn einem von den Stacheldrahtzäunen die Haut abgezogen wurde – und sie sollten sich ja schuldig fühlen."

„Nein, das sollten sie nicht", sagte sie still. „Es war deine Wahl gewesen, in den Krieg zu ziehen – niemand hat dich dazu gezwungen. Ganz im Gegenteil. Sowohl Joseph wie auch Charles haben mir erzählt, wie sie gebettelt haben, dass du daheimbleiben und bei der Auftragsarbeit mithelfen solltest. Du hast es aber rundweg abgelehnt. Du wolltest mit David in den Krieg, und damit basta. Du kannst also nicht ihnen die Schuld dafür geben, was dir geschehen ist."

„Ich kann tun, was ich will". Er schwang seinen Rollstuhl herum und sah ihr ins Gesicht. „Aber du kannst gehen, wenn du willst."

„Thomas, tagein tagaus hier herumsitzen und dich selbst zu bemitleiden, ist das Schlimmste was du tun kannst. Wenn du das Schreiben mit deiner linken Hand üben würdest, wie ich es dir immer wieder vorschlage, könntest du bald ebenso gut wie früher mit deiner rechten Hand schreiben, und du würdest dich nicht mehr so hilflos fühlen. Es ist wichtig, dass du rauskommst, und am Freitag mit Joseph mitzumachen, wäre ein guter Anfang." Und nach einigem Zögern beugte sie sich vor und ergriff seine gesunde Hand. „Bitte versprich mir, dass du Joseph sagst, dass wir mitkommen. Bitte, Thomas."

Er entzog ihr seine Hand. „Ja, ich versprech' es", sagt er in missmutigem Ton. „So, bist du jetzt zufrieden?"

„Ja, danke." Sie stand auf und rückte ihren Stuhl wieder zurück zum Tisch. „Ich mache uns jetzt einen Tee", sagte sie mit einem Lächeln.

„Alice!" hörte sie ihn rufen, als sie die Tür erreicht hatte. Mit dem Türgriff in der Hand blieb sie stehen und wandte sich ihm zu.

„Es tut mir leid", sagte er. „Ich habe vergangene Nacht kaum geschlafen. Ich hatte wieder diese Albträume und bin schweißgebadet aufgewacht. Mein Herz hat wie wild geklopft und ich hatte wieder schreckliche Angst. Aber das weißt du ja, weil ich dich geweckt habe. Aber du weißt auch, dass ich dich liebe, nicht wahr, selbst wenn ich manchmal wirklich abscheulich bin. Ich höre mich dann und hasse mich, kann aber nicht aufhören."

„Ja, ich verstehe dich, Thomas", versicherte sie ihm. „Wahrscheinlich ist es aber nicht hilfreich, wenn ich dir sage, dass Angstanfälle nach allem, was du durchgemacht hast, normal sind. Ja, das sind sie wirklich, und sie werden eines Tages vergehen."

„Das hoffe ich auch, nicht nur für dich, sondern vor allem auch für mich. Du kannst Joseph danken und ihm sagen, dass wir am Freitag mitkommen werden."

Sie lächelte ihn an und nickte. „Ich hole uns jetzt den Tee, und vielleicht trinken wir ihn dann im Wohnzimmer. Du solltest nach Möglichkeit hin und wieder eine Abwechslung vom Büro haben, selbst wenn es nur der Raum nebenan ist." Dann ging sie hinaus in den Flur.

Nachdem sie die Tür geschlossen hatte, lehnte sie sich erleichtert dagegen.

Zum Glück hatte sie nicht erwähnt, dass sie auch Charles getroffen hatte, dachte sie – so wie er heute gereizt und verbittert war. Aber sie würde am Freitag wenigstens woanders hingehen, als nur zum Einkaufen. Und sie hätte dann auch Lily, mit der sie sich unterhalten konnte. Darauf freute sie sich schon. Sie hatte Lily noch nicht oft gesehen, aber die paarmal hatte sie das Gefühl gehabt, dass Lily eine Freundin brauchen könnte.

Und sie wusste, dass es auch ihr guttun würde.

Denn das Leben mit Thomas war alles andere als einfach.

8

m folgenden Freitag

MIT ROBERT an seiner Seite und Alice, Thomas und Charles hinter sich, führte Joseph die kleine Gruppe über das Gelände des Bauprojekts, das im Norden von London im Entstehen war. In der Mitte des matschigen Bodens blieben sie stehen, umgeben von dachlosem Backsteingemäuer und Zeltplanen. Mit einem strahlenden Lächeln blickte er auf seine Besucher und entschuldigte sich bei Robert, dass dieser bereits wusste, was er den anderen jetzt bezüglich der Änderungen in der Firmenpolitik erklären wollte.

Die Firma Linford & Sons würde weiterhin an potenzielle Vermieter verkaufen, versicherte er ihnen, aber auch weiterhin selbst vermieten, wobei die Vermietungsabteilung sich um diesen Teil ihrer Tätigkeit kümmere. Der Schwerpunkt ihrer Tätigkeit lag jetzt jedoch darauf, erschwingliche Häuser zum Kauf anzubieten, die nun paarweise und nicht mehr in Reihen gebaut wurden. Dann schlug er vor, sich ein oder zwei der im Bau befindlichen neuen Häuser mit ihrer Innengestaltung anzusehen.

„Vorsicht, dass ihr im Matsch nicht ausrutscht", rief er seinen Besuchern nach, als sie von Charles, gefolgt von Alice und Thomas, zu den nächstliegenden zwei Häusern geführt wurden.

„Ich nehme an, dass Lily schließlich doch nicht kommen wollte?" sagte Joseph zu Robert gewandt.

„Nein, sie wollte schon kommen, aber James hat eine schlimme Erkältung und sie wollte ihn nicht zurücklassen."

Joseph runzelte die Stirn. „Habt ihr denn kein Kindermädchen mehr?"

„Natürlich haben wir eins. Aber wenn ein Kind krank ist, dann will es seine Mutter haben."

„Na gut, wenn du die Sache so sehen willst."

Robert blickte seinen Vater erbost an. „Wenn du versuchst, mich gegen Lily einzunehmen, dann ist es dir nicht gelungen. Du kannst sie doch kaum beschuldigen, eine gute Mutter zu sein."

Joseph ging achselzuckend darüber hinweg. Beide wandten sich nun den anderen zu, die soeben zu ihnen zurückkamen. Charles ging neben Thomas, und hatte seinen Gang dem seines Bruders angeglichen. Alice folgte ihnen nach.

„Wie gefällt es euch?" wollte Joseph wissen, als sie ihn erreicht hatten.

„Meines Erachtens unterscheiden sie sich kaum von den Reihen identischer Häuser, die du auf den kleineren, den Bauern abgekauften Grundstücken, gebaut hast", erwiderte Charles. „Auf den ersten Blick sind sie sich auch im Inneren sehr ähnlich. Und du verwendest noch immer lokale Ziegel, und bestellst wahrscheinlich auch die dekorativen Teile aus den Katalogen. Dafür bist du zuständig, Thomas? Nicht wahr?"

„Ich mache auch noch anderes", antwortete Thomas irritiert.

„Die Innengestaltung ist doch etwas anders", erklärte Joseph. „Die meisten Häuser haben im Oberstock drei Schlafzimmer und ein Badezimmer im Haus. Ein Dienstbotenquartier ist natürlich nicht mehr notwendig."

„Das habe ich bemerkt. Auch, dass es kein Außenklo gibt. Das nenne ich wirklichen Fortschritt", bemerkte Charles.

„Heutzutage wollen alle eine Einbauküche mit Fließwasser und eine Toilette im Haus, und das geben wir ihnen auch. Wir achten aber auch darauf, dass wir die neuen Bestimmungen in Bezug auf Entwässerung und Abwasserbeseitigung genau befolgen und dass sauberes Trinkwasser vorhanden ist."

„Joseph, wie klug von dir, dass du weißt, was die Leute in dieser Hinsicht brauchen", riskierte Alice, den Blick voller Bewunderung.

Joseph antwortete ihr mit einem warmen Lächeln. „Da bekommt man ein Gefühl dafür, Alice. Und schließlich ist es auch meine Aufgabe, es zu wissen. Aber insgesamt ist es eine Teamarbeit. Thomas tut das seine und Robert auch." Und an Charles gewandt. „Charles, das wird dich interessieren, wo du doch ein Finanzmann bist. Wir ändern nämlich jetzt auch ganz beträchtlich unsere Arbeitsweise zur Reduzierung unserer Kosten. Und da haben wir auch gar keine Wahl, denn unserer Kriegsaufträge sind zum Großteil beendet und wir haben eine wertvolle Gelegenheit verpasst, zu mehr Geld zu kommen."

Dabei warf er Robert einen ostentativen Blick zu.

„Papa, versuchst du vielleicht, mir etwas zu sagen?“ fragte Robert in besänftigendem Tonfall.

Joseph wandte sich darauf mürrisch dreinblickend an Charles. „Wir beschäftigen weniger Arbeiter und anstatt die Ausrüstungen zu kaufen, mieten wir sie, wenn wir sie brauchen. Und zur Reduzierung unserer festen Gemeinkosten beschäftigen wir weniger Arbeitskräfte, die praktisch alles können müssen.“

Charles starrte ihn überrascht an. „Aber selbst wenn einige der Verträge abgelaufen sind, war es bei der steigenden Nachfrage, von der du ja sprichst, wirklich notwendig, den Sparstift so drastisch anzusetzen?“

„Oh, ja. Die Nachfrage ist da. Die Wohnungsnot hat es schon vor dem Krieg gegeben. Ein Drittel aller Haushalte haben zu wenig Platz und viel zu viele müssen sich ihre Wohnung mit einer anderen Familie teilen. Die Kostenreduzierungen sind aber notwendig, weil der Kapitalaufwand für Häuser, die für den Verkauf gebaut werden, wesentlich größer ist, als für Häuser, die vermietet werden. Das bedeutet, dass wir möglichst viel Kapital freisetzen müssen, um von der Situation profitieren zu können.“

Charles nickte. „Ja, das verstehe ich.“

Daraufhin fuhr Joseph in nachdrücklichem Tonfall fort, dass niemand wisse, was die Zukunft bereithalte. So habe die Zentralregierung jetzt – überzeugt, dass die privaten Bauunternehmer nicht in der Lage seien, hochwertige Häuser zu preiswerten Mieten bereitzustellen - begonnen, die Bauten von Gemeindebehörden zu subventionieren. Und diese Behörden könnten sich als beachtliche Konkurrenten erweisen.

„Ohne den Eingang zusätzlicher Mittel haben wir keine andere Wahl, als die Kosten zu senken“, sagte er abschließend und blickte Robert erneut vorwurfsvoll an.

„Und ist die hohe Nachfrage für käufliche Häuser der einzige Grund, Papa, weshalb wir diese Häuser trotz der zusätzlichen Kosten bauen?" fragte Robert in sanftem Tonfall.

Joseph knurrte nur verärgert.

Robert lächelte seinen Vater amüsiert an und wandte sich an Alice. „Papa hat zweckmäßigerweise vergessen zu erwähnen, dass die Mieten noch immer an das Vorkriegsniveau gekoppelt sind", sagte er zu ihr. „Das Parlament hat sie während des Kriegs, bei steigender Inflation und Wohnungsnot, mit einem Notstandsgesetz eingefroren, und das Gesetz ist bis jetzt noch nicht aufgehoben worden. Das bedeutet, dass Mieten angesichts der steigenden Kosten von Baumaterial und Arbeit nicht wirtschaftlich sind und daher kein Anreiz besteht, Niedrigkostenhäuser zum Vermieten zu bauen." Robert warf seinem Vater einen amüsierten Blick zu. „Das ist doch mehr als alles andere der Grund, dass wir Kosten sparen müssen, nicht wahr Papa?"

„Jetzt hat er dich ertappt, Joseph", sagte Charles lachend.

Auch Joseph lachte und schlug Robert auf die Schulter. „Ja, da hat er recht!"

„Was ist mit den Anwälten und Buchhaltern?" fragte Charles. „Wirst du die noch behalten?"

Joseph schüttelte den Kopf. „Nein, keineswegs. Wir werden sie vor Ort anheuern, wenn wir sie brauchen."

„Ich zieh den Hut vor dir, Joseph", sagte Charles zustimmend. „Du bist allen anderen immer um Meilen voraus. Es wundert mich nicht, dass die Firma floriert, während im Land noch so viel Unruhe herrscht. Wenn du, Robert, auch nur einen Bruchteil von der Schlauheit deines Vaters hast, sieht Linford & Sons einer goldenen Zukunft entgegen."

Joseph nickte zustimmend zu Charles hin. „Ich denke, das war's", sagte er abschließend. „Thomas ist jetzt sicher lange genug gestanden und ich schlage vor, dass wir es damit belassen und nach Primrose Hill fahren. Maud hat für uns alle ein Lunch zubereitet. Wirst du mitkommen, Charles?"

„Wenn ich darf, sehr gern", erwiderte Charles. „Und ich bringe Thomas und Alice dann nach Kentish Town zurück – es ist ja fast auf meinem Heimweg."

„Sehr schön. Ich muss dann nicht wieder raus."

„Da denke ich anders." Thomas wandte sich an Joseph. „Du hast uns hergebracht, Joseph, und du kannst uns nach dem Lunch auch wieder heimbringen. Natürlich nur, wenn es nicht zu viel Mühe macht."

Alice warf schnell einen Blick auf Thomas und dann auf Charles, und tiefe Röte überzog ihr Gesicht.

Autsch, dachte Robert.

„Natürlich nicht", warf Joseph schnell ein. „Alles, was mir etwas mehr Zeit mit deiner charmanten Gattin erlaubt, ist mir sehr willkommen. Wir sehen ja nie genug von euch beiden." Er dachte einen Augenblick lang nach. „Weißt du, Alice", fuhr er fort, „ich habe mir überlegt, dass es für dich und für Thomas vielleicht von Vorteil wäre, wenn du Autofahren lernen würdest. Wenn du willst, könnten wir einen Firmenwagen für dich bereitstellen. Man sieht heutzutage immer mehr Frauen, die Auto fahren, warum auch nicht du? Ich weiß, dass Frauen nicht wirklich am Autofahren interessiert sind, und sie werden natürlich nie so gut sein wie die Männer, aber bei Thomas' beschränkter Mobilität wäre es doch einer Überlegung wert."

„Ich helf' dir gern beim Lernen", sagte Charles. „Du musst es mir nur sagen."

„Alice und ich, wir brauchen keine Hilfe", antwortete Thomas scharfzüngig. „Sie will nicht Auto fahren. Danke für deinen Vorschlag, aber wir brauchen deine Hilfe nicht.

Also, Joseph, du hast soeben gesagt, dass ich schon lange genug gestanden bin. Ich bin jetzt bereit."

ALS ALLE UM DEN Tisch versammelt waren und auf ihr Lunch warteten, starrte Lily über den Tisch hin auf Robert und fragte sich, woran Robert wohl dachte, seitdem er mit Joseph und den anderen zurückgekommen war. Er hatte seitdem kaum etwas zu ihr gesagt, und in Anbetracht der geringen Aufmerksamkeit, die er ihr geschenkt hatte, hätte sie ebenso gut mit James im Kinderzimmer bleiben und ihr Lunch dort mit ihm essen können.

„Unser armer Kleiner hat die ganze Zeit geschnieft und gehustet", sagte sie schließlich, bei dem Versuch ein Gespräch in Gang zu bringen.

„Da hat er sich sicher gefreut, dass du bei ihm warst." Er hatte aufgehört, seinen Finger um den Rand seines Glases laufen zu lassen und blickte sie jetzt über den Tisch hin an. „Weißt du, Lily", sagte er dann, „du brauchst keine Angst zu haben, wenn du ihn bei Annie lässt. Es ist ja ihr Beruf. Das ist keine Kritik, aber es hätte mich gefreut, wenn du heute bei *mir* gewesen wärst. Du hättest etwas über die Pläne der Firma erfahren, und Papa hätte gedacht, dass du daran interessiert bist, und das hätte ihn gefreut." Er lächelte sie halb schmunzelnd an. „War die Krankheit von James eine Ausrede, weil du Papa vermeiden wolltest?"

Sie stieß ein verlegenes Lachen aus. „Ja, ein ganz klein wenig, um ehrlich zu sein. Ich habe mir um James Sorgen gemacht, aber ich hatte wahrscheinlich noch größere Sorgen, den ganzen Tag mit deinem Vater verbringen zu müssen. Er mag mich ja überhaupt nicht."

Er starrte sie verzweifelt an. „Wenn du ihm nur die

Chance geben würdest, dich besser kennenzulernen, dann würde er dich auch bald mögen.“

Die Tür ging auf und Mrs. Bailey kam herein. Niemand sprach, während sie die Hauptspeise – pochierten Lachs, Salzkartoffeln, Erbsen und Karotten – auf den Tisch stellte.

„Als Nachspeise gibt es Pfirsiche aus der Dose“, sagte sie, als sie den Raum verließ. „Mit Vanillesauce. Nur als Pulver, ist aber besser als gar nichts.“

Die Tür klickte ins Schloss, als Mrs. Bailey hinausging. Lily stand schnell auf, lief zu Robert hinüber und umarmte ihn ganz fest. „Robert, ich versprech‘ dir, dass ich nächstes Mal mitkomme, selbst wenn James schrecklich erkältet ist. Und sogar, wenn nur du, ich und dein beängstigender Vater zusammen sind.“ Sie beugte sich nieder und küsste ihn auf den Kopf.

Er wandte sich ihr zu und legte seine Hand seitlich an ihren Kopf, so dass sie nicht zurückgehen konnte. Langsam ließ er seine Finger über ihre Wange gleiten. „Lily, ich liebe dich so sehr. Deshalb möchte ich, dass du jede Minute am Tag bei mir bist. Du weißt gar nicht, wie oft ich es mir wünsche, dass nur du und ich beisammen sind und dass wir den Rest der Welt aussperren könnten.“

Eine lange Weile starrten sie einander in die Augen. Dann beugte Lily ihren Kopf zu ihm nieder und küsste ihn auf die Lippen.

Lächelnd zog sie sich zurück und ging an ihren Platz. Sie nahm Messer und Gabel und begann zu essen und er tat desgleichen.

„Robert, wirst du mir jetzt erzählen, was heute geschehen ist?“ fragte sie, als sie mehrere Minuten lang stillschweigend beisammengesessen waren.

„Nichts ist geschehen.“

„Das glaube ich nicht. Seit wir zurück sind, bist du

anders als sonst, und ich weiß, dass dich etwas bedrückt. Und sag' nicht, dass es etwas damit zu tun hat, dass ich am Vormittag nicht mit dabei war, denn das ist es nicht."

Er zögerte eine Weile. „Du hast recht – ja, ich habe etwas auf dem Herzen, seit wir zurück sind, und du hast auch recht, dass es nichts mit irgendetwas zu tun hat, das du getan oder nicht getan hast. Geschehen ist aber nicht das richtige Wort dafür. Denn es ist eigentlich nichts geschehen. Es war nur etwas Seltsames, das mir nicht aus dem Kopf gehen will."

„Wie seltsam?"

Robert legte Messer und Gabel zur Seite und lehnte sich im Stuhl zurück.

„Eigentlich waren es zwei Dinge. Onkel Charles hatte vorgeschlagen, Alice und Onkel Thomas nach dem Lunch nach Kentish Town zurückzufahren, damit Papa nicht wieder raus muss, aber Onkel Thomas wollte es nicht. Er bestand darauf, dass Papa sie nachhause bringt. Er hat ziemlich aggressiv geklungen."

„Du sagst doch, dass Onkel Thomas immer auf alle böse ist. Vielleicht war er nur aggressiv, weil das seine Art ist."

„Ja, das hätte ich vielleicht auch gedacht, wenn nicht ein paar Minuten später etwas Anderes gesagt worden wäre."

Und er erzählte ihr von Josephs Vorschlag, dass Alice Autofahren lernen sollte, und dass dann Charles Angebot, ihr dabei zu helfen, glattweg abgelehnt worden war.

„Es wäre für alle so viel einfacher, wenn Alice Auto-fahren könnte", meinte Robert.

„Und du glaubst nicht, dass Thomas einfach wieder aggressiv war?"

„Robert schüttelte den Kopf. „Nein, das glaube ich nicht."

„Weshalb verhält er sich dann aber so?"

„Ich bin mir nicht sicher, aber immer, wenn wir alle

beisammen sind, ist Onkel Charles wirklich freundlich zu Alice. Er bemitleidet sie, wie wir alle es tun, weil sie immer das Meiste von Onkel Thomas' schlechter Laune abbekommt. Ich frage mich, ob Onkel Thomas diese Freundlichkeit als eine Kritik an seinem Verhalten Alice gegenüber sieht."

Lily dachte ein wenig nach. „Du könntest recht haben. Dein Onkel ist wirklich nett zu ihr – er ist netter zu ihr als zu mir."

Robert griff nach Messer und Gabel. „Ich bin sicher, dass sich das ändern wird. Das war jedenfalls alles. Iss jetzt, und dann setzen wir uns in das Hinterzimmer. Mrs. Bailey hat ein Feuer angezündet, weil es heute recht nasskalt war."

Als sie nach dem Abendessen im Hinterzimmer eng beieinander auf dem Sofa saßen, starrten sie auf das Feuer im Kamin, dessen Glut ihre Gesichter rot-golden erglänzen ließ.

„Was hörst du?" fragte sie nach einigen Minuten.

„Nichts", antwortete er überrascht.

„Ich auch nicht. Mrs. Bailey ist in ihrem Zimmer und schläft wahrscheinlich schon ganz fest. Und auch Annie schläft ganz bestimmt. James war heute ziemlich anstrengend, denn er hat sich den ganzen Tag nicht wohlgefühlt. Und jetzt schläft er, denn sonst würden wir ihn hören. Wir sind als einzige noch wach."

„Ja", erwiderte er und lächelte sie verschmitzt an. „Und worauf willst du denn hinaus."

„Du wolltest doch hin und wieder ganz allein sein mit mir. Das sind wir jetzt." Dabei blickte sie unter langen dunklen Wimpern zu ihm auf. „Kannst du dich erinnern, wie wir in den Tagen vor James schwimmen gegangen und durch die Felder gelaufen sind, ganz frei und splitternackt? Und dann haben wir uns ins Gras gelegt und getan, was wir so gern tun wollten. Erinnerst du dich daran?"

Er nickte. „Es scheint schon lange her zu sein."

„Außer uns ist niemand wach. Wir könnten uns wieder ebenso frei fühlen."

„Was meinst du damit?"

Sie stand auf, nahm ihn an der Hand und zog ihn hoch. Dann trat sie einen Schritt zurück und blickte ihn an.

Ganz langsam öffnete sie die Knöpfe am Oberteil ihres Kleides und ließ das Kleid zu Boden fallen. Mit dem Fuß stieß sie es zur Seite. Nacheinander zog sie jedes einzelne Stück ihrer Unterwäsche verführerisch aus, bis sie im Licht des Feuers nackt und golden leuchtend vor ihm stand.

Sie hörte, wie er tief einatmete.

„Robert, jetzt bist du an der Reihe", sagte sie und ging auf ihn zu. Mit ihren Fingern unter den Schultern seines Jacketts ließ sie es entlang seiner Arme zu Boden gleiten. Dann hob sie ihre Arme zu seinem Hemd.

9

K *nightsbridge, April 1920*

SARAH GLÄTTETE den Rock ihres olivgrünen Hemdkleides und begutachtete sich im deckenhohen Spiegel.

Sie hatte ein schlechtes Gewissen, weil sie so viel Geld für das Kleid ausgegeben hatte, aber es würde für ihren Nachmittagstee mit Nellie perfekt sein. Nellie lobte sie immer als ihre modische Inspiration und sie wollte Nellies Erwartungen nicht enttäuschen. Dabei war Nellies Imitation ihres Stils zwar äußerst schmeichelhaft, insgeheim dachte Sarah jedoch, dass sich ihre Nichte mehr wie die Siebzehnjährige kleiden sollte, die sie ja noch war.

Sarah wandte sich zur Seite, um sich im Profil anzusehen, und schob einige Strähne ihres dunkelbraunen Haares in den Chignon unter ihrem Hut. Sie lächelte bei dem Gedanken an den bevorstehenden netten gemeinsamen Nachmittag. Nellie war zwar zurückhaltend gewesen, aber

Sarah hatte eine ziemlich gute Idee, was sie beim Tee besprechen wollte.

Als Nellie sich bei ihr gemeldet und zu ihr gesagt hatte, dass es doch an der Zeit für ein Treffen zum Tee sei, und dann auch noch hinzugefügt hatte, dass sie dringend Hilfe brauche, hatte Sarah mit Sicherheit angenommen, dass es etwas mit Walter zu tun hatte. Sie wusste, dass sich Nellie sehnlichst Josephs Zustimmung zu ihrer Heirat mit Walter wünschte, und dass sie wahrscheinlich von ihr Rat haben wollte, wie sie ihn dazu bringen könnte.

Sie würde sich auf dem Weg zu ihrer Nichte noch etwas überlegen müssen, dachte sie, nahm ihre lilafarbene Handtasche und ging hinaus.

„ICH LIEBE DIESES KLEID", sagte Nellie und nippte an ihrer Teetasse. „Ich hab' es schon seit deiner Ankunft bewundert. Ich beneide dich riesig."

Sarah fühlte eine innere Befriedigung. „Es freut mich, dass es dir gefällt. Es ist neu. Ich habe es nach meinem letzten Streit mit Charles gekauft."

Nellie kicherte. „Oh, je. Worum ist es denn diesmal gegangen? Ich kann es mir wahrscheinlich aber schon denken."

„Du kennst ja die Geschichte. Denn es gibt wieder eine Möglichkeit für eine Beförderung. Aber denkst du, dass er sich bewerben würde? Nein. Er ist froh, so weiterzumachen, wie er es bisher getan hat, obwohl es gar keine Herausforderung mehr ist. Es ist so frustrierend." Sarah hielt inne und lächelte Nellie entschuldigend an. „Eigentlich sollte ich aber nicht so mit dir über deinen Onkel sprechen."

Nellie zuckte die Achseln. „Es geht schon in Ordnung.

Wenn du fertig bist über Onkel Charles zu reden, werde ich mich über seinen Bruder beklagen."

„Ich muss gestehen, dass ich eigentlich nicht überrascht bin", sagte Sarah in amüsiertem Ton, und griff nach einem kleinen Sandwich. „Was hat denn dein Vater schon wieder angestellt?"

„Es geht darum, was er *nicht* getan hat!"

„Lass mich raten, aber ich nehme an es geht um Walter?"

„Du hast recht, wie immer. Ich will unter keinen Umständen warten, bis ich einundzwanzig bin und ihn heiraten kann. Wir lieben einander und möchten so bald wie möglich heiraten. Aber Papa besteht darauf, dass ich jemanden mit genug Geld finde, als Ausgleich dafür, dass Robert die mittellose Lily geheiratet hat. Und er will es auch gar nicht versuchen Walter näher kennenzulernen. Sobald ich Walter heimbringe, verschwindet Papa in sein Büro. Und wenn wir alle zu Abend essen, und er nicht umhinkann, im selben Raum mit ihm zu sein, dann spricht er kaum mit ihm. Mir scheint, dass das Geschäft für ihn wichtiger ist als mein Glück."

Sarah schüttelte den Kopf. „Ich fürchte, das hört sich ganz nach Joseph an. Man müsste doch glauben, dass er mit Robert seine Lektion gelernt hat. Sein Widerstand hat Robert in Lilys Arme getrieben, und sie sorgt schlauerweise dafür, dass er auch darin bleibt."

„Mir war nie klar, was er an ihr sieht. Sie ist hübsch, aber sie ist nicht die einzige hübsche Frau ringsum. Und sie ist so langweilig. Andauernd redet sie von James. Anderer Leute Babys sind doch überhaupt nicht interessant. Auch nicht ihre Familienausflüge. Als sie vor ein paar Tagen bei uns waren, hat sie von nichts Anderem als von ihrem Ausflug nach Leigh-on-Sea am vergangenen Wochenende erzählt.

Und vom Eis, das sie gegessen haben. Und dass Robert ihr einen Flakon mit Gardenia Parfum gekauft hat, das sie liebt. Es war stinklangweilig."

„Ich nehme an, dass sie etwas hat, das Robert sieht, wir aber nicht. Ich bin aber sicher, dass wir es auch bald sehen werden." Sarah hielt inne und blickte dann zu Nellie hin. „Weil wir gerade von Babys sprechen, ich weiß nicht ob dein Vater dir schon gesagt hat, dass Dorothy ein Kind erwartet. Joseph hat ihr geschrieben, als dein Großvater gestorben ist, und sie hat zurückgeschrieben und ihm erzählt, dass sie im Frühling ein Baby bekommt. Ich weiß nicht genau wann. Ich war ziemlich überrascht, dass Joseph die Nachricht weitergegeben hat, denn es ist ja klar, dass er ihr nie vergeben wird, weil sie einen Deutschen geheiratet hat, und das verstehe ich auch."

„Ja, ich habe es gewusst. Papa hat mir erzählt, dass sie geschrieben hat, dass er aber nicht antworten wird. Sie ist, was ihn betrifft, nicht mehr seine Tochter. Ich denke aber nicht so, denn sie ist meine Schwester und sie wird es immer sein. Und ich bin überrascht, wie sehr ich sie vermisse, obwohl ich sie kaum mehr gesehen habe, als sie Krankenschwester war. Ich denke, Papa ist zu streng – denn Dotty kann doch nichts dafür, dass sie sich in einen Deutschen verliebt hat. Man kann es doch nicht verhindern, wenn man sich verliebt. Es muss einfach schrecklich sein, von allen abgeschnitten zu sein. Ich habe Papa gesagt, dass ich ihr schreiben möchte, aber er hat mir ihre Adresse nicht gegeben. Ich werde sie aber finden und ihr dann schreiben."

„Da hast du recht, dass man nichts dafürkann, in wen man sich verliebt, man kann aber etwas dafür, wen man heiratet. Ganz gleich wie schwer es ihr auch gefallen sein mag, sie hätte nie einen Deutschen heiraten sollen. Denk doch nur, wie sich Thomas fühlen muss! Es war eine deutsche Bombe, die ihm sein Bein weggerissen hat. Und die schreckliche Zeit, die er in den Schützengräben verbracht hat. Aber kommen wir jetzt doch wieder auf dein Lieblingsthema zurück", sagte sie, steckte das letzte Stück ihres Sandwich in den Mund und nahm dann ein Törtchen von der Porzellan-Etagere auf dem Tisch. „Also zu Walter. Ich finde ihn sehr fähig und werde dir gern helfen. Was soll ich denn tun?"

Nellie stieß einen übertriebenen Seufzer aus. „Wenn ich es nur wüsste! Ich weiß nur, dass ich meine Verlobung an meinem achtzehnten Geburtstag bekanntgeben möchte, und das ist Ende Juni. Papa hat gesagt, dass er die Familie an meinem Geburtstagswochenende nach Chorton einladen will, und ich möchte es dann allen verkünden."

Sarah rückte sich auf ihrem Stuhl zurecht und blickte Nellie über den Tisch nachdenklich an. „Ich bin mir bezüglich Juni nicht so sicher – das ist etwas zu optimistisch. Immerhin ist der Juni nur noch zwei Monate entfernt. Ich habe aber eine Idee, wie wir den Widerstand deines Vaters gegen Walter überwinden könnten. Du musst es allerdings langsam in Angriff nehmen."

Nellies Augen glänzten vor Aufregung. „Ja wie denn?"

„Ich habe mich an etwas erinnert, das Charles gesagt hat, als er vom neuen Bauprojekt heimgekommen ist. Anscheinend will Joseph die Gemeinkosten der Firma reduzieren und das verfügbare Kapital auf diese Weise aufstocken. Eine Art, wie sie das machen, besteht darin, dass sie Anwälte je nach Bedarf einsetzen, anstatt eine Anwaltskanzlei auf unbegrenzte Zeit anzuheuern."

„Walter ist wirklich gescheit. Sie sollten ihn verwenden."

„Ja. Charles hat immer gesagt, wie smart er ist. Aber außer den offensichtlichen Ausnahmen, wie Dorothys Mann und Alice, haben die Linford- Ehepartner immer

Geld in die Firma gebracht, und Joseph kann sich keine andere Möglichkeit vorstellen. Ich bin sicher, dass Walters relativer Geldmangel das einzige ist, was dein Vater gegen ihn hat. Wenn man aber Joseph davon überzeugen könnte, dass Walters Intelligenz und juristische Kompetenz für die Firma äußerst wertvoll sein könnten, würde das vielleicht seine Einstellung ändern."

„Walter ist rechtlich sehr gut informiert."

„Er muss gar nicht so viel über das Recht an sich wissen – er muss nur alles über die Gesetze in Bezug auf Besitz und Gebäude kennen. Walter ist in einer Anwaltskanzlei, die sich mit Handelsrecht beschäftigt, und wird daher keine Fälle behandeln, bei denen es um Immobilienrecht geht. Wenn er aber mit allen relevanten Veränderungen im Immobilienbereich Schritt hält und auch mit Immobilienfällen, die vor Gericht verhandelt werden, dann hätte er etwas, das er mit deinem Vater besprechen könnte, wenn er ihn sieht. Du kennst ja deinen Vater – er wird nie müde, wenn es in einem Gespräch um die Firma geht. Ich bin mir ziemlich sicher, dass es nicht lange dauern würde, bis er sieht, wie vorteilhaft es wäre, einen Schwiegersohn zu haben, der ihn in rechtlicher Hinsicht beraten kann."

„Ja, das ist die Lösung! Du bist einfach großartig, Tante Sarah!"

„Freu dich aber bitte nicht zu früh, denn Walter ist bereits sehr beschäftigt. Und ich kann mir nicht vorstellen, dass er vor Juni noch viel erreichen kann. Er hätte aber noch genügend Zeit, wenigstens einen Anfang zu machen. Vorausgesetzt, er ist einverstanden. Und vielleicht ergibt sich bereits vor deinem Geburtstag eine Möglichkeit, ein Gespräch über etwas in die Wege zu leiten, das Josephs Interesse erwecken könnte. Zum Beispiel ein ungewöhnlicher Fall, von dem er gelesen hat, bei dem es natürlich um

Immobilien gehen müsste. Es wäre immerhin ein Anfang. Wenn er das ein paarmal tun könnte, dann wäre das sicher ein Weg, wie er akzeptiert werden könnte."

Nellie blickte Sarah freudestrahlend an. „Das ist so genial. Walter ist ganz bestimmt einverstanden."

„Und wie wäre es, wenn wir jetzt alle Bedenken in den Wind schlagen, und uns noch ein Törtchen gönnten?"

10

—————

H

ampstead, Mai 1920

LILY SCHOB den großen schwarzen Kinderwagen auf den Kiesweg, der von der East Heath Road nach Hampstead Heath führte. Dann ging sie entlang dem Teich am Fuße eines grasbewachsenen kurzen Abhangs und achtete dabei darauf, Sarah und Maud nicht einzuholen, die ein Stück des Weges vor ihr gingen, mit Louisa, Christopher und Nellie direkt hinter sich.

Die gefürchteten sonntäglichen Mittagessen waren keineswegs leichter geworden, dachte sie, ganz gleich wie sehr sich Robert auch bemühte, sie vom Gegenteil zu überzeugen, und sie warf böse Blicke auf die Rücken vor ihr.

Als sie schnell nach hinten blickte, sah sie, dass Joseph sie schon fast erreicht hatte, gefolgt von Robert und Charles. Lily wandte sich sofort wieder um, starrte auf den Weg vor sich und schob den Kinderwagen so schnell wie möglich weiter.

„Man würde fast denken, dass du versuchst, mir zu entkommen." Josephs Stimme war nun schon fast in Höhe ihrer Schulter zu hören.

Lily stöhnte innerlich.

Sie blieb stehen, wandte sich um und stieß ein verlegenes Lachen aus. „Natürlich nicht, aber ich war in Gedanken ganz woanders. Ich dachte, dass wir so ein Glück haben, ganz in der Nähe von einem so großen Gelände in freier Natur zu wohnen. James ist so gern hier." Und sie begann wieder den Kinderwagen zu schieben.

„Deshalb hat mein Vater dieses Haus gewählt.", erwiderte Joseph. „Es war irgendwie ein Ersatz dafür, dass wir nicht während der Woche in Chorton wohnen konnten. Und ich habe mir so ungefähr dasselbe gedacht, als ich das Haus in Primrose Hill gekauft habe."

„Mir gefällt euer Haus", sagte sie, und suchte verzweifelt nach etwas Anderem, das sie noch sagen konnte.

Zu Lilys großer Erleichterung hatte sie nun aber Robert eingeholt und ging Joseph gegenüber auf der anderen Seite des Kinderwagens.

Joseph wandte sich nun um und gesellte sich wieder zu Charles.

„Joseph, ich habe soeben gehört wie du Chorton erwähnt hast, und wollte dich fragen, ob auch Thomas und Alice zu Nellies Geburtstagswochenende kommen werden. Weißt du schon etwas?", fragte Charles.

„Ich habe noch nichts von den beiden gehört, aber du kannst sicher sein, dass sie kommen werden. Roberts Einladung zum Lunch nicht anzunehmen ist eines, aber Nellies Geburtstag zu versäumen, das wäre schon etwas ganz Anderes. Ich habe ihnen klargemacht, dass sie kommen müssen. Nellie wäre sehr enttäuscht, wenn sie nicht dabei wären."

„Möchtest du, dass Sarah und ich sie abholen."

„Nein, ist nicht notwendig, Maud und ich werden sie mitnehmen."

„Vielleicht kann James bei Nellies Geburtstagsparty schon gehen", sagte Lily über ihre Schulter hin zu Joseph und Charles. „Schließlich ist er jetzt beinahe ein Jahr alt und hat schon ein paar Schritte gemacht." Beide lächelten sie höflich an. Lily wandte sich wieder um und blickte zu Robert hin. „Robert, wenn er anfängt zu gehen, müssen wir gut auf ihn aufpassen, denn er ist hinter allem her. Vor allem wenn wir am Heath spazieren gehen. Er liebt die Enten, und ich kann mir gut vorstellen, dass er gleich zu ihnen ins Wasser springt." Sie lachte, beugte sich über den Kinderwagen und drückte James' Hand.

„Es hat mich gefreut, dass du dich heute ein wenig um Walter bemüht hast", sagte Charles. „Ich dachte, dass du ihn mögen wirst, wenn du ihm eine Chance gibst."

„Mögen ist ein wenig zu viel gesagt, ich muss ihm aber zugestehen, dass er mich auf etwas Interessantes aufmerksam gemacht hat. Anscheinend gibt es neue Vorschläge zum Vermögensrecht – es ist geplant, das bestehende Gesetzt auf den neuesten Stand zu bringen. Walter zufolge wird es zwar noch ein paar Jahre dauern, aber wenn es kommt, dann wird es sicher auch die Immobilienübertragung erfassen und einen Abschnitt über Hypotheken enthalten. Beides wird sich dann auf Linford & Sons auswirken, und es wird nützlich sein, vorab zu wissen, was geplant ist. Man muss es Walter lassen, aber er hat es mir auf sehr verständliche Weise erklärt."

„Das klingt sehr interessant."

Joseph lächelte befriedigt. „Ja, überraschenderweise war es das. Walter wird seine Ohren offenhalten und mich informieren, wie sich das alles weiterentwickelt. Ja, du hast recht. Er ist ein heller Kopf. Und er ist auch fleißig. Als er sich nach dem Essen verabschiedet hat, sagte er mir, dass er am Nachmittag und Abend noch einiges im Büro zu erledigen hat. Er scheut sich also nicht, fest zuzugreifen, wenn es notwendig ist.“

„Also, alle Achtung! Ah, anscheinend bleiben wir jetzt stehen“, bemerkte Charles, als Lily und Robert vor ihnen auf halbem Weg zum Stillstand gekommen waren.

Lily beobachtete eine Gruppe von Kindern, die sich am Teichrand versammelt hatten. Sie riefen mit lauten Stimmen einer Entenfamilie zu, die zwischen dem Schilf auf der anderen Seite des Teichs sichtbar war. Dabei winkten sie den Enten wie wild mit Brotstücken.

Lily wandte sich um und lächelte Robert begeistert an, und dann umfing ihr Lächeln auch Joseph und Charles. „Seht euch doch diese Kinder an“, rief sie aus. „Sind sie nicht süß! Ich möchte, dass ihnen James beim Entenfüttern zusieht.“ Und sie stellte den Kinderwagen so, dass James nun zum Teich hinschauen konnte.

Robert zuckte leicht mit den Schultern und warf seinem Vater und Onkel einen entschuldigenden Blick zu.

Die Enten wagten sich nun aus dem Schilf hervor und schwammen mit aller Kraft zu den Kindern hin, wobei sich die kleinen Wellen hinter ihnen fächerförmig ausbreiteten.

„Robert, sind sie nicht süß?“, sagte Lily begeistert, als die Kinder den Enten ihre Brotstücke zuwarfen.

Einige der größeren Stücke trafen die Enten, die vor Schreck sofort auseinanderstoben und wieder im Schilf Schutz suchten.

Lautes Geheul erfüllte die Luft, als die Kinder weinend den Abhang zu ihren Müttern hinaufliefen.

„Hm. Jetzt sind sie gar nicht mehr so süß", warf Robert ein. „Es ist höchste Zeit, dass wir gehen, bevor Papa und Onkel Charles unruhig werden. Und die anderen sind schon so weit vor uns, dass wir sie gar nicht mehr sehen. Es war zwar schön, eine Pause in der Diskussion über die Kleiderordnung für Nellies Geburtstag einzulegen, aber ich glaube es wäre wohl am besten, wenn wir versuchen sie einzuholen."

Er griff nach dem Kinderwagen und drehte ihn wieder entschieden dem Weg zu.

„Ich hoffe sehr, dass wir bald herausfinden, dass James einen kleinen Bruder oder eine Schwester bekommt, nicht wahr?" hörte Joseph wie Lily es sagte, als sie den Kinderwagen wieder den Weg entlangschob.

Joseph beugte sich nieder und tat so, als ob er sich seinen Schnürsenkel binden würde. Charles stand geduldig neben ihm. Als sich Joseph sicher war, dass Lily und Robert ihn nicht mehr hören konnten, stand er auf und ging mit Charles weiter.

„Charles, hast du das gehört? Sie möchte noch ein Baby und hofft offensichtlich, dass bald eins kommen wird."

„Das überrascht eigentlich nicht? Sie hat kleine Kinder ja offensichtlich sehr gern, und James wird jetzt bald ein Jahr und ist dann nicht mehr lang ein Baby."

Joseph blickte erbittert zu Boden. „Es ist mir noch gar nicht in den Sinn gekommen, dass sie noch ein Kind haben möchten."

„Aber warum denn nicht? Ich weiß nicht, weshalb dich das so beunruhigt."

„Wenn Lily schwanger ist, dann macht das die Sache

nur noch komplizierter. Ich muss sie loswerden, bevor es passiert.“

Charles blieb plötzlich stehen und starrte Joseph entgeistert an. „Du hast doch sicher diese Idee aufgegeben! Ich weiß, dass du sie nicht magst, dachte aber, dass du dich inzwischen an sie gewöhnt hast. Und sie und Robert scheinen doch gut miteinander auszukommen.“

„Wenn das so wäre, dann würde ich die Situation auch akzeptieren. Ich glaube aber nicht, dass es so ist. Er macht offensichtlich das Beste aus seinem Fehler, und das ist auch alles. Wenn ich nicht bald etwas unternehme, wird er schließlich als ein sehr unglücklicher Mann enden – und das verdient er nicht.“

„Du musst aufhören, so zu denken, und musst ihn selbst entscheiden lassen.“

„Das werde ich aber nicht. Lily Brown ist eine skrupellose Frau, die Roberts Anständigkeit ausgenutzt hat, im Bewusstsein, dass er sich ehrenhaft verhalten wird. Sie hat ihn eingefangen, ich aber werde ihn befreien.“

Charles setzte sich wieder in Bewegung. „Ich glaube nicht, Joseph, dass du dich in ihr Leben einmischen sollst. Ich habe aber gesagt, dass ich helfen werde, wenn ich es kann, und das werde ich auch tun. Sobald du einen Plan hast, sag mir was ich tun soll, und ich werde es tun. Ich hoffe aber, dass du es dir anders überlegen wirst. Denk doch allen Ernstes daran, was du nicht nur Robert und Lily antun wirst, sondern auch James.“

„Natürlich habe ich dabei auch an James gedacht – verdammt noch mal, er ist doch mein Enkel! Selbstverständlich erkennt er Lily, er ist aber noch viel zu jung, um den Unterschied zwischen einer Mutter und einer Kinderfrau zu merken. Ich kann mir nicht vorstellen, dass seine Beziehung zu Lily stärker ist als die zu Annie, und da sich

Annie ja um ihn kümmern wird, wenn Lily nicht mehr da ist, wird er Lilys Abwesenheit gar nicht bemerken. Glaub mir, wenn ich dächte, dass Robert oder James auf Dauer darunter leiden könnten, würde ich die Hände davon lassen."

Charles blickte Joseph von der Seite an. „Ich sehe, du bist überzeugt, dass das, was du planst, richtig ist, aber ich kann dir nicht beipflichten, denn ich finde, dass es völlig falsch ist."

Joseph zuckte nur die Achseln. „Ja, dann müssen wir ganz einfach anderer Meinung sein, nicht wahr?"

Das letzte Licht des Tages war langsam am Erlöschen.

Robert stand im Garten und hörte Lilys Stimme, die durch das offene Schlafzimmerfenster zu ihm klang. Sie sprach mit James, als sie Annie half, ihn zu Bett zu bringen.

Robert konnte es kaum erwarten, bis Lily endlich zu ihm in den Garten kam und mit ihm beisammen war. Sie wollten doch in aller Ruhe einen Drink genießen, bevor Mrs. Bailey ihnen ein leichtes Abendessen servierte, das er bestellt hatte. Stattdessen stand er allein im Garten und wartete, bis sie mit James fertig war. Er hatte ihr schon des Öfteren erklärt, dass es Annies Aufgabe sei, James schlafen zu legen, und dass sie es Annie überlassen sollte. Robert wusste aber, dass Lily es liebte, die letzten Minuten von James' Tag bei ihm zu verbringen, und er brachte es einfach nicht übers Herz, sie noch nachdrücklicher darum zu bitten.

Er hörte im Garten wie Lily dem Kleinen „Abends will ich schlafen gehn" vorsang.

Jetzt mach aber endlich, Lily, dachte er sich.

Er konnte verstehen, dass Lily, die in ihrer Kindheit

keine Mutterliebe erfahren hatte, ihrem Sohn diese Liebe schenken wollte, aber gleichzeitig brauchte er sie doch auch. Und jetzt sprach sie bereits von einem zweiten Kind! Wenn das geschah, dann würde er wahrscheinlich noch weniger Zeit mit ihr verbringen, dachte er verzweifelt.

Andererseits würde es für James von Vorteil sein, wenn er einen Bruder oder eine Schwester hätte. Als Einzelkind würde ihn Lily wahrscheinlich verhätscheln und ihm zu viel durchgehen lassen. James könnte ein sehr unliebsames Kind werden, das niemand in der Familie mag, und wenn er älter war, dass er auch bei den Leuten unbeliebt wäre, die für die Firma arbeiteten.

Eigentlich war es aber doch verwunderlich, dass sie noch nicht schwanger geworden war.

Denn ganz gleich wie müde er nach einem harten Arbeitstag auch war, sobald er neben Lily im Bett lag, fühlte er sich gleich wieder lebendig. Er wollte sie noch immer genauso sehr wie am ersten Tag ihres Treffens. Sogar noch mehr, jetzt wo er wusste, welche Glückseligkeit sie ihm schenkte. Um ganz ehrlich zu sein – er konnte gar nicht genug von ihr bekommen. Und auch sie konnte nicht genug von ihm bekommen, wie er immer wieder verwundert feststellte.

Er musste dann an seinen Vater denken, als er ihn während ihrer zahlreichen Streitigkeiten bezüglich Lily gewarnt hatte, dass er es eines Tages sehr bereuen würde, eine Frau aus so anderen sozialen Verhältnissen geheiratet zu haben.

Sein Vater hatte sich da so geirrt.

Er liebte Lily von ganzem Herzen. Ja, es wäre schon schön, wenn sie auch einige Interessen außerhalb des Heims hätte. Aber das würde sich von selbst ergeben, sobald James etwas älter war. Sie war eine wirklich liebenswerte, warmherzige und fürsorgliche Person, worauf es schließlich ankommt. Was in den Augen der anderen eine gute Frau für einen Linford ausmachte, war nicht das, was er sich von einer Frau wünschte. Für ihn war Lily einfach alles, was er je wollte und was er je bräuchte.

Er warf einen schnellen Blick auf seine Uhr. Ja, vielleicht würden sie einfach das Abendessen auslassen und gleich zu Bett gehen.

JOSEPH SASS BEQUEM in seinem samtenen Lehnstuhl in einer Ecke ihres Schlafzimmers. Er hatte ein Glas Whisky in seiner Hand und betrachtete seine Gattin, die sich zum Schlafengehen bereitmachte.

Die schlanke elegante Frau saß in einem elfenbeinfarbenen Seidennegligé vor dem Spiegel auf ihrem Toilettentisch und cremte methodisch ihr Gesicht ein. Auf einer Seite des Toilettentischs standen mehrere Fläschchen und Parfumzerstäuber, und auf der anderen Seite ihre in grünes Leder gebundene Schmuckschatulle. Darin lag bereits die Kette, die sie am Abend getragen hatte.

Joseph betrachtete die Schmuckschatulle und seine Augen waren plötzlich schmal geworden, bevor er aufstand.

„Weshalb trägst du denn immer dieselben Stücke, Maud?" fragte er sie. „Du hast doch im Lauf der Jahre so viel Schönes bekommen, von dem du nie etwas trägst."

Sie hielt mitten im Eincremen ihres Kinns inne. „Seit wann bemerkst du denn, was ich trage?" fragte sie in amüsiertem Ton. „Oder machst dir je Gedanken darüber?"

„Seit jetzt, als ich dich beobachtet habe, wie du die Kette abgenommen hast. Ich kann mich nicht erinnern, dass du je etwas Anderes getragen hast. Denk doch nur an deinen Smaragdschmuck. Deine Mutter hat ihn dir doch nicht gegeben, dass du ihn für immer und ewig in einem Banktresor einsperrst – sie hätte sich erwartet, dass du ihn trägst."

Einen Augenblick lang starrte Maud auf sein Spiegelbild und begann dann zu lächeln. „Joseph, das passt doch gar nicht zu dir und ich frage mich, was dahintersteckt. Wenn mein Geburtstag nicht erst in drei Monaten wäre, dann würdest du vielleicht herausfinden wollen, was du mir schenken könntest! Ist es das?"

Joseph lachte. „Ich muss dich leider enttäuschen, Maud. Ich denke nämlich an Nellies Geburtstag."

Sie wandte sich ihm abrupt auf ihrem Hocker zu. „Du wirst um Himmels Willen doch nicht daran denken, ihr ein teures Schmuckstück zu schenken! Doch nicht zu ihrem achtzehnten Geburtstag. Ja, wenn sie volljährig wird, aber nicht jetzt. Sie ist so schon zu sehr verwöhnt."

„Wieder falsch, meine Liebe. Es geht darum, dass ich gehört habe, wie du beim heutigen Lunch bei Robert zu Sarah sagtest, dass du vielleicht dein grünes Samtkleid zu Nelllies Party anziehen wirst, und da kam mir in den Sinn, dass dein Smaragdkollier gut dazu passen würde."

„Ja, wenn du es möchtest, werde ich mir die Smaragde um den Hals legen. Es könnte aber sein, dass ich dann wie ein grüner Kobold aussehen werde. Aber wenn du das willst, werde ich Charles bitten, die Kette aus dem Banktresor zu holen und nach Chorton mitzunehmen. Joseph, bei deinem plötzlichen Interesse an dekorativen Accessoires", dabei hatte ihre Stimme einen neckenden Ton angenommen, „könntest du noch weitere geschäftliche Einsparungen vornehmen, indem du Thomas den Laufpass gibst und dich den Hausinterieurs aller zukünftigen Bauprojekte widmest."

Joseph trank seinen Whisky aus und lachte sie belustigt

an. „Ich weiß dein ungewöhnliches Interesse an geschäftlichen Belangen zu schätzen, meine Liebe, und die untypische Sparsamkeit bei deinen Überlegungen. An deiner Stelle würde ich diesen Vorschlag aber lieber nicht Thomas machen, denn er ist auf die Familie schon wütend genug."

11

———

H *ampstead, Mitte Juni 1920*

MIT EINEM ZUFRIEDENEN Lächeln bog Lily um die U-Bahnstation in Hampstead und marschierte dann die High Street hinunter. Robert würde vom Kleid begeistert sein, das sie soeben für Nellies Party gekauft hatte. Die Verkäuferin hatte ihr versichert, dass es ihr ausgezeichnet passte und als sie sich in dem großen Spiegel in der Ankleidekabine betrachtet hatte, war sie sicher gewesen, dass die Verkäuferin nicht gelogen hatte. Obwohl sie es kaum erwarten konnte, dass Robert sie darin sah, wollte sie die Überraschung doch bis zum Abend der Party aufheben. Sie würde darin voller Schwung auftreten und er würde hingerissen sein. Und alle anderen ebenfalls. Sie wusste, dass sich alle fragten, weshalb er sie geheiratet hatte – ja und das würde es ihnen dann zeigen – ein für allemal.

Ein Lächeln umspielte ihr ganzes Gesicht.

Und da James bei Annie und sie allein unterwegs und in Stimmung war, ein wenig mehr Geld auszugeben, wollte sie noch zu Hudsons gehen und sich einige Ideen für James' Kinderzimmer holen. Robert hatte sie ermuntert, es neu auszustatten, und sich eine beliebige Tapete dafür auszusuchen, oder das Zimmer überhaupt ausmalen zu lassen. Sie hatte jetzt wirklich Lust, Farben anzusehen.

Sie lächelte immer noch, als sie die Stelle auf der anderen Seite der Straße erreicht hatte, von der die Perrin's Lane in die Hauptstraße führte. Um die Straße zu überqueren, ging sie bis an den Straßenrand und schaute in beide Richtungen, bis sich zwischen den vorbeifahrenden Autos und Pferdewagen ein Abstand zum Überqueren der Straße bot. Dann verließ sie den Gehsteig und machte einige Schritte auf die Straße und blickte dabei auf die gegenüberliegende Straßenseite.

Und blieb plötzlich stehen.

Neben dem Elektrogeschäft rechts an der Ecke der Perrins Lane stand Robert. Er hatte den Rücken zu ihr gewandt, aber es war zweifelsohne Robert.

Und er war nicht allein. Er sprach mit einer dunkelhaarigen Frau auf eine offensichtlich entspannte zwanglose Weise. Sie konnte das Gesicht der Frau sehen – sie blickte zu Robert auf und lachte. Und an der Bewegung von Roberts Schultern merkte Lily, dass auch er lachte.

Ihren Papierbeutel fest gegen die Brust gedrückt machte sei einen Schritt zurück auf den Gehsteig und starrte beide an. Ihr Lächeln war verschwunden und ihr Herz klopfte wie wild.

Sie war sicher nicht so klug wie Robert, aber sie konnte durchaus feststellen, ob zwei Menschen einander kannten, und Robert hatte ganz sicher eine Art von Beziehung zu dieser Frau, ganz gleich wer sie auch sein mochte. Sie waren einander bestimmt schon früher begegnet, und öfter als nur einmal. Eine jede seiner Gesten, jede Neigung seines Kopfes, jede Bewegung seiner Hand hatte ihr das bestätigt. Und jeder Blick, mit dem die Frau ihn ansah, sagte dasselbe.

Zudem erkannte sie auch, dass Robert die Frau mochte. Und dass das Gefühl auf Gegenseitigkeit beruhte.

Lily überlief ein kalter Schauer.

Ohne sich der Menschen gewahr zu sein, die ihr rasch aus dem Weg gingen, wich sie auf dem Gehsteig langsam zurück, bis sie vom kalten Glas eines Auslagenfensters aufgehalten wurde. Fest an das Glas gedrückt stand sie im Schatten der Markise des Geschäfts und beobachtete die beiden noch eine Weile.

Dann drehte sie sich abrupt um, eilte die Straße zurück zum Flash Walk, bog nach rechts ab und hastete die Straße entlang, bis sie die Sicherheit ihres Heims erreicht hatte.

Als sie das Geräusch des Schlüssels im Türschloss hörte, lief Lily in die Eingangshalle und stellte sich gegenüber von der Haustür auf.

„Ich hab dich gesehen", schrie sie Robert an, als er hereinkam. „Ich hab dich vor dem Laden von Skoyles gesehen. Du hast mit einer Frauensperson geredet. Und streit es mir nur ja nicht ab."

Er sah sie völlig überrascht an. „Ich hab zufällig eine Frau getroffen, die ich einmal kannte, und wir haben uns eine Weile unterhalten. Und das war's auch."

Robert machte die Tür hinter sich zu, hängte seinen Hut auf den Garderobeständer und ging in den vorderen Empfangsraum.

Lily folgte ihm.

„Du warst sehr freundlich zu ihr und ihr habt miteinander gelacht", sagte sie anschuldigend zu seinem Rücken. „Und sag nur ja nicht, dass es nicht so war."

„Ich habe gar nicht die Absicht es zu leugnen", sagte er etwas verärgert, als er sich ihr zuwandte. „Worum geht es dir denn, Lily? Ich darf doch sicher mit einer Bekannten sprechen, oder nicht?"

„Du bist aber mit mir verheiratet und deshalb sollst du dich nicht mit andern Frauen so ungeniert unterhalten. Es ist falsch. Und ganz gleich was du sagst, du weißt ja doch, dass du es nicht tun sollst."

Er starrte sie mit übertriebener Ungläubigkeit an. „Nur, weil ich verheiratet bin, darf ich also mit niemand anders sprechen – oder zumindest nicht mit einer anderen Frau? Außer es ist ein langweiliges, humorloses Gespräch. Ist es das, was du sagen willst?"

„Du weißt genau, was ich meine. Und du hast ja nicht nur mit ihr geredet – es geht darum, *wie* du mit ihre geredet hast. So, als ob ihr euch gut kennt. Nicht als ob ihr euch soeben getroffen habt."

„Ich hab sie ein paarmal gesehen, bevor wir geheiratet haben, aber nicht auf die Art wie du anscheinend denkst. Ihr Vater ist ein großer Baustoffhändler, daher sind unsere Familien befreundet, und wir haben in der Vergangenheit auch einige gemeinsame Ausflüge unternommen. Und das war auch alles."

„Das glaube ich dir nicht."

Robert ging zu ihr hin und nahm ihre Hand. „Ich habe sie zum ersten Mal während der Zeit getroffen, als ich mehrere Wochen lang in London war. Bei der ersten Gelegenheit bin ich aber sofort wieder zurück nach Chorton, denn ich wollte dich unbedingt sehen. Und das weißt du auch. Ich habe sie seitdem nie gesehen. Sie ist soeben von einem Jahr in einem exklusiven Schweizer Internat zurückgekommen, und ich hätte sie also bis jetzt gar nicht sehen können, selbst wenn ich es gewollt hätte. Was nicht der Fall war."

„Hast du sie geliebt? Wenn du lügst, dann weiß ich es."

Robert lachte abweisend. „Natürlich nicht. Wir haben uns ganz gut verstanden und ich mochte sie. Aber geliebt hab ich *dich*." Er verstärkte den Druck auf ihre Hand. „Daran hat auch unser Treffen nichts geändert. Ganz im Gegenteil, es hat mir gezeigt wie sehr ich dich liebe. Und noch immer liebe, wie du sicher weißt. Lily, ich schwöre dir, dass ich sie heute zum ersten Mal seitdem wiedergesehen habe."

Lily stand eine Weile still vor ihm, und nagte nachdenklich an ihrer Unterlippe.

„Ist sie verheiratet?" fragte sie schließlich.

Robert schüttelte den Kopf. „Doch kaum. Ich hab dir ja soeben gesagt, dass sie in einem Schweizer Internat war. Mag sein, dass ihr jetzt jemand den Hof macht, aber du brauchst mich gar nicht zu fragen, denn ich würde es gar nicht wissen, weil ich so etwas Persönliches nie zur Sprache bringen würde."

Sie warf ihm einen vorwurfsvollen Blick zu. „Ich wette, dass dein Vater gewollt hätte, dass du sie heiratest. Ihre Familie hat ja sicher Geld wie Heu – das sieht man schon an ihrer Kleidung. Und wenn sie in so einer affigen Schule war – ", ihre Stimme schien zu ersticken, „- dann ist sie bestimmt genau die Art von Frau, die dein Vater für seinen kostbaren Sohn hätte haben wollen."

Robert gab ihre Hand frei. „Das mag schon sein, für mich war es aber nie wichtig, was mein Vater wollte", erwiderte er leise. „Ich habe doch *dich* geheiratet, nicht wahr?"

Sie blickte mit tränenerfüllten Augen zu ihm auf.

„Ja, das weiß ich. Aber ich war ja schwanger, und es liegt

in deiner Natur, das Rechte zu tun. Du hättest es nie erlaubt, dass ich vom Bauernhof verjagt worden wäre, weil ich schwanger war, und ich mich dann allein hätte durchschlagen müssen." Ein lautes Schluchzen entwich ihr. „Wenn ich nicht mit James schwanger gewesen wäre, hättest du mich auch dann geheiratet?"

Er versuchte erneut, ihre Hand zu fassen, aber sie entzog sie ihm.

„Sei doch nicht albern. Natürlich hätte ich es getan", sagte er. „Lily, seit dem Tag, an dem ich dich zum ersten Mal sah, hab ich dich geliebt. Du machst mein Leben lebenswert. Und daran wird sich auch nichts mehr ändern."

„Das glaub ich dir nicht."

Damit wandte sie sich von ihm ab und lief die Treppe hinauf zu James.

SCHWER ATMEND, mit der Hand bereits auf der Türklinke, blieb Lily vor dem Kinderzimmer stehen. Mit den Tränen kämpfend zwang sie sich, die Klinke nicht niederzudrücken und nicht zu James hineinzugehen. Noch nicht.

Sie wusste, dass es sie beruhigen würde, bei James zu sitzen, doch es wäre falsch, wenn er sie so verstört sehen müsste. Kleine Kinder fühlten solche Dinge ja immer, und James würde ihre Verzweiflung sofort merken und verunsichert sein. Allein der Gedanke, ihn zu verstören, war ihr unerträglich.

Tränen rollten jetzt über ihre Wangen.

Robert hatte recht – es war wirklich albern gewesen, wie sie ihn beschuldigt hatte.

Sie war jetzt zornig auf sich selbst, weil sie sich so absurd verhalten hatte.

Wenn sie doch nur in aller Ruhe mit ihm gesprochen

hätte. Wäre die andere Person Roberts Frau gewesen, und sie hätte Robert mit ihr überrascht, dann hätte sie das Ganze sicher würdevoll abgetan. Sie hätte nie die Kontrolle über sich verloren und hätte ihn nie angeschrien.

Und sie selbst hätte nie sagen sollen, dass sie nicht glaubte, dass Robert sie geheiratet hätte, wenn sie nicht schwanger gewesen wäre. Natürlich hätte er es getan und sie glaubte es auch.

Aber Robert hatte mit der anderen Frau so froh und entspannt gewirkt, dass sie in Panik geraten war. Während der wenigen Augenblicke, als sie ihn sah, wie er sich amüsierte, hatte sie ihn so gesehen, wie er früher mit ihr gelacht hatte und sorglos gewesen war. Ganz so, wie er sich verhalten hatte, als er noch keine Verantwortung für Frau und Kind gehabt hatte.

Und das hatte weh getan, wirklich weh getan.

Und es hatte ihr Angst gemacht.

Vielleicht würde auch er sich erinnern, wie er sich in der Vergangenheit gefühlt hatte, und würde es mit dem Leben vergleichen, das ihm aufgedrängt worden war, und er würde die Veränderung in seinem Leben bedauern. Möglicherweise hatten ihre Anschuldigungen am Vormittag dies nun beschleunigt.

12

nfang Juni, 1920

JOSEPH HATTE SICH, eingehüllt in den moschusartigen Rauch seiner Pfeife, bequem in seinem bevorzugten Lehnstuhl neben dem Marmorkamin in der eichenvertäfelten Bibliothek seines Clubs zurückgelehnt. Er nahm einen kräftigen Zug aus seiner Pfeife, während er auf Charles' Ankunft wartete. Diese Oase der Ruhe, mit dem besänftigendem leisen Murmeln der Männerstimmen im Hintergrund, war sein liebster Ort zum Nachdenken, der sich auch heute wieder als solcher angeboten hatte.

Es war durchaus möglich, dass er sich zwar nicht den besten Plan aller Zeiten ausgedacht hatte, und das gab er selber zu, aber angesichts der damit verbundenen möglichen Risiken, war es ihm nicht möglich gewesen, sich etwas Besseres einfallen zu lassen. Daher hatte er auch noch immer ein mulmiges Gefühl. Trotz seiner enormen

Anstrengungen bestand noch immer die Gefahr, dass er eventuell etwas ganz Wichtiges übersehen hatte. Leider würde er etwaiger Fehler aber erst gewahr werden, sobald sein Plan in die Tat umgesetzt worden war.

Joseph nahm einen weiteren Zug aus seiner Pfeife und sog den gemischten Duft von Bienenwachs und Tabak in der Luft ein.

Ab dem Moment, als er gehört hatte, wie Lily mit Robert über ein weiteres Baby gesprochen hatte, war ihm bewusst gewesen, dass er die Dinge beschleunigen musste. Doch er konnte sich nicht festlegen, wann und wie er dies in Angriff nehmen sollte. Die wichtigsten Personen mussten dazu alle vor Ort sein, also wenn die gesamte Familie zu irgendeinem Anlass beisammen war. Und es musste einen guten Grund geben, weshalb Maud ihren Schmuck von der Bank abholen und nachhause bringen würde.

Schließlich hatte es dazu nur eine Gelegenheit gegeben, und zwar Nellies Geburtstagswochenende im Juni.

Alle waren im Sommer natürlich häufig in Chorton, allerdings mit Ausnahme von Alice und Thomas, die wahrscheinlich nicht so oft wie die anderen hinkamen. Joseph konnte sich aber keinen anderen Anlass ausdenken, zu dem Maud ihre Smaragde nach Chorton bringen würde. Tatsächlich hatte sie sich nur deshalb bereit erklärt, den Schmuck an Nellies Geburtstag zu tragen, der ja nur als ein bescheidenes Familienfest geplant war, weil er sie dazu ermuntert hatte.

Es war Mauds Schmuckschatulle gewesen, die ihn auf die Idee gebracht hatte, Lily einen Schmuckdiebstahl in die Schuhe zu schieben.

Wenn Lily im Besitz der Smaragde zu einem Zeitpunkt ertappt würde, wenn alle anderen zu einem Picknick außer Haus waren, und Charles Zeuge der Entdeckung des Diebstahls wäre, könnte er ihr androhen, sie als Diebin zu entlarven. Einer Verurteilung wegen Diebstahls würde eine Haftstrafe folgen. Sie würde natürlich alles ableugnen, doch es wäre ihre Aussage gegen die Aussage eines führenden Bauunternehmers und eines angesehenen Bankiers, und sie wäre sich bewusst, dass ihr niemand Glauben schenken würde.

Er würde sie dann vor eine harte Wahl stellen – das Haus auf Nimmerwiedersehen zu verlassen, bevor die anderen zurückkamen, oder vor ihrem Sohn und Gatten als ertappte Diebin bloßgestellt zu werden.

Wenn sie das Haus sofort verließe, würde er den Diebstahl der Polizei erst melden, nachdem sie genügend Zeit hatte, das Land zu verlassen. Die Polizeiakte bliebe jedoch offen, und sollte sie je zurückkommen, würde sie im Gefängnis landen. Er würde ihr jedoch versprechen, dass Robert nach ihrem Verschwinden nie von den Anschuldigungen gegen sie erführe. Alles, was er wüsste wäre, dass Lily nach seiner Rückkehr vom Familienpicknick verschwunden war.

Er war sich ganz sicher, dass Lily – wenn auch widerwillig - bereit wäre, zu verschwinden.

Er wusste, dass sein Plan - eine Mutter von ihrem Kind loszureißen und sie von allem ihr vertrauten zu verbannen - harsch, wenn nicht gar grausam war. Doch auf lange Sicht gesehen wäre es durchaus im Interesse von Robert und auch von James, und dies war letztlich für ihn – Joseph - von zentraler Bedeutung. Sobald Robert Lilys Verschwinden überwunden hatte, würde er sicher viel zufriedener sein, als er es je mit Lily gewesen wäre, und James würde in einem glücklichen Zuhause aufwachsen.

Und es ließe sich zudem argumentieren, dass es auch in Lilys bestem Interesse sein könnte.

Denn sie erweckte immer noch den Eindruck, dass sie sich im Kreis der Familie keineswegs behaglicher fühlte als in den frühen Tagen ihrer Ehe, und das trotz der Bemühungen von Nellie und den anderen Gattinnen, sie in ihre Gespräche einzubeziehen. So hatte er zum Beispiel schon mehrmals gehört, dass sie Lily zu einem gemeinsamen Lunch eingeladen hatten, dass diese aber immer mit irgendeiner Ausrede abgelehnt hatte. Und es war schmerzlich mit ansehen zu müssen, wie unbehaglich sie sich fühlte, wenn sie etwas Linkisches oder Unpassendes gesagt hatte, das Robert in Verlegenheit bringen könnte. Und das war jetzt immer häufiger vorgekommen.

Für sie wäre es jetzt doch sicher das Beste, in einem anderen Land neu anzufangen.

Wenn sie zu weit weg wäre und nicht nach England zurückkommen könnte, würde sie sich in der neuen Heimat schließlich häuslich niederlassen und ein neues Leben beginnen. Als eine sehr attraktive Frau würde sie bald einen neuen und besser zu ihr passenden Gatten finden. Sie würde noch mehrere Kinder kriegen und glücklicher sein, als sie es je mit Robert gewesen wäre. Und genau so würde es dann auch wirklich sein.

Als er bei seinem Plan diesen Punkt erreicht hatte, war nur noch die Frage zu erledigen, wo er sie denn hinschicken sollte. Gerade dann war eine Gruppe von Arbeitern in den Bauhof gekommen, die sich nach einer Gelegenheitsarbeit erkundigt hatten. Sie klagten, dass es keine guten Arbeitsplätze mehr gab, da so viele Unternehmen gescheitert waren und viele Fabriken aufgrund des schrumpfenden Marktes ihre Tätigkeit eingestellt hatten. Da sie auch nicht erwarteten, dass sich die Lage in absehbarer Zeit ändern würde, versuchte ein jeder von ihnen jeweils fünf Pfund für die Fahrt im Zwischendeck nach Amerika aufzubringen, denn sie hatten gehört, dass es dort genug Arbeit für sie gäbe.

Dort würde er nun auch Lily hinschicken – hatte er auf der Stelle beschlossen – er würde ihr einen Fahrschein nach New York kaufen.

Da das Zwischendeck aber sicher sehr überfüllt und beengt war, würde er die zweite Klasse für sie buchen, denn er war ja schließlich kein Geizhals. Und er würde auch dafür sorgen, dass sie über genügend Geld verfügte, bis sie eine Stellung gefunden hatte. Da in England Frauen für Büroarbeiten und im Einzelhandel problemlos Beschäftigung fanden, gab es doch sicher auch in Amerika dieselben Möglichkeiten, und da sie Lesen und Schreiben konnte, fand sie bestimmt bald Arbeit.

Und sie konnte ja auch nähen. Schließlich war sie doch auch Näherin gewesen. Sicher gab es in einer Stadt wie New York Bedarf an guten Näherinnen.

Lily nach New York zu schicken, war ganz bestimmt die beste Lösung für sie selbst und für die Familie – davon war er nun überzeugt.

Nellies Geburtstagsfeier war für Samstagabend angesetzt und am Sonntag sollten sich dann alle entspannen. Wenn die Familie im Sommer das Wochenende in Chorton verbrachte, gab es am Sonntagnachmittag zumeist ein Picknick. Robert und Lily mussten dafür natürlich getrennt werden. Robert sollte also die anderen begleiten, während er – Joseph – Lily gegenüber erwähnen würde, dass ihm James einen etwas erkälteten Eindruck gemacht hatte, und Lily würde dann natürlich sofort bei ihrem Sohn bleiben wollen. Vor allem auch, weil die Kinderfrau den Sonntag frei bekommen hatte und zurück nach London gefahren war.

Lily würde sich freuen, nicht zum Picknick mitkommen

zu müssen, und Robert wäre insgeheim erleichtert, nicht mehr vorgeben zu müssen, dass er gar nicht bemerkte, wie ungern Lily mit dabei war.

Charles würde natürlich auch nicht mit von der Partie sein.

Sobald alle fort waren, würde Joseph Lily sofort bezüglich der Smaragde zur Rede stellen. Charles würde ihn dabei unterstützen und Lily dann mit dem Auto zum Hafen fahren. Er würde zur Sicherheit warten, bis sie an Bord gegangen und das Schiff abgefahren war. Charles käme dann am Abend nicht nach Chorton zurück und Robert würde man erzählen, dass Charles irgendwo auf der Suche nach Lily sei.

Er – Joseph – sorgte vor Lilys Verschwinden dann noch dafür, dass Lily eine Nachricht hinterließ, mit der jeder Verdacht unterbunden wurde, dass sie nicht aus freien Stücken gegangen war. Diese Nachricht und auch das Bewusstsein aller, wie unwohl sich Lily stets im Kreis der Familie gefühlt hatte, würde sie alle überzeugen.

Im Prinzip sollte damit alles problemlos gelingen.

Alle wichtigsten Punkte seines Plans standen bereits fest und er musste nur noch dafür sorgen, dass alle, die am Sonntagnachmittag noch in Chorton waren, zum Picknick am Fluss gingen, oder das Picknick bei Regen im alten Bootshaus abhielten, wo die Kinder früher immer gespielt hatten. Die einzigen Ausnahmen würden Lily, Charles und er selbst sein.

Was er zu Robert und den anderen bei ihrer Rückkehr über Lilys Verschwinden sagen würde, hatte er sich noch nicht in allen Einzelheiten ausgedacht. Er würde aber Robert versichern, dass Lily ganz sicher zurückkommen werde, nachdem sie das Problem, das der Grund ihres Verschwindens war, bewältigt hatte. Für ihn, Robert, sei es wohl am besten, dieselbe Routine beizubehalten, wie bisher, damit für sie bei ihrer Rückkehr alles vertraut wäre. Sobald es Robert aber schließlich klar geworden war, dass sie nicht mehr zurückkäme, wäre er über das Schlimmste bereits hinweg und hätte sich an ein Leben ohne Lily gewöhnt.

Und so, sagte er zu Charles, als sich dieser zu ihm gesellte hatte und beide ein Glas vom besten roten Bordeauxwein konsumierten, würde die Sache schließlich erfolgreich ablaufen.

13

____

E*nde Juni, 1920*

CHORTON, ein in der Mitte des 19. Jahrhunderts erbautes imposantes Natursteinhaus mit den zum Haus passenden Schiebefenstern und einem grauen Schieferdach, war auf einem sanften Abhang gelegen.

Für den Großteil des Jahres waren die weitläufigen Gartenanlagen ein buntes Blumenmeer und das ganze Jahr über bot ein Dickicht von Bäumen und Sträuchern den Kindern, die hier aufgewachsen waren und für die Chorton ein zweites Heim war, geheime Verstecke.

Eine Bruchsteinmauer umgab Haus und Gärten und eine breite, zu beiden Seiten von grünen Rasenflächen gesäumte Kieseinfahrt, führte vom schmiedeeisernen, in die Mauer eingelassenen Tor, zum Haupteingang des Hauses.

Von seiner etwas erhöhten Lage aus bot das Haus einen Ausblick über die Felder des benachbarten Gehöfts, das rechts vom Haus lag. Auf dessen anderer Seite führte ein Weg an der Südseite des Gartens entlang der Mauer.

Der Blick über die Felder südlich vom Haus blieb an den verschiedensten von Stroh oder Ziegeln bedeckten Giebeln und Dächern haften, die zu einem nahegelegenen Dorf gehörten. Und hinter dem Dorf erhoben sich die lieblichen Hügel von Oxfordshire, deren üppig grüne Hänge vom dunklen Grün der Bäume und dem honiggelben Gemäuer der darin versteckten Häuschen unterbrochen wurden.

Als der Vater von Bertha Chorton, ein Bauunternehmer, seinem einzigen Kind ein Haus als Hochzeitsgeschenk präsentierte, war es noch ein bescheidenes Heim mit vier Schlafzimmern, einen Speisezimmer, einem Wohnzimmer und sehr einfachen Unterkünften für die Bediensteten gewesen. Als er Bertha und seinem Schwiegersohn Arthur Linford das Haus übergab, hatte er nur eine Bitte damit verbunden - der Name Chorton sollte für das Haus beibehalten werden. Arthur erklärte sich sofort dazu bereit, nicht nur, weil er äußerst dankbar für das Haus war, sondern auch dafür, dass Berthas Vater, der eine große Summe in Arthurs neues Bauunternehmen investiert hatte, damit seinen Glauben an die Fähigkeiten seines Schwiegersohns bestätigt hatte.

Als das Paar seinen zehnten Hochzeitstag feierte, hatten Arthur und sein Schwiegervater das Haus bereits beträchtlich vergrößert. Zu beiden Seiten waren zweistöckige Flügel entstanden, für die dasselbe Baumaterial wie beim ursprünglichen Haus verwendet wurde.

Der neue linke Flügel verfügte über ein wesentlich größeres Speisezimmer sowie drei Empfangsräume, alle mit offenem Kamin. Arthur beanspruchte einen der Empfangsräume sofort für sich, der später dann als Bibliothek bezeichnet wurde. Im identischen Flügel auf der anderen

Seite der Freitreppe war eine große Küche mit Spülküche und Speisekammer, ein Kesselraum, ein Zimmer für die Haushälterin und mehrere Zimmer für die Bediensteten untergebracht. Ebenso ein Badezimmer und ein Wasserklosett.

Eine Treppe führte in den erweiterten ersten Stock, wo man von einem langen Flur aus in acht Schlafzimmer, jeweils mit offenem Kamin, und in zwei Badezimmer mit eingebautem Wasserklosett gelangte. Die Räume unter Dach waren in Schlafzimmer für die Bediensteten umgewandelt worden.

Arthur und Bertha hatten die Woche in London und dann jedes Wochenende in Oxfordshire, in ihrem geliebten Chorton House verbracht.

Zum großen Bedauern aller, hatten die zwei ersten Schwangerschaften von Bertha in Fehlgeburten geendet, aber an ihrem dritten Hochzeitstag konnte das junge Paar, zur allgemeinen Freude, die Ankunft ihres ersten Kindes, eines Sohnes, feiern, der den Namen Joseph erhielt.

Auf Joseph folgten zwei Jahre später Charles und dann Thomas, der vier Jahre nach Charles das Licht der Welt erblickt hatte.

Für die Kinder waren die Wochenenden und Ferien, die sie in Chorton verbrachten, idyllisch gewesen. Dort gab es bei jedem Wetter im Haus und im Freien immer eine Beschäftigung. Der Garten, der jahrelang von Mr. Spencer, dem Gatten der Haushälterin, betreut worden war, lud stets zu irgendwelchen Abenteuern ein. Und wenn die Kinder aufgrund des schlechten Wetters nicht im Freien sein konnten, mummten sie sich im Haus, das warm und voll interessanter Winkel war, gemütlich ein. Dort waren die Bodenfliesen mit verblichenen Teppichen bedeckt, überall gab es bequeme Sofas, in jedem Zimmer stand eine Vase mit getrockneten Blumen auf dem Tisch und wenn es kalt war, strahlte beruhigende Wärme aus jedem offenen Kamin.

Vor allem im Winter versammelten sich die Kinder um den großen Eichentisch, der mitten in der Küche stand, und bettelten, dass ihnen die Köchin ihre Lieblingsplätzchen backen, oder ihnen erlauben sollte, die Schüssel auszuschaben, nachdem sie den Kuchenteig in der Kuchenform in den Backofen gestellt hatte.

Ein Tisch, an dem bequem zwölf Personen Platz nehmen konnten, stand vor dem Fenster im kleinsten Empfangssalon, und dort nahm die Familie ihre Mahlzeiten ein, anstelle des größeren Speisesaals, der für besondere Anlässe vorbehalten war.

Und ein solcher besonderer Anlass war die Familienzusammenkunft zur Feier von Nellies achtzehntem Geburtstag in Chorton.

DIE FAMILIENMITGLIEDER WAREN im Lauf des Tages zu verschiedenen Zeiten eingetroffen, mit Ausnahme von Walter, der einen Mandanten im Gefängnis besuchen musste und erst am Samstagabend eintreffen konnte.

Robert und Lily zählten zu den Ersten, die ankamen. Robert parkte den Wagen vor dem Haus, stieg aus und half Annie mit dem Baby beim Aussteigen. Nachdem er Annie aufgetragen hatte, James gleich ins Haus zu bringen, ging er um den Wagen herum zur Beifahrertür und öffnete sie für Lily. Dann trat er zurück und wartete.

Lily kam aber nicht. Ihr Gesicht war blass und sie starrte auf ihre Hände, die sie im Schoß gefaltet hatte.

„Lily, was ist los?" fragte er leicht genervt. „Seit wir in Hampstead losgefahren sind hast du kein einziges Wort mit mir gesprochen. Im Grunde hast du eigentlich schon seit

Tagen nichts gesagt. Du kannst doch nicht wegen der Sache vor ein paar Tagen noch immer böse auf mich sein? Wenn es aber das ist, dann weiß ich wirklich nicht, wie ich dich überzeugen könnte, dass du dir diesbezüglich keine Gedanken mehr zu machen brauchst."

Lily blickte zu ihm auf. „Wenn du es wirklich wissen willst, dann habe ich nicht an dich oder an diese Frau, sondern an das bevorstehende Wochenende gedacht. Ich glaube dir, was du über sie und dich gesagt hast, und es tut mir leid, dass ich so eklig war. Nein, ich denke darüber nach, wie abscheulich die nächsten zwei Tage für mich sein werden. Thomas ist der Einzige in der Familie, der nett zu mir ist."

„Du wist das Wochenende ganz bestimmt nicht genießen, wenn du eine so negative Einstellung hast, bevor du überhaupt aus dem Auto gestiegen bist!" sagte er mit offensichtlicher Irritation. „Wenn du dich nur etwas mehr bemühen würdest, sie alle näher kennenzulernen, dann wärst du vielleicht selbst überrascht, dass dir einige sympathisch sein könnten. Wenn dir das aber nicht gelingt, dann musst du einfach so tun, als ob es dir Spaß macht. Schließlich ist es ja nur für kurze Zeit."

„Ich werde mein Bestes tun", erwiderte sie und kletterte aus dem Auto.

AM ABEND WURDEN sie von Mrs. Spencer, der Haushälterin, königlich bewirtet. Der lange Tisch ächzte unter der Last von Servierplatten, die für ein Buffet mit Wolfsbarschfilets in Meerrettichsauce, Brunnenkressesalat, Lachsmousse mit Gurke, Kalbsbraten, Lammkeule, Rhabarberpudding und Bakewellpudding angerichtet waren.

Alle hatten sich für die Feier besonders elegant herausgeputzt, denn Maud hatte ihnen schon lang vor dem Wochenende gesagt, dass sie ihre Smaragde anlegen wollte und dass sie von allen erwarte, sich in dieser Hinsicht ebenfalls anzustrengen. Als Thomas überrascht bemerkte, sich für einen geringen Anlass wie eine achtzehnte Geburtstagsfeier förmlich kleiden zu müssen, hatte Maud seinen Protest lediglich mit einer abweisenden Geste abgetan. Schließlich sei ein Geburtstag ein Geburtstag, hatte sie gesagt, und nach den Entbehrungen des Krieges und da das Land immer noch unter einer düsteren Stimmung leide, sollte man doch das Beste aus jedem Anlass machen, bei dem man sich fein anziehen konnte.

Nellie hatte begeistert auf den Vorschlag ihrer Mutter reagiert und ein weißes Flapperkleid mit Fransen, dazu weiße ellenbogenlange Handschuhe, eine lange Perlenkette und einen perlenbesetzten Haarreifen angelegt.

„Es freut mich, dass du etwas angezogen hast, das deinem Alter besser entspricht als irgendein Stück, das deine Tante Sarah anziehen würde", bemerkte Maud mit einem beifälligen Lächeln.

Nellie hatte dann ein wenig mokant vor ihrer Mutter einen Knicks gemacht, bevor sie rasch zum Fenster lief und von dort aus die Auffahrt beobachtete, denn sie hoffte, bald einen ersten flüchtigen Blick von Walters Auto zu erhaschen. Als sie es schließlich gesehen hatte, sauste sie zur Eingangstür, riss sie auf und umarmte ihn beglückt. Während sie ihn ins Haus hineindrängte, wies sie ihn gleichzeitig an, sich rasch umzuziehen und dann so schnell wie möglich wieder zu ihr herunterzukommen. Sie klagte, während sie ihn zur Treppe hinschob, dass sie schon zu viel Zeit vergeudet hatten, die sie gemeinsam hätten verbringen können und dass sie jetzt keine weitere Minuten mehr verlieren möchte.

Maud sah in einem grünen, ihre Figur umschmeichelndem Samtkleid, betörend aus. Vollendet wurde ihr Anblick noch durch das Smaragdcollier und dazu passend mit einem Smaragd an jedem Ohr. Sarah trug eine knöchellange Kreation aus zarter schwarzer Spitze über cremefarbenem Taft. Darüber verstreut ein aufwendiges Jetdekor. Louisa trug eine Version des Kleids ihrer Mutter aus rosa Spitze über cremefarbenem Taft. Selbst ohne das Jetdekor, dachte Maud missbilligend, wirkte das Kleid viel zu erwachsen für ein zehnjähriges Mädchen. Doch der sechs Jahre alte Christopher marschierte in seinem dunkelblauen Jäckchen aus Baumwollsamt und einer langen Hose sehr zufrieden mit sich selbst herum.

Thomas sah – dank Alices Drängen – in seiner klassischen schwarzen Smokingjacke mit schwarzem Satinaufschlag ungewöhnlich elegant aus. Er war die Treppe ungelenk heruntergekommen und hatte zum Wahren seines Gleichgewichts seine verletzte Hand auf das Mahagonigeländer gelegt und seinen Spazierstock in seiner gesunden Hand gehalten. Unten angekommen, ließ er sich in seinen Rollstuhl fallen, der dort schon für ihn bereit stand. Alice an seiner Seite machte in ihrem weißen Chiffonkleid mit perlenbesticktem Mieder und einem weiten bodenlangen Rock einen bezaubernden Eindruck.

„Ihr seht beide blendend aus", meinte Maud, als sie auf Thomas und Alice zuging. „Vielen Dank, Alice", fügte sie noch hinzu und drückte fest Alices Hand.

Robert und Lily hatten sich unten als Letzte zu den anderen gesellt.

„Ich kann es kaum erwarten, dass alles vorüber ist", hatte Lily gesagt, als sie noch oben in ihrem Schlafzimmer saßen.

Dabei hatte sie beim Frisieren innegehalten und war

dann bewegungslos in ihrem Morgenmantel vor dem Schminktisch gesessen. Robert hatte in seinem neuen eleganten einreihigen Smoking mit weißem gestärkten Hemd derweilen auf einem mit moosgrünem Samt bezogenen Schlafzimmersessel darauf gewartet, dass Lily mit ihrer Toilette endlich fertig sei.

„Das hast du jetzt schon mehrmals gesagt," bemerkte er und strich sich dabei verzweifelt und voller Ungeduld über die Stirn, denn er hörte, wie die Stimmen der unten bereits Versammelten immer mehr und immer lauter geworden waren.

„Du weißt ja nicht, wie schrecklich es ist, wenn man so tun muss, als hätte man Spaß, wie es hier von mir verlangt wird."

Robert erhob sich vom Stuhl, ging zur Tür und öffnete sie. „Mir reicht es jetzt. Ich warte unten auf dich." Lily warf ihm besorgt einen raschen Blick zu. „Mach dir keine Sorgen", fügte er trocken hinzu. „Ich warte unten an der Treppe auf dich – und begleite dich dann hinein." Er ging in den Flur hinaus und wandte sich zu ihr um. „Lily, bitte lass mich nicht zu lange warten. Ich bin schon so neugierig, wie dir dein neues Kleid stehen wird. Du siehst darin sicher fantastisch aus."

Dann schloss er die Tür hinter sich.

Zwanzig Minuten später kam Lily aus dem Zimmer.

Als sie oben die Treppe erreicht hatte, sah sie, wie Robert unten lässig an der Balustersäule lehnte und zur offenen Tür hinsah, die in den vorderen Empfangsraum führte. Sie ging ein paar Stufen hinunter und blieb stehen. Als er das Geräusch ihrer Schuhe auf der Holztreppe hörte, blickte er nach oben und sah sie.

Er richtete sich sofort auf, ging von der Balustersäule weg und starrte sie bewundernd an.

Langsam und mit Bedacht ging sie die Treppe hinunter. Sie trug ein scharlachrotes Seidenkleid in Wadenlänge mit abgesenkter Taille. Ihr blondes Haar war, im Gegensatz zur herrschenden Mode für Bubikopffrisuren, zu einem Dutt zusammengerollt, der von glänzenden, zu ihrem Kleid passenden Glasperlen durchzogen war. Auch ihre langen scharlachroten Seidenhandschuhe waren mit Bändern derselben Perlen geschmückt.

Als Lily von der letzten Stufe heruntertrat war Robert von einem Gardenienduft umhüllt.

„Lily, du bist wunderschön", sagte er leise und blickte sie liebevoll an. „Einfach wunderschön. Mama hätte sich gar nicht die Mühe mit ihren Smaragden machen müssen, denn niemand wird sie bemerken. Alle werden nur dich ansehen. Wie konntest du auch nur eine Minute lang denken, dass ich lieber mit einer anderen Frau als mit dir sein möchte. Das glaubst du mir doch?"

Lily nickte. „Ja, ich denke schon. Und du siehst ja auch sehr attraktiv aus."

Beglückt lächelnd bot er ihr seinen Arm.

Und Lily hängte sich ein.

NACH DEM BUFFET bat Joseph um Aufmerksamkeit und hielt eine kurze Rede voll des Lobes für Nellie, und alle stießen auf das Geburtstagskind an. Dann versammelten sich die Gäste außer Lily und Thomas zu einem Scharadespiel. Sobald Thomas das Wort Scharade gehört hatte, war er sofort zu einem Stuhl gegangen, der seitlich im Zimmer stand. Kurz danach hatte sich auch Lily, die sich nicht Nellies Team anschließen wollte, zu ihm gesellt.

„Du willst dich also auch nicht lächerlich machen", murmelte Thomas, als sie Seite an Seite beisammensaßen.

Mit dem Rücken zu Wand beobachteten sie die Teams, die bereits voll in Fahrt waren.

„Nein, ich finde nicht, dass sie lächerlich aussehen", warf Lilly rasch ein. „Ich weiß nur nicht, was die Wörter bedeuten, die sie darstellen sollen."

Er nickte. „Bis zu einem gewissen Grad hast du vielleicht recht, aber im Grunde genommen denkst du dir, dass das Spiel lächerlich ist und dass du, genau wie ich, nicht dazugehören willst. Sei ehrlich. Das stimmt doch?"

Lily kicherte. „Ja, mag sein. Aber Robert darfst du das nicht sagen."

„Ich werde schweigen wie ein Grab." Er rückte sich auf seinem Stuhl zurecht und sah sie an. „Vielleicht wäre es besser, wenn wir nicht stumm nebeneinander sitzen, denn sonst sehen wir genauso dumm aus wie die anderen. Als ich dich das letzte Mal fragte, wie es dir in London gefällt, hast du gesagt, dass du es noch nicht weißt. Wie denkst du jetzt darüber?"

Lily setzte an zu antworten.

„Aber bitte die Wahrheit", warf er schnell ein, „und nicht was du glaubst, sagen zu müssen."

„Als wir das letzte Mal miteinander gesprochen haben, warst du genauso unverblümt wie jetzt. Bist du immer so?"

„Ja, so ist's." Er lächelte sie reumütig an. „Wenn ich überhaupt mit jemand spreche", fügte er hinzu. „In der Regel mache ich mir gar nicht die Mühe, mit irgendjemanden zu reden."

„Weshalb redest du denn dann mit mir?"

„Weil ich dich mag. Ja, wie immer unverblümt. Du und ich, wir sind uns in gewisser Hinsicht ähnlich. Erst einmal sind wir beide Außenseiter in dieser zusammengewachsenen Linford-Perfektion, und das macht uns zu Gleichgesinnten."

„Du bist aber selbst ein Linford", erwiderte Lily, „und als solcher gehörst du dazu. Nicht wie ich."

„Es geht nicht nur darum, ein Linford zu sein, sondern man muss die richtige Art von Linford sein. Roberts Schwester, Dorothy, ist eine Linford, aber du wirst keine größere Außenseiterin finden, als sie es ist. Also, meine Gleichgesinnte, wie findest du das Leben in London?"

„Wenn es nur um Robert, James und mich ginge, wäre ich glücklich. Aber es ist nicht so. Denn es ist immer irgendein Linford da, der seine Nase in unsere Angelegenheiten steckt. Dein Bruder ist der Schlimmste. Er hasst mich und sieht mich an, als wäre ich ein geldgieriges Flittchen."

„An deiner Stelle würde ich ganz einfach zu allem ja sagen, und dann genau das tun, was ich will."

Lily kicherte. „Du hast recht. Wir sind uns wirklich ähnlich. Und das wollte ich auch tun, aber wenn du mit Robert verheiratet bist, dann ist es nicht so einfach. Wenn ich zum Beispiel so tue, als hätte ich etwas vergessen, das ich tun wollte, dann sieht er mich so traurig an, dass ich gleich ein schlechtes Gewissen habe."

Von den Scharadespielern war plötzlich ein lautes Lachen zu hören und eines der Teams war gerade dabei, sich laut zu beglückwünschen. Lily und Thomas sahen zu den Spielern hinüber.

„Und wie ist es mir dir?" fuhr sie fort, als die Spieler mit einer neuen Runde begonnen hatten. „Magst du London?"

„Dazu gibt es eine Vor-dem-Krieg-Antwort und eine für die Zeit nach dem Krieg. Bevor ich zum Militär ging und keinen besonderen Ehrgeiz hatte, habe ich in der Firma angefangen zu arbeiten. Es war überaus langweilig, aber ich hatte Geld und wenn du damals jung warst und wusstest, wo es lang geht, bot London unbegrenzte Möglichkeiten und ich hätte an keinem andern Ort der Welt sein mögen.

Und dann kam ich in den Krieg. Und wenn du nicht zwei gute Beine und zwei gute Hände hast, bedeutet auch das Geld nichts mehr, und es spielt jetzt keine Rolle mehr wo ich lebe."

„Aber du hast doch Alice", sagte sie überrascht. „Und mit wem du lebst spielt doch auch eine Rolle. Ich kenne sie noch nicht gut, aber sie scheint sehr nett zu sein."

„Und du hast Robert. Den kenne ich *wirklich* und er ist *wirklich* nett."

„Aber du hast nicht Alices Vater, der dir tagtäglich vorgehalten wird", erwiderte sie.

„Ja, aber du hast Attribute, die du nutzen könntest, um Joseph aus dem Weg zu schaffen, wenn du dich darauf konzentrierst. Du bist eine schöne Frau, Lily Linford. Wenn du deine Trümpfe richtig ausspielst, wird Robert nur dich und nicht seinen Vater hören und sehen."

„Ich weiß nicht", erwiderte sie und nagte an der Unterlippe. „Robert ist jetzt irgendwie anders."

„Vertrau mir. Ich weiß, wovon ich spreche – mit oder ohne Bein. Er ist ein Mann. Und du bist die Art von Frau, von der Männer träumen, wenn sie die Augen schließen."

„Glaubst du das wirklich?"

„Jetzt angelst du nach einem Kompliment", sagte er schmunzelnd.

„Flirtest du mit mir?" fragte sie lächelnd.

Thomas warf seinen Kopf zurück und lachte. „Wenn der Thomas vor dem Krieg mit dir geflirtet hätte, dann hättest du es sicher gewusst. Aber der Thomas nach dem Krieg flirtet nicht. Denn das ist für die Damen zu beängstigend. Du hast nur etwas hilflos ausgesehen und ich wollte dir helfen."

Sie strahlte nun über das ganze Gesicht. „Ja, das hast du getan. Und ich werde deinen Rat befolgen. Und auch ich kann unverblümt sein – außer Robert und James bist du der einzige Linford, den ich mag.“

WÄHREND EINER PAUSE zwischen den nächsten Spielen stand Lily auf und entschuldigte sich bei Thomas, denn sie wollte nur nach oben gehen und nach James schauen.

Thomas lächelte sie an. „Bis morgen!“

„Ich sehe nur nach, wie es James geht.“

„Das bedeutet, dass wir dich morgen sehen werden.“

Lachend ging sie zur Tür.

„Lily“, hörte sie Sarah rufen. Sie wandte sich um und sah, wie Sarah auf sie zukam, gefolgt von Louisa und Christopher, die mürrisch dreinblickten.

„Ich nehme an du gehst nach oben“, sagte Sarah. „Wärest du so nett und würdest du die Kinder mitnehmen? Sie sollten schon längst im Bett sein.“

Lily stimmte zu und ging mit den Kindern nach oben.

Sie kam nicht wieder hinunter.

Blass vor Müdigkeit saß Thomas mit einem Whisky in der Hand noch immer auf seinem Stuhl und beobachtete Alice, wie sie jetzt nach den Scharaden bei den Papierspielen mitmachte, die mit fortschreitendem Abend und je mehr Flaschen Wein konsumiert worden waren, immer wilder wurden.

Trotz seiner offensichtlichen Müdigkeit ließ er sich erst überreden hinaufzugehen, bis auch alle anderen bereit waren, zu Bett zu gehen.

14

———

„Ich kann mir nicht vorstellen, dass ich deinen Vater dieses Wochenende irgendwann allein werde sprechen können", sagte Walter zu Nellie ganz verzweifelt am Sonntagmorgen. „Nach dem Lunch müssen wir zum Picknick, und wie ich Joseph kenne, wird er, wenn wir zurückkommen, mit seinem Whisky und seiner Pfeife in der Bibliothek verschwinden und dort den Rest des Abends verbringen. Ich kann ihn nicht stören, wenn es ganz offensichtlich ist, dass er allein sein möchte. Und wir fahren morgen früh schon wieder zurück."

Nellie nagte nachdenklich an ihrer Unterlippe. „Wie wäre es, wenn du beim Picknick mit ihm sprichst?"

Walter lachte. „Ich kann mir gut vorstellen, wie ich deinem Vater am Flussufer hinterherlaufe und versuche, mit ihm ein Gespräch über die Feinheiten des Liegenschaftsrechts zu führen und dabei von Kommentaren über Lachse und Forellen unterbrochen werde. Wenn ich wüsste, dass ich deinen Vater schließlich aber doch überzeugen könnte, wäre ich allerdings gern bereit, mich über das

Fischen auszulassen, obwohl ich überhaupt nichts davon verstehe."

„Papa doch auch nicht, du wärst also auf sicherem Boden", warf Nellie lachend ein. „Wir müssen uns einfach etwas Besseres einfallen lassen." Sie dachte einen Moment lang nach. „Es gibt keine Alternative, du musst ihn einfach heute Abend erwischen. Ich bin sicher, dass er nur deshalb in die Bibliothek geht, weil ihn das Herumsitzen und Plaudern langweilt und er viel lieber über die Arbeit nachdenkt. Ich weiß, dass er an dem Immobilienkram interessiert ist, den du ihm erzählt hast, denn das hat er gesagt, und deshalb wird es ihm auch nichts ausmachen, wenn du ihn störst. Vertrau mir."

„Also, auf deine eigene Verantwortung. Ich bin aber ziemlich sicher, dass es ihn interessieren wird, was ich ihm diesmal erzählen möchte."

DER SONNTAGVORMITTAG ENDETE mit einem leichten Lunch auf der Terrasse rückwärts am Haus, die von einer Masse roter, aus ihren Kübeln überquellenden Geranien umgeben war. Die Luft war erfüllt vom Duft des Jasmins und dem silbrigen Geflatter kleiner Insekten.

Nach dem Lunch gingen alle nach vorn zum Haus, um sich von Thomas und Alice zu verabschieden, und von Maud, die die beiden in Josephs Wagen zurück nach London fahren und erst am nächsten Tag zurückkommen sollte.

„Du hättest dir keinen besseren Nachmittag für ein Picknick wünschen können", sagte Nellie, als das Auto in der Ferne verschwunden war und sie ins Haus zurückgingen. „Ich beneide sie nicht, dass sie es verpassen. Jetzt machen wir uns jetzt ganz schnell dafür bereit. Hast du das gehört, Louisa? Es gibt jetzt kein Herumtrödeln mehr."

„Christopher ist der Langweiler, nicht ich", protestierte Louisa empört. „Nicht wahr, Mummy?"

„Mit der Aussicht auf Kuchen", sagte Sarah mit einem Lächeln, „bin ich sicher, dass ihr euch beide beeilen werdet. Wenn ihr euch umgezogen habt, könnt ihr Mrs. Spencer helfen und die Körbe herausbringen – die sind bis dahin dann fertig."

„Ich fürchte ihr werdet ohne mich beim Picknick sein", sagte Charles, als sie unten an der Treppe angelangt waren. „Ich habe sehr schlecht geschlafen und erst jetzt bemerkt, wie müde ich bin. Ganz meine Schuld, denn ich hätte nicht so viel vom Wein trinken sollen. Sobald du im Schlafzimmer fertig bist, Sarah, werde ich mich ein wenig hinlegen."

Sarah runzelte verärgert die Stirn. „Ich hab dich schon am Abend gewarnt, dass du es übertreibst. Es ist wirklich ärgerlich."

„Leider ist Charles nicht der Einzige, der heute etwas angeschlagen ist" warf Joseph ein. „Ich wollte gerade sagen, dass ich Kopfschmerzen habe, und was ich jetzt überhaupt nicht brauche, ist ein Nachmittag in der Sonne. Und es ist auch von Vorteil, wenn ich hierbleibe. Mrs. Spencer wird auf James aufpassen, damit Lily zum Picknick mitkommen kann, und Charles und ich können uns dann auch um den Kleinen kümmern, damit Mrs. Spencer ihre übliche Nachmittagspause haben kann. Ich mache es mir in der Bibliothek bequem und das wird mich bald wieder erfrischen."

An Nellies Tür wurde leise geklopft. Sie öffnete und sah Walter, der vor ihr stand.

„Ich bin in ein paar Minuten fertig", sagte sie schnell.

„Nein, darum geht's nicht. Ich hatte gerade eine großartige Idee", flüsterte er.

„Und die ist?"

„Dein Onkel Charles will sich hinlegen und dein Vater wird also allein in der Bibliothek sein. Sag den anderen, wenn du nach unten gehst, dass ich entsetzliche Bauchschmerzen habe. Du kannst sagen, dass ich es vorher nicht erwähnen wollte, weil ich dachte, die Schmerzen würden verschwinden. Das ist aber nicht der Fall und deshalb muss ich zurückbleiben. Und wenn ihr dann alle aus dem Haus seid, gehe ich unter irgendeinem Vorwand in die Bibliothek und beginne mit deinem Vater ein Gespräch."

„Walter, das ist absolut perfekt!"

Walter strahlte über das ganze Gesicht. „Ja, nicht wahr? Ich glaube überhaupt nicht, dass er Kopfschmerzen hat, sondern dass er einfach keine Lust hat, mit zum Picknick zu fahren. Christopher und Louisa waren am Vormittag schon völlig überdreht, und ich habe mehrmals beobachtet, wie er sie ganz genervt angesehen hat. Wir haben so wenig Zeit miteinander und ich komme nur ungern nicht mit, aber es gibt keine bessere Möglichkeit ihm aufzulauern, und ich hätte dann viel Zeit mit ihm."

Nellie umarmte ihn ganz begeistert. „So eine tolle Idee", rief sie ausgelassen. „Warte jetzt in deinem Zimmer bis wir weg sind, und geh dann zu meinem Vater."

HINTER DEN SCHWEREN Brokatvorhängen im vorderen Empfangsraum versteckt beobachtete Joseph wie Robert, Lily, Nellie und Sarah das Haus verließen und auf den Pferdewagen zugingen. Die beiden Pferde scharrten schon ungeduldig im Kies. Christopher und Louisa, die bereits vor den anderen hinausgelaufen waren, reichten dem Fahrer die Körbe, damit er sie hinten im Wagen verstauen konnte.

Joseph hörte ein leises Geräusch neben sich und fühlte einen leichten Luftzug. Er warf einen Blick zur Seite und merkte, dass Charles da war. „Wie steht's?" fragte er ihn.

Charles nickte. „Ja, ich hab alles getan. Für den Fall, dass irgendetwas schief geht, und es danach aussehen sollte, dass jemand etwas gesucht hat, hab ich mehrere Schubladen herausgezogen und es so aussehen lassen, dass jemand nach Wertsachen gesucht hat, und ich habe Mauds Schmuckschatulle offen gelassen. Und ich hab auch die Schubladen in meinem Zimmer durchwühlt, und im Zimmer von Alice und Thomas. Ich dachte, das würde viel realistischer aussehen."

„Ausgezeichnet."

„Und ich habe eine Tasche mit einigen Sachen für Lily gepackt, und eine für mich selbst, damit ich gleich nach London zurückfahren kann, nachdem Lilys Schiff abgefahren ist." Und nach einer kurzen Pause. „Joseph, bist du dir sicher, dass du es dir nicht anders überlegen willst? Es ist noch nicht zu spät."

„Ja, ganz sicher, danke – ich tu damit das Richtige." Und er nahm die Smaragde von Charles.

„Du spielst mit dem Leben von Menschen, Joseph."

„Es sind zwei Leben, die für mich wichtig sind – das von meinem Sohn und von meinem Enkel. Ich gebe Robert sein Leben zurück."

Charles wandte sich enttäuscht um. „Und was kommt jetzt?"

Joseph warf einen Blick zum Fenster hinaus. „Wir müssen Lily vor der Abfahrt zurück ins Haus locken, und es sieht so aus, als ob sie bald abfahren würden. Sie darf aber nicht nach oben zu James gehen, denn sonst sieht sie, dass er ganz gesund ist. Und sie würde auch die Unordnung im Zimmer sehen. Sie ist nicht so dumm, dass sie keinen Verdacht schöpfen würde.“

„Was machen wir dann?“

„Ich geh jetzt hinaus und bring sie zurück. Du wartest im Vorraum und gehst mit ihr schnell in die Bibliothek. Lass sie nicht argumentieren. Ich komme gleich nach. Wir stellen sie sofort zur Rede, sobald wir in der Bibliothek sind, und bringen die ganze Sache so schnell wie möglich zu Ende, für den Fall, dass das Picknick früher endet als erwartet.“

„Was leicht möglich ist, weil sie nur zu fünft sind.“

„Richtig. Zum Glück müssen wir uns keine Sorgen bezüglich Mrs. Spencer machen. Die Bibliothek ist weit genug von ihrem Zimmer entfernt, dass sie nichts hören wird, selbst wenn Lizzie einen Wirbel macht.“

„Ich nehme an, dass ich Lily dann nach oben bringe.“

„Ja, richtig. Pass aber gut auf, dass sie keine geheime Nachricht für Robert hinterlässt. Ich werde ihr eine Nachricht mit drei Wörtern diktieren, und das ist die einzige Nachricht, die sie hinterlassen wird. Sie schreibt ganz einfach „Es tut mir leid“. Er blickte durchs Fenster auf den Wagen. „Es ist jetzt Zeit zu handeln.“

LILY STAND mit einem elenden Gefühl da und wartete, während der Fahrer die letzten Körbe und die Picknickausrüstung hinten in den Wagen lud. Nachdem alles sicher verstaut war, kletterte er vorne auf den Fahrersitz, nahm die Zügel in die Hand und wartete, bis alle im Wagen saßen.

Louisa und Christopher setzten sich sofort zu ihm

hinauf. Christopher auf der einen und Louisa auf der anderen Seite. Robert half Sarah und Nellie in den Wagen und wollte gerade Lily helfen, als er Schritte hörte, die über den Kies schnell näherkamen. Seine Hand lag noch immer unter Lilys Ellenbogen.

„Du überraschst mich", sagte er, als er sah, wie sein Vater auf ihn zulief. „Ich dachte, du würdest bereits in deinem Lehnstuhl zufrieden vor dich hinschnarchen."

„Ja, das werde ich auch bald", sagte Joseph, nach Atem ringend. „Aber zuvor wollte ich Lily noch schnell beruhigen."

„Weshalb beruhigen?" Lily stieß Roberts Hand weg und machte einen Schritt nach vorn. Ihr Gesicht war vor Sorge blass geworden.

„Es gibt keinen Grund zur Aufregung", sagte Joseph beruhigend. „Ich habe James nur husten gehört, als ich oben war. Ich bin dann zu ihm hinein, und er war ein wenig rot im Gesicht. Ich bin sicher, dass es nichts Ernstes ist – wahrscheinlich nur der Beginn einer Erkältung. Ich wollte dir nur schnell versichern, dass ich gut auf ihn aufpassen werde und gegebenenfalls sofort den Arzt kommen lasse. Es gibt also keinen Grund, dass du nicht mitfahren und den Nachmittag genießen kannst."

Er lächelte sie beruhigend an, wandte sich um und ging auf das Haus zu.

Lily blickte Robert zutiefst betroffen an.

Er zuckte nur die Schultern und sagte resigniert: „Ja, wenn es unbedingt sein muss."

Daraufhin lief Lily schnell zurück zum Haus.

Mit einem entschuldigenden Lächeln zu Sarah hin kletterte Robert in den Wagen, nahm neben Nellie Platz und wies den Fahrer an, loszufahren. Der Fahrer schüttelte die

Zügel und der Wagen setzte sich knarrend über den Kies in Bewegung.

Lily hatte Joseph überholt und war bereits im Haus, bevor er den Eingang erreicht hatte.

Er blieb auf der Türschwelle stehen und beobachtete, wie der Wagen langsam die Auffahrt hinabfuhr. Der Kies knirschte und knackte unter den Rädern auf der Fahrt zum Eingangstor. Als er hörte, wie der Wagen auf der Straße an Geschwindigkeit gewann und die Pferde munter dahintrabten, ging er mit einem zufriedenen Lächeln ins Haus zurück.

JOSEPH STAND in der Mitte der Bibliothek und hatte begonnen, Lily bezüglich des Diebstahls zur Rede zu stellen. In der einen Hand hielt er das Smaragdkollier und in der anderen die Ohrringe. Charles stand neben ihm. Mit eisiger Miene hielt er Lily den Smaragdschmuck hin. „Dieser Schmuck gehört Maud, Lily, aber wir haben ihn in deinem Zimmer gefunden. Was hast du dazu zu sagen?"

„Aber wovon sprichst du denn? Ich habe den Schmuck nie angerührt."

„Das hast du aber, denn er war in deinem Zimmer."

„Das war Robert aber auch. Sicher hat er ihn hingebracht, denn ich war es nicht."

„Der Schmuck hätte in der Schmuckschatulle meiner Frau sein sollen, aber als ich ihn Charles geben wollte, damit er ihn zurück in den Banktresor bringt, war er nicht da. Wir beide haben uns dann auf die Suche gemacht und, wie gesagt, haben wir ihn dann in deinem Zimmer, in deiner Reisetasche gefunden. In *deiner* Tasche, nicht in Roberts."

„Du redest absoluten Unsinn", erwiderte sie mit vor

Angst zitternder Stimme. „Ich hab schon gesagt, dass ich den Schmuck nie angerührt habe, und so ist es auch."

„Tatsächlich? Wir werden ja sehen, was die Polizei dazu zu sagen hat."

„Die Polizei?" Das Blut war aus Lilys Gesicht gewichen.

„Selbstverständlich. Schließlich habe wir es hier mit einem Diebstahl zu tun. Und der wird mit Gefängnis bestraft."

„Ich habe den Schmuck aber nicht genommen." Lily begann zu weinen. „Du musst es mir glauben."

„Ja, das tu ich und Charles tut es auch", sagte Joseph mit fester Stimme. „Aber die Polizei wird es nicht glauben. Und auch sonst niemand."

Sie starrte ihn fassungslos an, und dann trat anstelle des ängstlichen Leugnens ein plötzliches Verstehen in ihren Blick. „Du kannst doch nicht ... ich sage allen, dass du lügst." Dabei hatten Tränen ihre Worte verzerrt und sie schluckte mehrmals.

„Dann steht dein Wort gegen das unsere. Und wen, denkst du, werden sie glauben – einem erfolgreichen Bauunternehmer und einem Banker, oder dir, einer völlig unbedeutenden Person?"

Lily wischte sich die Tränen aus den Augen und trat einen Schritt zurück. „Weshalb tust du mir das an? Was habe ich dir denn getan?" fragte sie mit bebender Stimme.

„Du hast meinen Sohn zum Heiraten gezwungen – das hast du getan", antwortete Joseph erbarmungslos. „Du bist die falsche Frau für ihn, und ich glaube, dass du das auch weißt. Sieh dich doch an. Du siehst alles andere als glücklich aus. Ich tu dir damit ja einen Gefallen."

„Einen Gefallen! Indem du der Polizei sagst, dass ich angeblich etwas gestohlen habe. Das ist für dich ein Gefallen? Mich für etwas, das ich nicht getan habe, ins Gefängnis zu bringen?"

„Es gibt ja eine Alternative."

Sie runzelte die Stirn und fragte ängstlich: „Was meinst du damit?"

„Lily, du hast die Wahl. Ich bin durchaus bereit, den Diebstahl der Polizei zu melden. Und wenn ich das tue, dann sitzt du bereits auf der Polizeiwache, wenn die anderen vom Picknick zurückkommen. Du wirst verhaftet und verurteilt und kommst ins Gefängnis. Und alle werden erfahren, was du getan hast. Oder du kannst ein Passageticket im Namen einer Lily Brown nehmen, das ich für dich gekauft habe." Er klopfte mit der Hand auf seine Jackentasche. „Du würdest morgen nach New York fahren und nie mehr zurückkommen."

Lily starrte ihn mit offenem Mund an. „New York?" stieß sie in Panik hervor. „Und was ist mit James? Wie komme ich denn zurecht an einem Ort, den ich nicht kenne, allein mit ihm?"

„James kannst du nicht mitnehmen, das steht außer Frage – James bleibt hier."

„Nein!" schrie sie auf, stürzte sich auf Joseph und schlug mit den Fäusten gegen seine Brust. „Du kannst ihn nicht haben. Er ist mein Sohn und ich liebe ihn. Und ich liebe auch Robert. Du kannst das nicht tun."

Charles sprang sofort ein. Er riss sie von Joseph weg, legte ihr seine Hand vor den Mund und erdrückte ihr Geschrei.

Joseph glättete die Falten vorn an seiner Jacke und ging nahe an Lily heran. „Du hast die Wahl, Lily", sagt er leise. „Einerseits werden dein Mann und dein Sohn immer glauben, dass du eine gemeine Diebin bist – und mach dir keine Illusionen, denn James wird erfahren, dass du wegen Diebstahls im Gefängnis sitzt, sobald er alt genug ist, es zu verstehen. Oder du wirst ganz einfach verschwinden."

„Verschwinden?" flüsterte sie.

„Du hinterlässt eine Nachricht, in der du dich entschuldigst. Du lässt sie für Robert in deinem Schlafzimmer, wo er sie finden kann, und dann gehst du mit Charles. Er fährt dich nach Southampton, wo du in einem Hotel übernachtest, denn dein Schiff fährt erst am nächsten Morgen ab. Und denk nur nicht, dass du flüchten kannst. Charles ist bei dir, bis dein Schiff ausgelaufen ist. Deine Verbindung zu dieser Familie endet, sobald du dieses Haus verlassen hast, und wir werden nie wieder von dir hören oder dich sehen."

„Ich hab immer gewusst, dass du mich hasst", rief sie verzweifelt und Tränen liefen ihr über die Wangen. „Ich hab es Robert gesagt, aber er hat es nie geglaubt. Aber ich hatte recht, nicht wahr? Du kannst Robert doch nicht wirklich lieben. Nicht richtig lieben. Oder James. Sie lieben mich, und wenn ich ins Gefängnis komme oder verschwinde, wie du sagst, werden sie todunglücklich sein. Wenn du sie wirklich lieben würdest, dann könntest du ihnen das nicht antun."

„Ich glaube aber nicht, dass Robert dich liebt. Er hat Verliebtheit und Lust mit Liebe verwechselt. Ich bin aber sicher, dass diese Gefühle schon längst vorbei sind, und du wirst für ihn immer mehr zu einer Blamage. Wenn du wirklich ehrlich mit dir selbst bist, Lily, dann wirst du mir recht geben."

Lily schluckte geräuschvoll ihre Tränen hinunter.

„Ich gebe dir einen Geldbetrag, der dir hilft, in New York zurechtzukommen", fuhr Joseph gelassen fort. „Du bist eine gewiefte junge Frau, die, wenn sie etwas will, es sich rücksichtslos verschafft. Ich habe keinerlei Zweifel, dass du in New York bald dein Auskommen haben wirst. Vielleicht wirst du auch wieder einen Mann finden und noch ein Kind kriegen." Joseph hielt kurz inne, bevor er sagte: „Was soll es also sein – Gefängnis oder Freiheit?"

Lily schüttelte verzweifelt den Kopf. „Ich kann es nicht. Es muss noch einen anderen Weg geben. Ich werde lernen, wie ich Robert eine bessere Frau sein kann. Das werde ich tun. Ich werde Maud fragen. Sie kann es mir beibringen, und dann tu ich, was ich von euch beiden gelernt habe. Joseph, ich kann mich ändern. Ich kann lernen, wie ich es besser mache, und dann werde ich keine Blamage mehr sein. Ich verspreche es. Bitte, gib mir doch diese Chance. Es geht hier schließlich um meinen Gatten und mein Kind."

Sie schluchzte laut auf. „Und ich werde Robert nicht erzählen, was du gesagt hast. Ich verspreche es. Bitte, Joseph, gib mir eine Chance. Lass mich bei James bleiben. Bitte."

„Wie ich schon sagte", wiederholte Joseph, und unterdrückte dabei entschieden eine Welle der Sympathie für sie, die ihn ganz unerwartet erfasst hatte, „hast du die Wahl zwischen Gefängnis oder Freiheit."

Sie stieß einen lauten Schrei aus. „Natürlich die Freiheit. Ich hab keine andere Wahl!" Und dann brach sie zusammen.

„Eine kluge Entscheidung, würde ich sagen." Und nach einigem Zögern. „Da ist noch etwas, das du wissen musst, und du musst jetzt gut aufpassen. Lily, hörst du mir auch zu?"

Mit nassem Gesicht blickte sie verzweifelt zu ihm auf und nickte.

„Niemand hier wird von dem Diebstahl erfahren – niemand außer der Polizei. Ich habe die Absicht, den Diebstahl polizeilich zu melden und zu protokollieren, werde der Polizei aber auch sagen, den Fall aus familiären

Gründen nicht weiterzuverfolgen oder zu veröffentlichen. Solltest du aber irgendwann bei einem Mitglied dieser Familie oder bei Bekannten von uns, die dich kennen, wieder auftauchen, werde ich dafür sorgen, dass dich die Polizei verhaftet. Der Diebstahl wird also nicht verschwinden, nur weil *du* verschwunden bist. Der Fall bleibt für immer im Polizeiarchiv. Ist dir das auch völlig klar?"

Lily brachte die Wörter, die sie sagen wollte, nicht heraus und nickte nur zustimmend.

Joseph blickte zu Charles hin, der Lily nun freigab. Dann zog er zwei Briefumschläge aus der Jackentasche, reichte sie Charles und ging dann zur obersten Lade seines Schreibtischs. „Bevor du gehst", sagte er zu Lily, und reichte ihr Papier und Federhalter, „will ich, dass du die Worte ‚Es tut mir leid' auf dieses Stück Papier schreibst."

Unter lautem Schluchzen griff sie nach Papier und Feder, ging zu einem Tisch, schrieb die Wörter auf das Blatt und gab es Joseph. Er warf einen Blick darauf, steckte es in die Jackentasche und hielt Lily seine Hand für die Rückgabe der Feder hin.

„Lily, komm. Wir gehen jetzt nach oben und holen deine Tasche", sagte Charles leise. „Du kannst zu James hineinschauen, aber du darfst ihn nicht wecken. Dann fahren wir nach Southampton."

Lily warf ihm einen flehenden Blick zu.

Doch Charles schüttelte den Kopf. „Es tut mir leid", sagte er hilflos, fasste sie sanft am Arm und führte sie durch die Bibliothek zur Tür.

„Und vergiss nicht, Lily", rief ihr Joseph noch nach, als sie und Charles die Tür erreicht hatten. „Wenn wir dich hier nie mehr wiedersehen, dann sind die einzigen Personen, die vom Diebstahl wissen, du, Charles und ich. Also nur drei Personen."

Als die Tür hinter Charles und Lily ins Schloss gefallen war, wandte sich Joseph um und ging zu seinem Schreibtisch.

„Sir, eigentlich sind es vier Personen.“

Joseph drehte sich entgeistert um. Walter war vom Sofa vor dem offenen Kamin aufgestanden und stand nun mit dem Rücken zum Feuer vor ihm.

„Ich bedauere, Sir, aber ich war hier irgendwie festgesessen. Ich hatte angenommen, dass sie nach der Abfahrt der anderen in die Bibliothek kommen würden, und deshalb kam ich her, weil ich Ihnen von einem Fall erzählen wollte, von dem ich annahm, dass er Sie interessieren könnte. Der Raum war leer, als ich hereinkam, und ich nahm mir die Freiheit, mich aufs Sofa zu setzen und auf Sie zu warten. Ich muss irgendwann eingenickt sein. Ich erwachte, als ich Stimmen hörte und wollte gerade aufspringen und Ihnen sagen, dass ich hier bin , aber als ich hörte, was sie sagten, dachte ich, dass es besser wäre, hierzubleiben und die Sache nicht noch mehr zu komplizieren."

Joseph trat peinlich berührt von einem Fuß auf den anderen. „Nun ja, du hast ganz offensichtlich alles gehört", bemerkte er und hustete verlegen. „Ich weiß nicht so recht, was ich sagen soll."

Walter räusperte sich. „Sir, ich möchte mich nicht in etwas einmischen, das mich nichts angeht, aber vielleicht dürfte ich ein oder zwei Vorschläge machen?"

Joseph zuckte voller Missbehagen die Schultern. „Du musst natürlich sagen, was du sagen willst.“

„Ich frage mich, ob es genügt, wenn Lily nur verschwindet, und ob sie nicht etwas tun sollten, das wirksamer und endgültiger ist.“

„Ich weiß nicht, was du damit meinst“, erwiderte Joseph, und anstelle seiner offensichtlichen Verlegenheit waren Überraschung und eine gewisse Erleichterung getreten.

„Sir, wie Sie wissen, liebe ich Nellie sehr, und wenn sie verschwinden würde, dann würde ich einfach alles tun, um sie zu finden. Ganz unabhängig davon, wie Roberts Gefühle Ihres Erachtens jetzt sind, würde er sicher alles in seiner Macht tun, um sie zu finden. Denn so ist er. Ich würde an seiner Stelle sofort einen Detektiv einschalten. In kürzester Zeit hätte ein erfahrener Detektiv herausgefunden, dass eine Lily Brown am Wochenende nach New York gereist ist. Robert würde auch nie glauben, dass jemand wie Lily ihr Kind freiwillig zurückließe und an einen Ort reisen würde, der ihr völlig unbekannt ist. Und es würde auch sonst niemand glauben. Man wäre dann schnell dahintergekommen, dass sie verbannt wurde, und ich fürchte, dass man dann auf Sie, Sir, stoßen würde.“

Joseph erblasste. „Ich habe mich das auch schon gefragt. Hoffte dann aber, dass ihre Abschiedsnotiz und auch der Umstand, dass sie bei uns immer so bedrückt zu sein schien, Robert überzeugen würde, dass sie aus eigenen Stücken verschwunden ist. Aber so wie du es sagst, hast du wahrscheinlich recht. Er würde sie *ganz sicher* suchen.“ Er starrte nun in zunehmender Besorgnis auf Walter. „Was kann ich denn tun? Hast du irgendeine Idee, vorausgesetzt dass du helfen willst.“

„Sir, ich helfe Ihnen natürlich. Meiner Meinung nach muss Robert glauben, dass sie tot ist. Es ist das Einzige, das ihn davon abhalten würde, nach ihr zu suchen. Und nachdem wir keine Leiche haben, muss sie ertrunken sein. Also Selbstmord."

„Ertrunken", wiederholte Joseph verwirrt.

„Ja, ertrunken. Der Zettel mit den Worten ‚Es tut mir leid', wird dann als ein Abschiedsbrief interpretiert. Ich kann mit Roberts Auto zur Küste fahren und Kleidungsstücke mitnehmen, die sie getragen haben könnte. Sie muss ihren Koffer hierlassen, denn sonst würde es Verdacht erregen. Charles wird für Lily einige Sachen kaufen müssen, bevor sie abreist."

„Das wird kein Problem sein, denn es ist genügend Zeit dazu, bevor das Schiff abfährt."

„Ich lasse Roberts Auto in Strandnähe und lege ihre Jacke und Schuhe nahe ans Wasser. Es sieht dann aus, als ob sie absichtlich ins Wasser gegangen wäre. Leigh-on-Sea wäre der beste Ort dafür, denn sie war mit Robert schon dort. Wir melden ihr Verschwinden bei der Polizei. Die findet dann das Auto und ihre Kleidungsstücke und wird den offensichtlichen Schluss daraus ziehen. Leigh hat einen kleinen Bahnhof und ich kann von dort mit dem Zug zurück nach London fahren. Damit hat sich dann die Sache, nicht wahr?"

„Es klingt wirklich narrensicher", erwiderte Joseph langsam.

„Ich schlage vor, dass ich losfahre, sobald Charles und Lily weg sind, und dass er mit meinem Wagen nach Southampton fährt. Sie können den anderen sagen, dass er und ich in meinem Wagen losgefahren sind, nachdem wir bemerkt haben, dass sie verschwunden ist. Das erklärt dann auch den Verbleib der einzelnen Autos. Sobald wir weg sind, können Sie oben alle Durchsuchungsspuren entfernen und den Abschiedsbrief aufstellen."

Joseph dachte noch einen Moment lang nach. „Und was ist mit dem Diebstahl? Ich hatte ihr doch gesagt, dass ich ihn der Polizei melde.“

Walter lächelte. „Ich nehme an, dass Sie das gar nicht beabsichtigt hatten. Sie wollten doch nicht, dass Robert einen Detektiv einschaltet, und aus demselben Grund würden Sie doch sicher auch keine Ermittlung durch die Polizei riskieren wollen.“

„Ja, du hast recht. Ich wollte es nicht melden.“

„Allerdings ist es etwas, das Lily vielleicht herausbekommen könnte, nachdem sie sich beruhigt hat. Falls sie es tut, dann wäre es gut, wenn Sie sich diesbezüglich abgesichert haben. Dazu wäre es klug, wenn Sie über eine eidesstattliche Erklärung verfügen, die Ihre Behauptung unterstützt. Sie sagen dann, dass Sie eine Erklärung erstellt haben, den Diebstahl aber aus familiären Gründen nicht publik machen wollten und ihn daher auch nicht der Polizei gemeldet haben.“

„Aber wo wäre denn die Erklärung, wenn nicht bei der Polizei?“

„In der Anwaltskanzlei, wo ich arbeite. Sie könnten noch diese Woche zu mir in die Kanzlei kommen und eine eidesstattliche Erklärung abgeben. Ich lasse sie beglaubigen und datieren und lege sie zur Absicherung in den Safe. Es ist lediglich eine Vorsichtsmaßnahme.“

Joseph schüttelte bewundernd seinen Kopf. „Wenn Charles sagt, dass du clever bist, dann hat er recht. Ich bin dir für deinen Rat sehr dankbar und werde danach handeln.“

„Sir, ich muss Ihnen dazu aber noch sagen, dass ich nicht weiß, ob man sich auf eine solche Erklärung rechtlich stützen kann“, fügte Walter hinzu. „Der Höchstzeitraum, innerhalb dessen man für eine Straftat strafrechtlich verfolgt werden kann, ist unterschiedlich. Lily weiß das aber nicht."

„Ich bin dir zu großem Dank verpflichtet. Ich kann dir gar nicht sagen wie froh ich bin, dass du heute hier warst." Und nach einer kurzen Überlegung warf Joseph ein: „Und weil wir gerade davon sprechen, dass du hier im Raum warst – würde es mich interessieren, weshalb du am Nachmittag lieber mit mir sprechen wolltest, als mit Nellie zum Picknick zu gehen?"

Walter war errötet und lächelte verschmitzt. „Nellie hat mir vor einiger Zeit gesagt, dass Sie mich besser kennenlernen sollten, denn sonst würden Sie uns nie Ihre Zustimmung zu unserer Heirat geben. Ich habe seitdem jede kleinste Gelegenheit genutzt, mit Ihnen zu sprechen, in der Hoffnung, dass Sie schließlich vergessen werden, dass ich nicht der Mann bin, den Sie sich für Ihre Tochter gewünscht hätten."

Joseph lachte. „Das klingt ganz nach Nellie. Das ist also der Grund, weshalb du dich plötzlich so eingehend für das Immobilienrecht interessierst, obwohl es nicht dein spezielles Fach ist?"

„Ja, Sir, deshalb habe ich angefangen, mich dafür zu interessieren. Seitdem habe ich aber auch herausgefunden, dass ich es wirklich interessant finde, und wenn ich nächstes Jahr meine Ausbildung abgeschlossen habe, werde ich mir eine Kanzlei suchen, die auf dieses Gebiet spezialisiert ist."

„Prima! Du kannst Nellie sagen, dass ihr Plan anscheinend funktioniert. Im Moment wäre es vielleicht aber besser, wenn du dich fertig machst und sofort losfährst, nachdem Charles aufgebrochen ist, was nicht mehr lange dauern wird."

Walter machte ein paar Schritte und blieb dann zögernd stehen.

„Was ist?" fragte Joseph.

Walter war erneut errötet. „Ich wollte nur noch sagen, dass ich Sie bezüglich meiner Heirat mit Nellie nie mit dem, was ich heute gehört habe, unter Druck setzen werde. Ich würde nie jemandem etwas davon erzählen, ganz gleich wie Sie sich entscheiden. Ich möchte Ihre Zustimmung zu unserer Heirat nicht mittels Erpressung bekommen."

„Walter, das glaube ich dir. Es wäre mir nie in den Sinn gekommen, dass du so etwas tun könntest. Dafür kenne ich dich jetzt schon zu gut."

„Sir, ich danke Ihnen."

„Jegliche Bedenken, die ich in Bezug auf dich und Nellie gehabt habe, basierten lediglich darauf, ob du einen Beitrag zu Linford & Sons leisten kannst. Ja, ich weiß, es hört sich geldsüchtig an, aber so ist es eben. Heute Nachmittag habe ich aber etwas dazugelernt. Du hast mir gezeigt, dass du wie Alice auf andere, aber auf ebenso wertvolle Weise, zur Familie beitragen kannst. Und mir scheint jetzt, dass deine Intelligenz und Loyalität tatsächlich mehr wert sind als ein finanzieller Beitrag. Charles hat mich oft angehalten, den Wert deiner Eigenschaften und Fähigkeiten anzuerkennen, und davon habe ich mich jetzt selbst überzeugen können."

LILY BEUGTE sich über das Kinderbett und starrte mit nassen Augen auf ihren schlafenden Sohn. Schließlich wischte sie die Tränen ab, um ihn besser sehen zu können und sein Bild für immer in ihrem Gedächtnis zu verwahren.

„Nein, nicht für immer!"

Nur bis zum Tag ihres Wiedersehens.

Denn sie würde ihn wiedersehen. Und auch Robert würde sie sehen.

„Ich liebe dich, James, mein Liebling", flüsterte sie in die milchig duftende Luft, die ihr Baby umgab. „Eines Tages werde ich zu dir zurückkommen und wieder deine Mutter sein. Das verspreche ich dir von ganzem Herzen. Ich verlasse dich nur für kurze Zeit, und nur weil ich es muss. Ich werde aber nie aufhören, dich zu lieben, auch nicht für nur eine Minute. Ich werde jeden Tag meines Lebens an dich denken, bis ich dich wiedersehe."

Sie streckte ihre Hand aus, um seine samtweiche Haut zu fühlen, aber Charles ergriff ihr Handgelenk und zog sie sanft vom Bettchen zurück.

„Er schläft, Lily. Wir lassen ihn am besten in Ruhe", sagte er. „Wir müssen jetzt gehen."

Sie blieb wie angewurzelt stehen. „Ich kann nicht."

„Wir müssen aber. Komm jetzt."

Sie hob die Hände an den Mund, krümmte den Rücken und setzte zum Schreien an. Doch Charles stand sofort hinter ihr und hielt ihr die Hand vor den Mund.

So standen sie einen Moment lang unbeweglich da. Ihre Tränen sickerten durch seine Finger und liefen über seinen Handrücken und seinen Arm.

„Es tut mir leid, Lily", hörte sie ihn hinter sich flüstern. „Ja, wirklich. Aber auch ich habe keine andere Wahl."

Langsam wurde ihr Atmen ruhiger. Und als der Druck seiner Hand auf ihrem Mund nachließ, schnappte sie laut nach Luft.

Er hielt sie noch immer fest mit einer Hand, beugte sich dabei über das Bettchen, zog sanft James' Decke heraus und drückte es in Lilys Arme. „Du kannst sie behalten, wenn du willst", sagte er. Dann nahm er ihre Tasche und ging mit ihr zur Tür.

Die Decke fest an sich gedrückt und schwer atmend folgte sie ihm. Bei jedem Schritt blickte sie sehnsuchtsvoll über ihre Schulter. Als sie die Tür erreicht hatten, blieb Charles stehen. Beide wandten sich um, so dass Lily einen letzten Blick auf ihr schlafendes Kind werfen konnte.

Sie stand unsicher auf ihren Beinen da, wischte sich die Augen, damit sie besser sehen konnte und starrte auf das Bettchen und ein lautes Schluchzen entrang sich ihr.

In schmerzerfüllter Benommenheit ließ sie sich dann, von Charles Armen gehalten, die Treppe hinunterführen.

Als sie den Treppenfuß erreicht hatten, stand Joseph am Eingang und öffnete die Tür, als er die beiden sah. Er sprach leise mit Charles, gab ihm de Schlüssel zu Walters Auto und nahm Lilys Reisetasche. Vor Schmerz fast erblindet merkte sie nicht, dass ihre eigene Tasche hinter der Eingangstür verschwunden war.

Sie trat hinaus auf die Schwelle und blieb stehen und wischte mit den Händen ihr Gesicht ab. Ihre Tränen waren über ihre nassen Wangen geschmiert, als sie sich mit totblassem hasserfülltem Gesicht an Joseph wandte.

„Das verspreche ich dir", sagte sie mit zitternder Stimme. „Du siehst mich hier nicht zum letzten Mal, denn eines Tages komme ich zurück. Darauf kannst du dich verlassen."

„Lily, es wäre besser für dich, wenn du das nicht tust", sagte er leise. „Denn du möchtest doch nicht im Gefängnis landen. Du hast jetzt die Möglichkeit, ein neues Leben für dich zu schaffen, das dich glücklicher machen könnte, als du es je mit uns warst. Nütz diese Chance."

Und er schlug die Tür vor ihrer Nase zu.

16

———

K *napp eine Woche später*

AM ZUNEHMENDEN JUBEL und dem Drängen der Menschen auf dem Schiff nach vorn merkte Lily, dass sie New York näher kamen. Sie stand an der Reling auf dem Deck der zweiten Klasse. In der zunehmenden Aufregung um sie herum starrte sie mit trübem Blick auf die Nebelwand, die sie soeben durchbrachen, und fühlte sich so verlassen wie nie zuvor.

Und voller Angst.

Und so zornig mit sich selbst.

Wie dumm war sie doch gewesen. Sie hatte alles falsch gemacht. Ab dem Augenblick, als Joseph sie zur Rede gestellt hatte. Sie konnte das jetzt sehen. Aber Panik hatte ihr Denken getrübt.

Als Joseph sie beschuldigte, war es, als ob ihr Gehirn aufgegeben hatte.

Und so war es dann auch während der ersten verzweifelten Tage auf dem Schiff geblieben. Stunde um Stunde war sie auf der schmalen Pritsche gelegen, ihr Gesicht in James' weicher Wolldecke vergraben, bei dem Versuch, ihren Sohn in den Maschen zu riechen, den Duft seines Babypuders zu erhaschen, der Seife, mit der sie ihn immer gewaschen hatte, und vielleicht auch, um eine Spur von Milch zu entdecken.

Mit jedem Tag war es jedoch schwieriger geworden, auch nur das Geringste von ihm zu entdecken. Anstatt des süßen Geruchs von James begann sie, den Schweiß auf ihren Händen, den ranzigen Gestank gekochter Speisen und den üblen Geruch von Feuchtigkeit aufzunehmen.

Und als schließlich all ihre Tränen versiegt waren, krochen Fragmente ihres letzten Gesprächs mit Joseph in ihr Gedächtnis und sie begann, die Vorfälle jenes Sonntagnachmittags in ihrer ganzen Schmerzlichkeit erneut zu erleben. In einem Augenblick äußerster Qual und schmerzlicher Frustration wurde ihr plötzlich bewusst, dass sie noch immer bei ihrem Sohn und ihrem Mann sein könnte, wenn sie damals nur klar gedacht hätte.

Bei dem Gedanken an das, was ihr entgangen war, kannte ihr Zorn keine Grenzen mehr. Zorn in Bezug auf sich selbst, weil sie alles, was Joseph sagte, bedingungslos akzeptiert hatte. Auf Joseph, wegen seiner Gerissenheit und Grausamkeit. Und Zorn auf Robert, weil er nicht da war, sie zu retten.

Joseph hatte damit gerechnet, dass sie von seiner Anschuldigung zu verblüfft und verängstigt wäre, um sich dagegen zu wehren. Und er hatte auch recht gehabt.

Hätte sie klar denken können, dann wäre ihr bewusst gewesen, dass Robert, und auch die anderen, sie nie für eine Diebin gehalten hätten. Sie hätten die Anschuldigung für das gehalten, was es war – Josephs Versuch, eine Frau los zu werden, die er hasste. Ganz gleich, was sie sonst von den anderen gedacht hatte - sie waren doch Menschen, die es nie erlaubt hätten, dass jemand für eine Tat verurteilt wurde, die er nicht begangen hatte.

Und die ganze Geschichte mit der Polizei. Damit wollte er sie doch nur schrecken.

Wenn er es tatsächlich gemeldet und verlangt hätte, es geheim zu halten, hätte die Polizei wahrscheinlich trotzdem nach ihr suchen müssen. Und dann hätte man sicher bald festgestellt, dass sie nach New York gekommen war. Und niemand würde glauben – weder die Polizei noch die Familie – dass sie ihren Sohn und ihren Mann aus freien Stücken verlassen hatte. Man würde schließlich überlegen, wer sie wohl dorthin verschifft haben könnte. Und bald wäre klar geworden, dass es nur Joseph sein konnte.

Sie glaubte auch nicht, dass die Polizei wirklich nicht nach ihr suchen und ihre Akte aufbewahren würde, um sie festzunehmen, sobald sie sich wieder sehen ließ, denn Joseph wäre nicht in der Lage, irgendetwas zu beweisen. Sie aber könnte beweisen, dass sie am Tag nach dem Picknick nach New York verfrachtet worden war, und es wäre dann klar, dass Joseph ihren Schiffsfahrschein vor dem Wochenende gekauft haben musste.

Somit wäre er dann in Schwierigkeiten und nicht sie.

Wie konnte sie nur so töricht und von derart blindem Gehorsam gewesen sein!

Wenn sie die Zeit in Southampton doch nur dazu verwendet hätte, sich alles genau zu überlegen. Sie wäre dann gar nicht an Bord gegangen – nein, sie hätte sich geweigert, wäre zurück und hätte Joseph herausgefordert. Charles war anscheinend mit Josephs Plan ja auch nicht glücklich gewesen und hätte ihr vielleicht den Rücken gekehrt und sie laufen lassen. Andernfalls hätte sie nur warten müssen, bis sie ihren Fahrschein in der Hand hatte und sich von ihm losreißen konnte, und hätte dann nach Hilfe gerufen.

Sie hätte etwas vom Geld, das ihr Joseph gegeben hatte, verwenden können, nach Chorton zurückzukommen.

Stattdessen war sie in Panik geraten und hatte die ersten unerträglich schrecklichen Tage damit verbracht, um ihren verlorenen Sohn und ihren Mann zu weinen, und sie hatte damit ihre Chance verpasst, zu beiden zurückzukommen.

Und was Joseph bezüglich Roberts Gefühlen für sie gesagt hatte, war auch eine Lüge gewesen.

Sie liebte Robert über alles und wusste, dass auch er sie von Herzen liebte. Ganz gleich was sie über die andere Frau gesagt hatte, es war doch nur aus Unsicherheit geschehen und nicht weil sie glaubte, dass Robert in eine andere Frau verliebt sein könnte. Sie war sich in ihrem tiefsten Inneren gewiss, dass Robert sie ebenso sehr liebte, wie sie ihn.

Was würde er jetzt nur denken und glauben, dass sie ihn aus freien Stücken verlassen hatte?

Selbst wenn er die Wahrheit nie erfahren hätte, hätte es doch auch ihre Ehe zerstört, und ihre Trauer darüber, nicht mehr mit Robert zusammen zu sein, und ihn vielleicht nie mehr wiederzusehen, hatte ihr den Atem genommen.

Aber selbst wenn er erfahren hätte, was geschehen war, wäre es mit ihrer Ehe trotzdem aus gewesen.

Sie war sicher, dass er kommen und sie finden würde. Er würde einen Detektiv beauftragen, sie zu suchen. Sollte Robert sie dann aber bitten, zu ihm zurückzukommen – was er ganz sicher tun würde – dann machte es Josephs Handeln, das zwar ohne Roberts Wissen erfolgt war, für sie unmöglich, sich je wieder in die Familie Linford einzufügen.

Und Robert war schließlich auch ein Linford.

Ganz gleich wie wütend er in der Vergangenheit auf seinen Vater gewesen sein mochte – und sie war überzeugt, dass er dann wirklich wütend war – würde er sich nie von seinem Vater trennen, ganz gleich, was er in der Hitze des Gefechts auch gesagt haben mochte. Er hatte stets gezeigt, dass er – wenn es darauf ankam – immer einen Grund finden würde, Joseph zu vergeben.

Sie starrte gebannt vor sich hin. Sie musste akzeptieren, dass sie Robert, die große Liebe ihres Lebens, verloren hatte. Aber James konnte und wollte sie nicht verlieren. Sie war seine Mutter. Er gehörte ihr und sie würde zurückkommen und ihn zurückfordern, selbst wenn es bedeutete, ihn Robert wegnehmen zu müssen. Robert würde sie natürlich bitten, ihm James zu überlassen, aber nachdem, was sie wegen ihm hatte durchmachen müssen, wäre er schließlich bereit, ihr den Sohn zu überlassen.

Mit dem Geld, das ihr Joseph gegeben hatte, könnte sie also sofort nach ihrer Ankunft in New York umkehren, und nach England zurückfahren. Und zutiefst in ihrem Herzen war das auch ihr größter Wunsch.

Sie wollte jetzt aber ihrem Verstand folgen, und der sagte ihr, dass sie nach der Rückfahrt nicht genug Geld übrig hätte, sich und James durchzubringen. Und dazu musste sie in der Lage sein, sollte sie die Linfords ein für allemal aus ihrem Leben verbannen.

Es tat ihr weh – und riss sie in Stücke – aber sie akzeptierte schließlich, dass es klüger für sie sei, eine Weile in New York zu bleiben. Sie hatte von den Leuten an Bord gehört, dass man Arbeit finden könne, und die beste Rache an Joseph wäre es, als erfolgreiche Frau mit eigenem Geld, die James problemlos großziehen könnte, zurückzukommen. Dafür würde sie jetzt von morgens bis abends arbeiten.

Sie konnte diesen Tag kaum erwarten.

Und auch den Tag, an dem sie Robert wiedersehen würde.

Selbst wenn ihre Ehe vorbei war, sehnte sie sich danach, ihn noch ein einziges Mal zu sehen, die Wärme in seinem Blick zu spüren, wenn er sie ansah, mit ihrem Blick jeden Zentimeter seines Gesichts aufzunehmen, den erwartungsvollen Schauer zu verspüren, der sie stets erfasste, wenn sie neben ihm stand, nur Zentimeter von dem Körper entfernt, den sie so gern berührte – des Körpers, den sie nie wieder berühren würde.

Tränen stiegen ihr in die Augen, aber sie unterdrückte sie.

Und sie konnte auch nicht den Tag erwarten, an dem sie Joseph als den grausamen Lügner entlarven würde, der er war. Dann würde sie mit James das Haus verlassen, und niemand würde sie aufhalten können. Und James würde stolz auf sie sein, wenn er alt genug war zu verstehen, was sie und weshalb sie getan hatte, was sie hatte tun müssen.

Plötzlich hörte sie, wie eine Stimme vom Steuerdeck unter ihr ausrief: „Die Lady ist zu sehen!"

Dem folgte plötzliche Stille, die eine Weile andauerte.

Niemand sprach, kein Baby schrie und niemand hustete.

Sie blickte sich um und sah, dass jedes Gesicht in dieselbe Richtung wies, erfüllt vom selben Gefühl des Staunens. Sie folgte ihren Blicken. Durch den Nebel nahm allmählich eine große Statue mit erhobenem Arm Form an.

Und dann war sie in voller Größe aufgetaucht.

Diesem Augenblick war ein gewaltiges Getöse gefolgt.

Schritte donnerten über das Deck unter ihr. Und hinter ihr drängten Menschen nach vorn und bei ihrem hektischen Versuch, einen ersten Blick auf Amerika zu werfen, wurde sie hart gegen die Reling gedrückt. Sie blickte hinunter auf das Steuerdeck und sah ein Meer von Köpfen - bloße Köpfe, Köpfe mit Hut und solche, die mit Tüchern oder Schals bedeckt waren - und alle blickten in die Richtung des steinernen Denkmals.

Eines Denkmals, das sie daran erinnerte, wie fern sie von ihrem Mann und ihrem Sohn war.

Rundum erschollen Stimmen, als sich die Menschen auf ihrem Deck mit dem Gesang auf dem Deck unter ihr vermischten und immer lauter wurden, in einem Gemenge von Wörtern, die sie nicht verstand, erfüllt von einem Gefühl, das sie spüren, aber nicht teilen konnte.

Sie legte die Hände über die Ohren, um den Ausbruch der Freude zu unterdrücken, der von den Menschen auf den Decks zu ihr drang. Dann wandte sie ihren Blick von der Aussicht und bahnte sich einen Weg durch die vorwärtsdrängende Menschenmasse, bis sie die Treppe erreicht hatte, die hinunter zu den Kabinen führte. Sie kletterte hinab zu ihrem Korridor, lief zu ihrer Kabine, stürzte hinein, schlug die Tür hinter sich zu und lehnte sich schwer atmend dagegen.

Sie würde nicht weinen. Nein, das würde sie nicht tun.

Ja, sie hatte Robert für immer verloren, ihren wundervollen Robert, aber sie würde ihn zumindest wiedersehen. Ihre Trennung von James war nur vorübergehend, und sobald er wieder bei ihr war, würde auch ein Teil von Robert bei ihr sein.

Sie hörte, wie einer der Matrosen vom Ende des Korridors „Hudson River Pier" rief. „Nehmt euer Gepäck und geht auf das obere Deck." Er wiederholte den Ruf immer wieder, als er den Korridor entlangging und an jede Kabinentür klopfte.

Kurz darauf hielt das Schiff heftig rüttelnd an. Einem lauten Kettenklirren folgte ein Geräusch, das danach klang, wie etwas mit einem dumpfen Schlag an den Decks angebracht wurde. Dem Korridor entlang wurden Türen geöffnet und wieder zugeknallt, gefolgt von eiligen Schritten zu den Treppen hin.

Mit ängstlich klopfendem Herzen eilte Lily zu ihrer Bettstelle, stopfte James' Decke in ihre Reisetasche, setzte ihren Hut auf, griff nach der Tasche, öffnete die Kabinentür und schloss sich dem Strom der Passagiere an, die alle mit von Müdigkeit gezeichneten Gesichtern und gefühlvoll glänzenden Augen dahineilten.

Auf dem Oberdeck angekommen stand sie in einer Reihe mit den übrigen Passagieren der 2. Klasse, die am Hudson River Pier und nicht schon früher hatten aussteigen wollten. Sie starrte auf das untere Deck und die Zwischendeckpassagiere, die alle ein Namensschild mit einer großen Nummer trugen. Sie wurden von den Schiffsoffizieren angewiesen, das Schiff zu verlassen und sich im Wartebereich auf dem Pier zu versammeln.

„Sie werden von hier mit Fähren nach Ellis Island gebracht", hörte sie einen englischen Passagier in der Schlange hinter ihr sagen. „Aber mit uns sind sie schon fertig und wir können gleich von hier in die Stadt."

Lily fühlte Erleichterung, dass ihr Joseph wenigstens einen Fahrschein zweiter Klasse gekauft hatte.

Wie alle anderen Passagiere war sie bereits in Southampton vor der Einschiffung befragt und dann vom Schiffsarzt kurz untersucht worden. Sie mussten aber alle nun noch ein zweites Mal befragt und untersucht werden. Für die Zwischendeckpassagiere würde das auf Ellis Island durchgeführt, während die Passagiere der ersten und zweiten Klasse bereits von Beamten geprüft worden waren, als das Schiff im Quarantänebereich am Eingang zum Hafen von New York angehalten hatte. Sie konnten jetzt das Schiff verlassen.

Lily war nun an der Reihe auszusteigen.

Wie betäubt ging sie die Gangway entlang, machte ihren ersten Schritt auf amerikanischem Boden und geriet in Panik. Sie begann zu wanken und blieb stehen. Unter ihren Füßen rollte der Boden wie Wellen.

Viel Geld zu verdienen hatte ihr auf dem Schiff noch ganz einfach erschienen, aber jetzt, wo sie an einem fremden Ort stand, der so groß, so heiß und so laut war, und umgeben von Menschenmassen, da fühlte sie sich ganz klein und verängstigt.

Sie stand eine Weile in der aufkommenden Hitze und versuchte festen Halt zu finden. Dann wurde sie von hinten gestoßen und stand plötzlich in einer Schlange vor einem Kiosk mit der Aufschrift ‚Währungsumtausch‘. Sie fühlte Bewegung hinter ihrem Rücken und merkte, dass sich jetzt auch andere Leute hinter ihr angestellt hatten.

Vorn angekommen übergab sie dem Beamten ihr englisches Geld, das ihr Joseph gegeben hatte, nahm die eingetauschten amerikanischen Dollar und ging dann schnell auf eine kleine Rasenfläche zu. Sie ließ ihre Tasche auf das Gras fallen und setzte sich darauf.

Was soll ich jetzt nur tun, dachte sie verängstigt, und fächelte sich mit der Hand etwas Luft zu. Wohin konnte sie jetzt gehen?

Und wie konnte sie sich denn bezeichnen, falls es notwendig sein sollte. Wer war sie denn jetzt?

Lily Linford war sie nicht und würde es auch nie mehr wieder sein. Sie war aber auch nicht Lily Brown, wie es auf ihrem Schiffsfahrschein stand. Lily Brown war am Tag ihrer Hochzeit gestorben.

Sie war auch keine Mutter, nicht in dem Augenblick.

Gebannt starrte sie auf alle Beine vor sich, auf die Kinder, die zwischen ihren Eltern dahinstolperten, auf Babys, nicht älter als James, die von ihrer Mutter im Kinderwagen geschoben oder auf dem Arm getragen wurden, und auf Frauen mit großen Taschen, die ihre Männer verliebt anblickten.

Sie fühlte, wie ein Kloß in ihrem Hals aufstieg.

Sie schluckte und stand auf. Sie hatte schon genug geweint, und damit war nun Schluss. Sie musste ihre Liebe für Robert in der Vergangenheit versiegeln. Dort würde sie für immer bleiben, denn Robert konnte nie mehr Teil ihrer Zukunft sein. James hingegen schon, und ihn zurückzubekommen war alles, was für sie jetzt wichtig war. Und dazu musste sie eine Wohnung und dann auch Arbeit finden.

Die Familie, neben der sie auf dem Schiff gesessen war, hatte ununterbrochen von ihren Verwandten in Delancey Street und Orchard Street gesprochen. Sie hatte sich nie mit ihnen unterhalten, denn sie war für Gespräche viel zu verzweifelt gewesen, aber sie hatten einen netten Eindruck gemacht, und die Straßennamen waren in ihrem Gedächtnis geblieben und sicher ein guter Ausgangspunkt.

Lily strich den sandigen Staub von ihrem Rock, nahm ihre Tasche und wandte sich der Stadt zu.

Mit entschlossener Zielstrebigkeit lenkte sie einen Fuß nach dem anderen weg vom Ozean, der sie von Robert und James trennte.

17

Lily stand an der Ecke der Delancey Street und starrte verwirrt die Orchard Street entlang. Zu beiden Seiten der gepflasterten Straße standen hohe Backsteinhäuser – eines genau wie das andere. Die Hitze verfing sich zwischen den Häusern und kein Licht drang hinein.

Menschenmassen drängten sich in der langen engen Straße und füllten selbst den kleinsten Raum. Sie schwärmten über die Gehsteige und von dort auf die Straße. Männer in schwarzen Hüten und Jacken, Frauen in Röcken und Blusen oder dunklen Kleidern, stets mit einem Schal oder Tuch auf dem Kopf und einem Korb über dem Arm. Kinder standen den Eltern zur Seite oder schlängelten sich zwischen den Käufern hindurch, viele von ihnen trugen Brotlaibe in den Händen.

Hin und wieder sah sie, wie Männer und Knaben unter der Last von Kleidungsstücken in den Armen wankten oder riesige schwarze Taschen schleppten und manchmal auch einen Karren schoben.

Und der Lärm!

Zu beiden Seiten der Straße waren Holzkarren aufge-
reiht, auf denen Obst und Gemüse, oder Geflügel, Fische,
Eier, Seife, Schuhe, Kleider, Bänder und Schultertücher
aufgetürmt waren. Es war viel mehr, als sie mit einem Blick
aufnehmen konnte. Jeder Verkäufer schien so laut wie
möglich zu schreien, um Kunden auf sich aufmerksam zu
machen und auch jeder einzelne Hausierer pries seine
Waren laut an. Die Kunden feilschten über die Preise, und
ihre Stimmen wurden immer lauter, als sie sich über die
Karren beugten und die Waren anfühlten. Und kleine
Gruppen von Leuten, die zwischen den Karren standen,
quasselten aufgeregt miteinander. Hin und wieder drang
ein Wort zu ihr, doch sie verstand kein einziges, denn
niemand sprach Englisch.

Ein- oder zweimal war ein von Pferden gezogener Roll-
wagen aus der Delancey Street gekommen, an ihr vorbei
und dann mit Mühe in der Mitte der Orchard Street
entlanggefahren. Die Leute stoben dann auf die eine oder
andere Straßenseite und Lily erschien der Wagen wie ein
Schiff, das sich einen Weg durch die Wellen bahnte.

Hoch über dem Straßenlärm war Glockenläuten zu
hören, hin und wieder das Kreischen einer Sirene oder das
Rattern einer Hochbahn entlang den Gleisen.

Und alles über und um sie her war von einem süßlichen
Geruch erfüllt, der an der schweren warmen Luft zu haften
schien.

Alles drehte sich in ihrem Kopf.

Ihr erschien der Markt lauter, gedrängter und hekti-
scher, als alle, die sie bisher gesehen hatte. Sie hielt das
Gedränge nicht länger aus und versuchte, etwas zu finden,
das weniger beängstigend war. Sie dachte an die Menschen
vom Schiff, die sicher sehr nett waren, aber hierher zu
kommen, war ein Fehler gewesen.

Lily trat einen Schritt zurück.

Da erreichte sie plötzlich der Geruch von gerösteten Zwiebeln und gebratenem Fisch.

Ihr lief das Wasser im Mund zusammen. Sie konnte sich nicht erinnern, wann sie zuletzt eine richtige Mahlzeit gegessen hatte. Auf dem Schiff war sie von ihrem Kummer so bedrückt gewesen, dass sie kein Interesse am Essen gehabt hatte und von den Speisen auf dem Teller vor ihr immer nur ein paar Bissen hinunterwürgen konnte. Doch jetzt, mit dem Duft gekochter Speisen überall um sie herum, wurde ihr plötzlich bewusst, wie hungrig sie war und dass sie etwas essen musste.

Sie langte nach ihrer Tasche, schöpfte tief Atem und ging auf das dichte Gedränge um die Karren zu.

Am Rand der Menschenmenge blieb sie stehen – sie konnte einfach nicht weiter.

Sie konnte nicht in eine solche Menge von Menschen eintauchen, die sie nicht kannte. Menschen, die sie nicht verstand und die auch sie nicht verstanden. Es war einfach undenkbar. Trotz ihres Hungers musste sie noch eine Weile länger warten.

Sie wandte sich um und machte ein paar Schritte zurück zur Delancey Street. Die war viel breiter als die Orchard Street und nicht so voller Menschen. Sicher gab es da irgendwo einen Lebensmittelladen. Sie musste nur ein wenig weitergehen.

Wenn sie nur nicht so müde wäre und so erschöpft.

Sie schwankte leicht.

„Hast du dich verlaufen?" fragte eine Stimme hinter ihr.

Als sich Lily umwandte, sah sie ein schwarzhaariges Mädchen, etwas jünger als sie, in einem braunen Kleid und mit einem grauen Kopftuch.

„Brauchst du Hilfe?" fragte das Mädchen, und ihre dunkelbraunen Augen waren voller Sorge.

Lily schüttelte den Kopf. „Nein, ich gehe woanders hin. Ich brauche ein Zimmer, Arbeit und etwas zu essen. Aber ich kann dort nicht hin." Sie nickte zur Orchard Street. „Dort sind zu viele Leute, und ich verstehe sie nicht. Und der Lärm. Es ist so heiß."

Ihre Knie gaben nach. Sie ließ ihre Tasche fallen. Alles was sie sah war ein roter Punkt, und dann wurde ihr schwarz vor den Augen.

Sie fühlte, wie das Mädchen sie an den Armen fasste und festhielt.

„Du kommst jetzt mit mir nachhause", hörte sie das Mädchen sagen, und es klang, als ob es von weither käme. „Du kannst heute bei uns übernachten. Wir haben Glück, denn wir haben drei Zimmer. Da ist Platz für dich. Morgen kannst du dir dann überlegen, was du tun willst."

Das verschwommene Gefühl in ihrem Kopf hatte sich ein wenig gelegt, und Lily wollte gerade sagen, dass es ihr besser ging, doch dann begann sie wieder zu schwanken.

„Ich heiße Ruth", hörte sie das Mädchen sagen.

Ruth nahm Lilys Tasche, legte ihren Arm um Lilys Schulter und führte sie dann langsam die Orchard Street hinunter. Auf halber Strecke blieb Ruth vor einem hohen fünfstöckigen Haus stehen.

„Wir sind da", sagte sie und half Lily die Stufen zum Eingang hinauf. „Wir wohnen im zweiten Stock." Sie öffnete die Eingangstür und ging hinein.

Lily folgte ihr und stand nach der prallen Sonne nun in einem dunklen Vorraum.

Ein stechender Geruch von Öl und Farbe war im Raum und sie musste sich als Stütze an die Wand lehnen.

Als sich ihre Augen an das schwache Licht gewöhnt

hatten, sah sie, dass sie in einem schmalen Flur standen, an dessen Ende verschwommenes Licht durch eine halbverglaste Tür strömte, die anscheinend in einen Hof führte. Rechterhand war eine steile Treppe zu den oberen Stockwerken. Die Lampen an den Wänden warfen nur ein schwaches bernsteinfarbenes Licht in den Vorraum, das jedoch zum Großteil vom dunkelgrünen Sackleinenbelag an den Wänden absorbiert wurde.

Ein kleines gerahmtes Bild von einem Häuschen mitten in einem Feld zog Lilys Blick an. Als ein wenig Lampenlicht auf das grüne Feld fiel, erstrahlte es plötzlich in überraschendem Glanz. Lily machte unwillkürlich einen Schritt auf das Bild zu, und als sie es sehnsuchtsvoll anblickte, traten Tränen des Heimwehs in ihre Augen.

„*Momma* hat es da aufgehängt, damit alle im Mietshaus ihre Freude daran haben können", sagte Ruth und nickte zum Bild hin. „Wir haben noch ein ähnliches Bild in unserer Wohnung. Sie träumt davon, auch so ein Haus zu haben, mit Blumen im Garten und Felder rundherum. Und Sonne und frische Luft. Wir haben die Bilder aus Kischinau mitgebracht, und *Momma* hat sie nach unserer Ankunft hier gleich aufgehängt. Damals hatten wir noch kein elektrisches Licht und man konnte das Bild hier kaum sehen, aber sie dachte, dass es alle froh machen wird – und das hat es auch. Weißt du, wir träumen hier alle davon, nicht nur *Momma*."

Lily blickte Ruth an und sah, dass sie das Bild anlächelte.

„Es ist ein wunderschöner Traum", erwiderte Lily, denn sie hatte das Gefühl, dass sie etwas sagen sollte.

„Ja, das stimmt. Und eines Tages wird es auch so sein. Aber jetzt musst du etwas essen. Komm." Ruth trug noch immer Lilys Tasche und begann die steile Holztreppe hinaufzusteigen.

Lily folgte ihr, die Hand fest auf das Mahagonigeländer gestützt.

Als sie den ersten Treppenabsatz erreicht hatten, wies Ruth auf die ihnen unmittelbar gegenüberliegende Tür. „Hier wohnen die Abelmans – sie sind die andere Familie in unserem Stockwerk. Sie haben ein Juweliergeschäft. Wir haben ein gemeinsames Klosett. Wir müssen jetzt nicht mehr zum Plumpsklo in den Hof hinuntergehen, weil jetzt jedes Stockwerk ein Klosett hat. Es ist dort." Sie wies auf eine Tür auf halbem Weg entlang dem Flur. Und hier wohnen wir." Sie blieb vor einer Tür an der Treppe stehen, die zum nächsten Stockwerk hinaufführte.

„Du hast aber gesagt, dass ihr im zweiten Stock wohnt."

Ruth blickte sie überrascht an. „Aber das hier ist der zweite Stock. Der erste Stock ist beim Hauseingang. „Ah, hier ist *Momma!*" rief sie, als die Tür aufging. „Sie hat sicher meine Stimme gehört."

Eine Frau stand in der offenen Tür. Sie trug eine schwarze Bluse und einen langen schwarzen Rock, und darüber eine bunte Schürze. Sie hatte tiefe Falten im Gesicht und ihr dunkles Haar begann schon grau zu werden. Sie starrte Lily neugierig an.

Ruth sprach schnell in einer Sprache, die Lily nicht verstand, auf ihre Mutter ein.

Als Ruth aufgehört hatte zu sprechen, wischte sich ihre Mutter die Hände an der Schürze ab und lächelte Lily an. Dann stellte sie sich seitlich zur Tür und lud beide mit einer Geste ein, einzutreten. Ruth ging zuerst und berührte einen kleinen Holzkasten, der rechts von der Tür an der Wand befestigt war. Dann wartete sie bis Lily hereingekommen war.

Die Tür fiel mit lautem Klicken hinter ihnen ins Schloss.

Lily stand nun in einer winzigen heißen und rauchigen

Küche. Durch eine offene Tür zu ihrer Rechten blickte sie in ein kleines dunkles fensterloses Zimmer, das zum Großteil voller Betten zu sein schien.

Schweiß lief über ihr Gesicht, den sie mit der Hand wegwischte.

Ruth sprach wieder mit ihrer Mutter, die nickte und dann einen Stuhl unter einem runden Tisch hervorzog, der zwischen dem kleinen dunklen Zimmer und der Spüle stand. Sie wies Lily an sich zu setzen.

Lily nahm dankbar Platz und merkte nun, wie erschöpft wie war.

Mit müden Augen sah sie sich im Zimmer um. Von Regalen an der Wand gegenüber der Spüle hingen Töpfe und Pfannen, und über der Spüle war in der Wand ein Wasserhahn. Ein Behältnis hoch über den Regalen sah wie ein Wasserwärmer aus. Gegenüber stand ein hoher Schrank mit einer verglasten Front. Die oberen Regale waren mit Geschirr gefüllt und auf dem unteren Regal befand sich eine klobige Urne aus Metall mit einem Griff an beiden Seiten und unten einem Hahn.

Es dampfte aus einem großen Topf, der auf einem runden Herd in der Mitte der Küche stand. Der Herd hatte ein Rohr, mit dem der Rauch abgeleitet wurde. Ruths Mutter ging zum Topf und rührte darin um.

Eine Welle der Verzweiflung hatte Lily erneut erfasst und sie war den Tränen nahe. Alles hier erinnerte sie an die enge Behausung, in der sie mit ihrer Mutter gewohnt hatte, und an das bescheidene Häuschen, das sie mit Tante Muriel geteilt hatte. Es war ein Leben, von dem sie dachte, dass sie es für immer hinter sich gelassen hatte.

„Bleib nur sitzen", sagte Ruth zu ihr. Sie stellte Lilys Tasche auf den Boden, ging zum Schrank , öffnete eine Lade und nahm Besteck heraus.

Plötzlich war die ganze Wohnung von einem schrillen Surren erfüllt.

Erschrocken stand Lily auf.

Sie starrte in die Richtung, aus der das Geräusch zu kommen schien. Die Tür zum anderen Raum war offen und durch die offene Tür und ein großes Fenster in der Trennwand zwischen den beiden Räumen, konnte sie sehen, dass in dem anderen Zimmer, das größer als die Küche war, Leute saßen. Und unter einem der beiden kleinen Fenster stand etwas, das wie eine Nähmaschine aussah.

An der Maschine saß ein Mann, mit dem Rücken zu ihr, und ein anderer Mann stand neben einem Berg von Kleidungsstücken auf einem Sofa, das eine ganze Wand einnahm. In einem Lehnstuhl gegenüber dem Sofa saß ein Mädchen, tief gebeugt über ein Kleidungsstück, an dem sie anscheinend nähte.

Sie warf einen fragenden Blick auf Ruth, die soeben den Tisch gedeckt hatte.

„Das sind *Abba* und Isaak im Wohnzimmer", erklärte Ruth. „Isaak ist mein älterer Bruder. Vera ist bei ihnen – sie arbeitet für uns. Sie müssen einen Auftrag für Hosen und zwei Dutzend Hemdblusen fertigmachen. Und später kommt noch mein jüngerer Bruder Pavel, der uns mehrere Mäntel zum Nähen bringt. Sie sind fleißig am Arbeiten und deshalb dürfen wir sie nicht stören – du wirst sie später kennenlernen."

„Wahrscheinlich soll ihnen das Fenster in der Wand mehr Licht geben", sagte Lily und wies auf das Fenster zwischen den beiden Räumen.

„Es war ein Tuberkulosefenster", erklärte Ruth. „Es hat Licht und Luft in das Zimmer kommen lassen, und das war gut für ihre Gesundheit."

Ihre Mutter sagte etwas zu Ruth, und nach einem letzten

Rühren im Topf begann sie, das Essen in eine Schüssel zu füllen.

Ruth holte einen großen Metalltopf von einem Haken an der Wand, stellte ihn in die Spüle und drehte den Wasserhahn auf. „Während dir *Momma* dein Essen gibt, wärme ich etwas Wasser für dich auf, damit du dich nach dem Essen waschen kannst. Und dann musst du dich ausruhen."

Lily wollte Ruth gerade für ihre Hilfsbereitschaft danken, aber Ruths Mutter stellte einen Teller mit Hühnereintopf vor sie hin und wies sie mit Gesten an zu essen und nicht zu sprechen. Das genügte, dass Lily sich auf den Teller vor ihr stürzte.

„Wir haben Glück, dass wir einen Wasserhahn in der Küche haben", sagte Ruth und drehte den Hahn ab. Ihre Mutter half ihr, den schweren Topf von der Spüle auf den Herd zu heben. „Die Wohnungen im Mietshaus, wo Vera wohnt, haben kein Fließwasser. Da müssen die Leute zu einem gemeinsamen Ausguss auf dem Flur gehen."

Sie schürte die Kohle im Herd und setzte sich dann neben Lily.

„Wie heißt du denn?" fragte sie.

18

Lily öffnete die Augen.

Die Dunkelheit war aus dem Wohnzimmer gewichen und die Morgensonne drückte bereits Licht und Hitze durch den schimmernden gelben Vorhang an den beiden kleinen Fenstern in die hintersten Winkel des Raums.

Lily lag bewegungslos auf dem Sofa. Die Häkeldecke, die man ihr gegeben hatte, war während der Nacht auf den Boden gerutscht. Ihre Augen gewöhnten sich nur langsam an das gedämpfte Licht. In der Stille der Wohnung hörte sie deutlich die Geräusche auf der Straße.

Aus dem kleinen Raum hinter der Küche, in dem Ruth und ihre Eltern schliefen, kam noch kein Laut. Lily hatte keine Idee, wann sie zu Bett gegangen waren, da sie sich sofort schlafen gelegt hatte, nachdem das Wohnzimmer nicht mehr zum Nähen benutzt worden war. Und sie war dann sofort eingeschlafen.

Als Ruth ihr gesagt hatte, dass ihre Eltern, die normalerweise auf dem Sofa schliefen, im Zimmer übernachten würden, das Ruth in der Regel mit ihren Brüdern teilte, und dass ihre Brüder die Nacht auf der Feuerleiter verbringen würden, hatte ihr Bedürfnis nach Schlaf gegen das Gefühl angekämpft, dass sie das Angebot von Ruths Eltern ausschlagen sollte.

Zu ihrer Erleichterung waren ihre schwachen Widersprüche aber nachdrücklich abgewiesen worden. Und Ruth hatte ihr gesagt, dass Isaak und Pavel begeistert waren, draußen schlafen zu dürfen. Denn an heißen Sommertagen trugen sie oft ihre Bettlaken und Bettdecken auf das Dach oder zur Feuerleiter und machten damit ein Zelt zum Schlafen. Viele der anderen Mietshauskinder – wie Ruth sie nannte – taten das auch, und es war dann wie ein Schläferclub.

Der Straßenlärm war jetzt lauter geworden und Lily konnte verschiedene Stimmen voneinander unterscheiden. Sie stand auf und ging zum Fenster, das ihr am nächsten war. Dabei fühlte sie, wie das Linoleum unter ihren bloßen Füßen bereits warm war. Sie zog den fadenscheinigen Vorhang ein wenig zur Seite.

Die Dächer der Mietshäuser auf der anderen Straßenseite hoben sich schwarz gegen den frühen Morgenhimmel ab, der von rosa und leuchtend grauen Streifen durchzogen war.

Die ersten Händler, die auf der Straße zu sehen waren, schoben auf dem Weg zu ihrem Standplatz ihre Handkarren über das Pflaster. Pferdewagen klapperten mit ziemlicher Leichtigkeit die noch leere Straße entlang. Händler riefen einander beim Vorbeigehen zu, wobei ihre Stimmen beim Vorüberdonnern einer Hochbahn meist gedämpft oder überhaupt nicht zu hören waren. Direkt unter ihrem Fenster zog ein Kind einen kleinen, mit Brotlaiben und Semmeln gefüllten Wagen.

Sie neigte den Kopf weiter ans Glas und starrte auf den

Kleinen hinunter. Der Junge konnte nicht älter als zehn Jahre sein, dachte sie. Sie schaute weiter die Straße entlang und sah, dass er nicht als einziges Kind schon zu so früher Morgenstunde unterwegs war. Da waren auch andere, die aus ihren Mietshäusern eilten, um rechtzeitig zu ihrem Arbeitsplatz zu kommen.

Sie zog sich vom Fenster zurück.

Wenn sie James mitgebracht hätte, dann wäre vielleicht auch er eines dieser Kinder geworden, das auf der Straße zur Arbeit lief. Und seit sie Chorton verlassen hatte, fragte sie sich jetzt zum ersten Mal, ob Joseph - trotz der schrecklichen Qual, die es ihr verursacht hatte - vielleicht doch recht gehabt hatte, James nicht mitkommen zu lassen.

Sie war in New York aufgrund ihrer eigenen Angst und Dummheit gelandet.

Und jetzt, wo sie eine Idee davon hatte, wo sie wohnen würde, wenn sie Geld sparen wollte, war ihr bewusst geworden, dass es James bei Robert – zumindest momentan – besser ginge als bei ihr. Sie liebte ihn viel zu sehr und konnte ihn daher nicht einem Leben aussetzen, wie sie es für die kommenden Monate zu ertragen hatte.

Sobald sie aber genügend Geld verdient hatte, würde sie zurückkommen und ihn zurückfordern. Sie würde so hart arbeiten, wie sie nur konnte, damit dieser Tag baldmöglichst da sein würde. Sie hatte solche Sehnsucht nach ihm.

Und auch nach Robert.

Die Einsamkeit schmerzte bis in ihr Innerstes und ihre Augen füllten sich erneut mit Tränen.

Du darfst nicht weinen, sagte sie sich streng, unterdrückte ihre Tränen und wandte sich wieder vom Fenster ab.

Kleidungsstücke lagen in einem Haufen auf dem Boden unter dem Fenster, das das Wohnzimmer von der Küche trennte. Sie erinnerte sich vage daran, dass sie am Abend zuvor vom Sofa entfernt worden waren, damit sie darauf schlafen konnte.

Ganz leise, um die Familie nicht zu stören, ging sie zum Kleiderhaufen hin und nahm das oberste Stück in die Hand. Es war eine einfache weiße Bluse mit langen Ärmeln und Falten an der Vorderseite. Sie sortierte schnell die übrigen Kleidungsstücke und fand etwa zwei Dutzend derselben Blusen und mehrere identische Herrenhosen. Sie blickte um sich und bemerkte auf dem Tisch neben dem Kamin einen weiteren Stoß Herrenhosen. Es schien, als ob sie sorgfältig zum Abholen bereitgelegt worden wären.

Sie blickte erneut auf die Kleidungsstücke auf dem Boden und dann auf die Bluse in ihrer Hand. Ruth hatte am Abend zuvor gesagt, dass sie irgendetwas fertigmachen sollte – vielleicht waren es die Blusen.

Sie nahm die Bluse mit zum Fenster, hielt sie gegen das Licht und kehrte die Innenseite nach außen. Von den Innennähten hingen unzählige Fäden, die sorgfältig abgeschnitten werden mussten, ohne die Bluse zu ruinieren. Denn danach konnte die Bluse getragen werden. Sicher hatte Ruth das gemeint.

Das konnte auch sie ohne weiteres tun. Es war ja etwas, das sie Jahre zuvor von Tante Muriel gelernt hatte, und es war das Wenigste, das sie tun konnte, um der Familie für ihre Hilfsbereitschaft und Gastfreundschaft zu danken. Sie wollte gar nicht wissen, was geschehen wäre, wenn sie Ruth nicht gerade dann getroffen hätte, als sie die meiste Hilfe brauchte.

Sie zog die Vorhänge weit zurück, setzte sich an die Nähmaschine, nahm die feine Schere vom Seitentisch, legte die Bluse auf ihren Schoß und begann zu arbeiten.

· · ·

RUTH WECHSELTE einen Blick mit ihrem Vater. Er hielt eine der Blusen in den Händen, nachdem er die Nähte inspiziert hatte.

„Du hast alle diese Hemdblusen in dieser kurzen Zeit fertiggemacht? Und die Hosen?" fragte Ruth und wies auf den Stoß von Kleidungsstücken, die Lily sorgfältig gefaltet auf das Sofa gelegt hatte.

„Es war ganz einfach", erwiderte Lily. „Ich habe diese Arbeit schon früher in England gemacht."

„In England du arbeitest in Kleiderfabrik?" fragte Alexei Erlikh.

Lily schüttelte den Kopf. „Nein, ich habe bei einer Schneiderin gewohnt. Sie hat mir alles beigebracht."

„Du kannst Stoff schneiden und Kleid machen?" wollte Alexei wissen.

Lily nickte.

Er sah erneut die Bluse an und dann wieder auf Lily. „Du kannst machen Schnitt, schneiden Stoff, machen Kleid? Du ganz allein?"

Sie nickte erneut und warf Ruth einen fragenden Blick zu.

„Vera ist eins von zwei Mädchen, die für uns arbeiten", erklärte Ruth. „Sie macht die Kleidungsstücke fertig, die uns geschickt werden. Und ich mache das auch. Wie du es mit den Blusen gemacht hast. Sie bügelt sie dann mit einem feuchten Tuch, für den Dampf. Sie kann aber nicht tun, was das andere Mädchen, Esther, tut. Esther arbeitet nicht jeden Tag. Sie ist unsere Hefterin. Sie heftet den Schnitt auf den Stoff. Sie kann aber nicht tun, was Vera tut."

„Ich verstehe."

Ruth lächelte. „Ich denke, es wird sich für dich seltsam anhören, aber *Abba* ist überrascht, dass du alle Arbeiten selber machen kannst. Denn hier in einer Fabrik oder einem Mietshaus machen die Leute nur eine ganz bestimmte Arbeit. So werden sie bei ihrer Arbeit sehr gut und sehr schnell."

„Das ist ganz anders als ich es bei meiner Arbeit gewohnt bin."

„Ja, so klingt das auch. Abba ist ein sehr guter Zuschneider und Isaak auch. Aber keiner kann ein Kleid entwerfen und nähen. Und sie sind auch keine Fertigarbeiter. Es gibt nicht viele Leute, die alle Arbeiten machen können."

„Ja, ich verstehe." Lily warf einen neugierigen Blick auf die fertigen Kleidungsstücke. „Wo kommen denn eure Hosen und Blusen her?"

„Von den Fabriken. An die gehen die Großaufträge, weil sie die rasch erfüllen können. Wir bekommen dann die Detailarbeit, wie Ausarbeiten."

Ruths Vater sagte etwas zu ihr.

„Wir werden stückweise bezahlt", sagte sie. „Die Fabrik bekommt Geld für den gesamten Auftrag und der Vorarbeiter zahlt Leute wie uns, dass wir bestimmte Teile eines Kleidungsstücks bearbeiten. Wir müssen eine niedrige Bezahlung akzeptieren, denn wenn wir es nicht tun, dann tut es jemand anderer. *Abba* möchte, dass ich eine Schneiderin werde, und nicht nur Nähte nähe oder Stücke ausarbeite. Als Schneiderin würde ich mehr bezahlt bekommen. Damen kommen zu einer Schneiderin, sagen ihr, was sie möchten, und die Schneiderin entwirft, macht den Schnitt und näht dann das Kleid. Ich kann es nicht und werde es auch nie können. Aber du kannst es, nicht wahr?"

Lily nickte langsam.

Alexei legte seine Hand auf Ruths Arm und sprach wieder mit ihr. Sie antwortete und wandte sich dann an Lily.

„*Abba* möchte wissen, ob du hier wohnen und für ihn

arbeiten möchtest. Du hast gesagt, dass du eine Wohnung und Arbeit brauchst, und du kannst hier bei uns wohnen. Wir sind ein froher Haushalt. Du wirst meine Brüder und meine Eltern mögen. Ich fürchte aber, dass *Momma* nie Englisch lernen wird. Und wir sind auch nicht weit von den öffentlichen Bädern in der Allen Street entfernt, wo wir einmal die Woche hingehen können."

„Aber deine Brüder können doch nicht immer draußen schlafen."

„Wenn es kalt wird kommen sie wieder herein. Wir stellen dann ein Bett für dich in die Küche. Ich habe dort schon geschlafen und es ist warm und bequem. Zuerst wirst du eine Fertigarbeiterin sein, aber dann sagen wir den Kunden, dass du eine Schneiderin bist. Und wenn du als Schneiderin arbeitest, bekommst du mehr Geld. Wirst du für uns arbeiten, Lily?"

„Sobald ich genug Geld gespart habe, werde ich aber wieder zurück nach England fahren", sagte Lily, denn sie wollte bezüglich ihrer Pläne ehrlich sein.

„Und eines Tages werden auch wir zu einem Häuschen wie in *Mommas* Traum fahren. Niemand bleibt lang in der Lower East Side. Alle verändern sich, sobald sie es sich leisten können und verstehen, wie man in Amerika weiterkommt. Wir werden es tun und auch du wirst es tun, da bin ich mir sicher. Du wirst ein wenig Geld sparen können, wenn du bei uns wohnst. Und wenn wir weiterziehen, kannst du vielleicht ein eigenes Zimmer mieten und nur für dich selbst arbeiten. Das ist nicht unmöglich, nicht in Amerika."

Lily sah Ruth an, und von Ruth zu Alexei, der sie ängstlich anstarrte.

Man hatte ihr ein Heim bei Menschen geboten, die einen liebevollen Eindruck machten, und eine Arbeit, zu der sie fähig war und dank derer sie etwas Geld zur Seite legen konnte. Ein Gefühl von Wärme erfüllte Lily. Und der Aufregung. Bereits an ihrem ersten Tag in New York hatte sie den ersten Schritt dazu gemacht, bald wieder zu James zurückzukommen.

„Ich würde mich sehr freuen, bei euch wohnen und für euch arbeiten zu können", sagte sie. „Ich danke euch."

19

—————

H*ampstead, Sonntagnachmittag, Ende Juli 1920*

ROBERT HATTE sich in seinem Stuhl vorgebeugt und starrte nun seine Eltern, seinen Onkel und seine Tante mit blassem und verzerrtem Gesicht an.

„Ich weiß eure Worte wirklich zu schätzen", sagte er, „und bin euch für eure Hilfe sehr dankbar, aber nichts – und ich wiederhole – nichts wird mich je davon befreien, die größte Schuld für das, was geschehen ist, zu übernehmen. Und wenn ich Schuld sage, dann drückt es bei weitem noch nicht aus, was ich tatsächlich fühle. Ich kann gar nicht beschreiben wie entsetzlich, wie schuldig und wie unglücklich ich mich fühle. Ich habe Lily so sehr geliebt und liebe sie noch immer. Ich werde darüber nie hinwegkommen und verdiene es auch gar nicht. Die arme Lily, sie muss so unglücklich gewesen sein, und sie hat es mir nie sagen können. Der Gedanke, dass ich sie so im Stich gelassen habe, bringt mich um. Was sagt das über mich als ihren Mann?" Seine Stimme versagte ihm.

„Liebling, du bist zu hart gegen dich", warf Maud ein. „Wir haben dich und Lily mehrmals zusammen gesehen und du warst immer sehr aufmerksam zu ihr. Du warst ganz offensichtlich ein ergebener Gatte."

„Wir hatten vor der Party einige Differenzen", entgegnete er jämmerlich. „Das heißt aber nicht, dass ich sie nicht geliebt habe."

„Natürlich nicht. Alle Ehepaare streiten", sagte Sarah entschieden. „Das ist ganz normal. Du solltest Charles und mich manchmal hören."

Maud nickte. „Sarah hat recht, Liebling. Wie wir schon gesagt haben, ist es am wahrscheinlichsten, dass sich Lily in unserer Familie etwas überfordert gefühlt hat und sie war dem einfach nicht gewachsen. Wir haben immer versucht, sie bei uns freundlich aufzunehmen und in unsere Gespräche einzuschließen, aber sie hat nie richtig mitgemacht. Ich wünschte, wir hätten uns mehr um sie bemüht, aber wir wussten ebenso wenig wie du, wie unglücklich sie tatsächlich war."

„Sie konnte nicht mitmachen – wie ihr es nennt. Sie war nicht so wie ihr es seid und fühlte sich deshalb unbehaglich mit euch", rief Robert verzweifelt. „Und wahrscheinlich hat sie auch gefühlt, dass ihr sie nicht akzeptiert. Es hat ihr vielleicht an Schulbildung gefehlt, aber sie war nicht dumm. Und meine Einstellung hat wahrscheinlich auch nicht geholfen. Ich hätte viel mehr Notiz davon nehmen sollen, wie unbehaglich sie sich in unserer Familie gefühlt hat. Stattdessen war ich manchmal ungeduldig mit ihr. Wie habe ich sie nur so im Stich lassen können!"

„Robert, du bist auch nur menschlich", warf Sarah ein. „Es ist für zwei Menschen immer schwer, sich aneinander zu gewöhnen. Aber wenn ich dir zuhöre, dann frage ich mich, ob Lily getan hat, was sie tat, weil sie dachte, dass es für James vielleicht am besten wäre. Vielleicht wollte sie nicht, dass er zwischen euch beiden und den verschiedenen Leben, die ihr führen wolltet, gefangen ist. Das ist durchaus möglich, denn sie war völlig vernarrt in ihn."

Robert runzelte die Stirn. „Daran habe ich nicht gedacht. Aber du könntest vielleicht recht haben."

„Das ist ein gutes Argument, Sarah", sagte Charles. „Nach dem, was du uns erzählt hast, sind Lilys frühe Jahre nicht einfach gewesen. Wahrscheinlich wollte sie, dass das Leben für James viel besser sein sollte, und hat vielleicht auch gefürchtet, dass sie ihn zurückhalten könnte."

„Ganz gleich aus welchem Grund, Lily hat etwas getan, von dem sie glaubte, dass es für dich und James von Vorteil ist. Da kannst du dir sicher sein", sagte Joseph, „und du darfst ihr Opfer nicht umsonst sein lassen. Ich hab die Frau nie gemocht, das geb ich zu, aber ich bin mir bewusst, dass es ein enormer Verlust für dich ist. Zum Glück haben wir derzeit viele Projekte im Gange, und es könnte dir helfen, darüber hinwegzukommen, wenn du dich in deine Arbeit stürzt."

„Vergiss dabei aber nicht, dass es mehr im Leben gibt als nur Arbeit", meinte Charles.

„Das stimmt natürlich", sagte Joseph mit einem finsteren Blick zu Charles hin, und dann an Robert gewandt: „Du bist natürlich noch immer in Schock – schließlich ist es kaum einen Monat her. Aber irgendwann wirst du dich – und auch für James – wenn auch aus keinem anderen Grund, zwingen müssen, wieder Interesse am Leben zu nehmen. Zum Glück ist er ein fröhlicher kleiner Kerl, dank auch der zusätzlichen Aufmerksamkeit, die er von uns bekommen hat, und er hat Annie offensichtlich auch sehr gern. Wenn er aber etwas älter ist, wird ihm mehr bewusst sein, was um ihn vor sich geht, und dann wird er einen Vater brauchen, der lebt und nicht trauert. Dabei wirst du Lily selbstverständlich nie vergessen", fügte er rasch hinzu. „Natürlich nicht."

„Robert, Liebling, ich nehme an, dass sich die Polizei erst wieder bei dir melden wird, wenn es etwas Neues gibt", sagte Maud.

„Du meinst wohl, erst wenn sie ihre Leiche gefunden haben?"

„Also, ich hätte es nicht gar so schonungslos gesagt", bemerkte Maud. „Aber, ja, so ist es."

Joseph räusperte sich. „Wenn jemand ertrunken ist, wird der Leichnam nicht immer gefunden. Die Gezeiten sind unberechenbar. Natürlich werden Polizei und Küstenwache ihr Bestes tun, aber es ist durchaus möglich, dass Lily nicht gefunden wird." Er räusperte sich erneut. Ich habe mit unserem Anwalt darüber gesprochen und scheinbar kannst du erst nach sieben Jahren etwas bezüglich deines Rechtsstatus tun."

„Jeden Tag fürchte ich, dass eine Leiche gefunden wird, gleichzeitig möchte ich aber eine Leiche wegen der Endgültigkeit haben. Hört sich das verrückt an?" fragte Robert.

„Nein, das tut es nicht", sagte Sarah sanft. „Es ist absolut verständlich. Bis Lily gefunden wird, hast du immer noch ein wenig Hoffnung."

„Das stimmt zwar", warf Joseph ein, „aber der Umstand, dass Roberts Wagen an der Strandpromenade und einige Kleidungsstücke von Lily am Strand gefunden wurden, weist auf das Schlimmste hin. Und natürlich auch ihr kurzer Abschiedsbrief. Ich denke, mein Sohn, dass es dir helfen wird, wenn du akzeptierst, was ganz offensichtlich geschehen ist."

„Das tu ich auch. Ich hoffe nur immer noch, dass sie jeden Augenblick zur Tür hereinkommt", sagte er mit brechender Stimme. „Ich liebe sie und ich will nicht, dass sie tot ist, und ich will es erst glauben, wenn ich Gewissheit habe." Damit legte er den Kopf in seine Hände.

Maud beugte sich vor und legte ihre Hand auf seine Schulter. „Liebling, ich fürchte du musst dich zwingen es zu glauben. Du zerstörst sonst dein Leben und das von James. Babys sind empfänglich für Stimmungen, und es wäre nicht gut für ihn, wenn du ständig besorgt und unglücklich bist. Aber du bist stark. Und wie dein Vater schon sagte, musst du dafür sorgen, dass Lilys Opfer nicht umsonst war."

„Du hast uns gesagt, dass du Mrs. Bailey gebeten hast, Lilys Kleidung und persönliche Dinge nicht anzurühren", sagte Sarah. Ich frage mich, ob sie dich nicht zu sehr an sie erinnern, und ob es nicht besser wäre, Mrs. Bailey zu bitten, Lilys Schränke und ihr Ankleidezimmer auszuräumen. Sie könnte alles in Koffer verpacken und dann auf dem Dachboden aufbewahren. Man kann die Sachen später immer noch herunterholen. Oder Nellie könnte es tun, wenn dir das lieber ist. Sie und Walter sind ja im Zimmer nebenan."

Joseph nickte zustimmend. „Sarah, das ist eine gute Idee. Robert, wenn du es willst, werde ich darüber mit Mrs. Bailey sprechen."

Robert stand auf. „Ich spreche selbst mit ihr. Es spielt aber keine Rolle, ob ihre Kleider im Schrank sind oder nicht, ich werde Lily immer lieben, und ich werde sie nie vergessen. Und ich werde mir nie verzeihen was geschehen ist."

. . .

VON IHREM SITZ auf dem Sofa im hinteren Empfangsraum hörte Nellie auf die Stimmen, die aus dem Nebenzimmer zu ihr drangen.

Sie sprechen immer noch über Lily, sagte sie mit einem Stöhnen zu Walter, und sie habe überhaupt nicht die Absicht zu ihnen hineinzugehen, bevor sie nicht das Thema gewechselt hätten. Es habe ihr wirklich leidgetan, was geschehen ist, aber es täte ihr ebenso leid, dass Robert Lily überhaupt kennengelernt hatte. Sein Leben wäre viel besser gewesen, wenn es anders gekommen wäre. Und ganz gleich, was er nach ihrem Tod jetzt angeblich fühlte, habe sie von den beiden genug gesehen, um zu wissen, dass er zwar noch immer Hals über Kopf in sie verliebt sei, dass ihr Vater aber möglicherweise recht gehabt hatte, wenn er glaubte, dass er eines Tages seine Heirat bereuen würde.

Walter schüttelte den Kopf. „Das Ganze ist wirklich tragisch. Ich kann mir nicht vorstellen, dass sie tatsächlich tot ist.“

Nellie lehnte sich an seine Schulter. „Papa ist dir sehr für die Hilfe dankbar, die du ihm seitdem geboten hast. Er scheint jetzt viel freundlicher zu dir zu sein.“

Walter lächelte sie an. „Vielleicht hat er gemerkt, wie sehr ich seine bezaubernde Tochter liebe.“ Er beugte sich zu ihr hin und küsste sie auf die Lippen. Sie warf schnell einen Blick zur Tür hin, schlang ihre Arme um seinen Nacken und zog ihn zu sich her.

Als von draußen ein Geräusch zu hören war trennten sie sich ganz schnell.

„Oh, Walter, ich liebe dich“, flüsterte sie als sie einander tief in die Augen blickten. „Ich kann es kaum erwarten, bis ich dich heirate.“

„Ich auch nicht.“ Er rückte sich wieder auf dem Sofa zurecht, legte einen Arm um ihre Schultern und drückte sie an sich. „Sobald diese Tragödie hinter uns liegt, werde ich bei deinem Vater um deine Hand anhalten. Ich hoffe nur, dass du recht hast und ich ihn bereits überzeugt habe."

„Ja, das hast du bestimmt." Sie schmiegte sich in seine Armbeuge und ihre Finger spielten mit den Knöpfen an seiner Weste.

Er rückte näher an sie heran. „Ich kann es kaum erwarten, bis wir ein eigenes Zimmer haben, wo ich dich endlich vernaschen kann. Es sind nur die formidablen Linfords im Nebenraum, und der Gedanke, dass sie jeden Augenblick hereinkommen könnten, was mich davon abhält, dir die Kleider vom Leib zu reißen und weshalb meine Hände immer noch dort sind, wo sie hingehören."

Nellie kicherte. „Dottie hat so ein Glück. Sie kann schon die längste Zeit alles tun mit dem Mann, den sie liebt." Sie richtete sich auf. „Oh, du meine Güte, ich habe Dorothy ganz vergessen! Sie weiß noch nichts über Lily. Ich muss es ihr gleich schreiben."

„Ich dachte, dass du ihre Adresse nicht hast."

„Ja, ich hab sie. Ich hab vor einiger Zeit ihren Brief an Papa gefunden und ihre Adresse abgeschrieben. Seltsam, er ist beim Ablegen seiner Korrespondenz immer so organisiert, aber Dotties Brief hat er auf dem Schreibtisch liegengelassen. Ich hab mich damals gewundert, ob er den Brief absichtlich hingelegt hat, damit ich ihn sehen kann. Ich weiß, dass er sie enterbt hat, aber du hörst doch nicht auf, jemanden zu lieben, nur weil dir ihr Mann nicht zusagt. Sieh dir doch Robert und Lily an. Papa hat trotz Lily guten Kontakt mit Robert aufrechterhalten, und ich hatte sogar den Eindruck, dass er sich an sie gewöhnt hat."

Walter hüstelte.

„Übrigens", fuhr Nellie fort, „muss ich Dottie nicht nur die Sache mit Lily erzählen, sondern ich bin auch neugierig, ob ich einen deutsche Neffen oder eine deutsche Nichte habe. Sie hat ihr Kind bestimmt schon vor einiger Zeit bekommen."

IM WOHNZIMMER in Kentish-Town blickte Alice von ihrer Näharbeit hoch. „Ich frage mich, wie es heute früh mit Robert gegangen ist."

Thomas zuckte die Schultern. Er faltete die Zeitung und legte sie auf den Tisch neben sich.

„Die können sagen, was sie wollen", entgegnete er und ignorierte Alices Bemerkung, „da kommt noch etwas auf uns zu. Wie können diese verrückten Alliierten erwarten, dass Deutschland in der Lage sein wird, den enormen Geldbetrag zu zahlen, den sie verlangen! Es ist doch ganz gleich, wenn David Lloyd George sagt, dass Deutschland die Abrüstungsklauseln in dem lächerlichen Vertrag von Versailles umgeht, Deutschland wird sie ganz einfach weiter ignorieren."

Alice nickte. „Das ist ein beängstigender Gedanke."

„Leider denkt unsere selbstgefällige Regierung nicht so. Sie bemerkt anscheinend nicht, dass Deutschland noch eine Luftwaffe hat, die Wehrpflicht noch nicht abgeschafft hat und ihre Waffen noch nicht abgegeben hat. Anstatt sich Sorgen über die Aufstände in Londonderry zu machen, sollte sie lieber aufpassen, was sich in Deutschland tut. Oder besser gesagt, was sich tun sollte, aber nicht geschieht." Er rückte sich im Stuhl zurecht. „Allerdings frage ich mich, weshalb ich überhaupt die Zeitung lese. Ich habe nichts beizutragen, denn die Armee wird nie einen einbeinigen Mann brauchen, dem eine halbe Hand fehlt."

„Die Armee braucht dich möglicherweise nicht, deine Familie aber schon. Robert braucht im Moment jegliche

Unterstützung, die er bekommen kann. Wir hätten Josephs Angebot, uns am Vormittag hinzufahren, annehmen sollen."

„Ich denke nicht", erwiderte er in scharfem Ton. „Sie werden alles sagen, was gesagt werden muss. Und es hätte mich krank gemacht, ihnen zuzuhören, wenn sie so tun, als ob sie Lily gemocht hätten. Denn das haben sie nicht. Du kannst sicher sein, dass sie sehr froh sind, dass sie getan hat, was sie getan hat."

„Das ist lächerlich, Thomas, und das weißt du auch", entgegnete sie. „Ganz gleich, was sie von ihr gedacht haben, niemand würde sich freuen, dass sie sich umgebracht hat."

„Da sind wir geteilter Meinung. Meiner Meinung nach war Lily mehr wert als alle zusammen, und unsere Familientreffen werden durch ihre Abwesenheit noch langweiliger sein."

20

———

L *ondon, Ende September 1920*

JOSEPH STAND am Eingang und wartete auf Maud.

Sein Sohn war in den vergangenen Monaten gut mit dem unvermeidlichen Schock zurechtgekommen, dachte er, der noch durch Roberts überwältigendes Schuldgefühl verstärkt worden war.

Dass Robert so viel von der Schuld auf sich genommen hatte, war für ihn sehr überraschend und keineswegs willkommen gewesen. Wenn er vorhergesehen hätte, dass sich Robert derart schuldig fühlen würde, dann – und da war er sich nicht sicher – hätte er seinen Plan vielleicht nicht durchgeführt. Aber wie hätte er denn wissen können, dass Lily nur wenige Tage vor Nellies Geburtstagswochenende gesehen hatte, wie Robert mit einer andren Frau sprach, und dass sie darüber derart verunsichert gewesen war?

Die Frau war Marian Ames gewesen, wie ihm Robert

später im Club nach Lilys angeblichem Tod erzählt hatte. Es war ein völlig harmloses Zufallstreffen gewesen, aber als er nachhause kam, hatte ihn Lily sofort zur Rede gestellt und ihn mehr oder minder beschuldigt, dass er ihr Marian vorziehe.

Aus ihrer Stimmung in den nachfolgenden Tagen habe Robert geschlossen, dass er ihre Angst nicht hatte zerstreuen können und er hatte sich mit dem Gedanken abgequält, ihre plötzliche Unsicherheit sei die Ursache für ihren Selbstmord gewesen. Und anstatt von ihrer Angst irritiert zu sein, hätte er ihr durch noch mehr Ausdruck von Zärtlichkeit als üblich zeigen sollen, wie sehr er sie liebte.

Joseph hatte dann versucht, Robert etwas zu beruhigen, indem er einen Teil der Verantwortung für Lilys Tod auf sich genommen hatte. Er sagte Robert, dass auch er sich in gewissem Maße für das Geschehene schuldig fühle. Denn sein Widerstand gegen ihre Heirat mag ihr Unglücklichsein noch verstärkt haben und ihre das Gefühl gegeben haben, dass sie in der Familie nicht erwünscht sei.

Das möge schon sein, habe Robert zu ihm gesagt, aber es habe Lily sicher nicht in den Selbstmord getrieben. Lily habe ab dem Tag , an dem sie Robert kennengelernt hatte, gewusst, dass Joseph sie nicht mochte, und sie hatte sich zwar gewünscht, dass es anders wäre, gleichzeitig aber auch gelernt, damit zu leben. Außerdem sei Joseph seit der Hochzeit und seit der Geburt von James ein wenig freundlicher zu ihr gewesen.

Nein, der Auslöser sei gewesen - und darauf habe Robert bestanden - dass Lily sein zufälliges Treffen mit Marian gesehen hatte.

Aber später, als Maud schon zu Bett gegangen war und Joseph allein in der Bibliothek saß, hatte ihn ein starkes Gefühl des Unbehagens über das, was er jetzt wusste, erfasst, und er war erdrückt von einem Gefühl der Schuld und Reue, dass er seinem Sohn so viel Kummer bereitet hatte. Dabei musste er sich aber auch mehrmals daran erinnern, dass er seinem Sohn doch nur ein lebenslanges Leid ersparen wollte, das ihm seine unüberlegte Heirat verursachen würde.

Selbst einen Monat nach Lilys Tod litt Robert noch so sehr, dass er es nicht über sich gebracht hatte, James' Geburtstag zu feiern. Doch jetzt, nachdem ein weiterer Monat vergangen war, gab es Anzeichen dafür – wie die Einladung zum Lunch an diesem Tag – dass Robert endlich begonnen hatte, ein wenig in die Zukunft zu blicken.

Allerdings würde der Heilungsprozess aber erst vollständig abgeschlossen sein, wenn Robert wieder eine passende Frau in seinem Leben hätte. Joseph war überzeugt davon.

Und in der vergangenen Nacht hatte er sich auch daran erinnert, dass sich Robert über sein kurzes Gespräch mit Marion Ames gefreut hatte. Und er dachte zurück an die Zeit, als Robert einen Monat lang in London war, und wie gut die beiden damals miteinander ausgekommen waren. Bei dem Gedanken daran kam ihm plötzlich in den Sinn, dass sie die richtige Person in Roberts Leben sein könnte.

Im Laufe des Monats, als Robert und Marian einander oft gesehen hatten, war auch Marians Vater auf die Idee gekommen, dass die beiden gut zusammenpassen könnten, und er und Joseph hatten bewerkstelligt, dass die beiden so oft wie möglich zusammentrafen. Leider hatten Lilys Machenschaften dem ein Ende gesetzt.

Und jetzt, wo Marian wieder zurück und noch immer ungebunden war - was Joseph schnell herausgefunden hatte – war er schon seit dem frühen Morgen am Überlegen, wie er die beiden wieder zusammenbringen könnte. Denn

Marian war nicht nur die Art von Frau, die Robert brauchte, und eine Verbindung zwischen Linford & Sons und einem erfolgreichen Baustoffhändler wäre zudem ein zusätzlicher Gewinn. Dieser Meinung war auch Marians Vater damals gewesen und er würde es wahrscheinlich noch immer sein.

Das Wenigste, was er als der Verursacher der seelischen Qualen seines Sohnes tun konnte, war es doch, Robert zurück auf den wohlverdienten Pfad zum Glück zu bringen. Folglich würde er Henry Ames in der kommenden Woche kontaktieren und ihn zu einem Abendessen im Club einladen. Das wäre dann ein erster Schritt.

Mit Robert müsste er natürlich weiterhin vorsichtig umgehen. Obwohl er seit der ersten grauenhaften Nacht schon Fortschritte zu machen schien, würde es noch lange dauern, bis er eine neue Heirat in Erwägung ziehen könnte, und vor dem Ablauf von sieben Jahren wäre ihm das ja auch gar nicht möglich. Diese Jahre würden für ihn aber leichter vergehen, wenn die richtige Frau bereits geduldig an seiner Seite auf ihn wartete.

Er würde von allem Anfang aber ehrlich mit Henry Ames sein und ihn auf die zeitliche Frist aufmerksam machen. Schließlich wäre es durchaus möglich, dass Ames trotz der zahlreichen Vorteile einer engen Verbindung mit Linford & Sons erwägen könnte, dass eine Wartezeit von sieben Jahren für seine Tochter zu lang wäre.

Und schließlich könnte ja auch Marian selbst dieselben Bedenken haben und ein Treffen mit Robert überhaupt verweigern. Schließlich wäre nur jemand ganz Besonderer bereit, so lange auf eine Hochzeit zu warten. Doch dann fiel ihm ein, wie gut sich Marian damals mit Robert zu verstehen schien und er den Eindruck hatte, dass Marians Gefühle für Robert schon tief waren. Falls er sich jedoch getäuscht hatte, wäre es wohl am besten, sich baldmöglichst davon zu überzeugen.

Sollten also weder Henry noch Marian davon abgehalten sein, würde sich Joseph eine frühestmögliche Gelegenheit ausdenken, die keineswegs künstlich arrangiert wirken dürfte. Er würde die Familie Ames also zum Abendessen einladen. Und Robert auch.

Mit einem Gefühl der Hoffnung, das ihm beinahe schon völlig fremd geworden war, ging Joseph zum Fuß der Treppe.

„Beeil dich, Maud", rief er hinauf. „Thomas wird schon glauben, dass wir vergessen haben ihn abzuholen, und je länger wir ihn warten lassen, desto enttäuschter wird er sein, wenn wir schließlich doch erscheinen."

„REG DICH NICHT SO AUF", schnauzte Thomas Alice an.

Alice machte einen Schritt zurück und hielt ihre Hände hoch. „In Ordnung. Wenn du nicht willst, dass ich dir beim Aufrechtstehen helfe, dann lass ich es bleiben."

„Ja, tu das. Sie werden jetzt jede Minute hier sein und ich will doch nicht wie eine Vogelscheuche aussehen, die mitten im Feld aufgestützt ist. Wenn wir bei Robert angekommen sind, lass ich mir von Joseph aus dem Auto und ins Haus hinein helfen, aber danach bin ich auf mich selbst gestellt. Ist dir das klar?"

„Ja, ganz genau. Danke." Und nach einigem Zögern. „Ich hoffe, du wirst heute aber freundlich sein."

„Ich bin immer freundlich."

„Nein, das bist du nicht. Und du weißt es auch. Und wenn du nicht nett zu mir bist, dann ist es allen peinlich. Da wir zum ersten Mal seit dem Unfall bei Robert sind – "

„Du meinst, seit sie sich umgebracht hat? Sich ertränken ist nicht das, was ich als einen Unfall bezeichnen würde."

„Ich zumindest betrachte Lilys Tod als einen Unfall, als einen Hilferuf, den niemand gehört hat."

„Die Leute am Strand hätten ein erstaunliches Gehör haben müssen, wenn sie den Hilferuf einer Frau vom Meer aus vernommen hätten. Wie du weißt, sind Wellen ziemlich laut."

„Du hast deine Meinung und ich die meine. Aber bleiben wir bei heute. Wir müssen es für Robert so leicht wie nur möglich machen, und das bedeutet, dass du zu allen nett sein musst, auch zu mir. Es ist das Wenigste, was wir tun können."

Er wandte sich ungeschickt auf seinen Krücken herum und starrte sie zornig an. „Maße dir nur nicht an, mir sagen zu dürfen, wie ich mich meinem Neffen gegenüber verhalten soll. Überraschenderweise hab ich ihn sehr gern und ich weiß genau, wie ich mich benehmen soll. Darüber hinaus werde ich auch zu Walter und Nellie nett sein. Walter ist ein kluger Kopf, er hat Joseph herumgekriegt, was sicher nicht einfach war – und Nellie hat auch Elan. Das muss sie von ihrer Mutter haben, denn von ihrem feigen Vater, der sich hinter einer Baufirma versteckt hat, anstatt für sein Land zu kämpfen, kann es nicht kommen."

Alice stieß einen theatralischen Seufzer aus. „Kannst du nicht endlich mit dieser alten Leier aufhören? Ich hab sie schon so oft gehört, dass ich gar nicht mehr darüber streiten will."

Ein zufriedenes Grinsen breitete sich über Thomas' Gesicht aus. „Alice, in letzter Zeit hast du endlich angefangen, dich etwas resoluter anzuhören. Du widersprichst mir und stehst nicht mehr nur wie eine Nonne da, während ich mir meine Füße an dir abstreife. Genau genommen meinen

Fuß abstreife. Die neue Alice ist für mich viel amüsanter. Versprich mir, dass du jetzt nicht mehr in deinen Panzer zurückkriechen wirst."

Alice lachte. „Das verspreche ich. Wenn ich gewusst hätte, welche Wirkung das auf dich hat, dann hätte ich den Panzer schon viel früher abgelegt."

„Ich bin mir nicht sicher, ob du tatsächlich die volle Wirkung deines wiederentdeckten Mumms verstehst. Wenn Joseph nicht jeden Augenblick hier wäre, würde ich dir genau zeigen wie effektiv er ist. Und zwar - "

Sie blickten einander in die Augen.

Auf der Straße war das Dröhnen eines Motors zu hören und beide wandten sich rasch dem Fenster zu, gerade als Josephs hellgrauer Austin Twenty vor ihrem Haus stehenblieb. Sie sahen, wie Joseph ausstieg, zum Eingang ging, und wie Maud sich vom Vordersitz in den Wagenfonds setzte.

„Verdammt noch mal", murmelte Thomas enttäuscht als er hörte, wie das Hausmädchen Joseph hereinließ.

„Es tut mir leid, dass ich euch warten ließ", sagte Joseph, als er ins Zimmer kam.

„Wir hätten gern noch etwas länger gewartet – nicht wahr, Alice?" antwortete Thomas und warf Alice einen vielsagenden Blick zu. Dann lächelte er, wandte sich auf seinem gesunden Bein um, und humpelte mit Hilfe seiner Krücken zur Tür hin.

Als Alice wartete, dass Thomas zur Tür hinausging, spürte sie, wie sich ein aufregendes Gefühl tief in ihrem Inneren ausgebreitet hatte, und sie war sich bewusst, dass sie sich zum ersten Mal nach langer Zeit wieder darauf freute, heimzukommen.

· · ·

ALS SICH DIE Sonne langsam dem graublauen Horizont näherte und die Schatten der Bäume über den Rasen hin länger wurden, sank Stille über den Garten, die nur hin und wieder von einem Knistern unterbrochen wurde, als sich ein Vogel auf einigen trockenen Blättern niederließ, die noch nicht vom Zweig gefallen waren, und manchmal war auch das laute Zuklappen eines Taubenflügels zu hören.

Joseph rückte sich bequem in seinem Gartenstuhl zurecht und wandte sich an Walter.

„Thomas war heute besser gelaunt", erwähnte er und hob sein Whiskyglas an die Lippen. „Als Charles sagte, dass er und Sarah bereit zur Heimfahrt seien, war ich erstaunt, dass Thomas ihn bat, ihn und Alice mitzunehmen. Ich hätte gedacht, dass er warten würde, bis wir ihn heimfahren. Und er war heute auch netter zu Alice, wie schon seit langem nicht mehr."

Walter nickte zustimmend. „Ja, er kann recht schwierig sein."

„Nimm dir nur kein Blatt vor den Mund, mein Junge. Thomas kann verdammt unhöflich sein. Wir sind alle immer wieder erstaunt, dass es Alice schon so lang mit ihm ausgehalten hat. Und auch besorgt - weiß der Himmel was wir täten, wenn sie ihn verließe. Aber nach dem heutigen Tag zu urteilen brauchen wir uns zum Glück keine Sorgen zu machen." Er nahm einen Schluck Whisky, stellte sein Glas zurück und lachte Walter amüsiert an. „Ich glaube aber nicht, dass du zu mir gekommen bist, um über Thomas zu sprechen? Und auch nicht, dass Nellie dich aus diesem Grund hat gehen lassen?"

Walter räusperte sich. „Ja, Sie haben recht, Sir." Er hüstelte und nahm eine gerade Haltung an. „Wie Sie wissen, ist meine Zeit als Rechtsanwaltsgehilfe vorbei, mein Studium ist abgeschlossen und ich arbeite in einer angesehenen Kanzlei. Sir, ich werde Ihnen wohl nicht sagen müssen, dass ich Ihre Tochter über alles liebe und dass ich sie – jetzt, wo ich in der Lage bin, sie erhalten zu können – gern heiraten möchte. Werden Sie mir Ihre Erlaubnis geben, Nellie um ihre Hand zu bitten?"

Joseph beugte sich vor und gab Walter einen freundschaftlichen Klaps auf die Schulter. „Natürlich bekommst du meine Erlaubnis, mein lieber Junge. Ich freue mich sehr über deinen Antrag, denn du bist zu einem ausgezeichneten jungen Mann herangewachsen und ich weiß, dass sie bei dir in guten Händen sein wird. Und bei einem Mann, der meine eigenwillige Tochter in Schach halten kann."

Darüber lachten beide.

„Wir werden diese gute Nachricht später mit Champagner begießen – ich nehme ja an, dass du ihr gleich deinen Antrag stellen wirst. Wenn du es nicht schon getan hast", fügte er lächelnd hinzu. „Oder falls sie nicht schon dir den Antrag gestellt hat." Daraufhin lachten beide wieder. „Doch jetzt schon mal - " Und er hielt sein Glas zum Anstoßen zu Walters Glas hin.

„Sir, ich danke Ihnen. Ich bin jetzt sehr erleichtert."

„Weshalb kommst du nicht morgen zu uns zum Dinner und wir können dann über mögliche Daten und die Anzeige für die Hochzeit sprechen? Ich nehme an, dass Nellie im Juni heiraten möchte, dann das ist ein beliebter Monat bei den jungen Damen. Natürlich unter der Voraussetzung, dass sie ja sagt – schließlich nehmen wir da viel als selbstverständlich hin."

Das war erneut ein Anlass zum Lachen.

Mit einem ernsten Ausdruck im Gesicht richtete Joseph seinen Blick nun direkt auf Walter.

„Walter, da ist noch etwas, das ich klarstellen möchte. Es ist eigentlich genau das Gegenteil von dem, was du vor einer

Weile zu mir gesagt hast. Ich habe dir meine Zustimmung zur Heirat nämlich nicht wegen deiner Hilfe und Diskretion in der Sache mit Lily gegeben. Ich habe es Nellie zu verdanken, dass sie dich zu mir her gelotst hat – oft ganz gegen meinen Willen - ", fügte er reumütig hinzu, „und dass ich dich damit gut kennen und schätzen gelernt habe. Selbst wenn du nichts von der ganzen Sache mit Lily wüsstest, hätte ich mit größter Freude ja gesagt. Ich hoffe, dass du mir glaubst."

„Ja, das glaube ich, Sir, und ich danke Ihnen. Ich weiß Ihre Zusicherung sehr zu schätzen."

Das Geräusch zugeschlagener Türen gefolgt von Stimmen und Gelächter war durch die Fenster bis in den Garten zu hören.

„Es wird schon ein wenig kühl", bemerkte Joseph und stand auf. „Ich werde jetzt hineingehen. Und wir sollten Nellie nicht länger hinhalten. Wie ich meine Tochter kenne, wartet sie schon darauf, dass ich verschwinde, und sobald ich weg bin, kommt sie sofort heraus und will wissen, was ich gesagt habe."

„Da bin ich ganz Ihrer Meinung, Sir."

„Und ich kenne sie schon lange genug um zu wissen, dass sie dir empfohlen hat, heute Nachmittag mit mir zu sprechen. Sie hat sich ausgerechnet, dass ich so froh darüber sein werde, dass es mit Robert aufwärts geht, dass jetzt der ideale Zeitpunkt gekommen wäre."

Walter lächelte. „Ja, Sir, Sie kennen Nellie wirklich gut."

„Falls ich sie auf meinem Weg ins Haus treffe, werde ich ganz neutral dreinschauen, und du kannst ihr dann sagen, dass ihr Intrigieren funktioniert hat. Der Champagner steht bereit, wenn ihr beide hereinkommt." Und nach einer kurzen Pause. „Willkommen in unserer Familie, mein Sohn – es ist wirklich an der Zeit, dass du offiziell zu uns gehörst."

· · ·

ROBERT STAND mit einer Tasse Kaffee in der Hand am Fenster des Kinderzimmers und starrte in den Garten hinaus. Ein grauer Nebel kroch über den Rasen und entzog den Blättern, die sich am Fuß der Bäume gesammelt hatten, ihre herbstlichen Farben. Während er hinausblickte, hatte sich das Dämmerlicht in nächtliche Dunkelheit verwandelt und die Welt war nun in ein falbes Kleid gehüllt.

Hin und wieder wandte er sich um und lächelte zum Bettchen und dem schlafenden James hin. Die Familie hatte James am Nachmittag ziemlich erschöpft, denn sie hatten ihn alle ermuntert, allein ein paar wackelige Schritte zu machen, bevor er wieder hinfiel. Danach war er fröhlich glucksend dagesessen und hatte alle und alles angeschaut, als ob er die Welt für sich selbst entdecken wollte. Da war es nicht verwunderlich, dass er sofort eingeschlafen war, als ihn Annie abends in sein Bettchen gelegt hatte.

Wenn Lily doch nur dagewesen wäre und gesehen hätte, wie James seine ersten Schritte gemacht hatte! Sie wäre so begeistert gewesen. Sie hatte James so geliebt. Niemand hätte eine bessere Mutter sein können. Oder eine bessere Gattin.

Einen berauschenden Augenblick lang hatte er fast das Gefühl gehabt, als ob sie hereingekommen und neben ihm gestanden wäre. Bewegungslos und mit angehaltenem Atem hatte er dabei auf etwas gewartet.

Als der Augenblick vorbei war konnte er wieder atmen.

Für den Rest seines Lebens würde ein Teil von Lily für ihn, in seinem Herzen, in seinen Gedanken und durch ihren gemeinsamen Sohn lebendig sein.

Das zu vergegenwärtigen hatte ihm geholfen, ein gewisses Maß an innerem Frieden zu erlangen.

Er hatte schließlich akzeptieren müssen, dass sie weg war, dass sie nicht da sein würde, wenn er sich in der Nacht im Bett umdrehte, dass sein Tag nie wieder von ihrem Lächeln erhellt sein würde, dass sie ihm nie wieder beim Abendessen gegenübersitzen und den Tag für ihn mit so viel Freude beenden würde.

Seine geliebte Lily war nicht mehr.

Aber seine große Liebe zu ihr würde weiterleben, ganz gleich was die kommenden Jahre mit sich brächten.

Er hatte die Familie an diesem Tag zu sich eingeladen, weil sie alle zur Zeit von Lilys Tod und in den Wochen danach so gut zu ihm gewesen waren. Niemand hatte ihn beschuldigt und alle hatten sich nach besten Kräften bemüht, auf irgendeine Weise zu helfen. Trotzdem war er sich voll und ganz bewusst gewesen, dass das Mittagessen an diesem Tag eine schmerzliche Erinnerung an das letzte gemeinsame Lunch der Familie in Hampstead, als Lily noch bei ihm war, hervorrufen würde.

So war es aber nicht gewesen. Zu seiner großen Überraschung hatte nicht nur James Spaß gehabt – sondern auch er.

Nach den ersten nostalgischen Momenten hatte er gespürt, wie er sich zum ersten Mal seit Lilys Verlust entspannt hatte, und dass er sogar lachen konnte. Rückblickend war ihm bewusst geworden, dass sie im Lauf des Tages zwar nie fernab von seinen Gedanken gewesen war, dass er aber schließlich akzeptiert hatte, dass er sie nicht zurückbringen könne.

Und was ihn fast ebenso in Erstaunen versetzt hatte war, wie er auf die Verlobung von Nellie und Walter reagiert hatte. Die Idee einer bevorstehenden Hochzeit hatte ihn nicht wie erwartet in Trauer wegen seiner eigenen Situation versetzt, sondern er hatte Walter mit ganzem Herzen in der

Familie willkommen geheißen und hatte es auch mit echter Freude getan.

Er hatte Walter sehr gern, und er wusste auch, wie sehr sich Walter bemüht hatte, Joseph zu überzeugen, seiner Tochter würdig zu sein – was ihm Nellie vor einiger Zeit anvertraut hatte. Er wusste auch Walters Freundschaft zu schätzen und die Ratschläge, die er von ihm mehr als einmal erhalten hatte.

Walter würde der perfekte Gefährte für seine Schwester sein, der er sehr nahestand, die aber die eigensinnigste Person war, die er kannte. Was immer Nellie wollte, das würde sie auch bekommen. Es war ein Glück für die Familie, dass Nellie vom ersten Augenblick an ganz offensichtlich den ruhigen, logisch denkenden Walter für sich haben wollte. Und sie hatte nie glücklicher ausgesehen als an diesem Nachmittag, als sie ihre Verlobung bekanntgegeben hatte.

Wenn noch irgendwelche Reste von Traurigkeit oder Trübsinn in den Ecken des Hauses in Hampstead lauerten, dann hatte sie Nellies Freude vertrieben.

Und er wusste, dass er jetzt bereit war, sein Leben wieder neu zu beginnen.

Doch nicht zu heiraten. Es würde noch sehr lange dauern, wenn überhaupt, bevor er wieder heiraten würde.

21

L ower East Side, New York, Oktober 1920

„ICH HABE HEUTE FRÜH ÜBERLEGT", sagte Ruth, die am Rand des Sofas im Wohnzimmer hockte und Lily beobachtete, wie sie eine Naht mit der Hand ausarbeitete, „dass wir heute Abend ausgehen sollten. Die nächste Auftragsladung kommt erst am Montag, deshalb sollten wir es ausnützen, dass wir am Samstagabend nicht arbeiten müssen. Und wir haben auch etwas zu feiern."

„Was denn?"

„Also, obwohl du erst drei Monate hier bist, hast du bereits Aufträge für mehrere Kleider bekommen."

Lily blickte hinüber zur Schneiderpuppe und auf das mit Spitze besetzte Oberteil eines Hemdblusenkleides mit langen Ärmeln und den mit Spitze verzierten knöchel-langen Rock aus Seide. Sie wandte sich mit einem zufrie-denen Lächeln zurück an Ruth. „Es war so ein Glück, dass

Mrs. Goldstein zu deinem Vater sagte, dass sie ein Kleid braucht und dass er mich der Frau empfohlen hat. Und dass sie dann allen erzählt hat, wie sehr sie mit dem Kleid zufrieden war. Und es war doch ein ganz einfacher Schnitt."

„Lily, es war wunderschön."

„Das würde ich nicht unbedingt sagen, aber es war adrett und maßgeschneidert, was sie für ihre Versammlungen haben wollte. Ich glaube, ich habe es dir noch gar nicht gesagt, aber sie ist heute früh vorbeigekommen und hat zwei weitere Kleider für das kalte Wetter – diesmal aus Kaschmir – bestellt. Und einige ihrer Freundinnen wollen dasselbe haben."

„Wir haben also noch etwas zu feiern. Und auch, dass Pavel für die Bäckerei arbeiten wird", erwiderte Ruth und strahlte über das ganze Gesicht. Sie haben ihm am Abend gesagt, dass er die Stelle bekommen hat. *Abba* will aber, dass er auch weiterhin zur Schule geht."

„Isaak wird sich freuen. Der Wagen, den er für Pavel aus einer alten Kiste gebastelt hat, mit Rädern von einem Kinderwagen, die ihm Frau Abelman gegeben hat, war so raffiniert."

Ruth nickte. „Ohne den Wagen hätte er die Stelle nicht bekommen. Aber es wird ein langer Tag für ihn sein. Er fängt jeden Tag um halb fünf Uhr früh an. Zuerst muss er die ersten Aufträge des Tages aufladen und dann ausliefern. Er muss hin und her bis alles ausgeliefert ist, und er muss sich beeilen, damit er alles noch vor Schulbeginn erledigt. Er bekommt einen Dollar siebzig pro Woche und morgens, bevor er anfängt, zwei Semmeln, Kaffee und Milch. Vielleicht hätte er ein Bäcker werden wollen, wenn wir noch in Kischinau wären, aber das werden wir nie wissen."

„Es hört sich aber doch so an, als ob er eines Tages ein Bäcker sein möchte", sagte Lily und fuhr dann fort: „Es geht mich ja nichts an, aber ich hätte doch gern gewusst, weshalb ihr Russland verlassen habt. Ihr habt so viele russische Dinge in eurer Wohnung und ihr sprecht so oft von Kischinau. Ich kann mir vorstellen, dass ihr hier ganz ähnlich lebt, wie dort. Hier ist das Leben schwierig und deshalb frage ich mich, weshalb ihr hergekommen seid. Ich hoffe es macht dir nichts aus."

„Nein, gar nicht. Ich hätte es dir schon früher gesagt, wenn ich gewusst hätte, dass es dich interessiert. Wir hatten im Grunde genommen keine andere Wahl", sagte Ruth geradeheraus. „Wenn wir nicht geflohen wären, dann wären wir jetzt wahrscheinlich tot. Die Juden sind in den Pogromen zu Tausenden ermordet worden. Du kannst dir nicht die Gräuel vorstellen, die *Abba* und *Momma* durchgemacht haben. Da sind kleine Babys in Stücke gerissen worden und die Polizei ist daneben gestanden und hat zugeschaut. Wie sehr sich *Abba* und *Momma* auch bemühen, sie werden ihre Erinnerungen nicht los, aber sie sprechen nie darüber."

Lily starrte sie ungläubig an. „Aber wieso würden denn Menschen so etwas Schreckliches tun?"

„Die russische Regierung hat jemand gebraucht, den sie für alles, was im Land schlecht war, verantwortlich machen konnte", sagte Ruth verbittert. „Und so haben sie die Juden beschuldigt. Je schlimmer die Dinge in Russland waren, desto schlimmer ist das Leben für die Juden geworden. Wir durften nicht mehr arbeiten, reisen oder wohnen, wo wir wollten. Aber *Momma* und *Abba* hofften, dass es besser werden würde, denn trotz allem haben sie Russland noch immer geliebt. Wir haben es so lange ausgehalten bis Isaak fünfzehn Jahre alt war. Mit sechzehn mussten die Jungen zum Militär und deshalb sind wir schließlich weg. Denn viele Familien haben ihre

Söhne, die zum Militär eingezogen wurden, nie mehr gesehen."

„Das ist ja schrecklich!"

„Ja, das stimmt. Die Leute haben alles getan, damit ihre Söhne nicht eingezogen wurden. Eine der Mütter in unserem Dorf hat ihrem Sohn den Finger abgeschnitten, damit er sein Gewehr nicht abfeuern konnte. Eine andere hat ihren Sohn in einem Wagen versteckt, der nach Deutschland fuhr. Sie hatte ihm genug Geld gegeben, dass er in Deutschland eine Passage nach Amerika kaufen konnte, und ihn dann unter einem Haufen Holz versteckt. Aber es war nicht nur für Jungen gefährlich. Ich durfte mit meinen Freundinnen nicht in Gruppen von mehr als drei Mädchen stehen oder gehen. Denn sonst hätten uns die Soldaten verprügelt. Jahr um Jahr sind Leute nach Amerika geflohen, und schließlich sind wir ihnen gefolgt."

„Wie habt ihr denn gewusst, wo ihr hingehen sollt, als ihr angekommen seid?"

Ruth zuckte die Schultern. „Aus Briefen. Die Leute haben ja nachhause geschrieben, nachdem sie hier waren. Und von einigen der Leute, die von den Einreisebeamten auf Ellis Island zurückgeschickt worden sind. Sie haben auf dem Schiff gehört, dass die Leute in Lower East Side dieselbe Sprache sprechen und dir helfen. Und wenn sie dir Arbeit geben, dann brauchst du am Sabbat nichts zu tun."

„Dort habe auch ich von der Orchard Street gehört – auf dem Schiff."

Ruth nickte. „Ich erinnere mich, dass du das gesagt hast. Also, wir müssen zwar schwer arbeiten, aber wir müssen nicht täglich Angst haben, dass wir ermordet werden. Und wir sind alle beisammen, was am wichtigsten ist." Sie begann zu lächeln. „Wir gehen aber nicht oft genug aus – wie wäre es also mit heute Abend?"

Lily zuckte die Schultern. „Ja, warum nicht? Wo gehen wir hin?"

„Also da ist Leow's Avenue B Theater an der Ecke von East 5th Street. Wir könnten uns einen Film ansehen, wenn einer läuft – das haben wir schon längere Zeit nicht getan. Oder das Sunshine Theater an der East Houston Street? Dort warst du noch nie, und ich glaube, dass es dir gefallen wird, selbst wenn du kein Wort verstehen wirst. Es ist ein jüdisches Varietétheater", fügte Ruth lachend hinzu. „Und danach könnten wir bei Yonah Schimmel neben dem Theater ein Knish kaufen."

„Was ist ein Knish?"

„Denk an *Mommas* Piroschki, aber größer. Es ist wie ein gefülltes Brötchen. Ich mag sie am liebsten mit Kartoffelpüree und Zwiebel. Isaak auch."

„Dann kaufe ich eins davon und noch eins für Isaak."

Ruth hatte sich jetzt von der Armlehne auf das Sofa gesetzt.

Lily sah sie an und legte sofort ihre Näharbeit nieder.

„Ruth, was verheimlichst du mir denn? Du bist im Gesicht ganz rot geworden."

„Es ist nur, weil Isaak mit uns kommen möchte. Eigentlich waren das Sunshine Theater und die Knish seine Idee. Macht es dir etwas aus?"

„Und deshalb bist du rot geworden? Weil dein Bruder mit dir ausgehen will?" fragte Lily lachend.

Ruth antwortete ganz verlegen: „Ich glaube nicht, dass er mit mir ausgehen möchte."

„Oh, ich verstehe." Lilys Lachen war verklungen und sie hatte den Blick auf ihre Näharbeit gesenkt.

„Du hast uns erzählt, dass du verheiratet warst und dass dein Mann gestorben ist", sagte Ruth etwas unbeholfen. „Und wir wissen auch, dass dein Sohn bei Verwandten in

England ist und dass du sparst, damit du zurück nach England fahren und ihn sehen kannst. Aber England ist weit weg und es wird lange dauern, bis du genug gespart hast, obwohl du schwer arbeitest. Und du scheinst dich hier wohl zu fühlen. Isaak ist zwanzig Jahre alt und er hat dich sehr gern. Er möchte, dass du mit ihm gehst."

Aus dem Augenwinkel sah Lily, dass Isaak jetzt still in der Tür stand. Er lehnte am Türpfosten und sah sie mit seinen dunklen Augen an.

Lily vermied es, ihn direkt anzusehen und hatte ihren Blick auf Ruth gewandt. „Deine Eltern würden das nicht wollen, Ruth", sagte sie leise. „Isaak ist ein gut aussehender junger Mann und fleißig, und er wird für eine Frau ein guter Gatte sein, aber nicht für mich. Denn es muss ein jüdisches Mädchen sein, am besten auch russisch, wie du es bist. Das werden dein *Abba* und deine *Momma* für ihn wollen, und so ist es auch richtig. Jedes Mal, wenn du die Wohnung verlässt oder hereinkommst, berührst du die Mesusa am Eingang. Ihr alle tut das. Immer. Euer Glaube ist der Mittelpunkt eures Lebens und Isaak braucht eine Frau, die das mit ihm teilt."

„Wenn du wolltest, könntest du diesen Glauben lernen."

„Das ist nicht dasselbe. Und ich möchte es auch nicht. Ich würde jemanden heiraten, dessen Eltern dagegen sind. So wie deine Eltern dagegen sein würden. Und das würde nur in Leid enden. Davon kann ich viel erzählen. Wie ich dir schon erzählt habe war Roberts Vater vehement gegen unsere Heirat und er hat uns das Leben schwer gemacht. Das ist kein guter Start für eine Ehe. Aber abgesehen davon sind deine Eltern sehr gut zu mir gewesen – sie haben mir ein Heim und eine Arbeit gegeben und mich in die Familie aufgenommen – und ich möchte nie etwas tun, das ihnen Schmerz bereiten könnte."

An der Tür war Bewegung entstanden.

Lily blickte zur Küche hin und sah, wie Isaak sich mit hängendem Kopf umwandte und davonging. Eine Minute später hörte sie, wie sich die Eingangstür hinter ihm geschlossen hatte.

Einen Augenblick lang fühlte sie Bedauern über das, was hätte sein können, für die Sicherheit, die sie gehabt hätte, doch sie tat das Gefühl gleich wieder ab. Denn welchen Wert hatte Sicherheit im Vergleich dazu, Robert wiederzusehen – nur ein einziges Mal war alles was sie wollte, denn sie konnte nicht mehr mit ihm leben – und für James zurückzukommen. Nichts würde sie davon abhalten, nach England zurückzukehren.

„Ich weiß nur eins mit Sicherheit und das ist, dass ich für mein Baby zurückkomme", versicherte sie Ruth. „Erst wenn ich ihn wieder habe, werde ich an irgendjemand anderen denken können, und vielleicht nicht einmal dann. Wirst du Isaak sagen, dass es mir sehr leid tut?"

Ruth nickte langsam. „Auch mir tut es leid, denn du wärst meine Schwester geworden."

Lily lächelte Ruth an. „Es würde mich gar nicht überraschen, wenn du in nicht allzu ferner Zukunft eine Schwester bekommst. Ich werde es aber nicht sein. Ich glaube, deine Mutter hat es schon gemerkt, dass Isaak jetzt an seine Zukunft denkt. Ich hab gesehen, wie sie vor einigen Tagen mit der Heiratsvermittlerin gesprochen hat, und die Suche nach einer Frau für ihn hat wahrscheinlich schon begonnen."

Ruth lächelte Lily an. „Isaak weiß, dass *Momma* mit ihr gesprochen hat, aber bevor sie weitermachten, wollte er herausfinden, ob er Chancen bei dir hat. Deshalb hat er mich gebeten mit dir zu sprechen."

„Ich verstehe."

Ruth nagte an ihrer Unterlippe. „Ich hoffe, dass dich das nicht vertreibt – ich würde dich so vermissen."

Lily lachte. „Mach dir keine Sorgen, ich werde noch eine gute Weile hier sein. Aber sobald du eine Telefonistin bist, wirst du so viele Freundinnen haben, dass du gar nicht merkst ob ich da bin oder nicht."

Ruth hatte die Arme um ihre Knie gelegt. „Ich würde es immer merken. Ich hoffe aber, dass ich diesen Job bekomme. Ich möchte mich bald bewerben – die brauchen doch sicher mehr Telefonistinnen. Weißt du, so viele Häuser haben jetzt ein Telefon, weil die Leute nicht mehr ihren Namen verwenden, sondern eine Nummer! Und die Nummern werden immer länger, weil immer mehr neue Telefone hinzukommen. Ich habe mich mit dem Englischlernen so bemüht, dass ich fast keinen Akzent mehr habe, und ich bin ganz sicher über 1,50 Meter groß, denn das ist notwendig, wenn du am Schaltpult sitzt. Ich würde viel lieber dort arbeiten, als mich durch die Berge von Näharbeiten durchzuwühlen. Ich hasse Nähen. Und ich würde auch mehr verdienen."

„Du solltest dich gleich bewerben. Pavel arbeitet jetzt auch und ich verdiene etwas mehr. Da kann Alexei doch sicher ohne dich auskommen. Du sprichst immer von der Cortlandt Exchange Zentrale – du solltest es dort versuchen. Ich komme nächste Woche mit, sobald wir die neuen Aufträge fertiggemacht haben."

„Das wäre nett. Danke. Ich werde sicher sehr nervös sein." Ruth lächelte Lily dankend an. „Du bist eine wirklich gute Freundin. Du bist aber noch mehr. Du willst zwar nicht mit Isaak zusammen sein, aber du gehörst noch immer zu unserer Familie, und ganz gleich was die Zukunft bringt, du wirst nie mehr allein sein."

· · ·

SIE WAR ABER NICHT ALLEIN, dachte Lily, als sie später am Fenster stand und auf die schlafende Stadt blickte. Robert würde immer ihr Gatte sein. Sie würde nie aufhören ihn zu lieben und er würde immer tief in ihrem Herzen wohnen.

Nach einiger Zeit hatte sie sich jedoch fragen müssen, was seine Abwesenheit in ihrem Leben über die Tiefe seiner Gefühle zu ihr sagte. Selbst wenn seine Liebe zu ihr nur ein Bruchteil ihrer Gefühle für ihn gewesen wäre, hätte er sofort jemanden angeheuert, nach ihr zu suchen. Ein Detektiv hätte in kürzester Zeit herausgefunden, dass eine Lily Brown nach New York unterwegs gewesen war und jeder amerikanische Detektiv hätte seine Suche nach ihr gleich in der Lower East Side angefangen, dem Stadtteil, auf den die meisten Neuankömmlinge zusteuerten, und vor allem auch, weil ihm Robert gesagt hätte, dass sie nähen könne.

Und er hätte sie gefunden.

Das war aber nicht der Fall. Sie hatte weder von einem Detektiv noch von Robert irgendeine Kommunikation erhalten, und neben ihrer Liebe hatte sich nun auch ein tiefes Gefühl der Kränkung eingenistet.

Während der frühen Tage in New York, als ihr Schmerz über die Abwesenheit von Robert fast unerträglich gewesen war, und ihr brennender Wunsch, Robert zu schreiben, sie fast überwältigt hatte, war es Angst gewesen, die sie im letzten Moment davon abgehalten hatte.

Sie wusste ja nicht, was Joseph über ihr Verschwinden zu Robert gesagt hatte, aber da er ein schlauer Mann war, hatte er sich bestimmt eine überzeugende Geschichte ausgedacht, die sie in einem schlechten Licht zeigte. Darauf wies auch die Tatsache hin, dass Robert sie nicht gesucht hatte, und jetzt bedauerte er ihre Heirat wahrscheinlich auch zutiefst.

Sie war überzeugt, dass die Familie einen Weg finden

würde, sie daran zu hindern, James mitzunehmen, wenn sie für ihn zurückkäme.

Anstatt das zu riskieren, hatte sie schließlich akzeptiert, dass Robert, der ja niemand heiraten konnte, weil er noch immer mit ihr verheiratet war, und der nicht mit ihr Kontakt aufnehmen konnte, weil er nicht wusste wo sie war, genau wie sie den Schmerz der Einsamkeit fühlte. Und dass es immer so sein würde, so sehr sie sich auch wünschte, dass es anders sein sollte.

22

1921

H ampstead, Juni

IN EINEM SCHMALEN, weißen, mit Perlen besetzten Spitzenkleid mit rundem Ausschnitt und langen Ärmeln aus demselben Material ging Nellie am Arm von Joseph zu den Klängen von Mendelssohns Hochzeitsmarsch langsam den Mittelgang der Pfarrkirche von Hampstead entlang. Eine Reihe winziger runder Knöpfe verlief am Rücken des Kleides bis hinunter zum Rock, der sich oben leicht bauschte, bevor er zu Boden fiel. Ihr glattes dunkles Haar war modern geschnitten, geschmückt von einer Tiara, von der ein durchsichtiger weißer Spitzenschleier vorne ihr Gesicht bedeckte und rückwärts bis zum Boden reichte. An Schmuck trug sie diamantene Ohrstecker, die sie am Abend zuvor von ihren Eltern erhalten hatte.

Zu beiden Seiten des Gangs waren am Ende der Kirchenbänke Büschel weißer Rosen befestigt, die die Kirche mit ihrem Duft erfüllten. Nellie trug einen Strauß derselben Rosen in voller Blüte, der mit einem Seidenband in der hellgrünen Farbe *Eau de Nil* gebunden war. Sie hatte ihre Cousine Louisa als ihre einzige Brautjungfer gewollt. Diese ging hinter ihr in einem halblangen Kleid in *Eau de Nil* und sie trug eine einzige weiße Rose in der Hand.

Christopher und James in einem Pagenanzug ebenfalls in der hellgrünen Farbe gingen hinter Louisa. Christopher hielt James fest an der Hand, als dieser noch ziemlich unsicher mit einem Ausdruck intensiver Konzentration den Gang entlangwatschelte.

Walter stand vorne am Altar, den Blick ununterbrochen auf Nellie gerichtet. Er trug eine schwarze Frackjacke über einer cremefarbenen Seidenweste. Dazu eine Krawatte in Eau de Nil mit passendem Einstecktuch. In seinem Revers, steckte eine weiße Rose. Charles, der neben Walter stand, hatte ebenfalls eine weiße Rose im Knopfloch. Er war offensichtlich sehr erfreut, Trauzeuge des Bräutigams zu sein, denn Walter hatte ihm dieses Amt als Dank dafür übergeben, dass er ihn mit Nellie bekanntgemacht hatte.

Als Nellie die Stufen zum Altar erreicht hatte, blieb sie inmitten eines rotgoldenen Lichterglanzes stehen, den die Strahlen der Mittagssonne durch das Glasfenster über dem Altar gezaubert hatten. Nellie übergab Louisa ihren Strauß und wandte sich mit einem nervösen Lächeln an ihren Vater. Er nahm ihre Hand in die seine, hielt sie einen Moment lang und legte sie dann in Walters Hand, bevor er zurücktrat.

Durch das milchigweiße Gewebe des Schleiers blickte sie nun zu ihrem Bräutigam empor.

„Du siehst wirklich bezaubernd aus", sagte er leise. „Ich

wusste, dass es so sein wird, aber jetzt bist du noch viel schöner, als ich es mir hätte erträumen lassen."

Nellies Gesicht erstrahlte in einem glücklichen Lächeln und Hand in Hand wandten sich beide nun dem Pfarrer zu.

ALS DIE HOCHZEITSREDEN VORÜBER WAREN, machte Joseph seine Runde um die weißgedeckten Tische im großen Festzelt, das im Garten aufgestellt war.

Er hatte Nellie angeboten, die Hochzeitsfeier in einem Hotel zu buchen, aber sie hatte darauf bestanden, dass die Feier im Haus der Familie in Primrose Hill stattfinden sollte, das schon immer ihr Heim gewesen war. Und Joseph hatte nachgegeben. Schließlich konnten im Garten nicht nur alle Familienmitglieder, sondern auch alle Gäste untergebracht werden, und da im Juni alle Blumen in den Beeten am Rand des Rasens in voller Blüte standen, würde dies auch ein wunderbarer Hintergrund für die Hochzeitsfotos sein.

Ja, Nellie hatte mit Sicherheit den richtigen Ort gewählt, dachte Joseph als er von Tisch zu Tisch ging und sich zwanglos mit den Gästen unterhielt. Und es war auch wesentlich billiger als ein Hotel, was er zu schätzen wusste, was aber sicher nicht Nellies Motivation gewesen war. Wie er sie kannte, war der Grund dafür wahrscheinlich eher der gewesen, dass sie Walters Familie jegliche offenkundigen Unterschiede in der finanziellen Lage der beiden Familien ersparen wollte.

Dabei spielte Walters Herkunft natürlich überhaupt keine Rolle.

Er war bereits ein Anwalt mit einem guten Gehalt und Joseph hatte sich schon selbst davon überzeugen können, wie schlau und geistesgegenwärtig sein Schwiegersohn sein konnte. Walters Begabung, verbunden mit seinem natürlichen Enthusiasmus für die Jurisprudenz und seine ausgezeichnete Arbeitsmoral würden für Linford & Sons sicher von unschätzbarem Wert sein.

Und für Nellie hätte es auch gar keinen Grund gegeben, in seinem Namen zu sparen, dachte er. Sie wusste nur zu gut, dass die Firma florierte.

Wie von ihm vorausgesehen, hatte sich die Firma in der guten Lage befunden, vom starken Anstieg der Nachfrage nach Häusern am Kriegsende zu profitieren, und aufgrund der Knappheit an Baumaterial, gepaart mit der steigenden Inflation, konnten die von der Firma in und um London gebauten Häuser sehr lukrativ verkauft werden. Wie alle Bauunternehmer war er sich jedoch bewusst, dass Veränderungen im Gange waren – die Baukosten gingen zurück und die Preise nahmen ab. Doch die hohe Anzahl der Häuser, die verkauft werden konnten, hatten den Preisrückgang mehr als wettgemacht. Die Nachfrage war weiterhin im Ansteigen und es gab keinen Grund zur Annahme, dass sie bald versiegen könnte.

Ganz im Gegenteil.

Immer mehr Leute in Führungs- und Verwaltungspositionen wollten ein Haus kaufen, desgleichen Lehrkräfte, Beamte und Manager im Einzelhandel. Es stimmte, dass die Nachfrage unter Arbeitern in Fabriken, Werften, Kohlengruben und in der Landwirtschaft zurückging, aber die Firma baute weiterhin Mietshäuser zusätzlich zu den Häusern, die an die Privateigentümer verkauft wurden. Somit war Linford & Sons in der Lage, die Nachfrage beidseitig zu decken. Nellie hätte ihre Feier also überall nach Belieben ausrichten können.

. . .

„MARIAN, ich freue mich sehr, dass du heute mit deinen Eltern kommen konntest", sagte Joseph, als er den Tisch erreicht hatte, an dem Marian mit mehreren Geschäftskollegen von Joseph saß. „Als ich sah, wie deine Eltern zu Nellie hinübergegangen sind, dachte ich mir, dass ich dich gern begrüßen würde. Es muss schon eine Weile her sein, dass du von deinem Internat zurück bist, aber es ist seitdem sicher das erste Mal, dass ich dich sehe. Dein Vater hat mich aber über deine Errungenschaften auf dem Laufenden gehalten."

„Das muss schon sehr langweilig für Sie gewesen sein", antwortete Marian lachend. „Wenn der heutige Tag diesen langweiligen Informationsergüssen ein Ende gesetzt hat, ist immerhin etwas erreicht worden."

Joseph lächelte beglückt. „Oh, ich bin sicher, dass mehr als das erreicht sein wird."

„Hallo, Marian", sagte Robert, als er hinter seinem Vater auftauchte. „Ich hab dich schon früher gesehen, wollte aber warten, bis alle Festreden vorbei sind. Eine Rede war so lang, dass ich dachte, sie würde nie enden", fügte er hinzu und schmunzelte zu seinem Vater hin.

„Wenn es so ist", entgegnete Joseph amüsiert, „dann werde ich keine weiteren Worte mehr an euch verlieren und euch in Frieden lassen."

„Darf ich?" fragte Robert und setzte sich auf den leeren Stuhl neben Marian.

Er rückte sich zurecht, so dass er ihr Gesicht sehen konnte.

Ihr dunkelbraunes Haar war hinten spitz zulaufend geschnitten, mit einer Locke auf beiden Wangen. Die Frisur unterstrich die langen schwarzen Wimpern und die blauen Augen, die ihm aus ihrem lächelnden Gesicht entgegenstrahlten.

„Marian, darf ich dir sagen, dass du bezaubernd aussiehst?“

Marian schüttelte den Kopf. „Das darfst du durchaus. Es ist eine angenehme Abwechslung von Papa, der mich ansieht, wie ich aufgeputzt vor ihm stehe, und dann sagt, dass er sich gerade erinnert hat, eine Ladung Beton prüfen zu müssen!“

Daraufhin lachten beide.

„Da könnte ich mir eher vorstellen, dass ihn dein Bubikopf an den Laufjungen hat denken lassen, der ihm die Abrechnungen bringt“, bemerkte Robert. „So heißt doch dein Haarschnitt, der dir sehr gut steht.“

„Gut gekontert, Robert“, sagte sie lächelnd. Doch dann verschwand ihr Lächeln und sie beugte sich vor und legte ihre Hand leicht auf seinen Arm.

Er hatte das plötzliche Bedürfnis, seine Hand auf die ihre zu legen. Es war schon so lange her, dass er eine weibliche Hand auf der seinen gespürt hatte. Seit Lily nicht mehr. Es fiel ihm schwer, sich nicht zu bewegen.

„Das hier ist ein so fröhlicher Anlass“, sagte sie, „dass ich nur ungern etwas Trauriges ansprechen möchte, aber ich kann dir gar nicht sagen, wie sehr mich der Tod deiner Frau berührt hat. Ich bedaure sie und euch alle so sehr.“

„Danke, Marian“, erwiderte er leise. „Über so etwas kommt man nur schwer hinweg, aber ich bemühe mich nach besten Kräften. Ich muss es, denn da ist James und sonst noch alles.“

Beide blickten zu dem kleinen Jungen hin, der auf Annies Schoß saß. Er stieß ihre Hand weg, als er gerade versuchte, noch ein Petit Four in seinen Mund zu stopfen. Sein Gesicht und sein weißes Hemd waren bereits mit Schokolade verschmiert und Annie sah gestresst aus.

Sie blickte von James auf Robert und dieser wies

lächelnd mit dem Finger nach oben. Sie nickte, stand mit James in den Armen auf und trug ihn unter Protestgeschrei aus dem Zelt und zum Haus hin.

„Oh je!" sagte Robert und wandte sich wieder an Marian. „Ich fürchte, du hast ihn nicht von seiner besten Seite gesehen. Er wird im kommenden Monat zwei Jahre alt. Zu seiner Verteidigung möchte ich aber sagen, dass ein solches Betragen angeblich für sein Alter ziemlich normal ist."

Marian lächelte. „Das denke ich auch. Und es ist ein langer und aufregender Tag für ihn gewesen. Er war ein entzückender kleiner Page. Hast du sein Gesicht gesehen, wie er dem Gang entlang marschiert ist? Er hat sich so bemüht es richtig zu machen. Dabei hat er wahrscheinlich überhaupt nicht gewusst, was um ihn herum vor sich geht."

„Ja, er hat sich sehr angestrengt", antwortete Robert etwas lockerer. „Es ist nett von dir, dass du das sagst. Ich habe aber immer schon gewusst, dass du eine liebe Person bist."

Ihre Blicke trafen sich, und beide wandten sich rasch voneinander ab.

„Auch die beiden anderen haben ihre Aufgabe sehr gut gemacht", sagte sie schnell, um das peinliche Schweigen zu brechen. „Die Brautjungfer ist ein sehr hübsches Mädchen. Sie wird sich sicher zu einer sehr attraktiven Frau entwickeln."

„Die beiden sind meine Cousine und mein Cousin. Sie sind die Kinder von Onkel Charles und Tante Sarah. Louisa ist eigenwillig wie ihre Mutter, aber Christopher ist anscheinend ein sanfter Junge. Er hat aber einen fest Griff. James hatte überhaupt keine Chance ihm zu entkommen."

Robert rückte seinen Stuhl etwas näher an den ihren heran.

„Marian, ich bedauere die etwas betretene Stimmung, die soeben zwischen uns beiden geherrscht hat – “, begann er. Sie winkte abweisend ab. „Nein, leugne es nicht ab – wir haben es beide gespürt. Was mich betrifft, so war es, weil ich dich gern wiedersehen möchte, gleichzeitig aber auch weiß, dass ich nicht wirklich frei bin. Und das bedeutet, dass ich dich nicht zum Dinner einladen kann.“

„Oh, wie schade Robert, denn ich mag unsere Gespräche und zufälligerweise wäre ich gerade an diesem Samstagabend frei .“

Robert strahlte über das ganze Gesicht. „Ja, wenn es so ist, dann hol ich dich um sieben Uhr dreißig ab, wenn es dir recht ist.“

„Und was hat Henry Ames von meinem geliebten Gatten gewollt?“ fragte Nellie und setzte sich wieder an ihren Tisch. Sie legte ihre Wange liebevoll an Walters Arm. „Ich hab gesehen, wie er auf dich eingeredet hat, nachdem er mit mir gesprochen hatte, konnte aber nicht hören, was er sagte.“

„Nächstes Mal werde ich ihn bitten, etwas lauter zu sprechen. Aber mach dir keine Sorgen, denn es hätte dich nicht interessiert. Es ging um eine seiner Immobilien. Es scheint, dass es Schwierigkeiten geben könnte und er wollte meinen Rat. Ich werde ihn treffen, wenn wir von unserer Hochzeitsreise zurück sind.“

Sie reckte den Hals und küsste ihn auf die Wange. „Alle können sehen, was für einen klugen Mann ich geheiratet habe.“

„Nellie, es war sicher klug von mir, dass ich dich geheiratet habe.“ Seine Stimme war dunkler geworden, als er sie anblickte. „Du bist schön und es gibt nichts, was du nicht kannst. Ich bin erstaunt, wie du diese Hochzeit organisiert hast, bis hin zur Farbe meines Stecktuchs. Einfach perfekt."

„Alles war doch wunderbar! Und was mich auch so glücklich gemacht hat ist, dass Robert mit Marian spricht. Sie haben sich kennengelernt, bevor er Lily geheiratet hat, und wir haben sie alle gemocht. Wir dachten, dass er sie auch mag, aber leider ist er zu Lily zurück. Aber ohne Lily … " sie verstummte allmählich und zuckte die Schultern.

„Ich hoffe, dass du nicht - "

Da die Band beim Tanzparkett plötzlich zu spielen angefangen hatte, hörte er auf zu sprechen.

Ein Lächeln umspielte Nellies Lippen. „Oh je, Walter, da ist jetzt der Moment gekommen, den du gefürchtet hast!"

„Was sein muss, muss sein, meine liebe Gattin." Er stand auf und hielt ihr seine Hand hin. „Ich glaube das ist unser Tanz."

Nellie hob ihren Rock leicht an und stand mit einem Lächeln auf. Sie reichte Walter ihre freie Hand und ließ sich von ihm zum Parkett geleiten, das sich am Ende des Festzelts befand. Als sie auf ihrem Weg zu ihrem ersten Tanz als Mann und Frau an den Tischen vorbeigingen, standen die Gäste auf und schlossen sich den beiden an.

Walter führte sie in die Mitte des Parketts, nahm sie in die Arme und blickte tief in ihre Augen. „Ich liebe dich, Nellie Shawcross", sagte er. „Ich liebe dich sogar noch mehr als ich das Tanzen hasse, und das will was heißen."

Und mit einem sicheren Schwung begann er, sie zu den Klängen von *I'll Be With You in Apple Blossom Time* über das Parkett zu lenken.

CHARLES STAND am Eingang zum Festzelt und beobachtete, wie Thomas mit seinen Krücken versuchte, sein Gleichgewicht zu halten. Da er Charles und alle anderen auch den ganzen Tag lang angeschnauzt hatte, war Charles keineswegs erfreut, ihn heimfahren zu müssen.

„Ich beneide dich nicht um deine Passagiere", sagte Joseph trocken, als er sich neben Charles aufgestellt hatte.

„Ich beneide mich auch selber nicht! Die Fahrt wird mir viel länger vorkommen als sie wirklich ist. Auf dem Herweg hatte ich wenigstens Sarah bei mir, und ihre einschüchternde Präsenz hat Thomas in Schach gehalten. Er ist nämlich nicht mutig genug, Sarahs böse Zunge zu riskieren. Aber Sarah unterhält sich gerade bestens und Thomas besteht darauf, sofort nachhause zu fahren, weshalb ich der bevorstehenden Tortur schutzlos ausgeliefert bin. Der Gedanke ist mir einfach unerträglich, weil er ja auch ziemlich viel getrunken hat. Vielleicht soll ich an Sarahs Mitgefühl appellieren und sie um ihre Gesellschaft bitten?"

Joseph starrte über das Zelt hin zum Tisch, an dem Sarah in ein Gespräch mit Maud vertieft war. „Es sieht nicht so aus, als ob sie eine Unterbrechung begrüßen würde."

Charles folgte seinem Blick. „Ja, du hast recht", sagte er bedauernd. „Ich werde mich einfach taub stellen müssen und gleich wieder zurückkommen, sobald ich ihn abgeliefert habe." Er wandte sich wieder an Joseph. „Maud sieht übrigens fabelhaft aus."

„Das sollte sie auch. Ich kann dir gar nicht sagen, wie viel mich das Stückchen lilafarbene Seide an ihr gekostet hat."

„Ich freu mich, dass das Geschäft trotz deiner Befürchtungen so gut läuft", sagte Charles mit einem Lächeln.

Joseph blickte ihn von der Seite aus an. „Ach, ja. Ich habe ganz vergessen wie besorgt ich vor ein paar Monaten war. Aber das war, bevor sich die Eisenbahner- und die Transportarbeitergewerkschaft in letzter Minute gemeinsam mit den Bergleuten geeinigte haben, nicht zu streiken, so dass damit ein Generalstreik vermieden werden konnte.“

Vom anderen Ende des Zelts war eine Lachsalve zu hören. Beide blickten aus das Tanzparkett und sahen, dass Nellie mit Christopher tanzte, der noch keine Ahnung vom Tanzen hatte.

„Du wirst sie vermissen“, sagte Charles. „Sie ist ein großartiges lebensfrohes Mädchen. Dein Haus wird sich sehr still anfühlen, wenn sie weg ist.“

„Das wird noch eine Weile dauern. Walter wohnt bei uns während wir an ihrem Haus arbeiten. Wir haben ihnen als Hochzeitsgeschenk ein kleines Haus in Camden Town gegeben. Du hast aber recht, denn wir werden sie vermissen, wenn es soweit ist.“

„Denkst du bei Anlässen wie diesem je an Dorothy? Du erwähnst sie jetzt nie, aber die Erstgeborene ist immer etwas besonderes. Sie war ein so ernstes kleines Geschöpf.“

„Meine Standardantwort dazu ist immer nein – sie hat sich selbst aus der Familie ausgestoßen als sie den Deutschen geheiratet hat, und damit hat sich die Sache. Aber meine ehrliche Antwort ist ja. Wie könnte ich auch anders? Das ist aber nur zwischen uns. Maud und ich sprechen nicht darüber, ich bin aber sicher, dass sie an Dorothy denkt, genau wie ich.“

„Sie kann ja gar nicht anders.“

„Ich hab dir vielleicht schon erzählt, dass ich sicher bin, dass Nellie mit Dorothy korrespondiert, und darüber bin ich froh. Ich bin mir nicht sicher, ob Maud es weiß – zumindest hat sie mir nichts gesagt. Das würde sie aber auch gar nicht, nachdem ich sagte, dass ich Dorothy enterben werde. Sollte in Deutschland aber etwas geschehen, und Dorothy fühlt sich nicht mehr sicher – was ich mir allerdings nicht vorstellen kann, jetzt wo sich Deutschland bereiterklärt hat, die Kriegsreparationen zu zahlen - "

„Nun ja, sie hatten ja eigentlich keine andere Wahl!" sagte Charles in sanftem Ton. „Wenn sie es nicht getan hätten, wären die Alliierten einfach in Deutschland einmarschiert und hätten das Land besetzt. Und das hätten sich die Deutschen keineswegs gewünscht."

„- aber wenn etwas geschehen sollte", fuhr Joseph fort, „dann sollte Dorothy das Gefühl haben, dass sie hier jemanden kontaktieren kann. Daher ist es wichtig, eine Verbindung zu ihr über Nellie aufrechtzuerhalten. Sollte Dorothy in Gefahr sein, dann will ich sie wieder hier in England haben, auch mit ihrem Kind, ganz gleich ob deutsch oder nicht, ungeachtet dessen, was ich in der Vergangenheit gesagt habe. Ich habe bereits ein Kind von seiner Mutter getrennt, und möchte es nicht noch einmal tun. Ihren Mann dürfte sie aber nicht mitbringen. Das könnte ich Thomas nicht antun."

„Das klingt sehr fair, Joseph."

„Und weil wir gerade von Töchtern sprechen", sagte Joseph in heiterem Ton, „werde ich nun mit der Braut tanzen. Ich seh' dich, wenn du zurück bist." Er nickte Thomas und Alice zu, die auf sie zukamen. „Meine Zeitplanung ist perfekt – deine Schützlinge sind schon unterwegs. Viel Glück, alter Knabe!"

Und mit einem Klaps auf Charles' Schulter war er weg.

23

 *m folgenden Samstagabend*

Robert lächelte Marian über den Tisch hin an. „Ich bin so froh, dass du einverstanden warst, mit mir heute Abend auszugehen, und dass deine Eltern nicht dagegen waren, obwohl ich, genau genommen, noch verheiratet bin."

„Ja, das habe ich mich auch gefragt, aber schließlich sind wir ja nur zwei Freunde, die viel nachholen müssen. Danach habe ich aber trotzdem eine Moralpredigt von Mama bekommen, dass Freundschaft eins sei, dass sich aber nichts daraus entwickeln dürfe, das „so scheußlich" ist, dass man es gar nicht erwähnen darf. Die Farbe in ihrem Gesicht hat dann darauf hingewiesen, wie „scheußlich" das tatsächlich wäre", fügte Marian in gespieltem Ernst noch hinzu. „Aber zu meiner großen Erleichterung hat sie es dann dabei belassen."

Robert lächelte. „Und wie ist es mit deinem Vater? Er scheint mir ein recht entschlossener Mann zu sein."

Marian kicherte. „Da hast du recht. Er kann aggressiv sein. Er hat – wie erwartet - herumgedruckst, aber da es unmöglich war, einen zusammenhängenden Satz aus dem Gebrumme herauszuhören, hab ich eine wilde Vermutung angestellt und gesagt „Papa, ich werde deinen Rat befolgen". Er schien dann damit zufrieden zu sein. Es hilft, dass er deinen Vater mag. Ich glaube, dass sie heutzutage öfters zusammenkommen."

Robert nickte. „Ja, sie verstehen sich scheinbar recht gut."

„Es ist erstaunlich, wie gut sie in den vergangenen zwei Jahren miteinander ausgekommen sind. Sie hatten schon guten Kontakt, bevor ich dich kennengelernt habe, aber nur auf geschäftlicher Basis. Aber jetzt sind sie anscheinend beste Freunde."

„Der Monat in London, als wir uns kennengelernt haben, scheint so lange her zu sein. So viel hat sich seitdem zugetragen. Und es ist kaum zu glauben, dass Lily schon vor einem Jahr gestorben ist."

„Es muss ein schwieriges Jahr für dich gewesen sein", sagte Marian leise und zögerte. „Ein Jahr ist gar nicht so lang, Robert. Du wirst sie sicher noch sehr vermissen."

Robert nickte. „Ja, aber nicht so wie früher. Das verdanke ich der Hilfe, die ich von meiner Familie bekommen habe. Ich kann jetzt ehrlich sagen, dass ich aus einem dunklen Tunnel herauskomme und bereit bin, neu anzufangen. Lily wird immer einen besonderen Platz in meinem Herzen haben , und nicht nur, weil sie James' Mutter ist, sondern auch, weil ich sie so sehr liebte. Aber das Leben muss weitergehen, wie man so schön sagt."

„Ja, das stimmt."

Sie blieben ein Weilchen still.

„Marian, ich bin froh, dass wir uns auf Nellies Hochzeit wieder getroffen haben", sagte Robert leise in die nachdenkliche Stille hinein.

„Ich auch." Marian war errötet und blickte auf ihren Teller.

Robert räusperte sich. „Obwohl es für dich vielleicht nicht von Interesse sein wird, sollte ich dir vielleicht trotzdem sagen, dass ich erst in sechs Jahren wieder frei sein werde. Ich schätze deine Gesellschaft und hoffe, dass dich meine Situation nicht davon abschreckt, mit mir auszugehen. Ich würde es aber verstehen, denn sechs Jahre ist eine lange Zeit."

„Nein, das tut es nicht", sagte Marian und wurde noch röter im Gesicht.

Robert war sichtlich erfreut. „Da bin ich aber erleichtert. Ich wäre so enttäuscht gewesen, wenn wir uns nicht mehr hätten treffen können. Und ich bin auch froh, dass dein Papa keine Anstandsdame für dich verlangt."

„Ja, ich war auch überrascht."

Marian nahm ein Stück Brot vom Teller in der Mitte des Tisches.

Robert sah sich im Speisesaal um und räusperte sich. „Ich habe immer gern im Spaniard's Inn gegessen. Es ist so charaktervoll. Hast du gewusst, dass es Dickens in seinen *Posthumen Papieren des Pickwick Clubs* erwähnt und angeblich soll auch Keats seine *Ode an eine Nachtigall* über ein oder zwei Gläsern Bordeauxwein hier verfasst haben? Und der Garten ist auch sehr hübsch. Als wir noch klein waren, haben Papa und Mama uns hergebracht und wir sind auf den künstlichen Hügel im Garten geklettert, von wo aus wir ganz London sehen konnten. Bei schönem Wetter sieht man sogar bis Windsor."

„Lass mich raten! Du wirst jetzt sagen, dass Dick Turpin angeblich auch ein Stammgast hier war?"

Beide lachten.

„Es tut mir leid", sagte Robert und lehnte sich zurück. „Du hast wahrscheinlich schon gemerkt, dass ich ein wenig nervös bin."

„Nicht nur du. Aber auch ich bin als Kind hierhergekommen", entgegnete Marian.

„Da haben wir vielleicht gleichzeitig im Garten gespielt, ohne einander zu kennen."

„Das ist schon möglich."

Beiden lächelten einander betreten an.

„Ich frage mich oft, was gewesen wäre, wenn ich Lily nicht kennengelernt hätte, bevor ich für einen ganzen Monat nach London kam", sagte Robert einige Minuten später und brach damit das Schweigen, das wieder eingetreten war. „Ich hatte dich wirklich gern."

Marian hörte auf, Butter auf ihr Brot zu streichen, und schüttelte den Kopf. „Das musst du nicht sagen, Robert."

„Es ist aber wahr. Ich weiß, dass du schon lange zuvor wusstest, dass ich mit Lily war, als wir uns kennenlernten, und dass es in meinem Kopf nur Lily gab. Mit dem Ergebnis, dass ich jetzt ein Haus und ein Kind habe. Ich bin verheiratet, habe aber keine Frau, und ich fühle mich viel älter, als ich wirklich bin", sagte er lächelnd. „Ich beklage mich aber nicht. Niemand sollte sich je darüber beklagen, dass er geliebt hat und geliebt worden ist, denn das ist eine wunderbare Sache. Für mich ist es aber Vergangenheit, und es ist die Zukunft, die mich nun interessiert. Worüber sollten wir uns also jetzt unterhalten? Die Geschichte von Spaniard's Inn haben wir ja anscheinend erschöpft. Erzähl mir doch über deine Zeit im Internat."

Der Kellner stellte einen Teller mit Seezungenfilet vor

sie hin und nachdem er sich vergewissert hatte, dass es keine Wünsche mehr gab, verließ er den Tisch.

Marian starrte auf ihren Teller, rührte aber nichts an.

„Als wir uns voneinander verabschiedet hatten", sagte sie leise, „wusste ich, dass ich dich sehr gern wiedersehen würde, obwohl wir uns nur so kurz gekannt hatten. Ich hatte so sehr gehofft, dass du mir bei meiner Tante schreiben würdest, obwohl du es mir nicht versprochen hattest. Und ich gebe zu, dass ich wirklich unglücklich war, als ich nichts von dir gehört habe."

„Das tut mir so leid, Marian."

„Und als der Krieg vorbei war und ich erfahren hatte, dass du geheiratet hast und dass sie sehr schön ist, was ich nicht bin, und dass du Vater sein wirst, war ich verzweifelt." Sie blickte ihn an und ihr Gesicht war ganz blass. „Ja, ich war verzweifelt", wiederholte sie. „Denn so habe ich mich auch gefühlt, obwohl ich dich nur einen Monat lang gekannt hatte. Ich war überzeugt, dass ich dich während meiner Zeit im Internat vergessen würde, und so war es auch, bis zu dem Tag, als ich dich in Hampstead getroffen habe und wusste, dass meine Gefühle für dich noch immer dieselben waren."

Robert beugte sich über den Tisch und nahm ihre Hand. „Oh, Marian. Ich könnte jetzt etwas ganz Unmännliches tun und weinen. Ich könnte weinen wegen der Situation, in der wir uns jetzt befinden. Aber es wären Tränen der Frustration, weil ich machtlos bin etwas daran zu ändern."

Sie sah zu ihm auf. „Ja, so viele Tränen! Genug für ein ganzes Hochwasser. Immerhin würde das meine Mutter freuen, denn sie hat gerade heute früh gesagt, dass der Garten dringend Regen braucht."

Sie lächelte ihn aus wässrigen Augen an.

Er drückte ihre Hand, gab sie dann frei und griff nach

Messer und Gabel. „Ich glaube es ist am besten, wenn wir mit dem Essen beginnen, denn ich möchte dich nicht zu spät nachhause bringen. Dein Vater könnte mir sonst nicht erlauben, dich wieder auszuführen. Ich würde für morgen einen Spaziergang auf Hampstead Heath vorschlagen, aber vielleicht wäre dir das nach dem heutigen Abend schon zu früh. Aber bevor wir uns trennen, könnten wir vielleicht schon ein neues Treffen vereinbaren, wenn du willst.“

„Ja, gern.“

„Gut.“ Und nach einigem Zögern. „Wahrscheinlich denkst du angesichts meiner Situation, dass es selbstsüchtig von mir ist, dich nicht deinen eigenen Weg gehen zu lassen. Das würde mir aber schwerfallen. Nicht, wenn du mich noch immer sehen möchtest.“

„Ja, das möchte ich gern. Und ein morgiger Spaziergang auf dem Heath hört sich wunderbar an.“

Robert strahlte sie an. „Ich freu mich schon jetzt darauf.“

Sie griff nach Messer und Gabel. „Wie du schon sagtest wäre es dann ja besser, wenn wir uns heute Abend nicht verspäten“, sagte sie mit zitternder Stimme.

Und damit wandten sich beide ihrem Fischfilet zu.

Die milchig weiße Mondsichel stand hoch im tiefschwarzen Firmament als Robert heimkam, nachdem er Marian zuhause abgeliefert hatte.

Er ging direkt durch das Haus und hinaus in den Garten. Dort setzte er sich auf die Gartenbank, die unter dem Fenster des Kinderzimmers stand. Früher war er an der selben Stelle gestanden und hatte zugehört, wie Lily für James gesungen hatte. Und während des vergangenen Jahres war er oft hier gesessen und hatte sich gewünscht, Lily wieder singen zu hören.

Das Gefühl von Einsamkeit saß noch immer tief in ihm.

Mehr als ein Jahr war seit ihrem Tod vergangen, aber sie war in seinen Gedanken noch immer so lebendig, dass er, wenn er seine Augen schloss, noch immer jede Einzelheit ihres Gesichts sehen konnte, und so genau, dass er manchmal das Gefühl hatte, sie stünde direkt neben ihm.

Jetzt stand für ihn jedoch außer Zweifel, dass die Zeit gekommen war, seine Erinnerungen an Lily wegzusperren und mit Herz und Kopf zu akzeptieren, dass sie weg war und nicht mehr zurückkäme.

Er wusste, dass er sie immer lieben würde – sie war ein Teil von ihm und würde es immer sein – doch er war sich auch bewusst, dass er jetzt für sich selbst und für James versuchen müsste, eine andere Frau zu lieben.

Und sein Instinkt sagte ihm, dass Marian diese Frau sein könnte.

Er würde Marian aber nicht dazu gebrauchen, seine Erinnerung an vergangenes Glück durch sie zu betäuben, denn das wäre ihr gegenüber völlig unfair. Sie hatte Besseres verdient.

Sie war ein so guter Mensch und verdiente es, dafür geliebt zu werden.

Als er Marian kennenlernte, hatte er sie sehr gemocht, aber nicht, wie er bereits vor Ablauf des Monats gemerkt hatte, nicht auf die ekstatische Weise wie er Lily liebte. Beim Anblick von Marian hatte er keinen Augenblick lang gefühlt, wie sich ein Feuer in ihm entfachte, und er war sich auch nicht sicher, dass dies je der Fall sein würde.

Eine derart große Liebe hatte er einmal erlebt und er war nicht so unrealistisch zu erwarten, dass er dies noch einmal erleben könnte.

Er müsste mehr für Marian fühlen, als nur wärmende

Freundschaft, und wenn er das nicht konnte, dann wäre es fair, von der Beziehung zurücktreten.

Aber so, wie er bereits für sie fühlte, war es durchaus möglich, dass er Marian lieben könnte, und dass sie miteinander ein sehr angenehmes und glückliches Leben haben würden. Und wenn sie bereit wäre, seine Frau zu werden, sobald er frei wäre, würde er sich zwingen, nicht zu viel an Lily zu denken, und der beste Gatte sein, der er sein konnte. Und er würde sie bestimmt nie enttäuschen.

Er stand auf und ging langsam durch die Dunkelheit zurück ins Haus, ohne zu merken, dass seine Wangen nass waren.

24

Camden Town, August 1921

„Ja, ich kann genau sehen, was dich beeinflusst hat", sagte Sarah als sie durch das Zimmer ging. Dabei strichen ihre Finger zart über Walters Zigarettenbox aus Emaille und den perlmutternen Brieföffner auf dem Tisch, der unter einem schwarz gerahmten großen Spiegel stand. „Der Raum sieht mit deinem rechteckigen Kamin, den einzelnen Möbelstücken, anstatt der üblichen aufwändigen Garnituren, und der Wände ganz ohne Stuckarbeiten ganz nach *Good Housekeeping* aus." Sie blickte zu Nellie hin und lächelte. „Du siehst, dass ich mir das Magazin angesehen habe, nachdem du es so gelobt hast."

Sarah blieb in der Mitte eines großen runden Teppichs mit geometrischem Muster stehen, der einen Teil des polierten Parkettbodens bedeckte, und betrachtete ihn.

„Einige unserer Freunde haben Fliesenböden, aber wir

ziehen Parkett vor", warf Nellie rasch ein. „Aber gefällt dir das Zimmer, wie es aussieht?"

„Du kannst den besorgten Ausdruck auf deinem Gesicht vergessen, liebste Nellie. Ich finde es fantastisch. Es spiegelt deine Wärme und Vitalität. Es ist perfekt für dich und Walter. Es war so klug, dass du deinem eigenen Geschmack gefolgt bist, und nicht dein Elternhaus kopiert hast."

„Nein, das haben wir bestimmt nicht getan", erwiderte Nellie lachend. „Du solltest Papa's Gesicht sehen, wenn er hierherkommt! Ich wäre mit dem modernen Look ja noch weiter gegangen, aber Walter war nicht scharf darauf. Freunde von uns haben in ihrer Diele Silber, Schwarz und Chrom – die Decke hat Blattsilber und der Fußboden ist glänzend schwarz. Ich hab es vorgeschlagen, aber für Walter war es zu extrem. Du hättest sein Gesicht sehen sollen!"

Sarah lächelte ein wenig zweifelnd. „Ich denke, ich stimme da mit Walter überein. Alles ist perfekt, so wie es jetzt ist, oder wie es sein wird, wenn es fertig ist."

Nellie verschränkte freudig die Hände. „Ich bin so froh, dass es dir gefällt. Wir freuen uns schon so, endlich einziehen zu können. Mama und Papa waren großartig, uns so lange zu ertragen, und uns zu helfen das Hauspersonal zu finden und es dann vor uns im Haus einzuquartieren, aber wir wären jetzt gern allein. Und je früher desto besser." Nellie zögerte einen Augenblick, während ihre Wangen rosa anliefen. „Ich bin mir aber nicht sicher, wie lange wir noch nur zu zweit sein werden."

„Oh, Nellie!" Sarah klatschte in die Hände, ging auf Nellie zu und umarmte sie. „Ich freue mich so für euch."

„Wir wissen es noch nicht mit Gewissheit, aber es sieht so aus."

„Da musst du dich aber gleich setzen. Deine neuen Lehnstühle werden ideal zum Entspannen sein, während wir auf unseren Kaffee warten. Und wir können uns endlich wieder einmal richtig unterhalten. Es ist schon so lange her seit dem letzten Mal – das war noch vor deiner Hochzeit, nicht wahr?"

„Ja, ich weiß, es ist schrecklich", erwiderte Nellie und setzte sich. „Ich hatte einfach so viel zu tun. Da war das Haus, die Dankesschreiben und alles Übrige. Ich habe dir noch gar nicht erzählt, dass mir Dottie geschrieben hat. Sie hat uns zu unserer Hochzeit gratuliert. Es ist schon komisch, dass meine eigene Schwester meinen Mann noch nicht kennt, und ihn wahrscheinlich nie kennenlernen wird."

Sarah setzte sich in den Lehnstuhl neben Nellie. „Hat sie sonst noch etwas gesagt?"

„Ja, es war eigentlich ein sehr trauriger Brief. Ich weiß, dass du denkst, sie hätte zu jung geheiratet, aber selbst dir hätte sie leidgetan. Sie hat vor kurzem ihr Baby, mit dem sie schwanger war, verloren, und jetzt ist sie ganz offensichtlich am Boden zerstört. Elke wird jetzt wahrscheinlich einein- halb Jahre alt sein, und sie wollten einen Bruder oder eine Schwester für Elke haben, bevor sie viel älter wird. Aber das wird jetzt nicht der Fall sein – zumindest noch nicht. Ich weiß, dass sie Franz wirklich liebt – das hört man aus jedem Satz heraus – aber ich merke auch, dass sie uns alle vermisst. Und obwohl sie nicht ins Detail geht, ist mir doch aufgefallen, dass es nicht einfach ist, zur Zeit in Deutsch- land zu leben."

„Natürlich bedauere ich die Nachricht bezüglich des Babys, aber so brutal es auch klingen mag, ich kann ihr nicht verzeihen, dass sie einen Deutschen geheiratet hat. Nicht wenn du bedenkst, wie viel Leid der Krieg versursacht hat. Sie hat sich ihr Urteilsvermögen von ihren Gefühlen trüben lassen, und das ist eine Form von Schwäche. Wir müssen manchmal schwierige Entscheidungen treffen, ganz einfach weil es die Richtigen sind."

„Also, mir tut sie leid, und Robert auch."

Sarah blickte sie fragend an. „Ja, und was hat den Robert getan, dass er dein Mitleid verdient? Ich dachte, dass er außergewöhnlich gut zurechtkommt."

„In mancherlei Hinsicht schon, aber ich merke trotzdem, dass er sehr einsam ist. Ich bin so froh, dass er Marian wieder getroffen hat. Ich finde, sie würden gut zusammenpassen, und Papa wäre begeistert wegen der Verbindung zu einem derart erfolgreichen Baustoffhändler. Papa ist nicht gerade schwer zu lesen. Er hat mich fast täglich gefragt, ob Marian und ihre Eltern zur Hochzeit eingeladen sind. Aber Robert muss sechs Jahre warten, bevor er wieder heiraten kann, außer Lilys Leiche taucht plötzlich auf, was jetzt nicht mehr sehr wahrscheinlich ist."

„Ja, da hast du recht. Es ist sicher schrecklich, in einer furchtbaren Situation gefangen zu sein, die er nicht verschuldet hat. Ein junger Mann wie er sollte doch nicht allein sein, und James braucht auch jemanden. Eine Kinderfrau ist schon recht und gut, aber wenn er älter wird, braucht er die mütterliche Einflussnahme. Ah, und hier ist unser Kaffee!"

Ein Hausmädchen war mit einem Tablett hereingekommen, auf dem eine Tasse Kaffee und eine leere Tasse, eine silberne Teekanne, ein Topf mit heißem Wasser, ein Kännchen Milch und ein Teller mit Butterkeks standen. Sie stellte alles auf den Beistelltisch zwischen den beiden Stühlen.

Nellie reichte Sarah den Kaffee. „Wie du siehst, trinke ich jetzt Tee und keinen Kaffee", sagte sie und goss Milch in die leere Tasse. „Mir schmeckt der Kaffee nicht mehr."

„In ein paar Monaten wirst du ihn schon wieder

mögen“, erwiderte Sarah lächelnd und trank ein Schlückchen Kaffee.

Nellie nahm einen Keks vom Teller und lehnte sich in ihrem Stuhl zurück. „So lange warten zu müssen könnte ein echtes Problem für Robert werden. Ich bin sicher, dass Marian ihn mag, kann mir aber nicht vorstellen, dass sie sechs Jahre auf die Heirat warten möchte. Das will doch niemand.“

„Allerdings hätte man sich doch erwartet, dass sie inzwischen schon verheiratet sein könnte. Joseph hatte doch vor ein paar Jahren gedacht, dass zwischen ihr und Robert etwas im Gange war. Offensichtlich hatte er aber die Stärke von Roberts Gefühlen für Lily unterschätzt. Aber vielleicht hatte er doch recht, als er erkannte, dass Marian Gefühle für Robert hegte. Falls das noch immer der Fall ist, dann wäre sie vielleicht bereit, so lange zu warten, bis er frei ist. Es sind schon seltsamere Dinge vorgekommen.“

Nellie lachte. „Wie romantisch von dir, Sarah. Ich fände es aber sehr unwahrscheinlich. Ich denke, dass sie in nicht allzu langer Zeit jemanden heiraten wird, und der einzige Mensch der darüber fast ebenso traurig sein wird wie Papa, wird Henry Ames sein. Und natürlich vielleicht auch Robert. Aber Henry und Papa sind gute Freude geworden und anscheinend überlegt Henry, ob er nicht in unsere Firma investieren soll.“

„Vielleicht wird er das ohnehin tun. Ich glaube, er hat sogar Charles ein paarmal getroffen und die Möglichkeit mit ihm besprochen. Mir scheint, dass Charles und er gut miteinander auskommen, was überrascht, wenn man bedenkt, wie verschieden die beiden sind. Aber fangen wir erst gar nicht an über Charles zu reden! Hast du dir mit Walter schon Namen überlegt?“

25

H *ampstead, Oktober 1921*

Das Tageslicht begann langsam zu schwinden und die warme Abendluft war dichter geworden, als Robert und Marian in einer Kastanienallee von spazieren gingen. Dabei zertraten sie mit ihren Schuhen die stacheligen Schalen, die die Kinder nach dem Herausholen der Kastanien weggeworfen hatten.

Jack Straw's Castle lag bereits weit hinter ihnen und sie hatten nun die dicht bewaldeten Hänge von Hampstead Heath auf der gegenüberliegenden Straßenseite vor sich, bevor sie den Weg entlang Whitestone Pond einschlugen und in die Richtung der West Heath Road gingen, wo Marian wohnte.

„Ich mag diese Tageszeit so gern", sagte sie, als sie am Teich stehenblieben und in das glitzernde Wasser blickten.

Marian warf schnell einen Blick zur West Heath Road

hin, die am Südende des Teichs entlanglief, und dann wieder schnell zurück zum Teich. Als sie ihren Arm unter Roberts Arm steckte, lehnte sie ihre Wange kurz an seine Schulter. Dann richtete sie sich aber sofort wieder auf.

Er legte seine Hand leicht auf die ihre und ließ sie dort liegen.

„Man kann die Stille fast angreifen, wenn sie sich bei Einbruch der Nacht niederlässt", bemerkte sie und war sich dabei sehr bewusst, dass Roberts Hand auf der ihren lag. „Es war ein wirklich schöner Spaziergang heute Nachmittag, genau wie alle anderen Spaziergänge, die wir in den vergangenen drei Monaten unternommen haben – ich genieße stets die Zeit, die wir miteinander verbringen."

„Ich auch", sagte er mit einem warmen Lächeln. „Sehr." Dabei blickte er auf seine Uhr. Es ist noch ziemlich früh und wir könnten vielleicht in Hampstead zu Abend essen, wenn du nicht schon müde bist. Wir sind ja ganz in der Nähe von deinem Haus und vielleicht wäre es dir lieber, wenn ich dich heimbringe."

„Ich würde gern noch weitergehen, aber ich will dich nicht von irgendetwas abhalten, das du noch tun musst. Wir sind schon lange unterwegs und du wärest sicher gern wieder bei James."

„Nein, gar nicht", sagte er vergnügt. „James wird bereits ganz oben im Haus in seinem Bettchen liegen und schlafen. Seine Kinderfrau ist bei ihm, wahrscheinlich strickt sie oder macht sonst etwas, was Kinderfrauen eben so tun, wenn die Kinder in ihrer Obhut schlafen. Und um ganz ehrlich zu sein, will ich dich erst gehen lassen, wenn es unbedingt sein muss."

„Und auch ich gehe nur ungern, selbst wenn es eigennützig von mir ist, dich noch länger aufzuhalten." Sie lachte peinlich berührt. „Ich fürchte, dass du mich für sehr aufdringlich halten wirst, weil ich so direkt bin. In meinem Mädchenpensionat hieß es immer, dass junge Damen nur verschämt mit ihrem Fächer wedeln dürfen. Am allerwenigsten dürfen sie sagen, was sie wirklich wollen."

„Ich habe genug Frauen kennengelernt, die dein Mädchenpensionat mit fliegenden Fahnen verlassen hätten", sagte er und verstärkte sanft den Druck auf ihre Hand, „sie sind aber nicht die Art von Frauen, die mich interessieren. Nicht so wie du mich interessierst. Du darfst dich nie ändern."

„Also, wenn es so ist, und wenn du dir sicher bist, dass es nichts gibt, was du lieber tun würdest, dann wäre ein Spaziergang durch Hampstead wunderbar."

„Vielleicht könnten wir nächstes Wochenende James mitnehmen", schlug er vor, als sie wieder unterwegs waren. Marians Hand steckte noch immer unter seinem Arm. „Wenn wir hier heraufkommen, könnte er sein Segelboot aus Papier, das ihm Papa zum Geburtstag geschenkt hat, auf dem Teich segeln lassen. Aber nur, wenn du ein wenig Zeit mit ihm verbringen möchtest", fügte er schnell hinzu. „Du musst es natürlich nicht."

„Das wäre großartig! Ich möchte ihn wirklich näher kennenlernen. Er scheint ein so lieber kleiner Junge zu sein. Es bedeutet mir sehr viel, dass du es vorgeschlagen hast."

„Ja, wenn wir weiterhin miteinander ausgehen..."

Ihre Blicke trafen sich und beide wandten sich sofort wieder ab.

Sie überquerten West Heath Road, ohne einen Blick auf Marians Haus zu werfen, und gingen dann die Heath Street hinunter. Als sie New End Street erreicht hatten, die zu Roberts Straße führte, bogen beide automatisch nach links ein und gingen weiter.

Vor ihnen war nun Roberts Haus zu sehen.

Marian schob ihren Arm noch fester unter Roberts.

Als sie die Stufen erreicht hatten, die zum Eingang hinaufführten, blieben sie stehen.

Robert bewegte sich ein wenig und Marians Hand rutschte zur Seite. „Ich bin mir nicht sicher, wie wir hierhergekommen sind", sagte er und seine Stimme klang plötzlich unbehaglich. „Ich bringe dich am besten wieder zurück zur High Street."

„Darf ich bitte die Toilette benutzen?" fragte Marian.

„Ja, natürlich", sagte er rasch. „Bitte komm mit."

Er ging die Stufen hinauf, öffnete die Tür und ließ Marian zuerst hineingehen. Sie lächelte ihn an, ging in die Eingangshalle und durch die Tür linkerhand, die in den vorderen Empfangsraum führte.

„Es ist die Treppe hinauf", sagte er, als er hinter ihr ins Zimmer kam und zur Treppe wies, die von der Eingangshalle hinaufführte. Dann entkam ihm ein verlegenes Lachen und er senkte den Arm. „Aber das weißt du ja bereits, denn du warst schon einmal hier."

„Ja, das stimmt", erwiderte sie und wandte sich ihm zu. „Aber anscheinend brauche ich die Toilette nicht mehr. Ich habe mich getäuscht."

Sie stand mit dem Rücken zum offenen Kamin und unter dem großen, in Gold gerahmten Spiegel. Sie zog ihre Handschuhe aus, nahm den Cloche-Hut vom Kopf, zog die lange elfenbeinfarbene Strickjacke aus und warf alles auf den am nächsten stehenden Stuhl.

Regungslos stand sie da, die Arme an den Seiten. Ihr Flapper-Kleid umhüllte ihren schlanken Körper und der tiefe Rückenausschnitt war im Spiegel sichtbar. So stand sie da, den Blick wartend auf ihn gerichtet.

Mit klopfendem Herzen war er in der Tür stehen geblieben. Er konnte seinen Blick nicht von dem Gesicht abwenden, das ihm plötzlich sehr schön erschien. Er war sich nicht sicher, ob er seiner Interpretation von dem, was sie anzudeuten schien, trauen konnte. Was ihm ihr Körper zu sagen schien und was er hoffte, dass er ihm sagte.

Mit einem nervösen Lachen sagte sie: „Robert, bitte steh nicht da und starr mich nicht so an. Ich fühl mich sehr unbehaglich. Sag doch was. Irgendetwas."

Mit einer Geste der Verzweiflung legte er die Hände auf den Kopf. „Ach, Marian, du weißt doch gar nicht, was ich dafür geben würde, dass alles anders wäre! Das ist es aber nicht! Ich weiß genau, was ich sagen möchte. Und ich weiß, was ich dich so gern fragen möchte. Ich kann es aber nicht. Es bricht mir das Herz, aber ich kann es nicht."

„Ich liebe Fragen – sie führen oft zu einer anregenden Diskussion. Tu so, als ob du nicht verheiratet wärst und frag mich ganz einfach." Ihre Stimme war seidenweich.

Er schüttelte den Kopf. „Das kann ich nicht. Es ist unmöglich."

Sie trat näher auf ihn zu. „Nichts ist unmöglich, Robert", erwiderte sie. „Gar nichts."

Sie machte noch einen Schritt auf ihn zu.

Mit einem Lächeln auf den Lippen hob sie die Arme und ließ ihre Finger spielend über seinem Kopf flattern. „Na, bitte. Ich habe jetzt unsichtbaren Feenstaub über uns gestreut. Der kann alle unsere Probleme wegzaubern. Damit ist der Weg frei, dass du mir deine Frage stellen kannst."

Die Luft war so schwer, dass er kaum atmen konnte.

„Wenn du sagst, dass Feenstaub in der Luft ist, dann muss ich es dir glauben", sagte er schließlich, und seine Stimme schien von weit her zu kommen. „Schließlich bist du die Tochter eines Baustoffhändlers und so fällt es dir sicher leichter, an so etwas ranzukommen."

„Ja, das stimmt", sagte sie in spielerischem Ton und wandte ihm ihr Gesicht zu.

Er kam noch näher an sie heran, blickte ihr fragend in die Augen und atmete tief durch. „Liebste Marian. Ich habe überhaupt kein Recht, so etwas zu fragen – mit oder ohne Feenstaub – aber ich liebe dich. Ich weiß, dass es unmöglich ist – aber ich wünsche mir von ganzem Herzen, dich zu heiraten. Und damit hab ich es dir gesagt."

Er starrte ängstlich in ihr Gesicht.

„War das eine Frage?" wollte sie wissen, und zog ihre Augenbrauen in gespielter Überraschung hoch. „Wenn ich einen solchen Satz schreiben würde, dann hätte ich ihn mit einem Punkt beendet und nicht mit einem Fragezeichen."

„Und du hättest damit recht gehabt." Er schöpfte erneut tief Atem. „Willst du mich heiraten?"

Ein Lächeln erhellte ihr Gesicht. „Ja, natürlich will ich das. Ich liebe dich, Robert Linford. Ich glaube, ich hab mich gleich in dich verliebt, als ich dich zum ersten Mal sah. Und ich habe nie aufgehört dich zu lieben, wie sehr ich mich auch bemüht habe, es nicht zu tun. Niemand hat mir seither auch nur annähernd das Gefühl gegeben, das ich für dich empfinde, wenn ich in deiner Nähe bin. Ich würde liebend gern den Rest meines Lebens mit dir verbringen."

Er zog sie an sich, aber sie entschlüpfte seinen Armen, fasste seine Hände, machte einen Schritt zurück und blickte ihn an.

Ihre Augen hatten einen ernsten Ausdruck angenommen, als sie sagte: „Ich glaube wirklich, dass du mich jetzt liebst. Wenn das nicht der Fall wäre, dann würde ich dich nicht heiraten, ganz gleich wie sehr ich dich auch liebe. Ich weiß, dass ich nicht so schön bin wie Lily – ich habe ein ganz normales Gesicht – und ich weiß, dass deine Gefühle für mich nie dieselben sein werden, wie deine Gefühle für

Lily. Du sollst wissen, dass ich das akzeptiere. Aber ich glaube, dass die Liebe, die wir füreinander empfinden, eine starke und wahre Liebe ist, und das ist genug für mich. Ich glaube, dass wir sehr glücklich miteinander sein können."

„Oh, Marian!" sagte er mit einem Seufzer, der von Herzen kam. „Ja, das glaube ich auch. Du hast aber nicht recht, denn ich finde dich sehr schön, und ich liebe dich auch wirklich." Langsam ließ er seine Finger seitlich an ihrem Gesicht entlanggleiten. Doch plötzlich ließ er den Arm fallen und wich zurück. Verzweiflung und Bestürzung zeichneten sein Gesicht. „Was fällt mir da aber überhaupt ein? Ich kann dich doch unmöglich bitten, so lange auf mich zu warten. Was würden denn die Leute dazu sagen? Es wäre völlig selbstsüchtig von mir."

Sie blickte mit leichter Röte im Gesicht zu ihm auf. „Ich denke wir sollten die Leute vergessen – denn es geht hier nur um uns. Es macht mir nichts aus, sechs Jahre zu warten, bis du einen Ring an meinen Finger steckst, ich will aber nicht sechs Jahre warten, bis ich eine echte Ehefrau für dich bin."

Er warf ihr einen gequälten Blick zu. „Ich will es auch nicht, aber wir haben keine andere Wahl. Deine Eltern würden mir nie verzeihen – und ich würde es auch mir selbst nicht verzeihen – wenn du schwanger würdest, bevor ich dich heiraten kann."

„Das muss nicht sein", sagte sie leise.

„Ich verstehe dich nicht."

Sie wurde noch röter im Gesicht. „Bitte denke nicht, dass ich schamlos bin, aber ich habe gewusst, dass du es nicht riskieren würdest, mich zu kompromittieren, und deshalb habe ich die Dinge selbst in die Hand genommen. Ich denke, dass sechs Jahre zu warten eine lange Zeit für jemanden ist, der bereits verheiratet war, und auch für eine Frau, die ihn liebt.“

Robert hielt den Atem an.

„Ich hatte sehr gehofft, dass du mich bitten würdest, dich zu heiraten“, fuhr sie mit zitternder Stimme fort, „und bin daher zu einem Arzt gegangen, der in solchen Dingen informiert ist. Natürlich nicht zum Hausarzt“, fügte sie mit einem nervösen Lachen hinzu. „Ich erzählte dem Arzt, dass ich heiraten werde, dass wir aber nicht gleich Kinder wollen. Du musst dir also keine Sorgen machen, dass James einen Bruder oder eine Schwester bekommen könnte, bevor wir dazu bereit sind.“

Sein Atem kam in einem langen freudigen Seufzer. „Ich kann es nicht glauben. Wie kann ich nur so ein Glück haben? Marian, ich verdiene dich nicht. Ich muss dich aber fragen - wie lange müssen wir denn warten, bis wir das ausprobieren können?“

„Ungefähr so lang, wie es dauert, bis wir in dein Schlafzimmer kommen“, sagte sie mit bebender Stimme.

„Ich liebe dich, Marian!“

Er nahm ihr Gesicht in beide Hände und küsste sie fest auf die Lippen. Dann schlang er einen Arm um ihren Rücken und hob die Beine mit dem anderen Arm hoch.

„Ich trage dich nach oben wie jede Braut getragen werden sollte“, sagte er und wandte sich der Treppe zu. „In meinem Kopf bist du ja schon Mrs. Robert Linford.“

Mit pochendem Herzen lehnte sie sich an seine Brust, als er sie hinauf in sein Schlafzimmer trug.

26

Primrose Hill, November 1921

CHARLES STIEß seinen Stuhl ein wenig weg von Josephs Esstisch, überkreuzte seine Beine und begann zu sprechen.

Josephs Gedanken begannen zu wandern.

Er betrachtete den Mahagonitisch, bewunderte den satten Glanz des polierten Holzes, die knusprige Frische der gestärkten Servietten, das Funkeln des Silbergeschirrs und das schimmernde Kristall der Weingläser und des Kronleuchters – und er fühlte in seinem Innern eine tiefe Befriedigung.

Er hatte sich nicht auf das Gespräch gefreut, das er mit Charles haben musste, und daher Mrs. Morley beauftragt, am Abend das beste Tafelgeschirr aufzutragen, obwohl sie zum Abendessen nur zu zweit sein würden. Die sichtbaren Zeichen seines Erfolgs, die ihn umgaben, würden ihm als

Oberhaupt der Familie die Sicherheit zum Behandeln eines schwierigen Themas geben.

Als sie jetzt mit dem Essen fertig waren, und das häufige Knallen eines entfernten Feuerwerks im Abklingen war, konnte er das Gespräch nicht länger aufschieben.

Mit einer Geste zu den offenen Vorhängen hin und zu Charles, der noch immer in vollem Gang von den internen Veränderungen an der Struktur der Bank erzählte, stand Joseph auf und ging hinüber zum Fenster, von dem er den Blick auf den Vorgarten hatte. Er fasste beide Vorhangteile, hielt dann aber inne und starrte in die Nacht hinaus.

Vor ihm sah er das orangerote Glühen der zahlreichen Freudenfeuer von Bonfire Night über der ganzen Stadt, die den Himmel erhellten. Hin und wieder stiegen silber- und goldfarbene Raketen durch das bernsteinrote Leuchten empor und zerbrachen dann in eine Unzahl glitzernder Bruchstücke, die auf ihrem Weg zum Boden von der Schwärze der Nacht verschlungen wurden.

Man konnte fast das brennende Holz und den Rauch durch das Glas riechen, dachte er, als er die schweren bodenlangen Borkatvorhänge zuzog und die Novembernacht nach draußen verbannte.

Am Tisch zurückgekehrt, setzte er sich, goss sich einen Brandy ein und hörte Charles wieder zu.

Charles war inzwischen beim Thema Familie angekommen. Mauds Vorschlag, dass sie und Sarah Christopher und Louisa zur Bonfire Night nach Chorton mitnehmen sollten, sei sehr willkommen gewesen, sagte er, als er nach dem Portwein griff. „Es macht dir doch nichts aus, dass ich mich so ungeniert bediene?" fragte er dabei.

Joseph zuckte die Schultern. „Nein, keineswegs. Ich bleibe aber beim Brandy." Er lehnte sich in seinem Stuhl zurück. „Ich hoffe nur, dass das Wetter in Oxfordshire ebenso gut ist wie das Wetter hier. Maud wollte mit den Kindern zum Feuerwerk im Dorf gehen. Sie ist der Meinung, dass wir derartige Veranstaltungen unterstützen sollten. Oder zumindest die Kinder – ich glaube nicht, dass sie so etwas je besucht hat. Wie ich sie kenne, sind ihr die Freuden völlig fremd, die es gibt, wenn man eine Wunderkerze schwingend in einem schlammigen Feld steht. Und auf Sarah trifft das wahrscheinlich auch zu."

„Ja, man kann sich das nur schwer vorstellen", sagte Charles nachdenklich. „Ich hätte gedacht, dass es eher Nellies Geschmack entspricht, aber nicht unbedingt Walters. Sind die beiden auch in Chorton?"

„Nein, sie sind bei Freunden, die sie in Camden Town kennengelernt haben."

„Klingt nett." Charles nahm einen Schluck von seinem Glas. „Unsere beiden Damen werden wahrscheinlich nicht vor morgen Abend zurück sein?"

„Richtig. Und das ist auch der Grund, weshalb ich dich heute zum Essen gebeten habe. Ich wollte etwas mit dir besprechen – eigentlich zwei Dinge, eines mit möglicherweise besorgniserregenderen Folgen als das andere – und ich möchte nicht, dass Maud davon erfährt. Und Sarah auch nicht."

„Das hört sich gravierend an, alter Freund. Ich bin froh, dass mich der Portwein gestärkt hat."

Joseph schwenkte den Brandy in seinem Glas. „Wie denkst du, dass es Robert jetzt so geht? Ich meine ganz allgemein – nicht was die Arbeit betrifft. Da hat er ja alles gut im Griff."

„Ich nehme an, dass du Marian meinst?" sagte Charles mit einem ironischen Lächeln.

„Aha, du hast es also auch bemerkt. Für einen Mann, der angeblich wie ein Mönch lebt und glaubt, dass das noch

Jahre dauern wird, ist Robert in bester Stimmung. Ich würde sogar sagen, dass es der jugendliche Übermut eines Mannes ist, dessen Bedürfnisse, trotz seiner Umstände, bestens erfüllt werden. Da er nicht die Art von Mann ist, der eine Frau dafür bezahlt, und er und Marian einander offensichtlich nahe stehen, könnte ich mir vorstellen, dass sie eine inoffizielle Abmachung haben. Mehr als das wäre ja unmöglich."

Charles nickte zustimmend. „Das denke ich auch. Macht es dir Sorgen, dass sie die Sache sozusagen überstürzt haben?"

„Nein, keineswegs. Robert braucht jemand in seinem Leben, und Marian ist wirklich reizend. Sie ist in jeder Hinsicht die perfekte Frau für ihn – das ganze Gegenteil von Lily. Und auch James wird sie ins Herz schließen. Sie wird ihm eine wunderbare Mutter sein, und auch für die Kinder, die sie und Robert haben werden. Ich muss mich darauf verlassen, dass sie dafür sorgen werden, dass die Kinder erst kommen, wenn sie einen Ring an ihrem Finger hat." Er nahm wieder einen Schluck.

„Und was ist mit Marians Vater? Nachdem er die beiden auch schon zusammen gesehen hat, wird er wahrscheinlich zu demselben Schluss gekommen sei wie wir. Ist er mit der Situation ebenso zufrieden wie du es bist, und wahrscheinlich auch Maud?"

„Ja, das ist er. Nachdem ich ihm versichert habe, dass wir völlig damit einverstanden sind, sie ohne Anstandsperson zu lassen, bis sie ein Abmachung für sich selbst gefunden haben, hat er mir versichert, wie froh er ist, dass die beiden beisammen sind. Und angesichts ihrer ungewöhnlichen Situation wollte er auch niemandem Vorwürfe machen. Ich war nicht überrascht. Vom ersten Moment an, als er sah, dass die beiden aneinander interessiert waren, hat er ihre Heirat befürwortet, nicht nur aus geschäftlichen Gründen sondern auch aus Freundschaft."

Charles seufzte und nahm wieder einen Schluck vom Portwein. „Schade, dass sie nicht schon früher heiraten können."

Joseph nickte. „Ja, du hast recht. Aber so gescheit Walter auch ist, selbst er kann das Gesetz nicht umschreiben, und wir müssen uns einfach gedulden. Immerhin gibt es einen Glückstreffer, und zwar dass Henry jetzt sicher ist, dass es eine Hochzeit geben wird und dass er im Neuen Jahr ganz bestimmt Geld in unsere Firma investieren wird. Als ein Art Vorschussmitgift. Das war eines der Dinge, das ich dir heute erzählen wollte."

„Ja, das ist eine gute Nachricht", sagte Charles etwas zögernd. „Aber beunruhigt es dich gar nicht, dass Robert, wenn er Marian heiratet – was wir ja beide annehmen – er sie in Bigamie heiraten wird? Ganz gleich was irgendwelche Atteste auch sagen mögen, wir beide wissen, dass Lily nicht wirklich tot ist."

„Was uns betrifft, so könnte sie genauso gut tot sein. Sie wird nie zurückkommen. Ich möchte aber nicht so tun, als ob es eine ideale Situation wäre. Man trifft irgendwann eine Entscheidung und glaubt, dass man jeden Aspekt berücksichtigt hat. Und erst später, wenn nichts mehr rückgängig zu machen ist, findet man heraus, dass es mögliche Auswirkungen gibt, an die man nicht gedacht hat. Und das ist eine davon. Aber man muss einfach damit leben."

„Wenn du die Uhr zurückdrehen könntest, würdest du es dann wieder genauso machen?"

Joseph starrte auf das Glas in seiner Hand. „Ehrlich gesagt weiß ich es nicht", sagte er schließlich. „Aber die Antwort auf deine Frage ist wahrscheinlich nein – zumindest nicht auf dieselbe Art. Ich hatte keinen Augenblick lang vorausgesehen, welches Leid ich verursachen werde, und dann kamen auch noch Roberts Schuldgefühle hinzu. Und die Tatsache, dass er sie anscheinend wirklich geliebt hat. Denn es war etwas mehr als nur Verliebtheit, was ich mir ursprünglich eingebildet hatte."

Joseph stellte sein Glas auf den Tisch und wandte sich Charles zu. „Aber gehen wir nun zur zweiten Sache. Robert und Marian sind nicht die einzigen, die etwas getan haben, das sie nicht tun sollten, nicht wahr? Sie sind aber die einzigen, die eine von den meisten Leuten als gültig angesehene Entschuldigung dafür haben. Die du nicht hast."

Charles beugte sich vor und strich mit dem Finger um den Rand seines Wasserglases. „Wovon sprichst du denn?"

„Du gehst fremd, Charles. Sarah hat mir von den Treffen erzählt, die du angeblich mit Henry Ames hattest. Wir wissen beide, dass du in keiner Weise an Henrys Investitionsplänen beteiligt bist, und auch nicht in absehbarer Zeit beteiligt sein wirst. Es gibt keine andere Erklärung für die Lügen, die du zum Vertuschen erzählt hast. Eine solche Unehrlichkeit kommt immer irgendwann zu Tage. Du musst dir nur vor Augen halten, wie sichtbar Robert und Marian geworden sind, ohne es selbst zu merken."

„Du hast dich geirrt", sagte Charles und war rot geworden.

„Gewiss nicht. Wenn Sarah nur den geringsten Wind davon bekommen sollte – ganz gleich wie beiläufig dein Interesse auch sein mag – dann wäre es das Ende von dir und Sarah. Könntest du dir wirklich vorstellen, dass eine stolze Frau wie Sarah einfach weitermachen würde, als ob nichts geschehen wäre? Das würde sie nicht tun und du weißt das auch. Du wärst wie ein Schiff ohne Kapitän und wärest bald gestrandet."

„Du weißt nicht, wovon du sprichst", entgegnete Charles und blickte Joseph mürrisch an.

Joseph stand auf. „Denk darüber nach, Charles. Ich würde sagen, dass du bei einer nichtssagenden Affäre mehr zu verlieren hast, als sie wert ist. Ich gehe jetzt zu Bett. Du findest schon selbst hinaus."

27

1927

L ower East Side, New York, letzter Tag im April

LILY UND RUTH saßen einander gegenüber und blickten gebannt auf die Gegenstände, die vor ihnen auf dem Tisch verteilt waren – ein gläsernes Salz- und Pfefferset, zwei ovale Porzellanteller, eine Porzellanschüssel, mit einem verblichenen grünen Band zusammengebundenes Silberbesteck, die Sabbatkerzen, ein metallener Samowar und zwei gerahmte Bilder eines Häuschens, das von Feldern umgeben ist.

Ruth wies auf die vor ihnen ausgebreiteten Stücke. „Da dies praktisch alles ist, was noch verpackt werden muss, werde ich fertig sein, wenn die anderen von der Synagoge zurückkommen. Das letzte Stück ist die Mesusa, aber die lassen wir noch hängen, bis wir die Wohnung verlassen. Sie blickte auf die kleine Rolle an der Wand bei der Eingangstür und dann zurück zu Lily. „Ich werde erst wissen, dass wir endgültig ausgezogen sind, wenn wir die Mesusa abgenommen haben."

„Ich kann mir nicht vorstellen, ohne dich hier zu sein", sagte Lily mit einem resignierten Ausdruck im Gesicht. „Ich weiß, dass die Abelmans einen Mietvertrag für ein weiteres Jahr unterschreiben. Weißt du, ob das auch welche von den anderen Mietern tun?"

„So viel ich weiß, sind wir die einzigen, die ausziehen." Und nach einer kurzen Pause. „Lily, es bricht mir das Herz, dir ade zu sagen", schluchzte sie. „In den fast sieben Jahren, die du bei uns warst, bist du wie eine Schwester für mich gewesen."

„Und du für mich. Vom ersten Moment an hast du mir das Gefühl gegeben, Teil deiner Familie zu sein, und ich werde euch alle so vermissen", sagte Lily, den Tränen nahe.

Ruth beugte sich vor und griff nach Lilys Hand. „Dann komm doch mit uns. Du weißt doch, dass wir es möchten."

Lily schüttelte den Kopf und nahm ihre Hand zurück. „Ruth, das kann ich nicht. Du weißt, dass ich wegen James zurückgehe, sobald ich genug Geld habe. Es ist kein einziger Tag vergangen, an dem ich nicht gleich am Morgen und zuletzt am Abend an mein Baby gedacht habe, und ich werde nicht ruhen bis ich wieder mit ihm zusammen bin."

Ruth richtete sich auf. „Aber er ist doch kein Baby mehr, nicht wahr?" sagte sie sanft. „Er wird jetzt sieben oder acht Jahre sein. Er war so klein, als du ihn verlassen hast – er wird sich nicht mehr an dich erinnern."

„Deshalb muss ich so bald wie möglich zurück. Ich verdiene jetzt gut und brauche nur noch zwei Jahre, viel-

leicht sogar weniger." Sie blickte durch das Tuberkulosefenster auf das dunkelrosa Kleid auf der Schneiderpuppe
im Wohnzimmer, dessen runder Halsausschnitt und die
langen Ärmel mit schwarzer Spitze besetzt waren. „Mrs.
Welsch hat heute Nachmittag drei ihrer Freundinnen
gebracht, das Kleid anzusehen. Der Schnitt hat allen so
gefallen, dass sie auch eins möchten, aber sie müssen in
einer anderen Farbe als dem ihren sein, hat sie gesagt. Ich
fange morgen damit an. Ich brauche nur noch einige solche
Aufträge und dann werde ich bald auf dem Schiff nach
England sein."

„Es sieht hinreißend aus", sagte Ruth in einem wehmü-
tigen Ton.

„Und ich weiß nicht, ob ich es dir schon erzählt habe,
aber als Mr. Abelman hörte, dass ich die Wohnung über-
nehme, hat er mich gefragt, ob seine Söhne mein drittes
Zimmer zum Herstellen billiger Zigarren übernehmen
könnten. Er wird dafür zahlen, und da hab ich natürlich ja
gesagt."

Das wäre in dem kleinen Raum durchaus möglich, hatte
sie zu Ruth gesagt, denn zum Herstellen der Zigarren war
nicht viel Platz erforderlich, denn der Tabak musste dazu
nur in Formen gepresst werden. Mit zehn Rillen in jeder
Leiste könnten sie sehr schnell viele Zigarren herstellen.
Und falls die Nachfrage steigen sollte und Aushilfskräfte
gebraucht würden, dann würde Mr. Abelman zusätzlich
zahlen, wenn sie den Arbeitern erlaubte, im dritten
Zimmer zu übernachten. Da sie bereits beschlossen hatte,
weiterhin in der Küche zu schlafen, wie sie es in den
vergangenen Jahren getan hatte, sei sie sofort einverstanden
gewesen.

Sie sollte sich doch überlegen, in Amerika zu bleiben,
drängte Ruth. Wenn sie hier bliebe, würde sie so viel

verdienen und wäre dann in der Lage, sie alle in Massachusetts zu besuchen.

Und es wäre dann auch der perfekte Zeitpunkt für Lily, ein eigenes Geschäft zu eröffnen.

Die Lower East Side hatte sich seit dem drei Jahre zuvor erlassenen Einwanderungsgesetz, wonach die Anzahl der jüdischen und italienischen Einwanderer reduziert werden sollte, bereits verändert. Das Gesetz hatte Wirkung gezeigt, und es war für diese Einwanderer nun wesentlich schwieriger geworden, nach Amerika zu kommen. Zu wenige hatten sich in der Lower East Side niedergelassen und die Abwanderer ersetzt, so dass viele Mietwohnungen frei geworden waren und viel Arbeit geboten wurde.

Es gäbe viele reiche Frauen in New York, erklärte Ruth, und die brauchten immer neue Kleider. Mit dem Flair, den Lily für den Schnitt und alles übrige zeigte, würde sie bald einen florierenden Salon haben und in der Lage sein, das ganze Geld für sich zu behalten. Dann könnte sie nach England fahren, James holen und mit ihm zurückkommen.

Lily schüttelte den Kopf. „Nein, das geht nicht. Das Leben hier ist gut, aber nur für mich und nicht, wenn ein Kind mit im Spiel ist. Er ist an ein ganz anderes Leben gewöhnt. Außerdem hat er Angehörige in England, und es wäre nicht fair, James von ihnen zu trennen."

„Ja, da hast du recht. Sie sind die Einzigen, die er kennt, und er liebt sie."

„Aber ich bin doch seine Mutter", erwiderte Lily in scharfem Ton. „Er liebt mich doch auch."

„Ja, natürlich", warf Ruth schnell ein und lächelte Lily bedauernd an. „Du tust natürlich, was für dich und James richtig ist, aber wir werden dich vermissen. Jedes Mal, wenn wir etwas anziehen, das du für uns genäht hast, wird es uns an dich erinnern. Leider ist es nur ein hässlicher Herd, der dich an uns erinnern wird!" Beide lachten. „Ich bin aber froh, dass *Momma* und *Abba* ihn dir geschenkt haben. Es freut mich, dass du damit etwas hast, das so lange der Mittelpunkt unseres Lebens war."

„Das bedeutet mir sehr viel", versicherte ihr Lily.

Ruth blickte um sich. „Ich werde es vermissen, nicht mehr hier zu wohnen – immerhin waren es zwölf Jahre, was länger ist als die meisten hier im Haus. Aber es ist an der Zeit, dass wir weiterziehen. Es sind schon so viele von unserer Synagoge in Massachusetts, dass wir von Freunden umgeben sein werden. Und wir werden mehr Platz haben und der Natur näher sein. Näher zu *Mommas* Traum", fügte sie lächelnd hinzu. Und Isaak und Golda werden eine große Wohnung bekommen, die sie jetzt brauchen, wo ihr zweites Kind unterwegs ist", sagte sie lachend. „Es hört sich an, als ob ich mich selbst überzeugen möchte, was aber nicht stimmt, denn ich weiß, dass wir das Richtige tun."

„Wirst du mir schreiben, wenn das Baby da ist? Und ich möchte auch wissen, wie Pavel vorankommt. Siebzehn Jahre ist noch sehr jung für ein eigenes Geschäft, selbst wenn er es noch so gern haben möchte. Und ich hoffe, dass er bald eine Frau findet – ich weiß, dass er gern verheiratet wäre."

„Du kannst sicher sein, dass *Momma* gleich zur Heiratsvermittlerin laufen wird, bevor sie überhaupt ausgepackt hat."

Lily lächelte. „Und was ist mit dir, Ruth? Mit einem Mann für dich?"

Ruth zuckte die Schultern. „Ich wollte keinen der Männer, die die Heiratsvermittlerin vorgeschlagen hat. Ich weiß genau, welche Art von Mann ich heiraten möchte, und ich werde mich selbst nach ihm umschauen. Ich bin inzwischen viel zu amerikanisch geworden, um es einer Heiratsvermittlerin zu überlassen. *Momma* ist darüber sehr schockiert, aber so ist es eben." Sie nahm die Kerzenleuchter in beide Hände und starrte sie an. „Wir sind jetzt Amerikaner und auch Russen, und ich will keinen Mann, der nur auf die russische Art lebt. Gleichzeitig will ich aber auch nicht vergessen, von wo ich herkomme, ganz gleich wie sie uns dort behandelt haben." Sie legte die Kerzenleuchter wieder auf den Tisch.

Ruth blickte um sich und wischte mit einer ungeduldigen Geste die Tränen aus ihren Augen.

Lily zog ihren Stuhl näher an Ruth heran und legte ihr den Arm um die Schultern. „Du weißt, dass Weinen in Ordnung ist und es ist ganz natürlich, dass du beim Abschied traurig bist."

„Es geht mir nicht nur ums Abschiednehmen, sondern um all das hier." Sie wies dabei auf die Gegenstände auf dem Tisch. Sie erinnern mich an unsere Familie in Russland, an unsere gegenseitigen Besuche, das gemeinsame Essen, die Freitagabende, die wir immer miteinander verbracht haben. Obwohl ich in Amerika sehr glücklich bin, tut es immer noch weh, wenn ich an die Freunde und Verwandten denke, die wir zurückgelassen haben und nie mehr wiedersehen werden."

Sie nahm den Samowar und betrachtete ihn.

„Kannst du dich daran erinnern, dass ich nicht wusste was das ist?" fragte Lily lächelnd.

Ruth nickte. „Wir haben ihn seit dem Tod unserer Großmutter nicht benutzt, die ein Jahr nach unserer Ankunft gestorben ist. Wir würden ihn aber nie zurücklassen. Der Tee blieb darin von Morgen bis Abend warm, und unsere *Babuschka* ist immer hier am Tisch gesessen", sie klopfte dabei auf den Tisch wo sie saß, „und hat den heißen Tee durch ein Stück Zucker zwischen den Zähnen eingesogen.

Und sie hat uns Geschichten über ihr Leben in ihrem Heimatdorf erzählt."

„Würdest du je für einen Besuch zurückreisen?"

Ruth schüttelte energisch den Kopf. „Nein, nie. Es wäre für uns nicht ungefährlich, denn wir dürften vielleicht nicht zurückkommen. Sie hassen uns immer noch, ganz gleich was sie sagen."

„Dann muss du dich ganz auf die Zukunft konzentrieren", riet Lily. „Stell dir nur vor, dass du bald in Massachusetts Telefonanrufe beantworten wirst."

„Nein, das werd' ich nicht", sagte Ruth und wischte sich erneut die Augen aus. „Ich werde nicht wieder Telefonistin sein."

„Aber weshalb denn nicht? Ich wusste, dass es Dinge gab, die dir an dem Beruf nicht gefallen haben, aber ich hatte nie den Eindruck, dass du ihn gar nicht magst."

Die Arbeit habe sich so sehr verändert, erzählte ihr Ruth dann. Jetzt, wo die Kunden selbst von ihrem Telefon aus wählen und eine Verbindung herstellen können, hatten die Telefonistinnen kaum mehr Kontakt mit ihren Kunden, und das sei doch Ruths liebster Teil an der Arbeit gewesen. Vor den Wählscheiben hatten sich Telefonistinnen und Kunden gegenseitig an ihren Stimmen erkannt, und die Telefonistinnen gaben auch die neuesten Nachrichten, den Wetterbericht, Sportergebnisse und die Uhrzeit bekannt und manchmal plauderten sie auch mit den Kunden. Wenn eine Telefonistin aber jetzt mit einem Kunden sprach, dann musste sie ein Skript der Telefongesellschaft befolgen. In Massachusetts würde es sicher ebenso sein, sagte Ruth, und sie werde sich eine andere Arbeit suchen.

„Was denn für eine?" fragte Lily.

Ruth zückte die Schultern. „Ich werde schon etwas finden, ich weiß aber noch nicht was. Vielleicht in einem

Warenhaus. Dort müsste ich nicht die ganze Zeit in Alarmbereitschaft oder ganz still sein. Wir werden ja sehen. Aber jetzt packe ich am besten den Rest ein, denn die anderen werden jeden Augenblick zurück sein, und dann müssen wir uns auf den Weg machen.“

Sie atmete tief durch, nahm ein Stück Stoff, das übriggeblieben war, und wickelte damit den Samowar ein.

LILY GING mit einem Säckchen Knishes in der Hand langsam die Delancey Street zurück. Als sie nach rechts in die Orchard Street einbiegen wollte, blieb sie plötzlich stehen und blickte gedankenverloren die lange Straße hinunter.

Sie dachte zurück an den Tag, als sie in New York angekommen und – müde, hungrig und verängstigt - an derselben Stelle gestanden hatte. Zu ängstlich, um sich in den Lärm und das Getriebe auf der Straße zu stürzen, und auch zu ängstlich, um sich in eine ihr völlig neue unbekannte Welt treiben zu lassen.

Doch dann hatte sie Ruth und die Familie Erlikh kennengelernt, und von dem Moment an hatte sie mit deren Hilfe ihre ersten Schritte in das frenetische Treiben der Lower East Side gewagt.

Es schien schon so lange her zu sein.

Wie allein hatte sie sich damals gefühlt, und wie einsam.

Und wenn sie jetzt zurück in ihre Wohnung ging, würde sie wieder allein sein. Doch diesmal würde sie sich nicht mehr einsam fühlen.

Die Erlikhs hatten sie in schützende Wärme und Freundschaft gehüllt, die sie noch sehr lange fühlen würde. Und sie hatten so großzügig ihr Wissen über den Bezirk und die Menschen darin mit ihr geteilt, und ihr die Namen ihrer

Kontaktleute gegeben und sie beraten, wo sie am besten Geld verdienen konnte. Sie waren zwar weg, aber sie würden weiterhin in ihren Gedanken bei ihr sein und sie bei ihnen, auf jedem Schritt in die aufregende Zukunft vor ihr.

Ab jetzt würde sie für sich selbst arbeiten, und das Geld, das sie verdiente, würde allein ihr gehören. In zwei Jahren würde sie nach England zurückkehren und in der Lage sein, für James zu sorgen. Sie würde bis dahin genügend Erfahrung haben, wie eine erfolgreiche Schneiderei zu führen ist, und würde dann eine in England eröffnen und ein regelmäßiges Einkommen haben. Sie fühlte, wie ihr Herz dabei vor Freude pochte. Es war so aufregend, sein eigenes Leben in der Hand zu haben und zu wissen, dass sie jeder Cent, den sie verdiente, näher zur Heimat brachte.

Und sie würde bei ihrer Rückkehr nach England nicht nur James wiedersehen, sondern auch Robert.

Sie hatte sich jetzt so lange nicht erlaubt, an ihn zu denken – es wäre zu schmerzlich gewesen. So viel hatte sich über die Jahre hin ereignet, dass sie sich wie ein anderer Mensch fühlte, und sicher wäre das auch bei ihm so. Ihr Kummer und ihre Enttäuschung darüber, dass er sie nicht gesucht hatte, würden sie nie verlassen, und sie würde nie mehr als seine Frau mit ihm leben können.

Doch bei dem Gedanken, ihn wiederzusehen ... ihn nur ein einziges Mal wiederzusehen ...

Ihr Herz begann schneller zu schlagen und sie musste um Atem kämpfen.

Denn sie wusste in diesem Augenblick, dass – ganz gleich, was sie sich in den vergangenen Jahren eingeredet hatte – sie sich mehr als alles andere wünschte, Roberts Arme wieder um ihre Schultern zu fühlen.

Tränen waren wieder in ihr hochgestiegen und sie

begann erneut zu gehen, doch ihr Weg war plötzlich blockiert. Sie machte einen Schritt zur Seite, doch die Blockade war ihr gefolgt.

„Extrablatt! Extrablatt!" schrie der Zeitungsjunge vor ihr. Er zog eine New York Times aus dem Stoß unter seinem Arm und schwenkte sie vor Lilys Gesicht.

Sie schrie ihn verärgert an, aber er rührte sich nicht vom Fleck.

Sie sah die erste Seite vor sich. Überschriften stachen ihr ins Auge, dass der Umsatz neuer Autos rückläufig sei, dass die Bauern weniger verdienten, dass die Arbeitslosigkeit zunahm, dass weniger Häuser gebaut wurden.

Sie fragte sich, ob es dieselben Probleme auch in England gab, und einen Augenblick lang sah sie Josephs Bild vor ihr. Der Hass, den sie für ihn fühlte, und der lange in ihr geschlummert hatte, stieg wieder in ihr auf. Sie hatte darauf gewartet, ihn als den grausamen und manipulativen Mann entlarven zu können, der er war – und dieser Tag war nun viel nähergekommen.

Sie trat erneut zur Seite.

Und auch der Zeitungsjunge tat wie sie.

Sie sah, dass Spekulanten mit demselben Enthusiasmus Aktien an der Börse kauften, wie sie es auch in den vergangenen Jahren getan hatten.

Einen Moment lang überlegte sie, was denn das alles bedeuten könnte. Tat es dann aber mit einem Achselzucken ab. Was es auch sein mochte – mit ihr hatte es nichts zu tun. Sie würde am Miettag den Mietvertrag für ein weiteres Jahr unterschreiben, aber wenn sie weiterhin so viele Kleideraufträge erhielt, würde sie 1929, also in zwei Jahren, den Vertrag nicht mehr unterschreiben und ein Schiff nach England nehmen.

Sie wandte sich nach rechts, rannte vom Zeitungsjungen

weg, und ging auf ihr Mietshaus zu. Als sie die Stufen zum Haus hinauf erreicht hatte, lächelte sie freudig bei dem Gedanken, dass sie oben Näharbeiten erwarteten, die den Tag näherbrachten, an dem sie James wiedersehen würde.

Und auch Robert.

Bei dem Gedanken begann ihr Herz wie wild zu pochen.

28

P*rimrose Hill, Ende Juni 1927*

„GUTER GOTT, Maud! Hast du den heutigen Leitartikel gelesen? Er ist ziemlich beunruhigend." Joseph legte seine Zeitung nieder und starrte über den Frühstückstisch zu Maud hin.

„Joseph, würdest du bitte nicht lästern. Und wie hätte ich denn den Artikel lesen können, wo du die Zeitung sofort in Beschlag genommen hast, nachdem sie der Zeitungsjunge ausgeliefert hat." Sie tupfte die Lippen vorsichtig mit der Serviette und hielt ihm ihre Hand hin. „Wenn es dir genehm ist, dann gib sie mir jetzt und ich werde den Artikel lesen."

„Einen Moment, ich bin noch nicht ganz fertig damit. Übrigens bin ich mir gar nicht sicher, ob dich der Artikel überhaupt interessieren wird."

Amerika habe, so erzählte er Maud schließlich,

Deutschland eine beträchtliche Summe Geldes geliehen, damit Deutschland seine Schulden, zuerst an das restliche Europa und dann an Amerika, abzahlen könne. Einen Kredit in dieser Höhe von Amerika aufzunehmen habe England und Europa von Amerika äußerst abhängig gemacht und sollte die amerikanische Wirtschaft ins Wanken geraten, würde Europa Gefahr laufen, wie ein Stoß Dominosteine einzubrechen.

„Aber das wird doch nicht geschehen", unterbrach ihn Maud etwas ungehalten.

„Ich hoffe nicht. Aber hast du schon gehört, was Charles dazu sagt? Er war bereits vor einem Jahr in Sorge darüber, denn seines Erachtens boomte in Amerika alles zu sehr, was verheerende Folgen haben könnte. Die Grundstückspreise in Florida haben deutlich abgenommen und es sieht aus, als ob das erst der Anfang ist. Charles hat schon immer gesagt, dass es drüben zu viel von allem gibt - zu viel wird hergestellt für die Anzahl der Leute, die das dann alles kaufen sollen; zu viele Lebensmittel werden von den Bauern produziert, so dass die Preise ständig fallen, und es gibt zu viele Banken mit zu wenig Geldmitteln."

„Ich gebe zu, dass sich das beunruhigend anhört."

„Das ist es auch. Wenn alle ihr Geld von den Banken im selben Moment abheben wollten, würde Amerika wahrscheinlich seine Darlehen zurückfordern, und wenn das geschieht, dann möge der Himmel Deutschland und dem restlichen Europa beistehen. Dieser Artikel sagt nur, was Charles jetzt schon seit einiger Zeit gesagt hat."

Maud erwiderte mit einem kühlen Lächeln: „Ich muss schon sagen, Joseph, dass es eine wohltuende Abwechslung ist, wenn du Charles einmal lobst und ihn nicht wegen diesem oder jenem kritisierst. Du hast es mit Sarah sozusagen im Chor gemacht, aber mir scheint, dass auch sie sich inzwischen beruhigt hat. Ich bin froh, dass die Probleme der beiden, die sie vor ein paar Jahren noch hatten, inzwischen gelöst sind."

„Ja, es hat durchaus den Anschein, dass es so ist. Charles hat seine Fehler, aber glaub mir, ich zolle jedem die gebührende Anerkennung, wenn er sie verdient, und er hat heutzutage viel mehr Interesse für seine Arbeit gezeigt und ich vertraue seinem Urteil."

„Da hat Sarah offensichtlich irgendwie auf Charles eingewirkt", erwiderte Maud in trockenem Ton, „oder es kommt von woanders her. Ich würde jedenfalls vorschlagen, dass sie jetzt auf ihre Tochter einwirkt. Louisa braucht dringend mehr Disziplin – ihr Benehmen ist eine Schande. Es ist mir völlig unverständlich, weshalb Sarah ein derart ungehöriges Verhalten toleriert. Und auch Charles, was das angeht."

„Gib dem Mädchen doch eine Chance – sie ist ja erst siebzehn. Nellie und Dorothy haben in dem Alter ja auch gewusst was sie wollen, und Robert auch. Außerdem hab ich den Verdacht, dass Nellies Emily genauso wie Louisa sein wird. Sie hat jetzt schon eine kräftige Lunge und hat anscheinend auch Nellies Eigensinn geerbt. Du hast anscheinend ganz vergessen, wie kleine Kinder sind." Jeseph faltete die Zeitung und reichte sie seiner Gattin. „Hier ist der Artikel", sagte er und zeigte darauf. „Darin steht auch etwas über die Inflation in Deutschland. Und vielleicht interessiert dich auch die Sonne. Wir werden nämlich am neunundzwanzigsten eine totale Sonnenfinsternis haben und sollten dann unsere Augen schützen."

Maud griff nach der Zeitung. „Wenn du dich erinnerst, Joseph, habe ich schon vor einer Weile vorgeschlagen, dass wir uns bei Dorothy melden, als ich las, dass die Inflation in Deutschland ins Unermessliche gestiegen ist, und dass wir sie fragen sollten, ob sie heimkommen möchte, aber du hast dich geweigert. Du sagtest, dass du nicht weißt, wo sie ist. Ich habe dir damals nicht geglaubt, und auch jetzt nicht. Es gibt nichts in dieser Familie, das du nicht weißt. Falls Charles recht hat, dass die Wirtschaft auf bestem Weg ist, in Schwierigkeiten zu geraten, sollten wir Dorothy jetzt kontaktieren und ihr sagen, dass sie zurückkommen sollte, wenn sie es will."

„Ich gebe zu, dass es mir lieber wäre, wenn sie nach England zurückkäme, aber nicht mit ihrem Mann. Ich mag mir gar nicht vorstellen, wie Thomas auf ihn reagieren würde, und auch auf ein Wiedersehen mit Dorothy."

„Das heißt doch nicht, dass du sie nicht fragen kannst ob sie heimkommen möchte. Thomas mag zwar dein Bruder sein, aber *sie* ist schließlich unsere Tochter."

„Ich bin sicher, dass Dorothy weiß, dass sie kommen kann, falls sie es will." Damit zog Joseph seine Taschenuhr aus seiner Weste, warf einen Blick darauf, legte seine Serviette nieder und stand auf. „Es ist an der Zeit, dass ich gehe. Ich habe den Eindruck, dass immer mehr Autos auf der Straße sind, und es dauert jetzt eine Ewigkeit bis ich in Kentish Town bin. Nach meiner Büroarbeit treffe ich mich mit Thomas zum Lunch und werde ihn dann wegen Dorothy aushorchen."

Ein Klopfen an der Tür war zu hören.

„Wer in aller Welt kann denn das sein?" rief Joseph aus und sank auf seinen Stuhl zurück.

Einen Augenblick später kam Robert mit einem strahlenden Lächeln herein. „Ich hatte gehofft, dass ich dich noch antreffe, bevor du gehst", sagte er, ging zum Tisch und setzte sich.

Joseph lehnte sich in seinem Stuhl zurück. „Du meine Güte, was bringt denn dich zu so früher Stunde zu uns her?"

Maud beugte sich zu ihrem Sohn hin und legte ihre Hand auf die seine. „Liebling, bevor du uns deine Neuigkeit berichtest, hol dir doch bitte etwas zu essen von der Anrichte. Was immer du uns zu erzählen hast, kann sicher noch ein wenig warten."

Robert stand auf, ging zur Anrichte, nahm etwas Rührei und gegrillte Tomaten von der elektrischen Heizplatte und kam zum Tisch zurück. Maud nahm die silberne Teekanne vom Tablett neben sich und goss Tee in seine Tasse. Er nahm einen Schluck und stellte die Tasse zurück auf den Tisch.

„Nein, Mama, du irrst dich. Ich kann keine Minute länger warten, denn es ist vorbei – ich bin ein freier Mann!"

„Oh, Liebling!" Maud erhob sich und auch Robert war aufgestanden. Er strahlte seine Mutter an und sie drückte ihn fest an sich. Ich freue mich so mit dir, dass das Warten nun zu Ende ist." Mit Tränen in den Augen umarmte sie ihn erneut und ließ ihn dann los.

Eine Welle der Wärme durchflutete Joseph und auch er fühlte sich den Tränen nahe. Er stand auf und schüttelte Roberts Hand. „Ich bin sicher du weißt, wie sehr ich mich für dich freue", sagte er mit zitternder Stimme und fasste Robert an der Schulter.

„Danke", sagte Robert und lächelte beide an. Dann setzte er sich und griff nach Messer und Gabel. „Der Gerichtsbeschluss wurde gestern erlassen und meine Ehe ist aufgrund von Lilys Tod zu Ende. Ich kann euch gar nicht sagen, wie dankbar ich Walter für seinen Beistand bin und dass er die Sache für mich erledigt hat."

„Ich bin überglücklich, mein lieber Junge", sagte Joseph und setzte sich. Auch Maud hatte wieder Platz genommen. „Wann soll denn die Hochzeit sein?"

Robert lachte. „Direkt, wie immer, Papa. In der Tat sehr

bald. Walter hat den Beschluss gestern Abend bestätigt und ich bin sofort zu Marian hinüber und hab mit ihren Eltern gesprochen. Wir wollen beide dasselbe. Aus Respekt vor Lily möchten wir unsere Hochzeit in aller Stille in der Kirche in unserer Nähe abhalten. Nur mit einigen Freunden und den Familienmitgliedern, und danach ein Essen im kleinen Kreis. Henry und Edith haben mich heute Abend zum Essen eingeladen, damit wir mögliche Daten für die Hochzeit besprechen können. Ich glaube, dass sie euch fragen wollen, ob ihr heute Abend auch frei seid.“

Joseph nickte. „Ich muss schon sagen, dass ich sehr froh bin. Sie ist eine reizende junge Dame und wird für unsere Familie ein Gewinn sein. Ich bin sicher, dass ihr beide sehr glücklich sein werdet. Und James ebenso. Man sieht ja, wie lieb sie ihm im Lauf der Jahre geworden ist – sie ist bereits wie eine Mutter für ihn.“

Robert lächelte beglückt. „Ja, das stimmt, nicht wahr?“

„Wann wirst du es denn James sagen?“ wollte Maud wissen. „Ich denke, er sollte es von niemandem anderen hören.“

„So bald wie möglich. Und wir beide möchten es ihm sagen. Ich dachte, dass ich mir den Nachmittag frei nehme, wenn es mein Chef erlaubt“, und er lächelte Joseph verschmitzt an. „Wir können James etwas früher von der Schule abholen, mit ihm auf Hampstead Heath sparzieren gehen und auf den richtigen Augenblick warten, bis wir es ihm sagen. Er wird ja kaum überrascht sein. Immerhin ist er schon acht Jahre und weiß, dass seine Mutter vor Jahren ertrunken ist und nicht mehr zurückkommt.“

AUF HAMPSTEAD HEATH war alles ruhig, bis auf ein paar Kinder, die in der Wärme des späten Junitags in ihrem

Kinderwagen zu den Enten im Teich gebracht worden waren.

James lief voran und schlängelte sich zwischen den Bäumen neben dem Pfad entlang, bevor er über die Wiese raste und dabei die vielen im Gras versteckten Gänseblümchen und Butterblumen zertrampelte.

Robert und Marian spazierten Hand in Hand langsam hinter ihm her.

Als sie an einer Holzbank vorbeikamen blieb Robert stehen. „Wie wäre es mit dieser Bank?" schlug er vor. „Die ist sicher so gut wie jede andere?"

Marian blickte zu James hin. „Ja, da hast du recht. Um ehrlich zu sein bin ich schon ziemlich nervös, und je länger wir warten, desto schlimmer wird es für mich." Sie blickte Robert an und verzog besorgt ihr Gesicht.

„Er liebt dich doch, Marian", versicherte er ihr. „Er wird sich sehr freuen."

„Das hoffe ich inständig."

Er rief James und sie setzten sich, mit einem freien Platz für James in ihrer Mitte.

„Komm und setz dich, mein Sohn", sagte Robert und klopfte auf den freien Platz als James gelaufen kam. „Tante Marian und ich möchten dir etwas sagen."

Marian senkte den Blick und glättete ihren Rock. Robert lächelte sie ermutigend an.

„Was ist es denn?" fragte James als er vor ihnen stand. Dabei hüpfte er von einem Fuß auf den anderen.

Robert hüstelte. „Du weißt ja, dass ich deine Mutter sehr liebte, dass sie aber vor Jahren gestorben ist."

James hörte auf zu hüpfen, trat einen Schritt zurück und stand dann ganz still da.

„Seitdem habe ich Tante Marian kennengelernt und du auch, und sie kennt uns jetzt auch sehr gut. Und mehr noch, sie hat uns jetzt sehr gern. Und ich weiß, dass ich sie liebe und ich glaube, dass du sie auch lieb hast. Deshalb habe ich sie gefragt, ob sie mich heiraten möchte."

James wandte den Kopf und starrte Marian an.

„Und ich bin sehr glücklich, dass sie einverstanden ist." Robert lächelte Marian an und blickte dann wieder zu James hin. „Das bedeutet, dass sie nach unserer Hochzeit in unserem Haus einziehen wird. Deine Kinderfrau wird dich weiterhin betreuen, so wie bis jetzt, aber Tante Marian wird sich auch um dich kümmern. So wie sie es auch schon getan hat." Robert wartete ein Weilchen. „Verstehst du das, James?"

James nickte.

„Mein lieber Junge, das bedeutet natürlich nicht, dass ich dich weniger lieb habe, denn so ist es nicht. Aber es bedeutet, dass wir drei als Familie beisammen wohnen werden." Und nach einer erneuten Pause. „Was sagst du dazu?"

James verlagerte sein Gewicht auf den anderen Fuß. Mit gesenktem Kopf machte er ein paar Schritte zu Marian hin und blieb stehen.

Marian beugte sich vor und nahm seine Hände in die ihren. „Mein lieber James, du musst nicht fürchten, dass ich den Platz deiner Mutter einnehmen möchte – niemand könnte das tun. Aber dein Vater hat recht – ich liebe euch beide so sehr und ich möchte mit dir und deinem Papa zusammen sein. Würde dich das freuen?"

James nagte an seiner Unterlippe und nickte langsam.

Eine Welle der Erleichterung hatte Robert erfasst, er stand auf, gefolgt von Marian. „Dann schlage ich vor, dass wir heimgehen und feiern. Mein kleiner Finger hat mir gesagt, dass Mrs. Bailey der Köchin aufgetragen hat, deinen

Lieblingskuchen zu backen." Er lächelte seinen Sohn und dann Marian an und gab ihr seine Hand.

Marian nahm sie, wandte sich an James und hielt ihm ihre andere Hand entgegen.

Er griff mit gesenktem Blick nach ihr.

Dann gingen sie den Pfad entlang zu ihrem Heim, Robert und James mit Marian in ihrer Mitte.

„Du weißt, dass ich Tante Marian Tante Marian nenne?" begann James, als die Straße, die entlang dem Heath verlief, sichtbar war.

Robert hatte seinen Kopf vor Marian leicht zu James hin gebeugt, und sah ihn amüsiert an. „Ja, das weiß ich."

„Wenn du Tante Marian geheiratet hast, muss ich dich dann Onkel Robert nennen?" fragte James lachend.

Auch Robert lachte und richtete sich wieder auf. „Ich glaube Papa wird weiterhin sehr gut passen."

Sie gingen ein Weilchen schweigend weiter.

„Wenn ich dich Papa nenne, sollte ich dann nicht Tante Marian Mama nennen?"

Marian blieb stehen. Sie ließ Roberts Hand fallen und wandte sich James mit Tränen in den Augen zu. „Oh, James", sagte sie, „das würde mich sehr freuen. Ja, sehr", versicherte sie ihm mit stockender Stimme. Sie beugte sich nieder und küsste James auf den Kopf. Daraufhin richtete sie sich wieder auf und lächelte Robert mit tränenerfüllten Augen an.

Robert legte seinen Arm um ihre Schultern. „Das wäre wunderbar, mein Sohnemann."

Und mit Roberts Arm um Marians Schultern und James' Hand noch immer in Marians gingen sie auf ihr Haus zu.

29

Primrose Hill, Ende September 1927

THOMAS LEHNTE SICH ZURÜCK, gespieltes Entsetzen im Gesicht. „Was hast du denn mit dem wahren Joseph gemacht? Du hast den ganzen Abend lang nichts Diktatorisches gesagt. Eine derartige Jovialität ist dir doch völlig fremd."

Joseph lachte. „Der Grund dafür ist, dass ich guter Laune bin."

„Wahrscheinlich weil Robert vergangene Woche geheiratet hat."

„Ja, da hast du recht. Er hat lange genug warten müssen, bis er Marian heiraten konnte, und jetzt ist das ewige Warten endlich vorbei."

„Sie macht einen angenehmen Eindruck und ist auch nicht unattraktiv", sagte Thomas mit einem Blick zu Marian hin, die mit Charles sprach, während sie James an der Hand hielt.

„Sie hat aber nicht das gewisse Etwas, das Lily hatte, denkst du nicht auch?" Und nach einer nachdenklichen Pause. „Ich weiß, dass Robert Lily heutzutage kaum mehr erwähnt, ich würde aber wetten, dass er noch an sie denkt."

„Daran zweifle ich sehr", erwiderte Joseph gereizt. „Das hätte ja gar keinen Sinn. Die Frau ist weg und kommt nicht mehr zurück. Robert ist ein junger Mann, der eine Frau für sich und eine Mutter für seinen Sohn braucht. Und dazu ist Marian perfekt für ihn."

Thomas zuckte die Achseln. „Sie ist, wie ich schon sagte, eine nette Frau und ich bin überzeugt, dass sie für ihn eine hervorragende Gattin ist. Sie ist aber kaum die Art von Frau, die die Erinnerung an eine Frau von so umwerfender Schönheit wie die der ersten Frau von Robert Linford auslöschen kann, nicht wahr? Zumindest kann er sich mit ihr aber auf ein Leben ohne Überraschungen freuen. Ich nehme an, dass sein Leben mit Lily ganz anders verlaufen wäre."

„Nicht jeder Mann will ein Leben voller Überraschungen", stieß Joseph hervor. „Aha!" rief er aus, als Robert auf sie zukam. „Da kommt ja der Mann selbst! Robert, wir haben soeben deine Gattin über alles gelobt. Allein das Wort Gattin zu sagen, erfüllt mich mit Freude – ich kann es noch immer nicht fassen, dass du wieder verheiratet bist."

Robert lächelte zustimmend. „Vielleicht hätten wir dann doch etwas Eindrucksvolleres veranstalten sollen, als wir den Bund fürs Leben geschlossen haben?"

„Nein, keineswegs. So wie es war, war es perfekt, und den Umständen durchaus entsprechend."

„Das haben wir uns auch gedacht. Ich wollte euch nur

sagen, dass wir in Kürze gehen werden. Wir müssen James ins Bett bringen – morgen ist ein Schultag."

Joseph nickte. „Bevor du gehst wollte ich dir noch sagen, dass ich morgen Vormittag in Kentish Town vorbeischauen möchte", sagte er. „Ich würde gern ein paar Dinge mit dir besprechen. Könntest du bitte gegen elf dort sein. Und du auch, Thomas. Ich weiß, dass wir jetzt alle hier beisammen sind, aber es ist hier nicht der richtige Ort."

Mit einem schlauen Lachen gab ihm Thomas einen Schubs mit dem Ellenbogen. „Sag's doch, Joseph. Wir wissen ja, wie gern du es wirklich sagen möchtest."

Joseph starrte ihn böse an.

„Ich hätte noch ein paar Minuten Zeit", warf Robert ein. „Und wenn auch Thomas noch Zeit hat, dann könnten wir uns gleich zusammensetzen und du erzählst uns, worum es geht."

„Ja, dann machen wir es so", sagte Joseph. Sie stellten drei Stühle im Kreis auf und setzten sich.

Daraufhin erklärte ihnen Joseph, dass es sich um die neuen Wohnsiedlungen handle. Die Anforderungen für Siedlungshäuser seien ganz anders als die für individuell platzierte Häuser und, genau wie andere Unternehmen, beschäftigte man auch bei Linford & Sons für den Entwurf der Siedlungshäuser ein Gremium von Architekten. Allerdings kämen die Käufer der Siedlungshäuser vom unteren Ende des Marktes und aufgrund des weitverbreiteten Wettbewerbs sie anzulocken, sei der Absatz schwächer geworden.

Dies sei jedoch nicht die Erfahrung aller Bauunternehmer gewesen, und er – Joseph – habe nun ein Team, das die Gründe für den stärkeren Umsatz ihrer Konkurrenten untersuche. Anscheinend konzentriere sich eine große Anzahl auf das Äußere ihrer Häuser. Da die Käufer Außendekor im Pseudotudorstil, bleiverglaste Imitationsfenster, Kieselrauputz auf Backsteinmauern, geflieste Badezimmer und geschwungene Treppen sahen, nahmen sie an, dass das Haus von einem Architekten entworfen wurde und daher gut sei. Sie suchten nicht nach der tatsächlichen Qualität – den handgefertigten Ziegeln und Fliesen, dem verwendeten Gestein und den Harthölzern, der Kerndämmung – all den Anzeichen dafür, dass das Haus für die Ewigkeit gebaut war.

Linford & Sons hatte stets qualitativ hochwertige Häuser gebaut, aber nachdem ihre Konkurrenz die Käufer mit Firlefanz anzog, musste man sich bei der Firma überlegen, ob man den Standard senken und sich auf das Aussehen konzentrieren sollte, um die starke Marktposition beizubehalten, oder die Kosten zu reduzieren, indem die Firma die Siedlungshäuser selbst entwarf. In diesem Fall müsste ein Standardplan je nach der Größe des Grundstücks und der Höhe des Betrags, den man für das fertige Haus verlangen konnte, angepasst werden.

„Du willst also nicht unseren Arbeitsstandard beeinträchtigen und siehst keine andere Alternative", fasste Robert das Gesagte zusammen, als Joseph mit dem Sprechen aufgehört hatte.

„Kurz gesagt – ja", sagte Joseph zu Robert. „Ich muss dazu jedoch auch sagen, dass es mir widerstrebt auch nur an ein Reduzieren unserer Standards zu denken."

Robert nickte. „Das möchte ich auch nicht."

„Ist das etwas nur zwischen euch beiden", unterbrach sie Thomas, „oder wollt ihr das Gespräch erweitern und auch mich einbeziehen? Ich hab zwar mein Bein verloren, aber mein Bein hat nie viel beim Nachdenken mitgeholfen, denn komischerweise ist mein Gehirn anderswo angesiedelt."

„Nur zu, Thomas", sagte Joseph mit einem entschuldigenden Lächeln, „ich habe dich nicht ausgeschlossen, und ganz bestimmt nicht absichtlich."

„Keine Sorge, Joseph, ich bin daran gewöhnt. Du würdest dich wundern, wie oft jemand auf meine fehlenden Finger schaut und dann gleich meinen Kaffee für mich umrührt. Da fragt man sich dann doch, wie viele Leute ihren Kaffee umrühren und dabei den Löffel mit zwei Händen halten?"

„Ja, hab's kapiert", erwiderte Joseph. „Wie denkst du also darüber?"

„Spielereien kommen und gehen", sagte Thomas geradeheraus. „Was den Leuten an einem Tag gefällt, tut es am nächsten schon nicht mehr. Häuser mit den sichtbaren äußeren Merkmalen, von denen ihr sprecht, werden bald von der erwünschten die gegenteilige Wirkung haben, denn damit sehen die Häuser in ihrem Design einheitlich und nicht individuell aus."

„Da hast du ganz recht, Thomas", sagte Joseph langsam.

„Man muss also zwei Dinge tun", fuhr Thomas fort. „Das Verkaufsteam muss sich beim Verkauf zuerst ganz spezifisch auf diesen Punkt konzentrieren. Es genügt nicht anzunehmen, dass die Hausjäger, die am Wochenende von einem Vorzeigehaus zum nächsten wandern, die starken Seiten in der Konstruktion eines Hauses sehen werden, oder wie oberflächliche Designelemente dafür sorgen, dass die Häuser einander ähnlich sind – nein, es muss ihnen gesagt werden."

Joseph nickte zustimmend. „Gut überlegt."

„Alles Übrige hängt dann vom Teamleiter ab. Er muss dafür sorgen, dass seinem Team etwas weniger Offensichtliches einfällt, als Firlefanz im Pseudotudorstil und dergleichen. Es gibt Designelemente, die nicht nur oberflächlich und protzig sind, und auch nicht so kostspielig, dass wir

Qualitätseinbußen machen müssten – wir müssen sie nur finden. Zum Beispiel könnte altes Holz raffiniert eingesetzt werden, und Ziegel könnten mit handgemachten Fliesen vermengt werden, und so weiter. Es gibt eine Anzahl interessanter Dinge, die gemacht werden könnten, ohne zu teuer zu sein."

Joseph starrte ihn verblüfft an. „Thomas, könntest du dir vielleicht genügend Ideen wie diese einfallen lassen?" fragte er schließlich.

„Ich kann's versuchen."

„Danke", erwiderte Joseph, der plötzlich einen Kloß im Hals verspürte. Er hustete. „Thomas, ich würde aber aufpassen", fügte er hinzu. „Du hörst dich schon ganz wie ein verdammter Bauunternehmer an."

30

1933

S outhampton, Mai

ENDLICH WAR sie wieder in England!

Lily stellte im Hafen von Southampton ihre Taschen auf den Boden und blieb stehen. New York lag jetzt hinter ihr. Und vor ihr die Zukunft. Sie holte tief Luft. Sie war auf demselben Boden wie James, atmete dieselbe Luft wie ihr Baby.

Dieselbe Luft wie ihr Gatte.

Sie holte erneut tief Luft. Wie würde sie sich fühlen, wenn sie Robert wiedersah? Und wie würde er sich fühlen?

Sie spürte ein erregtes Kribbeln im Bauch, nahm wieder eine Tasche in jede Hand und machte sich auf den Weg aus den Docks.

Ihr Leben, das während der vergangenen dreizehn Jahre auf Eis gelegt war, hatte endlich begonnen, sich wieder vorwärts zu bewegen. New York lag für sie bereits weit in der Vergangenheit zurück, obwohl es nur neun Tage her war, dass sie die Wohnungstür geöffnet und einen Moment lang auf den verfärbten Fleck an der Wand gestarrt hatte, wo einst die Mesusa hing, und dann aus der Wohnung gegangen war und die Tür zum letzten Mal hinter sich geschlossen hatte.

Sie war so glücklich gewesen New York zu verlassen.

Nicht, weil sie in New York unglücklich gewesen wäre, denn sie war trotz der Schwierigkeiten in den vergangenen vier Jahren, dort glücklich gewesen.

Es war ein besonderes Gefühl der Zufriedenheit gewesen, das sie bei den Erlikhs verspürt hatte, die sie mit einer ihr bisher unbekannten Güte behandelt hatten. Sie hatte sie sehr vermisst, nachdem sie New York verlassen hatten. Anstatt täglich von der Wärme ihrer Freundschaft umgeben zu sein, war die Einsamkeit ein ständiger Begleiter für sie gewesen.

Ihre Schneiderkunst hatte ihr jedoch über die ersten Wochen ihrer Abwesenheit geholfen und ihr echte Befriedigung verschafft. Doch New York war auf der falschen Seite des Ozeans und nicht an dem Ort, wo sie sein wollte. Und während der ersten paar Wochen, nachdem Ruth und ihre Familie sie verlassen hatten, war sie nahe daran gewesen, ihre Taschen zu packen und nach England zu entfliehen.

Jedes Mal hatte sie sich dann aber daran erinnert, dass sie zu James zurückkommen und für sie beiden sorgen könnte, wenn sie für ein paar weitere Jahre so viel verdiente, wie sie es damals getan hatte. Ihr Geschick mit der Nadel hatte sich herumgesprochen und sobald sie einen Auftrag fertiggestellt hatte, war bereits der nächste da. Und sie machte nicht nur Kleider nach normalen Schnitten, sondern immer öfter entwarf sie die Modelle auch selbst.

Sie fand den gesamten Vorgang des Schneiderns sehr befriedigend und wenn sie des Nachts in ihrem Bett lag, hatte sie allmählich einen Plan entwickelt, in England ein Geschäft zu eröffnen, in dem sie die Kleider und Blusen, die sie nach normalen Schnitten und auch nach eigenen Entwürfen machte, verkaufen konnte. Die Idee erfüllte sie mit großer Aufregung, und sie war überzeugt, dass sie damit erfolgreich sein würde.

Da der Gedanke, New York zu verlassen, sie immer mehr beschäftigt hatte, wollte sie sich nun bemühen, etwas mehr von der Stadt zu sehen, so lange sie es noch konnte.

In der Vergangenheit hatte sie immer wieder Einladungen von Frauen in den benachbarten Mietshäusern, mit denen sie hin und wieder plauderte, ausgeschlagen, denn anstatt mit ihnen in eine Kneipe oder ins Sunshine Theater zu gehen, wollte sie lieber jeden Cent für ihre Heimreise sparen. Und außerdem brauchte sie ihre Gesellschaft auch gar nicht, denn sie hatte ja Ruth.

Doch sobald Ruth weg war, lag es an ihr, das Beste aus ihren zwei letzten Jahren in der Stadt zu machen.

Mit solchen Gedanken im Hinterkopf war sie eines Nachmittags die Treppe hinuntergegangen, als Mrs. Abelman heraufgekommen war. Mrs. Abelman war an jenem Tag ungewöhnlich freundlich und mitteilsam gewesen und hatte Lily mehr oder minder gezwungen, stehenzubleiben und einen Blick in ihren Korb zu werfen. Trotz ihrer geringen Englischkenntnisse war es ihr gelungen, Lily verständlich zu machen, dass sie selbst es war, die die amerikanischen Speisen in ihrem Korb zubereitet hatte.

Daraufhin hatte sie Lily ein Flugblatt in die Hand

gedrückt und Lily hatte sich verpflichtet gefühlt, stehenzubleiben und es zu lesen, während Mrs. Abelman nickend neben ihr stand. Das Blatt stammte von einer Organisation im Settlement House in der Henry Street. Dort gab es Unterricht im Zubereiten amerikanischer Speisen, der allen, unabhängig vom Alter, zugänglich war. Es gab auch Unterricht in Hauswirtschaft, Kunst und Theater. Und auch allen, die noch nicht gut Englisch sprechen konnten, wurde geholfen.

Lily sollte das nächste Mal doch mitkommen, gelang es Mrs. Abelman ihr klar zu machen, bevor sie sich wieder trennten.

Als Lily auf dem Weg zum Bäcker war, dachte sie an Settlement House und den dortigen Unterricht. Dabei war ihr plötzlich klar geworden, dass es nicht genügte, nur Geld für James' Erziehung zu haben – nein, sie musste sich auch selbst erziehen und verbessern, damit er sich nicht für sie schämen musste. Es wäre für sie auch von Vorteil, wenn sie sich in ihrem Geschäft in England mit den Kundinnen über allgemeine Themen unterhalten konnte – dachte sie sich.

Voller Enthusiasmus war sie am nächsten Morgen dann sofort zu Mrs. Abelman gegangen und hatte sie gebeten, sie bei ihrem nächsten Besuch in Settlement House mitzunehmen.

Sie war überrascht gewesen, dass sie den Unterricht unterhaltsam und nützlich fand, und so ging sie dann auch jede Woche wieder hin. Es hatte nur wenig Zeit vom Nähen in Anspruch genommen, aber sie war überzeugt, dass der Nutzen, den sie aus dem Unterricht zog, bei weitem das Verdienst aufwog, das sie beim Nähen erzielt hätte.

Und es war auch nicht nur der Unterricht gewesen, der sie hingezogen hatte, sondern es waren auch die Freundschaften, die sie dabei geschlossen hatte. Einige Frauen dort waren ebenso wie sie erpicht gewesen, vorwärtszukommen, und sie hatte gern ihre Zeit mit ihnen verbracht. Sie hatte sich von ihnen sogar überreden lassen, zur Unterhaltung mit ihnen die Henry Street Music Hall und das Neighbourhood Playhouse zu besuchen, wo sie allein nie hingegangen wäre.

Aber so gern sie auch den Unterricht und die Ausflüge mit ihren neuen Freundinnen genossen hatte, so war sie doch nie versucht gewesen, auch nur eine der zahlreichen Einladungen von Männern, die sie kennengelernt hatte, anzunehmen.

Von dem Augenblick an, als sie in New York angekommen war, war sie absichtlich allen Männern aus dem Weg gegangen, die Interesse an ihr gezeigt hatten.

Die einzigen Männer, die sie ihren Gedanken erlaubte, waren die Linford-Männer.

Doch ihren Hass auf Joseph würde sie wieder nach England mitnehmen.

Seine Androhungen einer strafrechtlichen Verfolgung im Falle ihrer Rückkehr verursachten ihr schon längst keine Angst mehr. Denn die Frau, die eingeschüchtert worden war, ihren Mund zu halten, gab es nicht mehr. Die Lily Brown, zu der sie geworden war, konnte sich ohne Angst den Linfords stellen und ihr Kind zurückfordern.

Ihre Antipathie gegen Charles hatte noch immer ihren Platz neben ihrem Hass auf Joseph, wobei sie sich allerdings eingestand, dass Charles mit ziemlicher Sicherheit von Joseph zur Mithilfe gezwungen worden war, und sie hatte damals auch das Gefühl gehabt, dass er seine Beteiligung an ihrer Verbannung in gewisser Weise bedauerte. Er hatte ihr zudem James' Decke gegeben, was er nicht hätte tun müssen. Sie war daraus zu dem Schluss gekommen, dass er wahrscheinlich nur ein schwacher Mann war, der sich nicht gegen seinen stärkeren Bruder durchsetzen konnte.

Und was Robert betraf, so liebte sie ihn ganz einfach und würde ihn immer lieben, obwohl sie sich schon vor langer Zeit bewusst geworden war, dass sein Gefühle für sie – da er sie nicht gesucht hatte - nicht ebenso stark waren, wie die ihren. Aber ihre Liebe zu ihm hatte in ihrem Herzen keinen Platz für jemand anderen gelassen. Und ihre Liebe zu James bedeutete, dass es keine Frage war, nicht nach England zurückzukommen.

Nur noch zwei Jahre hatte sie täglich gedacht, und sie wäre wieder in England und würde Robert und James wiedersehen.

Doch dann hatte sich im Oktober – der ihr letzter Monat in New York hätte sein sollen – in Amerika alles geändert.

ALS DIE BÖRSE zusammenbrach hatte sie mehrere Banken mitgenommen.

Über Nacht waren Unternehmen pleite gegangen und in den Schaufenstern waren Verkaufsschilder zu einem vertrauten Anblick geworden. Tausende hatten ihre Arbeitsplätze verloren und durchstreiften die Straßen auf der Suche nach Arbeit.

Viele, die nicht mehr fähig waren, ihre Miete oder Hypothek zu zahlen, befanden sich plötzlich in verzweifelten Umständen und waren dem Hungertod nahe. Lily hatte gehört, dass eine New Yorker Familie Zuflucht in einer Höhle im Central Park gefunden hatte, und es war ein alltäglicher Anblick geworden, dass Menschen in Hütten wohnten, die sie aus Schrott und Kartons zusammengebaut hatten. Diese Hüttensiedlungen wurden nach Präsident

Hoover als Hoovervilles bezeichnet, da er nur wenig tat, um das Leid dieser Menschen zu lindern.

Überall waren Brotausgaben und Suppenküchen eröffnet worden.

Apfelverkäufer, die ihre Äpfel für fünf Cents das Stück verkauften, waren an Straßenecken nun ein häufiger Anblick. Einer von ihnen, ein Junge mit einem Babygesicht, stand jeden Morgen an der Ecke von Orchard und Delancey Street. Er hatte sie auf seltsame Weise an James erinnert, und so hatte sie hin und wieder einen Apfel von ihm gekauft.

Im Lauf der Wochen hatte sie angefangen, mit dem Jungen ein paar Worte zu wechseln, und eines Tages fragte sie ihn, wo er denn die Äpfel herhatte, die er verkaufte. Von einem Haus in der Harrison Street, erzählte er ihr. Frühmorgens gingen Tausende arbeitsloser Menschen hin und kauften Äpfel unter dem Marktpreis. Die Obstbauern unterstützten sie, damit die Straßenverkäufer ein paar Cents an jedem Apfel verdienen konnten.

Als sie auf die nachfolgenden schwierigen Jahre zurückblickte, versuchte sie, sich zu erinnern, weshalb sie nach dem Wall-Street-Crash zurückgeblieben und nicht sofort ihr erspartes Geld genommen und nach England zurückgekommen war. Schließlich hatten ihre Aufträge fast sofort aufgehört und ihre Ersparnisse nicht mehr zugenommen.

Wahrscheinlich habe sie nicht das Ausmaß des Geschehens erkannt und fälschlicherweise geglaubt, dass die Dinge bald wieder besser würden. Und sie war sich auch nicht der Auswirkungen gewahr gewesen, die die zunehmende Nachfrage nach Konfektionskleidung auf ihr Geschäft haben würde.

Die wenigen Frauen, die noch Geld hatten, gaben es nicht mehr für handgefertigte Kleidungsstücke aus, sondern kauften stattdessen die von den Fabriken am laufenden Band produzierte billigere Konfektionsware. Das bedeutete, dass die Bekleidungsfabriken, die den Crash überdauert hatten, florierten, aber ihr Auftragsbuch war leer geblieben.

Sie hatte auch befürchtet, dass die Situation in England dieselbe sein könnte, und dass es daher eine riskante Zeit für die Eröffnung eines Geschäfts wäre, vor allem auch, wo sie doch James versorgen musste. In New York war sie mit den Systemen vertraut und sie hatte Kontakte, weshalb sie dachte, dass es klüger wäre, vor Ort zu bleiben, bis sich die Lage verbessert hatte.

Während sie darauf wartete, hatte sie in ihrer Verzweiflung angefangen, Kleidungsstücke von einer erfolgreichen Hemdblusenfabrik in der Nachbarschaft trotz des armeseligen Lohns in Heimarbeit fertigzustellen. Zum Glück machten Mr. Abelmans Söhne noch immer Zigarren und er zahlte weiterhin die Miete für das Zimmer. Sie befürchtete aber, dass er das Zimmer nicht mehr viel länger brauchen würde, und ein paar Monate nach dem Crash hatte sie mit ihrer Annahme auch recht behalten.

Mr. Abelman hatte ihr ursprünglich gesagt, dass es immer eine Nachfrage für billige Zigarren geben würde, aber da Luxuszigarren plötzlich nicht mehr gefragt waren, hatten sich die Hersteller von Luxuszigarren auf die Produktion von billigen Zigarren umgestellt. Diese maschinell hergestellten Zigarren konnten für nur fünf Cents pro Stück verkauf werden, und seine Söhne konnten damit natürlich nicht konkurrieren.

Angesichts dieses Umstands, und da auch sein Juweliergeschäft eingegangen war, wollten die Abelmans zu Verwandten im Westen Amerikas gehen. Und kurze Zeit später waren sie dann nach Kalifornien gezogen.

Eine Woche nach ihrer Abreise hatte sie zum ersten Mal, um zu überleben, ihre Ersparnisse angreifen müssen, und hatte nun überlegt, ob sie das mehrmals gemachte Angebot des Besitzers der Hemdblusenfabrik annehmen sollte, als Zuschneiderin zu arbeiten. Im Prinzip bevorzugten die Spinnereibesitzer Kinder einzusetzen, deren kleine Hände und gelenkigen Finger für die Arbeit an den Maschinen gut geeignet waren. Die Arbeit einer Zuschneiderin war jedoch eine Facharbeit und nur wenige konnten ein auf Papier gezeichnetes Modell in einen Schnitt umwandeln, anhand dessen die verschiedenen Teile eines Kleidungsstücks zugeschnitten werden konnten. Deshalb waren die Zuschneider auch sehr gefragt und sie wurden besser bezahlt.

Bis dahin hatte sich Lily stets geweigert, in einer Fabrik zu arbeiten, da sie über die schlechten Arbeitsbedingungen gut informiert war. Völlig verzweifelt beschloss sie schließlich, das Angebot anzunehmen, denn sonst würde sie vielleicht nie nach England zurückkommen können.

Aber sie hasste ihre Arbeit in der Fabrik. Ihre Arbeitszeit war lang und ihr Umfeld äußerst ungesund. Im Raum, wo alle arbeiteten, war die Luft erfüllt von Flusen und Fusseln und dem ständigen Lärm der Nähmaschinen, sowie vom Gestank der Zigarren, der ungewaschenen Körper und vom Geruch des Maschinenöls. Dazu war sie besorgt über die Sicherheit der vielen Kinder, die ganz offensichtlich jünger als zehn Jahre – dem gesetzlichen Mindestalter für Kinderarbeit – waren.

Als sie eines Nachmittags mit einer Arbeitskollegin nach einer Werksinspektion zur Orchard Street zurückging, hatte sie ihre Enttäuschung darüber ausgedrückt, dass der Inspektor die Anlage nicht gründlich genug inspiziert hatte. Denn sonst hätte er die Kinder gefunden, die in den Kisten versteckt waren. Er werde dafür vom Vorarbeiter bezahlt, erzählte ihr die Kollegin. Sie hatte dann noch etwas ätzend hinzugefügt, dass die Familien der Kinder auf deren Verdienst angewiesen waren, und dass alle, die in der Fabrik arbeiteten, aus demselben Grund hofften, dass sie nicht geschlossen wurde.

Danach behielt sie ihre Gedanken für sich und beschloss, die Fabrik zu verlassen, sobald es für sie möglich war.

Dieser Tag schien jedoch in immer weitere Ferne zu rücken.

Der letzte Winter war dann der schlimmste gewesen. Trotz ihres Lohns von der Fabrik musste sie immer wieder in ihre Ersparnisse greifen, um für Miete und Essen zu zahlen. Als sie eines Abends unter die Dielen guckte, wo sie ihr erspartes Geld versteckt hatte, wurde ihr voller Angst bewusst, dass sie bald zu wenig Geld haben würde, um zu James zurückzukommen, geschweige denn ein Geschäft zu eröffnen.

Im selben Augenblick beschloss sie, die Reise nach England sofort anzutreten.

IHRE ARBEITSKOLLEGEN HATTEN VERSUCHT, sie zum Bleiben zu überreden, und ihr versichert, dass es bald besser werden würde. Der jüngst gewählte Präsident Roosevelt hatte von einem New Deal gesprochen, der wieder Arbeitsplätze schaffen würde, und vom Kongress sollte ein Biergesetz verabschiedet werden, das dem Alkoholverbot ein Ende setzen würde. Und auch für die Armen würde mehr Geld zur Verfügung stehen. Aus diesen Gründen sei ihr Entschluss, jetzt das Land zu verlassen, völlig falsch.

Sie hatte aber keineswegs die Absicht, alles aufs Spiel zu

setzen, in der Hoffnung, dass die Pläne des Präsidenten erfolgreich wären. Das dachte sie, als sie am Tag nach ihrem Entschluss die Treppe zu ihrer Wohnung hinaufstieg, denn sie war mehr als bereit, endlich wieder zuhause zu sein.

Zwei Tage später war sie an Bord ihres Schiffs gegangen und nach England gefahren.

31

———————

Als sie, in jeder Hand eine Tasche, die Docks verließ, erlaubte sie sich zum ersten Mal seit Langem zu überlegen, wie Joseph ihre Abwesenheit wohl allen erklärt hatte, und was die Linfords nach ihrem Verschwinden über sie gesagt hatten. Und ob sie noch immer über sie sprachen, oder sie schon längst vergessen hatten. Vor allem fragte sie sich, was sie wohl James erzählt hatten, als er älter geworden war, ob er sie je erwähnte, und wie er aussah.

Und sie fragte sich auch, ob Robert je an sie dachte.

Jetzt, wo sie wieder auf englischem Boden stand, war sie immer neugieriger geworden, wie Robert jetzt nach dreizehn Jahren wohl aussehen würde – ob er fülliger geworden war, im Gesicht Falten hatte und schon ergraut war.

Sie fragte sich auch, was er von ihrem Aussehen halten würde, wenn er sie sah. Sie war noch immer schlank, aber die Jahre waren hart gewesen und ihre jugendliche Blüte, die ihn damals so angezogen hatte, war sicher schon lange weg. Würde ihn das, was noch da war, reizen? Sie konnten natürlich nie mehr zusammen leben, aber es wäre doch interessant es zu wissen.

Und würden sie noch immer das aufregende Gefühl unten im Bauch verspüren, wenn sie einander in die Augen blickten?

Sie erlaubte sich diese Frage aber gar nicht, denn es war lächerlich. Natürlich würden sie es nicht spüren.

Das Gefühl der Schmetterlinge im Bauch war einem Gefühl von Beklommenheit und unterdrückter Aufregung gewichen, als sie vor einem Wegweiser stehen geblieben war. Sie stellte die Taschen auf den Boden, um ihre Arme ein wenig auszuruhen, und blickte hinauf zu den Pfeilen. Einer der Pfeile wies zum Bahnhof von Southampton, und sie sah in einiger Entfernung auch ein großes Gebäude mit einer Bogenfassade. Ein Lächeln umspielte ihre Lippen als sie die schmerzenden Arme schüttelte. Doch dann fasste sie erneut die Taschen und machte sich auf den Weg zum Bahnhof.

Während der acht Tage auf dem Schiff hatte sie Zeit gehabt zu überlegen, was sie nach ihrer Ankunft in London tun und wohin sie gehen würde. Dabei war eine Person in ihren Überlegungen hervorgetreten. Er war der einzige Linford, der ihr außer Robert ein wenig Wärme gezeigt hatte – und sie beschloss, dass er ihr Ausgangspunkt sein würde.

So schnell es ihre schweren Taschen erlaubten eilte sie zum ersten Zug, der sie nach Kentish Town bringen sollte.

THOMAS SASS in seinem Rollstuhl am Fenster mit einem Glas Whisky neben sich auf dem Tisch und seiner Prothese, die er nachlässig auf den Boden geworfen hatte. Er starrte müßig auf die Reihe baufälliger Läden, die zum Teil von den Platanen verdeckt wurden.

Als er so dasaß, erschien plötzlich eine schlanke Person zwischen den beiden Bäumen direkt gegenüber von seinem Fenster, die anhielt. Dann bewegte sich die Person, mit zwei Taschen in den Händen, näher an den Bordstein heran, blieb stehen und starrte in seine Richtung.

Thomas blinzelte ein paarmal verwundert.

Die Person trat in die Abflussrinne, blieb erneut stehen, und blickte zu seinem Fenster hinauf.

Er richtete sich in seinem Stuhl auf. „Du lieber Himmel!" rief er. „Das darf doch nicht wahr sein!"

Die Person begann nun über die Straße zum Haus zu gehen.

Als er ausholte und nach seiner Krücke griff, fiel sein Whiskyglas zu Boden. Taumelnd bewegte er sich zum Fenster hin, lehnte sich an die Scheibe und starrte hinaus.

„Großer Gott, sie ist's!" rief er.

32

———

K entish Town, *etwas später am selben Tag*

DIE STILLE des späten Nachmittags kam durch die Fenster gekrochen und ließ sich in Thomas' kleinem Wohnzimmer nieder, und in allen vier Winkeln des Raums verdunkelten sich die Schatten.

Thomas hatte eine bequemere Stellung in seinem Lehnstuhl gefunden und starrte Lily verblüfft an.

„Du bist also nicht tot", sagte er und schüttelte den Kopf. „Ich kann es noch immer nicht glauben. Und du warst die ganze Zeit in Amerika, während wir dachten, du seist tot. Wer hätte sich das von Joseph gedacht? Der schlaue alte Hund."

„Schlau ist keineswegs stark genug für ihn!" erwiderte sie. „Es war grausam – ausgesprochen grausam – Robert und James zu sagen, dass ich tot sei. Und noch schlimmer, dass ich Selbstmord begangen habe! Robert muss sich sehr schuldig gefühlt haben. Das war wirklich gemein und widerlich. Warum konnte er denn nicht sagen, dass ich gegangen bin? Das wäre menschlicher gewesen."

„Die Antwort ist ganz offensichtlich. Er hätte doch nicht gewollt, dass Robert dich sucht. Ein Detektiv hätte nicht lange gebraucht herauszufinden, dass eine Lily Linford ein Schiff nach New York genommen hat, und Robert hätte sofort gewusst, dass du es nicht aus freien Stücken getan hast. Du warst doch nie abenteuerlustig. Noch wichtiger ist aber, dass er wusste, dass du James nie freiwillig zurückgelassen hättest."

Lily sank in ihrem Stuhl zurück. „Es war eine Lily Brown, die auf das Schiff gegangen ist, keine Lily Linford. Lily Linford ist in dem Augenblick gestorben, als man sie von ihrem Kind weggezerrt hatte."

„Und du sagst, dass auch Charles davon gewusst hat?" sagte Thomas. „Wir haben zwar nichts füreinander übrig, aber ich bin trotzdem überrascht, dass er sich für so etwas hergegeben hat."

„Und ich glaube, dass auch Walter davon gewusst hat. Ich bin sicher, dass ich gehört habe, wie er mit Joseph sprach, als ich die Treppe herunterkam, nachdem ich mich von James verabschiedet hatte."

Thomas nickte nachdenklich. „Da könntest du durchaus recht haben. Er und Joseph waren nach deinem Verschwinden plötzlich dick befreundet." Er hielt inne und blickte Lily nachdenklich an. „Das ist jetzt aber schon Jahre her, Lily. Du hast mir bereits ein wenig von deinem bisherigen Leben erzählt, über das erfolgreiche Geschäft, das du dir aufgebaut hast, und was nach dem Crash passiert ist. Aber das Schlimmste ist jetzt schon vorbei und du hättest dein Geschäft doch wieder aufbauen können, wenn du geblieben wärst. Und du hättest doch sicher wieder heiraten können. Du warst eine schöne Frau, und bist es noch immer. Weshalb hast du denn nicht geheiratet und bist geblieben? Weshalb bist du nach England zurückgekommen?"

Sie blickte ihn erstaunt an. „Natürlich für mein Kind. Seitdem ich England verlassen habe ist kein einziger Tag vergangenen, an dem ich nicht an James gedacht habe. Ich liebe ihn und will ihn zurückhaben." Und nach einigem Zögern. „Und ich will Robert wiedersehen. Ich hab ihn so sehr vermisst." Thomas schreckte leicht auf. „Keine Angst, ich habe keine Gefühle mehr für ihn und ich erwarte auch nicht, dass er mich noch liebt. Ich möchte aber gern wissen, wie er jetzt aussieht. Schließlich bin ich noch immer seine tatsächliche Frau und nicht Marian."

„Nein, das bist du leider nicht. Deine Ehe mit Robert ist gerichtlich beendet worden. Marian ist jetzt seine rechtmäßige Frau."

„Aber jetzt, wo ich zurück bin, werden sie wissen, dass ich nicht tot bin und dass sich die Situation geändert hat, wenn ich es so wollte. Ich will es nicht, aber ich möchte ihn sehen."

Thomas schüttelte den Kopf. „Ich fürchte, dass du auch da nicht ganz recht hast. Es ist anscheinend möglich, zu Gericht zu gehen und jemanden für tot erklären lassen. Der Gerichtsbeschluss führt aber zu keiner Eintragung ins Sterberegister, sondern beendet nur eine Ehe und dass eine Person wieder heiraten kann."

„Oh, ich verstehe", erwiderte sie langsam.

„Nach dem, was du gesagt hast, hat Walter gewusst, dass du lebst, und er hat es auf diese Weise geregelt, um Robert zu schützen und dafür zu sorgen, dass Roberts zweite Ehe gültig ist, falls du zurückkommen solltest, und dass er nicht der Bigamie beschuldigt wird. Ich nehme an, dass auch alle Kinder aus der zweiten Ehe ehelich geborene Kinder wären, was aber nicht der Fall und somit nicht relevant ist."

„Ja, ich verstehe", sagte sie und nickte.

„Robert und Marian verdienen nicht die Verheerung, die deine Rückkehr mit sich bringen würde", sagte er sanft. „Und es würde Robert völlig aus dem Gleichgewicht bringen, denn er liebt Marian."

„Ich habe diese Situation nicht verursacht", entgegnete sie in scharfem Ton. „Da liegt die Schuld bei Joseph. James ist *mein* Sohn und nicht der ihre. Ich liebe ihn und werde ihn sehen. Ich nehme an sie wohnen noch immer in Hampstead?" Thomas hatte den Eindruck, dass sie aufstehen wollte.

Thomas winkte abweisend ab. „Um Himmels Willen, setz dich doch wieder. Und sieh mich nicht so an. Ich will nicht so tun, als ob es mir recht wäre, dass du zu James gehst, denn das ist es nicht. Und es überrascht mich sogar. Es ist ja bekannt, dass ich in der Vergangenheit gern über meine Familie hergezogen bin, und ich hätte eigentlich erwartet, dass ich über ihr bevorstehendes Unglück hoch erfreut sein werde, aber seltsamerweise bin ich es nicht. Das heißt aber nicht, dass ich dir nicht helfen möchte."

Lily setzte sich wieder. „Ich erinnere mich, dass du dich oft beklagt hast."

Thomas setzte ein ironisches Lächeln auf. „Ich denke, dass du das sagen könntest, aber überraschenderweise würde ich die Familie diesmal gern schützen. Robert, James und Marian sind glücklich. Ich bin überzeugt, dass es falsch wäre, ihr Leben durcheinander zu bringen."

„Aber ich kann mich doch nicht verstecken, selbst wenn ich es wollte. Als tot erklärt zu sein könnte bedeuten, dass ich kein Geschäft aufbauen kann. Dazu brauche ich eine Bank und dergleichen. Ich muss also einfach wieder verschwinden. Und sie alle sollten wissen, wie grausam Joseph zu mir war. Das ist doch nur fair.“

„Lily, du bist aber gar nicht als tot eingetragen. Du bist für tot erklärt worden, was nicht dasselbe ist. Es gibt keine Sterbeurkunde. Aber, wie ich schon sagte, bin ich bereit dir zu helfen.“

„Weshalb würdest du denn etwas tun, wenn du so dagegen bist?“

„Denn du würdest trotzdem hineinplatzen, ganz gleich was ich sage. Und wenn du blindlings nach Hampstead saust, dann könnte der Schaden für alle Beteiligten noch viel schlimmer sein. Ich muss mir überlegen, wie wir am besten vorgehen. Während ich damit beschäftigt bin, könntest du dich nützlich machen. Meine Haushälterin ist bereits heimgegangen, sie lässt aber immer ein Abendessen für mich in der Küche. Du könntest in der Speisekammer nachsehen, ob du etwas findest, damit das Abendessen für zwei reicht.“

„Ja, das mach ich“, erwiderte Lily, stand auf und ging in die Küche. Nach kurzer Zeit kam sie mit einem Tablett zurück, auf dem zwei Teller mit Essen, Salz- und Pfefferstreuer aus Glas und Besteck waren. Thomas saß bereits an einem Klapptisch aus Eiche, der gegen die Wand stand, und Lily richtete alles auf dem Tisch an, lehnte das Tablett gegen die Wand und setzte sich ihm gegenüber.

„Gut, das ist mal etwas anderes“, sagte er und griff nach Messer und Gabel. „Jetzt, wo Alice nicht mehr da ist, esse ich immer allein, nur mit dem Radio, das mir Gesellschaft leistet.“

„Das mache ich auch“, sagte Lily, „aber ohne Radio.“

Sie lächelten einander an und begannen zu essen.

„Weshalb bist du eigentlich zu mir gekommen und nicht zu Charles?" fragte er nach einigen Minuten. „Schließlich war er ja bis zum Hals in die Sache verwickelt."

Sie hielt inne, mit Messer und Gabel in den Händen. „Ich war noch nicht so weit, ihnen allen gegenüberzutreten. Und du warst der Einzige, mit dem ich mich gern unterhalten habe. Ich hatte nie das Gefühl, dass du auf mich herabschaust."

„Auf einem Bein wäre das auch schwierig gewesen."

Lily lachte.

Sie beendeten ihre Mahlzeit in Stille. Lily stellte die Teller zurück auf das Tablett, hob es auf und wollte aus dem Zimmer gehen.

„Leg das Tablett auf den Küchentisch", sagte er. „Mrs. Carmichael wird sich am Morgen darum kümmern. Wenn du zurückkommst werde ich dir einen Vorschlag machen."

Als sie zurückkam, saß er wieder in seinem Lehnstuhl neben dem Kamin. Sie hockte ihm gegenüber am Rand ihres Stuhls und blickte ihn erwartungsvoll an.

„Also, im Oberstock ist ein leeres Zimmer. Du kannst ein paar Tage lang darin unterkommen. Niemand geht dort hinauf, und du könntest dich aus dem Staub machen, falls Joseph oder Charles vorbeikommen, bevor sie wissen, dass du hier bist. Oder Louisa. Sie ist Charles Tochter, wie du dich vielleicht erinnerst. Sie kommt hin und wieder vorbei. Ich fürchte, dass ich zu ihrem guten Zweck geworden bin – indem sie zu ihrem mürrischen alten Onkel nett ist, büßt sie für vergangenen Missetaten, von denen es viele gibt."

„Thomas, das ist sehr nett von dir. Und wann könnte ich Robert und James denn sehen?"

„Wir haben am kommenden Wochenende wieder eines dieser langweiligen Zusammenkünfte in Chorton, denn Joseph tritt als Vorsitzender der Firma zurück und Robert übernimmt seine Position und außerdem ist Walter in seiner Anwaltskanzlei zum Partner avanciert. Ich glaube, dass Marian und James am Freitagvormittag mit Maud und Joseph nach Chorton fahren. Robert fährt aber erst am Samstag, und ich dann auch. Ich könnte Robert am Freitag zum Abendessen einladen, und du könntest dann mit ihm sprechen."

Lily überlegte einen Moment lang. „Ich möchte ihm nicht die Gelegenheit geben, es allen zu erzählen, bevor ich es kann. Ich habe einen besseren Vorschlag – ich fahre am Samstag mit dir."

„Das ist keine gute Idee."

„Doch, meine Idee ist perfekt, denn die ganze Familie muss erfahren, was Joseph und Charles getan haben, und dass sie Lügner sind. Und sie werden verstehen, dass es ganz natürlich ist, dass ich James zurückhaben will – sie haben sicher nicht vergessen, wie sehr ich ihn geliebt habe. Und Robert wird es auch nicht vergessen haben. Und sobald er weiß, was Joseph getan hat, wird er einsehen, dass ich es verdiene, James zu bekommen. Und selbst wenn er mich hindern will, James mitzunehmen, wird er wissen, dass ich meine Rechte habe. Ich werde James dann sofort mitnehmen." Sie hielt inne und schmiegte sich tiefer in den Stuhl hinein.

„Und was ist mit James? Spielen seine Gefühle dabei überhaupt eine Rolle?" fragte Thomas leise.

Lily zögerte. „Natürlich tun sie das. Ich bin doch seine Mutter. Am Anfang wird es für ihn selbstverständlich seltsam sein. Aber Robert wird ihm sagen, wer ich bin, und welches Kind möchten denn nicht lieber bei der eigenen Mutter sein?"

„James denkt, dass Marian seine Mutter ist."

„Sie ist aber nicht seine richtige Mutter. Die bin nämlich ich."

„Und Robert ist sein Vater, und darüber hinaus ein sehr guter Vater."

„Er hatte das Glück, ein Elternteil von James zu sein – ich nicht."

„Hast du überhaupt Geld?" fragte er nach einigen Minuten des Schweigens.

„Ja, ein wenig. Ich habe jahrelang gespart. Ich musste einiges davon nach dem Crash verwenden, und ich bin zurückgekommen, als ich noch genug hatte, um hier anzufangen."

„Das ist gut, denn es ist wichtig. Wenn du ernsthaft planst, James zu dir zu holen, dann darfst du nicht vergessen, dass er an ein Auto gewöhnt ist, also wirst du eins brauchen. Ich weiß, dass du fahren kannst. Außer du willst ihn von der ganzen Familie fernhalten – und ich glaube nicht, dass du so lieblos zu ihm sein wirst, zumindest hoffe ich, dass du es nicht tun wirst – dann wird er zum Beispiel hin und wieder ein Wochenende in Chorton verbringen müssen."

Lily nickte. „Seit ich England verlassen habe, bin ich nicht mehr gefahren. Ich werde es aber sicher bald wieder können."

„James wächst jetzt schnell, und selbst wenn sie dir seine Sachen mitgeben, wird er bald neue brauchen. Und viel Essen – sehr viel davon."

„Ja, natürlich", erwiderte und nagte nachdenklich an der Unterlippe.

„Und du musst eine Wohnung finden. Vergiss auch nicht, dass er noch zur Schule geht und dass er sicher in derselben Schule bleiben möchte. Du kannst also nicht zu weit davon wohnen, damit er leicht hinkommen kann. Ein

Auto und eine Wohnung finden, alles kaufen, was James brauchen wird, eine Speisekammer füllen – das ist für ein paar Tage doch ziemlich viel zu tun, denkst du nicht auch?" sagte er und blickte sie fragend an.

Sie starrte ihn an und runzelte besorgt die Stirn. „Ja, das ist eine ziemliche Menge."

„Und du musst dir auch überlegen, was du zu James sagen wirst. Ich weiß nicht, ob du bereits daran gedacht hast, aber er wird dich nicht kennen. Er war viel zu jung, als du verschwunden bist. Es wäre gut, wenn du dir überlegst, wie er reagieren könnte."

Lily nagte jetzt innen an ihrer Wange. „Ja, du hast recht. In New York habe ich mir immer wieder den Augenblick vorgestellt, wenn ich James wiedersehen werde, aber ohne irgendwelche Einzelheiten. Ich habe mir immer nur vorgestellt, wie ich meine Arme nach meinem Kind ausstrecke und wie er mit ausgebreiteten Armen auf mich zuläuft. Mehr habe ich mir nie ausgedacht."

„Ja, das verstehe ich."

„Und was Robert betrifft, habe ich mir gedacht, dass er nicht heiraten könnte, und es ist ein Schock für mich, dass er wieder eine Frau hat. Ich habe nicht erwartet, dass wir beisammen leben werden – es ist einfach zu viel geschehen. Ich war immer so wütend auf ihn und so aufgebracht, dass er mich nicht gesucht hat. Jetzt weiß ich aber, warum er es nicht getan hat, und dass es nicht seine Schuld war." Sie starrte Thomas ängstlich an.

„Und wie sind deine Gefühle jetzt, wo du über die Lügen Bescheid weißt?" fragte Thomas. „Du hast gesagt, dass du ihn nur aus Neugierde sehen möchtest. Und dass du nie dachtest, dass er dich noch lieben würde. Eigentlich hast du aber nie gesagt, dass du ihn nicht mehr liebst."

„Natürlich liebe ich ihn nicht. Ich hab mich verändert

und auch er wird sich verändert haben. Wir sind jetzt zwei verschiedene Menschen. Ich bin wegen James und nicht wegen Robert zurückgekommen", fügte sie entschieden hinzu.

„Bist du dir da sicher? Lily, du siehst noch immer bezaubernd aus, und auch er sieht recht gut aus. Da hat sich also nichts geändert."

„Innerlich sind wir aber anders, und darauf kommt es doch an. Ich möchte aber nicht über Robert, sondern über James sprechen. Du hast recht, ich muss mir genau überlegen, was ich zu ihm sagen werde, und was er vielleicht zu mir sagen wird. Damit ich vorbereitet bin."

„Wenn du darauf bestehst, mit nach Chorton zu kommen, dann musst du dir überlegen, wo du am besten mit Robert sprechen könntest. Du willst die Sache doch nicht wirklich vor der ganzen Familie inszenieren?"

Lily zögert ein wenig. „Ich dachte zuerst, dass ich es möchte, aber vielleicht ist es doch besser, es nicht zu tun." Und nach einigem Überlegen. „Du könntest ins Haus gehen und Robert sagen, dass jemand mit ihm sprechen möchte, und ihn dann herausbringen. Ich würde darauf bestehen, James zu sehen, aber Robert könnte vor mir hineingehen und James erklären, wer ich bin, bevor er mich sieht. Er könnte James vielleicht in ein leeres Zimmer führen und ihm sagen, dass seine echte Mutter zurück ist. Und dann gehe ich hinein. Nachdem ich James gesehen habe kann ich dann allen anderen erzählen, was Joseph getan hat."

„Das ist gut. Jetzt denkst du wie eine Mutter."

„Ich werde Robert bitten, dass James dann in zwei Wochen zu mir kommen kann. Bis dahin wird sich James an die Idee gewöhnt haben. Ich habe dann ein Auto und eine Wohnung. Das ist doch eine bessere Idee, nicht wahr?"

„Ja, ganz bestimmt. Damit haben wir jetzt eine Strategie.

Ich nehme dich nach Chorton mit – damit kommt sicher etwas Würze in ein ansonsten langweiliges Familienwochenende – und danach sehen wir weiter. Ich werde dich aber nicht fahren lassen", fügte er lächelnd hinzu. „Ich habe jetzt selbst ein Auto und einen Chauffeur, und bin dadurch unabhängiger. Du kannst dann nach Chorton hierher zurückkommen und so lange bleiben, bis du alles für James bereit hast."

„Thomas, ich bin dir so dankbar", sagte sie mit Tränen in den Augen.

Er machte eine abweisende Geste. „Du musst mir nicht danken. Du siehst übrigens erschöpft aus. Ich schlage vor, du gehst jetzt auf dein Zimmer und schläfst dich gründlich aus. Es ist das Zimmer rechts oben an der Treppe. Ich fürchte, dass es dort wie im übrigen Haus nicht nach einem eleganten Einrichtungsmagazin aussieht, denn ich habe mich nie dafür interessiert, etwas an die Wand zu hängen. Ich brauche lediglich ein Dach über dem Kopf, ein Zimmer, in dem ich arbeiten kann, und eine Sitzgelegenheit.

Lily stand auf.

„Bevor du nach oben gehst möchte ich dich noch bitten, mir einen Whisky einzuschenken. Ich hatte so einen Schock, als ich dich sah, dass mein Glas zu Boden fiel."

Sie ging zur Anrichte, nahm die Kristallkaraffe, füllte sein Glas halb voll und trug es zu Thomas zurück. „Danke zu sagen ist so unzulänglich", erwiderte sie und reichte ihm das Glas. „Ich danke dir aber trotzdem. Gute Nacht."

Sie ging zur Tür, öffnete sie, zögerte dann einen Augenblick und warf ihm einen fragenden Blick zu.

Er lächelte sie schief an. „Ich weiß, was du jetzt denkst, Lily, und nein, ich erwarte nicht von dir, dass du mich für meine Hilfe in dein Bett einlädst, und du musst auch nicht zu mir hinunterkommen. Ich vermeide die Treppen so viel ich kann. Du bist nicht in Gefahr. Die Hand, die ich dir reiche, ist in Freundschaft geboten und nicht aus Liebeslust. Schlaf gut." Er hob ihr sein Glas zu und nahm einen kräftigen Schluck.

„Gute Nacht, Thomas", sagte sie und schloss die Tür leise hinter sich.

33

 *m nachfolgenden Samstag*

ALS DER SCHWARZE Morris Ten auf der Landstraße um die
Kurve bog, war Chorton schon in einiger Entfernung zu
sehen. Lily beugte sich auf ihrem Sitz mit klopfendem
Herzen vor und starrte auf den Teil des Hauses, der über
der niedrigen Steinmauer, die Haus und Garten umgab,
sichtbar war.

Das grelle Licht der frühen Nachmittagssonne spiegelte
sich in den Fenstern der Hausfront in schillerndem Glanz
und die Steinmauern des Hauses schimmerten im goldenen
Licht. Glyzinien hingen in lilafarbener Pracht von Spalieren
an den Hausmauern.

„Es muss wunderbar gewesen sein, in diesem schönen
Haus Kindheit und Jugend verbracht zu haben", sagte Lily
wie zu sich selbst. „Ich hatte vergessen, wie schön das Haus
ist, wenn es mir überhaupt je aufgefallen ist."

„George, du kannst hier stehenbleiben", wies Thomas den Chauffeur an, als sie durch das schmiedeeiserne Tor zur Auffahrt gefahren waren und einen schmalen Pfad erreicht hatten, der einen kleinen Hang hinaufführte, mit der Gartenmauer auf der einen und den Feldern des benachbarten Bauernhofs auf der anderen Seite.

„Diesen Pfad hat Robert zum Bauernhof genommen, wo ich gearbeitet habe", sagte Lily und blickte nachdenklich hin. „Er ist über die Mauer geklettert und über die Felder gelaufen." Und nach einer kurzen Stille. „Da außer mir niemand hier ist, würde ich gern aussteigen und zur Erinnerung eine kurze Strecke den Pfad hinaufgehen. Es könnte mich vielleicht ein wenig beruhigen. Ich glaube nicht, dass ich je so nervös war wie ich es jetzt bin."

„Ja, wenn du willst."

„Ich habe deinen Rat befolgt und versucht, mir vorzustellen, was James zu mir sagen könnte. Es ist aber so schwierig und ich werde immer ängstlicher, dass ich es vielleicht nicht richtig herausbringe", sagte sie mit einem nervösen Lachen.

„Keine Angst, es wird sicher klappen", versicherte ihr Thomas. „Ich werde mit George etwas weiter den Weg entlangfahren und dann auf dich warten. Wenn du so weit gegangen bist, wie du willst, dann komm zum Auto zurück und sag mir, was du tun möchtest. Wir fahren dann zum Haus hinauf, wenn du das nach wie vor möchtest. Alle werden jetzt schon dort sein, denn sie waren ja schon zum Lunch da. Ich komme immer erst am Nachmittag und tue somit alles wie immer. Oder du kannst einen anderen Vorschlag machen. Lily, du entscheidest."

„Ja, ich weiß, und ich danke dir. Ich brauche nicht lang. Ich seh mich nur ein wenig um." Sie öffnete die Autotür und kletterte hinaus. Mit der Hand auf der Tür wandte sie sich um und lächelte Thomas ängstlich an. „Es ist ein komisches Gefühl zu wissen, dass mein Sohn im Haus ist", sagte sie mit zitternder Stimme.

Thomas warf ihr ein beruhigendes Lächeln zu. „Ich sagte dir schon, dass alles klappen wird."

Lily nagte an der Unterlippe, schloss die Autotür und machte einen Schritt zurück.

Sie sah, wie das Auto den Weg entlangfuhr und anhielt. Dann atmete sie tief ein, wandte sich um und ging den Pfad hinauf.

Bei jedem Schritt starrte sie über die Mauer zum Haus hin. Auf halber Strecke entdeckte sie zu ihrem Ärger, dass ein dichtes Gebüsch und Bäume auf der anderen Seite der Mauer das Haus völlig verdeckten. Sie ging nun schneller, um an eine Stelle zu gelangen, von der aus das Haus wieder sichtbar war. Und vor allem auch die oberen Fenster, falls James an einem davon stehen sollte.

Doch bevor sie am Gebüsch vorbeigekommen war, hörte sie Gelächter auf der anderen Seite der Mauer und blieb sofort stehen. Robert hatte ihr erzählt, wie gern er mit seinen Geschwistern im Gebüsch und bei den Bäumen gespielt hatte. Vielleicht tat es auch James so gern?

Das Gelächter war erneut zu hören.

Mit klopfendem Herzen starrte sie auf die Mauer.

In geringer Entfernung waren Kinder dahinter. Und vielleicht war auch James mit dabei. Vielleicht würde sie ihn gleich sehen.

Ihr Herz pochte wie wild, als sie so leise wie nur möglich näher an die Mauer heranschlich. Sie hielt sich mit der Hand am Gemäuer fest, stellte sich auf die Zehenspitzen und versuchte, einen Blick über die Mauer zu werfen. In der Hoffnung, einen ersten Blick auf ihren Sohn zu erhaschen.

Würde sie ihn aber wiedererkennen, fragte sie sich. Es könnten ja auch andere Jungs mit dabei sein.

Und würde sie ihn sehen können, ohne dass er sie sah?

Denn er durfte sie auf keinen Fall sehen. Noch nicht. Und ganz bestimmt nicht, wenn sie wie eine Außenseiterin, die nicht dazugehörte, über die Mauer guckte.

Sie würde für ihn eine fremde Frau sein. Denn das wäre sie für ihn, dachte sie betroffen. Eine Fremde. Nicht wie seine Mutter.

Nein, er sollte sie nicht ansehen und nicht wissen wer sie war. Das würde wehtun, wirklich wehtun.

Rasch stellte sie sich wieder fest auf den Boden, machte einen Schritt zurück auf den Pfad und wandte sich um. Sie würde zum Auto zurückgehen und es Thomas überlassen, Robert herauszuholen, wie er ihr versprochen hatte. Es wäre für James sicher leichter, wenn ihn Robert vorbereitet hätte, bevor sie ihn sah.

Es wäre natürlich möglich, dass James sie ansah und sie erkannte, ganz einfach so. Ja, er war noch sehr klein gewesen, als sie ihn verlassen hatte, aber zwischen einer Mutter und ihrem Kind gab es doch eine besondere Beziehung. Vielleicht fühlte er diese Beziehung sobald er sie sah.

Das war es, was sie über alles erhoffte. Sie hatte inzwischen jedoch eingesehen, dass es aller Wahrscheinlichkeit nach nicht so sein würde.

Und wenn er sie nicht erkannte – dabei schloss sie die Augen, denn sie wollte sich das gar nicht vorstellen – aber wenn er sie nicht erkannte, dann wäre es doch besser, wenn Robert da wäre und James versichern würde, dass sie wirklich seine Mutter sei und dass alles gut werde.

Robert würde alles ins rechte Lot bringen.

Ja, das wäre der richtige Weg.

Sie öffnete die Augen und machte sich auf den Rückweg.

Je früher sie wieder bei Thomas war, desto besser. Sie begann zu laufen.

Und dann prallte etwas von hinten auf sie.

Ein kräftiger Ruck ließ sie zu Boden fallen und sie schrie laut auf.

Einen Moment lang lag sie atemlos da und die Welt drehte sich um sie.

„Du lieber Himmel, das tut mir aber leid", hörte sie einen Jungen von irgendwoher sagen. „Ja, wirklich. Ich konnte nicht rechtzeitig anhalten. Wie geht es Ihnen?"

Lily rollte sich auf ihren Rücken und versuchte, sich aufzusetzen. Dann schüttelte sie ihren Kopf, um besser sehen zu können, und blickte zum Jungen hinauf.

Roberts dunkle Augen starrten sie ängstlich an. Roberts Lippen zitterten besorgt.

Sie hielt den Atem an. Die Welt stand still und alles um sie herum war wieder verschwommen.

„Es tut mir wirklich leid", wiederholte er mit gedämpfter Stimme.

Sie zitterte am ganzen Körper als sie mühsam zum Stehen kam und versuchte, sich zu fangen. „Es geht mir gut", sagte sie.

-Als sie das Zittern in ihrer Stimme hörte, hüstelte sie ein wenig, um ihr Zittern zu beruhigen. Dann begann sie, den Schmutz von ihrem blauen Rock zu schütteln, wobei sie den Jungen immer noch anstarrte – nicht zu offensichtlich, wie sie hoffte.

Er war fast so groß wie sie, stellte sie überrascht fest. Kein Baby mehr.

Sie merkte plötzlich, dass ihre Hand schmerzte, und sah, dass die Haut beim Sturz abgeschürft worden war. Sie zog ein Taschentuch aus ihrer Jackentasche und versuchte, den Staub und das Blut wegzuwischen.

„Sie sind verletzt", sagte er. „Papa wird so böse auf mich sein."

„Es ist nur eine Schürfwunde, gar nichts ernstes. Mach dir keine Sorgen. Wir werden es ihm gar nicht sagen." Sie versuchte zu lächeln.

„Oh, danke!" Roberts Lächeln war wieder da.

Sie musste gar nicht fragen, wollte aber doch Gewissheit haben. So viel Zeit war vergangen. Ihre Erinnerung an Robert war bestimmt nur vage und sie konnte in ihrer Vorstellung leicht etwas sehen, das gar nicht da war. Sie musste sich vergewissern.

„Wie heißt du denn?" fragte sie.

„James Linford", antwortete er und lächelte sie wieder an. Dann verlegte er sein Gewicht auf das andere Bein und sein Blick wanderte zum Fahrrad, das mit drehendem Hinterrad an der Seite des Pfads lag.

Sie hatte das Gefühl, dass er weg wollte, dabei aber fürchtete, unhöflich oder gefühllos zu wirken. Doch sie war noch nicht bereit, ihn gehen zu lassen. Sie hatte ja noch nicht mit ihm gesprochen. Zumindest nicht richtig. Sie konnte es nicht dabei belassen.

Was würde er denn denken, wenn sie ihm später vorgestellt würde?

Jetzt konnte sie ihm natürlich nicht sagen, wer sie war. Es war der völlig falsche Zeitpunkt. Sie war noch immer von ihrem Sturz verstört, und er wollte ganz offensichtlich wieder zurück zu dem, was er vor ihrem Zusammenprall getan hatte.

Aber ihr Kopf war leer und es fiel ihr nichts passendes ein, das sie sagen könnte. Sie hatte eigentlich noch nie mit Jungen in seinem Alter gesprochen. Ja, da war Ruths Bruder Pavel gewesen, der aber nie zuhause war, denn er hatte seine Arbeit in der Bäckerei oder war in der Schule, und sie hatte nie ein richtiges Gespräch mit ihm geführt.

James verlagerte sein Gewicht wieder auf den anderen Fuß und versuchte ganz offensichtlich, seine Unruhe zu verdecken.

„Das ist ein schönes Fahrrad", stieß sie schließlich verzweifelt hervor.

Er nickte zustimmend. „Es ist ein Raleigh. Es war ein frühes Geburtstagsgeschenk – ich werde schon bald vierzehn. Ich sollte es aber nur auf der Auffahrt benutzen, bis ich mich daran gewöhnt habe, und nicht hier oben."

„Hat es dir dein Vater geschenkt?"

„Ja, mit Mama. Sie und Opa haben Papa überredet, es mir zu geben. Papa dachte, es sei zu groß für mich. Das ist es aber nicht. Na, vielleicht doch ein wenig." Er sah betroffen aus als er sagte: „Ich habe Sie verletzt, nicht wahr? Sie weinen ja."

Sie wischte mit dem Handrücken die Tränen weg, die sie gar nicht bemerkt hatte, und schüttelte den Kopf. „Nein, natürlich nicht, oder nur ein ganz klein wenig. Es war nur so überraschend, wie du mich angefahren hast. Die Tränen sind nur eine Nachwirkung vom Schock." Ihr wässriges Lächeln sollte dabei beruhigend wirken.

„Es tut mir wirklich sehr leid", sagte er erneut. „Ich habe nur das Fahren geübt. Christopher hat auch ein Raleigh und wir haben später ein Rennen. Er ist mein Cousin. Er ist ein paar Jahre älter als ich, aber ich kann ihn bestimmt besiegen."

Er warf erneut einen Blick auf das Fahrrad auf dem Boden. Dann zurück zu Lily. „Ich wüsste gern, was Christopher jetzt tut", sagte er. „Ich wette, dass er auch übt, obwohl er es nicht tun wollte. Er hat sicher die anderen schwören lassen, dass sie nichts verraten", sagte er lachend.

„Dann gehst du jetzt doch am besten und siehst nach, was er tut", sagte sie und versuchte zu lächeln.

„Sind Sie sicher, dass es Ihnen gut geht?" fragte er unbeholfen. „Sie weinen ja noch immer. Tut Ihre Hand sehr weh?"

„Nur ein wenig. Es ist aber nicht deine Schuld. Du wusstest ja nicht, dass ich da bin. Sieh doch!" Sie hielt ihre Hand hoch. „Die Wunde blutet nicht mehr und sie sieht auch sauber aus. Was hältst du davon?" Sie hielt ihm ihre Hand hin. Er machte einen Schritt auf sie zu, nahm vorsichtig ihre Finger und schaute sich die Schürfwunde an. Dann ließ er ihre Hand fallen und trat zurück.

Er nickte mit ernstem Gesicht. „Ja, sie sieht sauber aus."

Sie lächelte ihn an. „Wir sind uns also einig, und du kannst jetzt gehen und nach Christopher sehen."

„Wenn es Ihnen nichts ausmacht", sagte er offensichtlich erleichtert.

„Nein, gar nicht. Auf Wiedersehen, James."

Sie wollte gerade sagen, dass sie einander vielleicht wieder einmal begegnen könnten, doch bevor sie sich eine passende Bemerkung zurechtgelegt hatte, saß er schon wieder im Sattel, rief ihr zum Abschied zu und trat kräftig in die Pedale.

Sie eilte ihm nach und hatte dabei ganz auf ihr schmerzendes Knie vergessen. Als er unten angekommen war, bog er links zur Auffahrt ein. Sie lief ihm nach und beobachtete, wie er durch das Eingangstor zum Haus radelte.

Er blickte nie zurück. Kein einziges Mal.

Sie saß neben Robert im Fonds des Autos. „Er hat mich nicht erkannt", sagte sie und Tränen strömten ihre Wangen hinunter. „Ich hätte irgendwer sein können. Er war nett und höflich, aber es war klar, dass er nicht erwarten konnte, wieder mit dem weiterzumachen, was er geplant hatte."

„Er ist ein normaler Junge, Lily. Das ist alles." Er reichte ihr ein Taschentuch.

„Ja, er ist ein Junge. Du hast schon versucht, es mir zu sagen. Und Ruth hat es auch versucht. Er ist kein Baby mehr. Aber für mich war er es. Er ist mir im Gedächtnis geblieben, so wie er war, als ich ihn zum letzten Mal gesehen habe – ein kleines Baby. Ich liebe ihn noch genauso sehr, ja klar, aber ich weiß jetzt nicht, was ich tun soll. Ich habe nicht gewusst, was ich zu ihm sagen soll. Er sah so glücklich aus und ich möchte nicht, dass er unglücklich ist. Gleichzeitig möchte ich es aber doch, denn dann würde er mich brauchen. Ich weiß, dass das schrecklich klingt, aber es ist die Wahrheit."

„Nein, es klingt nicht schrecklich. Ich verstehe was du damit meinst."

„So, wie ich ihn heute gesehen habe, würde er mir wahrscheinlich nie verzeihen, dass ich ihn aus allem gerissen habe, das ihm lieb und vertraut ist. Ich bin mir eigentlich gar nicht sicher, dass er überhaupt mitkommen würde. Ich könnte ihn doch nicht schreiend und um sich schlagend aus dem Haus zerren. Als er noch klein war hätte er noch nicht gewusst, was vor sich geht. Aber als ein Junge ... als ein großer Junge hat er schon sein eigenes Leben. Das hab ich heute gesehen. Er hat ein Leben und ich bin nicht Teil davon."

Tränen fielen ihr in den Schoß.

„Lily, es wäre vielleicht am besten, wenn wir jetzt nach London zurückfahren", sagte er sanft. „Ich bin mir nicht sicher, dass du in der richtigen Verfassung bist, jetzt James als seine Mutter vorgestellt zu werden, oder Robert wiederzusehen."

„Oh Gott! Ich habe Robert bei all dem Ganzen völlig vergessen." Sie legte ihre unverletzte Hand nachdenklich auf die Wange. „Ich möchte ihm ganz sicher nicht so gegenübertreten, wie ich jetzt aussehe. Ja, ich würde gern nach London zurückfahren."

„Eine kluge Entscheidung. Das Ganze war ein enormer Schock für dich und du brauchst Zeit, bis du alles verdaut und beschlossen hast, was du als nächstes tun wirst. Ich schlage vor, dass ich jetzt zur Familie hineingehe, was sich nicht vermeiden lässt. Goerge wird dich nach Kentish Town zurückfahren. Ich sage, dass wir Ärger mit dem Wagen hatten und dass ihn George in die Reparaturwerkstätte bringt. Charles kann mich dann am Sonntagabend mitnehmen."

„Ja, das ist die beste Lösung. Ich bin dir so dankbar, Thomas."

„Ich sehe dich dann am Sonntag. Mach dir's bequem und versuch, dich zu entspannen."

Lily nickte.

Ohne sich von Lily helfen zu lassen, stieg Thomas am Ende der Auffahrt aus. George drehte den Wagen um und fuhr mit Lily zurück nach London. Während der Fahrt nach Kentish Town hatte Lily kein einziges Mal ihren Blick von der Stelle gewendet, wo James ihre Hand genommen hatte, um sich ihre Schürfwunde anzusehen.

34

*Ch*orton House, am selben Abend

THOMAS GAB CHARLES EIN ZEICHEN, sich zu ihm nahe am Kamin im großen Empfangsraum von Chorton zu setzen.

Mit einem Glas Wein in der Hand und einem überraschten Ausdruck im Gesicht ging Charles zu Thomas hin. „Du wirst mir verzeihen, Thomas, wenn ich meinen Augen nicht traue. Nachdem du mich jahrelang ignoriert hast, suchst du plötzlich meine Gesellschaft", sagte er mit einem zaghaften Lächeln. „Ich würde mich freuen, wenn das ein Anzeichen für eine Besserung in unserer Beziehung ist."

„Wenn ich du wäre würde ich nicht damit rechnen", war Thomas' frostige Antwort. „Ich habe dich zu mir hergebeten, denn es gibt etwas, das ich dir jetzt sagen muss. Ich schlage vor, dass du dich setzt." Charles wirkte etwas ratlos als er sich neben Thomas setzte. Dieser wandte sich ihm zu und sagte: „Ich hatte vor einigen Tagen einen überraschenden Besuch. Wohlgemerkt war es eine viel größere Überraschung für mich, als sie es für dich gewesen wäre."

„Seit wann sprichst du denn in Rätseln, Thomas? Ich muss schon sagen, dass es mir lieber ist, wenn du im Klartext mit mir redest, denn dann hätte ich zumindest eine gewisse Vorstellung davon, was du meinst."

„Lily Brown", entgegnete Thomas „ganz schlicht und einfach. Obwohl schlicht und einfach nicht gerade die richtige Beschreibung für Lily ist. Sie war ja immer außergewöhnlich attraktiv und ist im reifen Alter noch besser geworden als der gute Wein in deinem Glas."

Charles war völlig erblasst.

„Ja", sagte Thomas und nahm einen Schluck Whisky. „Du kannst dir meine Verblüffung vorstellen, als ich sie auf der anderen Straßenseite von meinem Haus stehen sah. Von den Toten zurückgekommen, dachte ich. Wie ein Phönix aus der Asche, könnte man sagen. Wobei New York allerdings ein Haufen Beton und keine Asche ist."

„Großer Gott!" Charles Stimme war zu einem entsetzten Flüstern geworden.

Thomas starrte ihn mit eisiger Verachtung an. „Gemeinsam mit Joseph hast du Lily ihr Kind und ihren Gatten gestohlen, und Robert seine Gattin. Damit bist du für mich ganz unten."

„Robert!" hörten sie Marian auf der anderen Seite des Raums lachend rufen.

Charles und Thomas blickten zu Marian hin und sahen, dass sie Robert soeben eine Schürze anbot. James stand neben ihr und lachte ebenso laut wie sie.

„Binde sie dir doch um", drängte James.

Mit hochgezogenen Schultern und die Arme vor seinem

Gesicht überkreuzt war Robert ein Bild der gespielten Verzweiflung.

„Was hat Lily denn jetzt vor?" fragte Charles, den Blick noch immer auf Robert und Marian gerichtet.

Thomas Gesichtsausdruck spiegelte theatralische Überraschung wider. „Ja, sie will natürlich James zurückhaben. Das ist ihr einziger Gedanke gewesen, seitdem du sie zum Verschwinden gezwungen hast, und es ist auch alles, wofür sie während der vergangenen dreizehn Jahre gearbeitet hat. Und sie möchte, dass die Familie erfährt, was für verachtenswerte unmoralische Schweinehunde ihr seid."

Charles wandte sich in Panik an Thomas. „Hast du dir überlegt, was das Robert und Marian, ganz zu schweigen von James, antun würde?"

„Ja, das hab ich, aber so sehr ich auch verachte, was ihr getan habt, und wie sehr ich mir auch wünschen würde, dass ihr dafür zahlen müsst, versuche ich sie davon abzuhalten, sofort etwas zu tun. Du musst mir dabei aber helfen."

„Ganz gleich was es ist, ich werde es tun."

„Du wirst mir dein Haus in Kentish Town verkaufen. Ich zahle dir dafür die stolze Summe von einem Pfund."

„Weshalb willst du es denn?

„Ich gebe es Lily. Es ist das wenigste, das wir für sie tun können. Sie war heute mit mir hier – " Charles zuckte zusammen und etwas Wein spritzte von seinem Glas auf seine Hose. „Keine Sorge, sie ist schon wieder weg", fuhr Thomas fort. „Sie hat nichts zu James gesagt, obwohl sie es beabsichtigt hatte. Sie hat ihn aber gesehen – er hat sie mit seinem Fahrrad angefahren. Es war ein Schock für sie, denn er war nicht mehr das Baby, das sie erwartet hatte. Das hat sie ziemlich aus der Fassung gebracht."

„Gott sei Dank!"

„Mit etwas Unterstützung wird sie, glaube ich, beschließen, ihm nicht gleich zu sagen, wer sie ist, und hoffentlich auch der Familie nicht. Da bin ich mir aber nicht ganz sicher. Zum Glück hat es nicht den Anschein, dass sie Robert zurückhaben will, aber auch da könnte ich mich täuschen. Ich bin mir aber ziemlich sicher, dass sie James eine Zeit lang nichts sagen wird, wenn sie irgendwo wohnt, von wo sie genau beobachten kann, was er tut. Wenn sie in Kentish Town ist, dann kann sie es über mich tun.“

„Das Haus ist leer, du kannst es haben.“ Charles lehnte sich zurück und blickte Thomas neugierig an. „Weshalb hilfst du uns denn? Du hast Joseph und mich immer mit Verachtung behandelt, weil wir nicht im Krieg gekämpft haben, während du Leib und Leben aufs Spiel gesetzt hast, *et cetera, et cetera.* Ich hätte mir erwartet, dass du dir die Hände vor Schadenfreude reibst. Weil du weißt, wie viel Schaden die Frau für uns anrichten kann.“

„Es ist schon erfreulich zu wissen, dass einen der Bruder so hoch in Ehren hält,“ murmelte Thomas.

„Du weißt schon, was ich meine.“

„Ungeachtet dessen, was du von mir hältst und trotz meiner Verachtung für dich, möchte ich nicht, dass die Familie auseinandergerissen wird. Denn genau das würde geschehen. Und ich mag Robert und Marian. Ich will mir gar nicht vorstellen, was mit ihrer Ehe geschehen könnte, wenn sie wüssten, dass Lily wieder unter den Lebenden weilt. Ich mach mir keine Sorgen wegen der Rechtmäßigkeit – Walter wird schon dafür gesorgt haben, dass alles rechtens ist – aber ich mache mir Sorgen, wie beide damit zurechtkämen, dass Lily in ihrer Nähe wohnt. Die Sache mit Lily ist vor langer Zeit geschehen, und ich denke, dass man sie so weit wie möglich in der Vergangenheit belassen sollte.“

„Danke, Thomas. Ich weiß es zu schätzen. Und Joseph würde es auch tun, wenn er es wüsste. Wirst du es ihm sagen?“

„Ja, aber noch nicht – er sieht im Moment gar nicht gut aus. Aber wenn Lily in Kentish Town wohnt, dann wird er sie irgendwann einmal sehen, und er sollte darauf vorbereitet sein. Es ist natürlich möglich, dass Lily meinen Vorschlag nicht annimmt. Dann müsste man ihn so bald wie möglich informieren. Und Robert auch.“

„Ich lasse die Übertragungsurkunde nächste Woche ausarbeiten und alles sonst noch notwendige erledigen“, sagte Charles. „Walter wird es tun.“

„Ich nehme an, dass Walter weiß, was damals geschehen ist.“

Charles nickte. „Er war in der Bibliothek und hat alles gehört, was schließlich von Vorteil war, weil er mit allem helfen konnte.“

„Du kannst mir den Schlüssel schicken, aber warte mit dem Ausarbeiten der Urkunde bis Lily beschlossen hat, was sie tun will. Walter braucht nicht zu wissen, dass sie zurück ist, oder zumindest noch nicht. Wenn das Haus leer ist, kann sie jederzeit einziehen, und die Urkunde kann später erledigt werden. Ich möchte nicht, dass Walter allen sagt, dass sie von den Toten auferstanden ist.“

„Wenn du willst, werde ich es ihm noch nicht sagen, aber er würde sicher wie ein Grab schweigen und niemandem etwas sagen.“

„Ja, da bin ich mir sicher“, erwiderte Thomas in trockenem Ton. „Nellie wäre keineswegs erfreut, wenn sie wüsste, dass Walter an etwas beteiligt war, das ihrem Bruder jahrelang Schuld und Kummer bereitet hat.“

„Da hast du recht.“

„Es ist eine Art von Ironie darin, dass ein Haus, das du –

wie ich annehme - gekauft hast, um Frauen darin zu knallen, jetzt von einer anderen Frau benutzt werden soll, die dir jetzt eine knallen könnte.“

Charles schlug ihm auf die Schulter und stand auf. „Damit bist du wieder mehr wie der Thomas, den wir kennen und lieben gelernt haben.“

„Joseph, bist du dir sicher, dass du dich nicht oben ein wenig ausruhen möchtest?“ sagte Maud. „Du siehst erschöpft aus, mein Lieber.“

Er schüttelte ihre Hand von seinem Arm. „Ja, ganz sicher“, sagte er unwirsch. „Ich werde doch nicht meine eigene Ruhestandsfeier verpassen! Keineswegs. Ich wollte gerade mit Robert sprechen, und du könntest dich mit Nellie unterhalten. Sie würde gern Emilys Schulpläne mit dir besprechen. Emily ist doch ein intelligentes Mädchen, weshalb ich nicht verstehe, weshalb sich Nellie Sorgen darüber macht.“

Sie schauten zu den Terrassentüren hin, wo Nellie mit ausgestreckten Armen bei ihrer Tochter stand und verhindern wollte, dass diese hinausging.

„... oder du gehst sofort zu Bett“, hörten sie Nellies zornige Stimme.

„Alles ist so anders geworden“, sagte Joseph in grüblerischem Ton, während er sich wieder an Maud wandte. „Vorbei sind die Zeiten, als die meisten Familien fünf, sechs oder noch mehr Kinder hatten. Sieh dir zum Beispiel unsere Familie an. Nellie und Walter haben anscheinend mit Emily Schluss gemacht, und Robert und Marian mit James.“

„Weshalb auch nicht, wenn es möglich ist und sie nicht mehr Kinder wollen?“ sagte Maud sanft. „Kinder sterben nicht mehr so jung wie früher, und so ist es nicht mehr notwendig, einen Ersatz in Reserve zu haben.“

Joseph schmunzelte. „Du hast dir nie ein Blatt vor den Mund genommen, Maud. Das ist eines der vielen Dinge, die ich an dir liebe.“

Sie neigte zustimmend den Kopf. „Danke, Liebling.“

„Es geht aber nicht nur um die Anzahl der Kinder“, fuhr er fort, „sondern auch darum, wie sie sich benehmen. Heutzutage scheint mir, sind sie die ganze Zeit bei den Eltern unten im Haus. Und man sieht sie nicht nur, sondern man hört sie auch! Vor allem Emily!“

„Das ist auf die veränderten Umstände zurückzuführen. Domestiken, die früher im Haus wohnten, sind jetzt selten, und daher ist es auch schwieriger, die Kinder im Oberstock zu verstecken. Ich würde aber nicht unbedingt sagen, dass das etwas schlechtes ist. Die heutigen Eltern werden ihre Kinder besser kennen, als wir die unsrigen. Und auch Männer und Frauen werden einander besser kennen. Robert sitzt nicht in einem Zimmer und Marian in einem anderen – sie sitzen jetzt beisammen. Sie sprechen miteinander, hören gemeinsam Musik und lesen dieselben Bücher. Das ist doch gut, nicht wahr?“

„Kann schon sein, dass du recht hast.“

„Und einige Veränderungen sind auch gut für das Geschäft“, fügte sie lächelnd hinzu. „Du hast mir doch neulich erzählt, dass jetzt, wo die Menschen länger leben, die Nachfrage für kleinere Häuser gestiegen ist, in die Eltern einziehen können, nachdem ihre Kinder geheiratet haben und ausgezogen sind. Das sollte dich doch wieder froh und munter machen.“

Er lächelte sie an. „Ja, das tut es. Und kleinere Familien und Rentnerehepaare wollen auch kleinere Häuser. Das war es eigentlich, was ich mit Robert besprechen wollte. Wenn du mich also bitte entschuldigst, meine Liebe."

„ROBERT, ich denke, wir sollten uns mehr auf Bungalows konzentrieren", sagte Joseph, und dirigierte ihn dabei ein wenig weg von Marian und James. „Sie sind jetzt immer mehr gefragt, und nicht nur als Ferienhäuser oder Wochenendhäuser für die Reichen, sondern auch als ständige Wohnhäuser."

Robert blickte um sich in gespieltem Erstaunen. „Ich glaube ich bin etwas verwirrt", sagte er und wandte sich wieder an Joseph, „denn ich hätte doch schwören können, dass wir heute hier sind, um deinen Eintritt in den Ruhestand zu feiern. Ich hab mich aber offensichtlich geirrt, und wir sind nur hier, um Walters Avancement zu feiern."

„Ich verstehe, was du meinst", erwiderte Joseph lachend, „aber du wirst selber noch herausfinden, dass man die Zügel nur schwer loslassen kann."

„Also, gut. Ich kann deinem missglückten jammervollen Ausdruck nicht widerstehen und bitte dich, mit mir über Bungalows zu sprechen."

„Was ich gerade gesagt habe, ist eigentlich alles, was ich sagen wollte. Ich denke, wir sollten diesen Marktaspekt mehr erforschen, als wir es bisher getan haben. Das ist alles."

„Da bin ich ganz deiner Meinung, Papa. Deshalb habe ich auch Pläne für eine Bungalow-Abteilung ausgearbeitet. Ich möchte, dass wir alle möglichen Stile für Bungalows prüfen. Und ich möchte anfangen, für diesen Zweck billige Grundstücke in den äußeren Vororten sowie in Küstenstädten und Ruhestandsgebieten aufzukaufen. Ich würde dir gern bald meine Pläne dafür vorstellen, wenn es dir recht ist."

Joseph strahlte ihn an. „Das würde mich sehr freuen, mein lieber Junge." Er blickte zu Marian hinüber, die mit James, Christopher und Louisa beisammensaß. „Robert, du bist für mich ein guter Sohn gewesen, und du bist offensichtlich ein guter Gatte für deine reizende Frau. Und Marian ist eine wunderbare Mutter für James."

Robert lächelte ihn an. „Ich kann eigentlich nichts zum ersten Teil deiner Rede sagen, bin aber, was Marian betrifft, ganz deiner Meinung."

Joseph sah ihn wieder an. „Denkst du überhaupt noch an Lily? Obwohl dir James sehr ähnlich sieht, erinnert hin und wieder ein bestimmter Ausdruck in seinem Gesicht an Lily. Das muss es eigentlich unmöglich machen, sie ganz zu vergessen."

„Ich habe nie versucht, sie zu vergessen – schließlich ist sie die Mutter von James. Ich war todunglücklich darüber, was geschehen ist, und das bin ich noch immer, und ich werde mich für ihren Tod stets schuldig fühlen." Und nach einigem Zögern. „Weißt du Papa, ich werde Lily immer lieben. Ich liebe auch Großpapa und Großmama, obwohl sie nicht mehr hier sind, und ich liebe Lily auf dieselbe Art. Man kann mehr als eine Person gleichzeitig lieben, und es gibt keinen Grund, weshalb ich je aufhören sollte, sie zu lieben, selbst wenn ich weiß, dass ich sie nie wiedersehen werde."

„Wenn du es so sagst, dann verstehe ich, was du meinst."

„Aber Lily zu lieben hindert mich nicht, auch Marian zu lieben", fuhr Robert fort. „Es ist jedoch ein anderes Gefühl, als das, was ich für Lily empfand. Ich habe aber im Lauf der Zeit gelernt, Marian sehr lieb zu haben. Ich bin so froh, dass du uns zusammengebracht hast, Papa – ich weiß, dass du es arrangiert hast."

„Es war ja offensichtlich, dass ihr beide füreinander bestimmt seid."

„Und auch James hat Marian sehr gern. Ich wünsche mir zwar sehr, dass für Lily alles anders gewesen wäre, fühle mich aber jeden Tag wieder glücklich, dass mir Marian zur Seite steht."

Joseph nickte. „Ich bin froh, mein Sohn, dass du es so siehst. Deine Mutter und ich sind überaus glücklich, dass du trotz der schrecklichen Umstände, die dazu geführt haben, so froh und zufrieden bist. Und ich weiß, dass auch Henry und Edith sich ebenso freuen."

„Weshalb seht ihr beide denn so ernst drein?" fragte Charles, als er mit noch aschfahlem Gesicht auf sie zukam.

„Du lieber Himmel, du siehst ja entsetzlich aus!" rief Joseph. „Ich hoffe, du wirst nicht krank. Wir haben soeben ein Loblied auf Marian gesungen, wenn du es wissen willst. Ich habe bemerkt, dass Louisa sich besonders gut mit ihr versteht."

Charles blickte hinüber zur kleinen Gruppe, die um Marian versammelt war. „Ja, das stimmt", sagte er nachdenklich. „Vielleicht sollte ich Marian bitten, mit Louisa zu sprechen. Ich mache mir noch immer Sorgen um sie. Sie hat überhaupt keine Entschlusskraft mehr, was gar nicht gut für sie ist. Mit ihren dreiundzwanzig Jahren sollte sie mir alle möglichen Sorgen bereiten, was sie aber nicht tut – sie sitzt die meiste Zeit zuhause und liest oder hilft Christopher mit seinen diversen Sammlungen. Das ist für ein Mädchen ihres Alters doch nicht normal."

„Wie wäre es mit einer richtigen Arbeit?" schlug Robert vor. „Ich weiß, dass sie das Geld nicht braucht, aber sie wäre dann zumindest nicht immer zuhause."

„Daran habe ich auch schon gedacht, aber sie sagt, dass es nichts gibt, was sie tun könnte. Ich habe ihr dann versichert, dass sie intelligent genug ist, alles zu tun, was sie tun möchte, aber sie hört mir überhaupt nicht zu.“

„Ich hab eine Idee“, warf Robert ein. „Ich weiß, dass sie Thomas hin und wieder besucht – “

Joseph warf seinen Kopf zurück und lachte. „Du solltest einmal hören, was Thomas dazu sagt! Sie hat ihn jetzt zu ihrem persönlichen Anliegen gemacht und sieht die Besuche bei ihm anscheinend als einen Akt der Reue für ihre vergangenen Missetaten. Zum Glück kommt das bei dem seltsamen Sinn für Humor, den Thomas hat, gut an.“

Robert antwortete schmunzelnd: „Dann ist es auch kein Wunder, dass er sie bei Familienfesten nie auffordert, sich neben ihn zu setzen, was sie ja immer wieder versucht. Ganz im Gegenteil. Wahrscheinlich hat er Angst, dass sie das Fleisch für ihn schneiden könnte. Ich bin aber sicher, dass wir ihn überreden könnten, sie ihn sein Team aufzunehmen. Er hat die Sache mit den Siedlungshäusern geregelt, und das zu einem kostenwirksamen Preis, und es ist jetzt notwendig, dass er sein Talent auch für die Bungalows einsetzt. Dazu braucht er aber mehr Leute in seinem Team.“

Charles nickte langsam. „Ja, das ist sicher eine gute Idee. Ich werde es Louisa vorschlagen. Danke, Robert.“

Und an Joseph gewandt. „Es muss eine große Erleichterung für dich sein, dass du den Vorsitz in so fähige Hände legst.“

„Ja, das stimmt“, erwiderte Joseph mit einem strahlenden Lächeln zu Robert hin.

Als sich Joseph umwandte, sah er, wie sich James mit ausgestreckten Armen im Kreis drehte. Er beobachtete ihn eine Weile, bis der Junge schließlich lachend anhielt.

„Sieh mal, Christopher, ich hab‘ dir doch gesagt, dass

ich dich besiegen könnte", hörte er, wie James in triumphierendem Ton seinem Cousin versicherte.

Für einen kurzen Augenblick hatte Joseph einen Ausdruck in James' Gesicht entdeckt, der ihn an Lily erinnerte.

Gott sei Dank, dass ich getan habe, was ich für nötig hielt, und dass sie weg ist, dachte er.

35

K entish Town, Sonntagabend

THOMAS ÖFFNETE die Tür zu seinem Wohnzimmer, blieb einen Moment lang stehen und starrte auf Lily, die in das verblassende Licht des frühen Abends getaucht in einem Lehnstuhl am offenen Kamin saß.

Eine Kohlenschütte und zwei Feuerböcke aus Messing standen auf dem Kaminboden zwischen ihrem Stuhl und dem Kamin, und auf der anderen Seite ihres Stuhls befand sich eine noch nicht angezündete Lampe mit einem befransten Pergamentschirm auf einem kleinen Tisch. Lily hatte den Blick auf die grün glasierten Fliesen der Kamineinfassung gerichtet, während sie ein Taschentuch in ihren Händen nervös hin und her drückte.

Thomas hatte den Eindruck, dass sie in Gedanken meilenweit entfernt war. Er stakte unbeholfen zum Stuhl auf der gegenüberliegenden Seite von Lily, setzte sich und schaltete die Lampe neben sich ein. Dann wartete er.

„Ich werde James sagen, wer ich bin", meinte Lily schließlich. „Aber nicht sofort. Du hast recht. Er ist noch zu jung. Er könnte es mir ja übelnehmen, dass ich die einzige Familie, die er kennt, zerstört habe, und es wäre egoistisch von mir, das zu tun. Ich sehe, dass er ein glücklicher Junge ist, und ich möchte, dass es so bleibt."

Thomas nickte zustimmend. „Das ist die richtige Entscheidung, Lily."

„Und Joseph ist Teil seines Lebens. In den wenigen Minuten, die ich mit James gesprochen habe, ist mir klargeworden, dass er Joseph gernhat. Wenn ich ihm mein Verschwinden erklären würde, müsste ich ihm sagen, was mir Joseph angetan hat, und das würde ihn nur verwirren. Ihm zuliebe warte ich, bis er älter ist und die Situation besser verstehen kann. Ich möchte aber, dass ich ihn in Zukunft aus der Ferne beobachten kann. Ich will wissen, was er tut, und alles über ihn erfahren."

Thomas sagte mit einem herzlichen Lächeln: „Lily, du sprichst jetzt wie die Mutter, die du bist, und du stellst James' Wohlbefinden vor deine eigenen Interessen. Ich bin stolz auf dich."

Lily reagierte mit einem matten Lächeln.

„Da ich angenommen hatte, dass du diese Entscheidung treffen würdest", fuhr er fort, „habe ich mir etwas überlegt. Allerdings müsste Joseph darüber informiert werden und - "

Ihr ängstlicher Schrei ließ ihn sofort verstummen.

„Er wird versuchen, mich wieder loszuwerden", klagte sie. Dabei zitterte sie am ganzen Körper und ihre Augen waren vor Schreck weit aufgerissen. „Er wird es tun, bevor James die Wahrheit erfährt."

Thomas schüttelte den Kopf. „Nein, das wird er nicht

tun. Joseph ist jetzt ein anderer Mensch. Er wird dir nichts antun oder versuchen, dich wegzuschicken. Diese Zeiten sind schon lange vorbei. Wir müssen ihm aber sagen, dass du wieder hier bist, denn sonst könnte er buchstäblich am Schock sterben, falls er dich sieht. Er ist nicht mehr so stark wie früher.“

„Ja, wenn du dir sicher bist, dass er nichts versuchen wird“, erwiderte sie in zweifelndem Ton.

„Nein, bestimmt nicht. Aber lass uns lieber besprechen, wo du wohnen wirst. Sicher möchtest du wissen, was sich im Leben von James so tut. Das wird gar nicht schwer sein. Ich kann dich auf dem Laufenden halten, aber einfacher wäre es, wenn du in der Nähe wohnst.“

„Wo denn?“

„Ich habe gestern mit Charles gesprochen. Er steht in deiner Schuld für seine Beteiligung an der Durchführung von Josephs Plan - “

„Ja, das kannst du laut sagen.“

„Wichtig ist, dass er seine Verantwortung dir gegenüber akzeptiert. Er hat ein kleines Haus unweit von hier, das er mir zu einem Nominalbetrag verkaufen wird. So gern ich dich auch hier im Haus habe, so ist es doch besser, wenn du dein eigenes Heim hast, und ich schenke dir deshalb das Haus. Du musst keine Miete zahlen, denn es gehört dir. Alle jährlichen Kosten werden von der Firma bezahlt. Solltest du das Haus irgendwann einmal verkaufen wollen, gehört der Erlös daraus dir. Wir beide werden hin und wieder zusammenkommen, entweder hier oder in deinem Haus, damit ich dich über James informieren kann. Und manchmal werde ich auch arrangieren, dass du ihn sehen kannst, allerdings nur aus der Ferne.“

„Wäre es möglich, dass ich im Haus ein Schneideratelier eröffne?“ Sie beugte sich in ihrem Stuhl in plötzlicher

Aufregung zu ihm hin. „Als ich noch in New York war, habe ich mir oft überlegt, wie ich für James nach meiner Rückkehr einen Lebensunterhalt verdienen könnte, und ich beschloss, eine Schneiderei zu eröffnen. Genau wie in New York würde ich dann anfangen, Aufträge zu übernehmen, die ich zuhause nähe, und sobald die Arbeit gut läuft, hätte ich dann gern ein Atelier, von dem aus ich verkaufe, was ich genäht habe. Ich bin sicher, dass ich mit einem solchen Geschäft Erfolg haben würde. Und wenn es so ist, wäre es für James auch leichter, mich zu akzeptieren, nicht wahr?" Sie sah ihn dabei hoffnungsvoll an.

„Lily, das hört sich großartig an. Das Haus wäre für den Anfang ideal. Das Atelier können wir uns dann später überlegen, sobald wir sehen, wie die Dinge laufen."

„Danke, Thomas." Daraufhin lehnte sich Lily wieder zurück und begann erneut, ihr Taschentuch mit einem besorgten Ausdruck im Gesicht zu kneten.

Thomas wartete ruhig darauf, dass sie ihm sagte, was sie bedrückte.

„Du bist so lieb zu mir, Thomas, und ich sage dir nicht gern, was mir noch auf der Seele liegt", fuhr sie nach einigen Minuten fort, „aber es gibt noch etwas, und damit wirst du nicht einverstanden sein."

„Versuch es doch."

Lily holte tief Atem. „Was ich bezüglich James gesagt habe gilt, aber nicht für Robert. Ich möchte nämlich, dass Robert erfährt, dass ich lebe, und ich möchte ihn so bald wie möglich sehen. Ich habe nicht gedacht, dass es mir wichtig sein würde, aber es ist so. Ich will ihn nicht zurückhaben, ganz bestimmt nicht – du hast mir ja erzählt, dass er verheiratet ist und seine Frau liebt – aber ich muss ihn sehen. Vielleicht für eine Erklärung. Es ist seltsam zu wissen, dass er mir jetzt so nahe ist... Es ist verwirrend... Ich will ihn nur sehen... Ich weiß eigentlich nicht warum... Aber es ist so." Ihre Stimme wurde immer leiser bis sie verstummte.

Lily starrte Thomas mit glänzenden Augen an.

„Ja, das verstehe ich, Lily", sagte er leise. „An deiner Stelle würde ich das wahrscheinlich auch wollen. Es ihm baldmöglichst zu sagen wäre ohnehin das gescheiteste. Er könnte dir ja begegnen, wenn er ins Büro kommt."

„Ich möchte ihn sehen, bevor du Joseph erzählst, dass ich wieder da bin."

„Ja, wenn du es so willst."

„Ich will ihn nur einmal sehen. Danach nicht mehr. Ich möchte, dass du und nicht Robert mir sagst, wie es James geht."

„Ja, das tu ich gern." Und nach einer kurzen Überlegung. „Dass du Robert sehen möchtest, verändert die Sache allerdings, wie du dir vorstellen kannst. Ich glaube, du wirst die Familie früher als beabsichtigt informieren müssen. Wie ich schon sagte werden wir Joseph so bald wie möglich, nachdem du mit Robert gesprochen hast, informieren müssen. Robert wird sich bestimmt sofort auf den Weg zu Joseph machen, sobald er die Wahrheit erfahren hat. Und in Kürze wird Charles auch Walter sagen müssen, dass du wieder hier bist, denn Walter wird die Übertragungsurkunde für das Haus ausfertigen. Somit wissen es dann auch die beiden, sowie Robert und Marian, denn Robert würde das nicht vor ihr geheim halten."

„Ich würde ihn auch nicht darum bitten."

„Da Louisa wahrscheinlich hier arbeiten wird, kann es sein, dass sie dich sieht. Sie war zehn, als du verschwunden bist, und wird sich wahrscheinlich an dich erinnern. Innerhalb von ein oder zwei Tagen werden dann einige in der

Familie wissen, dass du hier bist, und dann spricht sich alles gleich herum."

„Das ist mir gleich, denn die ganze Familie soll wissen, was er mir angetan hat."

„Das verstehe ich. Denn du siehst ja ihr Missbilligen seines Verhaltens als die Strafe, die er verdient."

„Eigentlich ist es weniger als er verdient, wenn man bedenkt, wie viel Leid er mir und Robert zugefügt hat."

Thomas blickte sich im Zimmer um und dann wieder auf Lily. „Ich denke, ich könnte alle am Samstagnachmittag zu Robert einladen, nachdem ich es natürlich zuerst mit Robert vereinbart habe. Ich würde dann allen ankündigen, dass ich ihnen etwas mitzuteilen habe. Das macht sie bestimmt neugierig und sie werden alle kommen."

„Thomas, das ist eine ausgezeichnete Idee."

„Wen sollten wir also einladen? Ich glaube nicht, dass wir Nellie und Walters Emily dazu brauchen – sie ist jetzt ungefähr elf und war damals noch gar nicht auf der Welt – oder die Kinder von Charles, Christopher und Louisa. Ja, ich weiß, Louisa ist schon einundzwanzig und Christopher neunzehn, aber sie müssen nicht alle Einzelheiten hören."

„Weshalb denn nicht? Ich glaube nicht, dass damals irgendjemand dachte, sie seien zu jung, als sie erfuhren, was ich mir Schreckliches angetan hatte. Es ist nur recht und billig, dass sie die Wahrheit erfahren."

„Ich bin sicher, dass es ihnen ihre Eltern sagen werden. Denkst du nicht, dass es am kommenden Samstag nur um dich und all jene gehen sollte, die auf irgendeine Weise beteiligt waren, und auch um deren Gattinnen?"

„Nicht unbedingt, aber wir tun es so, wie du es willst."

„Und James sollte auch nicht dabei sein. Ganz gleich ob du dich an deinen Plan hältst, es ihm erst später zu sagen, so sollte er nicht auf diese Weise erfahren, dass du lebst. Ich kann Henry Ames bitten, dass er James einlädt, den Tag bei ihnen zu verbringen, da wir Geschäftliches besprechen möchten, was James langweilen würde. Nach dem Samstag möchtest du dir dann vielleicht aber überlegen, was für James am besten wäre. Es wird dann nämlich schwieriger sein, es ihm zu verheimlichen, sobald es alle wissen.“

„Ja, das verstehe ich.“

„Und ich glaube auch, dass wir uns Robert vor den anderen vornehmen sollten. Er sollte dich vor allen anderen sehen.“

Lily nickte. „Ja, es wird ein enormer Schock für ihn sein.“

„Das würde ich als stark untertrieben bezeichnen“, erwiderte Thomas mit einem ironischen Lachen.

Sie starrte ihn fragend an. „Thomas, weshalb hilfst du mir eigentlich?“

„Ich hab‘ dich immer gemocht. Einige Personen in meiner Familie haben dich grässlich behandelt und ich möchte dir helfen. Das ist doch ein ausreichender Grund, oder nicht?“

„Deine Brüder haben es getan und nicht du. Aber du tust viel mehr für mich, als nötig wäre. Mit dem Haus und allem übrigen.“

Thomas stieß einen lauten Seufzer aus und lehnte seinen Kopf zurück. Dann richtete er sich wieder auf.

„Lily, sieh mich an“, sagte er und wies auf sich. „Ich bin ein fast fünfzigjähriger Krüppel, der schon seit Jahren alleine lebt. Nach Alice hatte ich eine Krankenpflegerin, die ich mit meinen Launen vertrieben habe. Ich hatte danach nie den Wunsch sie zu ersetzen. Mit Hilfe einer Haushälterin bin ich allein zurechtgekommen und dachte, dass ich niemanden sonst brauche. Und dann bist über die Straße zu mir in mein Haus gekommen, und in dem Moment ist mir bewusstgeworden, dass in meinem Leben etwas gefehlt hat. Es hat mir, mangels eines besseren Wortes, an Erleben gefehlt. Deine Rückkehr hat mich aber aufgeweckt und ich freue mich schon auf deine gelegentliche Gesellschaft in den kommenden Monaten, selbst wenn es dabei auch nur darum geht, dir von James zu erzählen."

Lily machte eine leichte Bewegung und öffnete den Mund, als ob sie etwas sagen wollte.

Er hielt sie aber mit einer Geste seiner Hand davon ab. „Und um dir zu beweisen, dass es mir nur darum geht, dir zu helfen, und dass ich nicht die Absicht habe, damit die Art von Zuneigung zu erzwingen, die du fürchtest, mir eines Tages als Rückzahlung geben zu müssen, möchte ich schonungslos ehrlich zu dir sein. Ich sitze nämlich des Abends hier lieber mit meinem falschen Bein neben mir auf dem Boden. Das ist bequemer. Und so will ich auch in Zukunft sitzen, ganz gleich ob du hier bist oder nicht. Und das soll dich überzeugen, dass ich keine lüsternen Absichten habe, was dich betrifft."

Dann wandte sich Thomas etwas zur Seite, damit sie nicht sehen konnte was er tat, zog sein Hosenbein hoch und begann, seine Beinprothese zu lockern. Plötzlich fühlte er jemanden neben sich. Er hielt inne, mit einer Hand auf seinem Beinstumpf und der anderen auf seiner hölzernen Prothese, und blickte hoch.

Lily stand über ihm. Sie blickte ihn aus rot umränderten Augen warmherzig an. Es war ein Blick von Herzlichkeit, aber nicht von Mitleid.

„Bitte, lass mich machen", sagte sie und kniete sich neben ihm nieder. Nachdem sie die Prothese abgenommen hatte, legte sie diese auf den Boden neben seinem Stuhl und stand auf.

„Thomas, Freunde akzeptieren einander ganz so wie sie

sind“, sagte sie lächelnd. „Und wie du sagst, müssen sie ehrlich zueinander sein. Ich wollte vorhin zu dir sagen, dass es mich freuen würde, wenn wir uns auch gelegentlich treffen könnten, und nicht nur dann, wenn du mir etwas von James erzählen möchtest. Wenn ich dich ansehe, dann sehe ich keinen Mann, dem ein Bein fehlt und der eine beschädigte Hand hast. Nein, ich sehe einen Mann, den ich gern zum Freund haben möchte. Ich hoffe, dass wir zusammen essen können, wenn es keinen anderen Grund als unsere Freundschaft dafür gibt.“

Thomas blickte zu ihr auf. „New York hat dir persönlich gutgetan. Die Stadt hat herausgebracht, was schon immer da war, was meine Familie außer Robert aber nie gesehen hat.“

Lily beugte sich vor, küsste ihn auf die Stirn und ging dann zu ihrem Stuhl zurück.

36

K entish Town, Dienstagmorgen

Als Lily auf ihrem Bett im Oberstock saß, horchte sie auf Josephs Stimme, der im darunterliegenden Büro zu Thomas sprach. Sie war völlig frustriert, denn sie konnte nicht hören, was gesprochen wurde.

Es war nicht, weil sie Thomas nicht traute, nein keineswegs, sondern nur, weil ihr Thomas versprochen hatte, erst am Samstag mit Joseph zu sprechen, wenn alle selbst sahen, dass sie zurück war. Und das glaubte sie ihm auch. Sie war eigentlich nur neugierig, Josephs Stimme wieder zu hören, die sie ehemals in Angst und Schrecken versetzt hatte. Würde das noch immer der Fall sein, fragte sie sich. Doch dazu konnte sie seine Stimme nicht deutlich genug hören.

Sie musste sich einfach gedulden.

Und es würde gar nicht mehr lange dauern. In weniger als einer Woche würde sie ihn konfrontieren und die

Genugtuung haben, zu hören, wie er angesichts von Zorn und Abscheu seiner Familie sich zu rechtfertigen versuchte.

Und in unter einer Woche würde sie Robert wiedersehen. Bei diesem Gedanken pochte ihr Herz vor Bangigkeit, aber auch vor Aufregung.

Was würde er sagen, wenn er sie sah, fragte sie sich. Würde er noch Gefühle für sie haben?

Und was würde sie für ihn fühlen, wenn sie ihn im wirklichen Leben und nicht nur in ihrem Kopf sah?

Und wie würde Marian reagieren?

Und die übrigen Linfords, was würden die wohl sagen?

Von dem, was Thomas über Nellie angedeutet hatte, würde sie mit Walter sehr zornig sein, und auch Sarah mit Charles. Sarah würde keineswegs zögern, Charles ihre Meinung zu sagen, denn sie war ja immer bereit gewesen, ihn schlechtzumachen, und es gab keinen Grund anzunehmen, dass sie sich geändert hatte.

Und sie wusste, dass Maud, genau wie Sarah, auf ihren Gatten wegen seiner List und Täuschung wütend sein würde.

Lily hatte nie bemerkt, dass Maud versucht hätte, Josephs Verhalten ihr gegenüber zu mildern, gleichzeitig hatte sie aber auch das Gefühl gehabt, dass Maud nicht so ganz mit dem feindlichen Verhalten ihres Gatten einverstanden war. Dieser Verdacht hatte sich bestätigt, als Maud Lily hin und wieder zum Lunch eingeladen hatte. Allerdings hatte sie sich damals nicht getraut, denn sie hätte nicht gewusst, worüber sie sich mit Maud hätte unterhalten können.

Von der Art, wie Maud Robert ansah, wenn er es nicht bemerkte, hatte Lily gewusst, dass ihn Maud sehr lieb hatte, und dass sie sicher entsetzt sein würde, wenn sie erfuhr, dass ihr Gatte ihrem Sohn viele schmerzvolle Jahre verursacht hatte.

Lily konnte es nicht erwarten, Joseph endlich leiden zu sehen.

Thomas hatte ihr am Morgen beim Frühstück erzählt, dass er Robert am Abend zuvor angerufen und ihn gebeten hatte, alle am folgenden Samstagnachmittag bei sich zu versammeln. Robert war einverstanden, aber auch neugierig gewesen, was Thomas ihnen allen zu erzählen hatte. Aus Höflichkeit hatte er allerdings nicht nach dem Grund gefragt.

Thomas hatte dann sofort nach dem Aufstehen am Morgen jedes einzelne Familienmitglied, das eingeladen war, angerufen, und alle hatten zugesagt.

Das Gespräch der beiden war sofort verstummt, als sie sahen, wie Josephs Auto plötzlich vor dem Fenster anhielt, und ein paar Minuten später, als Joseph die Eingangstür erreicht hatte, war Lily bereits im Oberstock verschwunden.

LILY HÖRTE, wie sich die Eingangstür wieder geschlossen hatte. Sie sah durch das Fenster, wie Joseph mit einigen Unterlagen in Händen wieder zum Auto zurückging. Sobald sich der Wagen in Bewegung gesetzt hatte, lief Lily die Treppe hinunter und in Thomas' Büro.

Thomas lachte sie an. „Ich dachte, dass es nicht lange dauern wird, bis du wieder hier bist. Und bevor du mich fragst kann ich dir versichern, dass ich nichts von dir gesagt habe. Er war auf dem Weg zu Charles für ein spätes Frühstück und er hatte einige Unterlagen zu den geplanten Entwürfen für die Bungalows abgeholt. Er wollte nur prüfen, ob die Anmerkungen darauf dieselben Punkte waren, die er selbst gemacht hätte. Und das von einem Mann, der angeblich im Ruhestand ist!"

„Es ist nicht leicht untätig zu sein, wenn man so lange gearbeitet hat."

„Ich bin sicher, dass das stimmt. Ich habe aber den Verdacht, dass er mich teils auch davor warnen wollte, dass Charles mich fragen wird, ob ich Louisa in mein Team aufnehmen könnte." Dabei verzog Thomas sein Gesicht. „Er hat mir die Chance gegeben, eine Antwort vorzubereiten. Ich kann mir aber ein andermal etwas dazu überlegen. Denken wir jetzt aber nicht mehr an das bevorstehende Wochenende, sondern gehen wir miteinander in Charles' ehemaliges Haus. Wir könnten uns darin umsehen und etwaige Änderungen besprechen, die gemacht werden müssten, wenn es dir als Geschäft und Wohnung dienen soll."

„Ja, das wäre sehr nett", erwiderte sie begeistert. „Nachdem ich in New York jahrelang so viel gearbeitet habe, fällt es mir nicht leicht, mich ganz einfach hinzu-setzten und nichts zu tun. Seit meiner Rückkehr von Chorton habe ich immer wieder an meine Geschäftsidee gedacht. Es wird mir helfen, wenn ich das Haus gesehen habe. Und danach würde ich gern in einige elegante Geschäfte gehen. Ich möchte mir ihre Schaufenster anse-hen, damit ich einen Eindruck davon bekomme, was die Käufer anzieht. Und wie die Kleidungsstücke innen in den Geschäften ausgestellt werden. Wir könnten so tun, als ob ich etwas kaufen möchte. Dabei würde ich aber beobachten, was andere Leute kaufen. Oder wäre das langweilig für dich", fragte sie, während ihre Aufregung in Besorgnis über-ging. „Ich könnte das ein andermal natürlich ohne dich tun."

„Es wäre für mich etwas anderes, und etwas anderes zu

tun ist äußerst angenehm. Wir gehen heute zusammen und danach kannst du dich wahrscheinlich ohne mich umsehen. Oder mit Louisa, falls ich sie wieder auf dem Hals habe. Ich hätte dann zumindest meine Ruhe von ihren Pflegediensten."

„Ich möchte mir auch genau den Standard der Näharbeit ansehen, den die Kunden erwarten, wobei ich natürlich nichts verkaufen möchte, das nicht perfekt ausgearbeitet ist. Und ich muss auch sehen wie gezahlt wird. In meiner Mietwohnung habe ich den Kundinnen vorab gesagt, was es kosten wird, und sie haben dann bei der Abholung bezahlt. Die Beträge habe ich dann ganz einfach in ein Kassenbuch eingetragen. Hier wird es sicher anders sein."

„Ja, wir haben hier Registrierkassen."

„Eine solche muss ich dann auf meine Einkaufsliste schreiben. Dir verdanke ich, dass ich ein Haus habe und mich um keine Miete kümmern muss. Ich muss lediglich die Geschäftsausstattung kaufen und alles, was ich für die Schaustellung brauche. Meine Ersparnisse werden das abdecken. Und ich werde auch einige Stofflängen kaufen."

„Lily, ich bin sehr beeindruckt."

Lily zuckte die Schultern. „Ich habe in New York vor dem Crash mein eigenes Geschäft geführt und danach habe ich im Settlement House Unterricht genommen, wie man Geschäfte und Unternehmen leitet, damit ich auch weiß, was ich tue. Und ich mache es auch hier wie in New York – ich kaufe direkt von den Lagerhäusern. Das ist billiger. Ruths Vater hat gesagt, man soll immer direkt an die Quelle gehen und nicht von Handelsvertretern kaufen."

Thomas lächelte sie an. „Du wirst sehr erfolgreich sein, Lily."

„Wenn es so ist, dann verdanke ich es nur dir. Du hast es so viel einfacher gemacht, ein Geschäft in Gang zu bringen, als ich es erwartet habe. Das bedeutet, dass ich mich viel heimischer fühlen werde, nachdem ich Robert und die Familie gesehen habe und weiß, dass James nicht weit von mir weg ist. Dann kann ich meine geschäftlichen Pläne in die Tat umsetzen."

„Mir ist aufgefallen, dass du anscheinend glaubst, dass es keine Wirkung auf dich haben wird, wenn du Robert siehst. Lily, ich hoffe nur, dass du recht hast."

37

H ampstead, *Samstagnachmittag*

GEORGE, der Fahrer von Thomas, blieb am Bordstein vor Roberts Haus stehen.

Thomas kletterte umständlich aus dem Auto und wies Lily an, im Wagen zu bleiben. Dann schloss er die Tür hinter sich. Auf seine Krücke gestützt schaffte er das Stück des Wegs und schließlich auch die Stufen bis zum Eingang hinauf. Dann klopfte er mit dem schweren Messingklopfer an die Tür.

Im nächsten Moment öffnete Mrs. Bailey die Tür.

„Guten Tag, Mr. Thomas", sagte sie, und stand zur Seite um ihn einzulassen.

Thomas blieb im Eingang stehen und fragte, wo er Robert finden würde. „Ich hatte ihm gesagt, dass wir vor den anderen kommen werden."

„Er ist mit Mrs. Linford im Garten. Würden Sie bitte im

vorderen Empfangsraum warten. Ich werde Mr. Robert sagen, dass Sie hier sind.“

„Danke. Ich muss etwas Privates mit ihm besprechen, bevor die anderen ankommen. Habe ich recht, dass James nicht hier ist?“ fügte er noch hinzu.

„Er ist bei Mr. und Mrs. Ames. Ich sage jetzt Mr. Robert, dass Sie hier sind.“ Sie wandte sich um und ging wieder den langen Gang zurück zur Tür, die hinaus in den Garten führte.

Thomas gab Lily ein Zeichen, zu ihm zu kommen. Er wartete auf sie und führte sie dann in den Empfangsraum.

„Ich hoffe nur, dass der Schock nicht zu viel für ihn ist“, sagte Thomas zu Lily, die mit dem Rücken zur Tür dastand.

Die Tür ging weit auf und Robert kam in den Raum.

„Der Schock worüber?“ fragte er lächelnd.

Lily wandte sich um und sah ihn an.

Robert schnappte laut nach Luft.

Bewegungslos starrte er sie fassungslos an. Mit einer Hand stützte er sich dabei auf den Stuhl, der neben ihm stand.

Einige Augenblicke lang stand er nur da und blickte sie an – völlig verständnislos als dächte er, dass er träume.

„Lily?“ flüsterte er schließlich in fragendem Ton. „Lily“, wiederholte er, und das Wort war lauter und voll Verwunderung. „Du lebst.“

Ihr Herz klopfte wie wild, sie nickte, ohne ein Wort hervorzubringen.

„Oh, Lily!“ Er stieß einen langen von Freude erfüllten Seufzer aus. „Du bist nicht tot.“

„Nein“, sagte sie mit zitternder Stimme.

„Du bist nicht tot“, wiederholte er. Dann nahm er sie in seine Arme, wirbelte sie herum und drückte sie an sich, als ob er sie nie wieder gehen lassen wollte. „Ich kann es nicht fassen", rief er aus. Er vergrub sein Gesicht in ihrem Haar und küsste sie auf den Kopf. „Du bist nicht tot."

Lily wich zurück, denn das Gefühl, das sie empfand, war von solcher Intensität, wie sie es nie erwartet hätte. Beide standen mit hängenden Armen bewegungslos da, den Blick völlig selbstvergessen auf das Gesicht des anderen gerichtet, mit Tränen, die ihre Wangen benetzten.

Über die beiden hinweg sah Thomas Marian, die mit todbleichem Gesicht in der Tür stand und auf Robert blickte.

Schließlich machte Robert einen Schritt zurück. „Ich verstehe es einfach nicht", sagte er kopfschüttelnd. „Deine Kleidung war am Strand. Das war vor dreizehn Jahren und wir haben nichts von dir gehört. Kein einziges Wort. Kein einziges Mal. Und James. Was ist mit James?"

Thomas trat vor. „Lily wird alles erklären, sobald die anderen hier sind", sagte er. „Vielleicht könnte sie inzwischen nach oben gehen und sich das Gesicht waschen? Sie könnte dort warten, bis alle hier sind."

„Ich würde gern das Zimmer von James sehen", sagte sie und blickte über ihre Schulter zu Thomas hin.

„Marian wird dich hinführen", sagte Robert als er sich die Wangen mit den Handrücken abwischte.

Lily wandte sich wieder Robert zu. „Wenn es dir nichts ausmacht, würde ich lieber allein hingehen. Ich habe den Weg noch nicht vergessen."

Robert nickte. „Ja, natürlich, wenn du willst."

Sie trat einen Schritt zur Seite, als ob sie an Robert vorbeigehen wollte, schaute ihn an und blieb dann stehen. Ihre Blicke trafen sich und sie blickten einander gebannt an.

„Ich kann es nicht glauben", sagte er mit brechender Stimme.

„Ich auch nicht", flüsterte sie. „Du siehst noch besser aus als damals", fügte sie lächelnd hinzu.

„Und du bist wunderschön."

Er machte unwillkürlich einen Schritt nach vorn und nahm sie in seine Arme.

Marian schnappte laut nach Luft, aber niemand merkte es.

Lily hatte ihren Kopf an Roberts Brust gelehnt und stand eine Weile so da, ohne dass beide etwas sagten. Dann löste sie sich aus seiner Umarmung und ging unsicher auf die Tür zu.

Marian trat zur Seite und machte ihr den Weg frei.

„Ich sehe nach, ob Mrs. Bailey den Nachmittagstee zubereitet", sagte Marian mit zitternder Stimme in die Stille hinein. Dann hörten Thomas und Robert, wie ihr auf dem Gang zur Küche ein Schluchzen entschlüpfte.

„Ich sehe nach wie es Lily geht", sagte Thomas und folgte ihr die Treppe hinauf.

DIE MITGLIEDER DER LINFORD-FAMILIE, die Thomas eingeladen hatte, am Samstagnachmittag im fünfzehn Uhr in Roberts Haus zu sein, hatten sich bereits auf den Stühlen niedergelassen, auf denen sie normalerweise saßen, wenn sie sich zu einem sonntäglichen Lunch in Hampstead versammelten. Dort saßen sie jetzt und warteten darauf, dass ihnen Thomas seine Neuigkeit mitteile.

Charles, der sich ziemlich sicher war, was sie alle jetzt erfahren würden, und dem davor graute, hatte sich auf das Sofa gesetzt, eine Zeitung genommen und gab nun vor, darin zu lesen.

Die anderen sagten nur wenig zueinander, außer zu

bemerken, wie seltsam diese Einladung war, die doch viel eher wie eine Vorladung geklungen hatte.

Als sie von Thomas einzeln angerufen worden waren, hatte seine Stimme zwar ruhig geklungen, aber er hatte darauf bestanden, dass sie zum festgelegten Zeitpunkt da sein müssten. Und keine Minute früher oder später.

Es sei doch gar nicht wie Thomas, murmelten sie untereinander, eine Familienzusammenkunft einzuberufen. Thomas – der seit seiner Rückkehr aus dem Krieg derartige Treffen doch wie die Pest vermieden hatte. Und so genau zu bestimmen, wer da sein und wer nicht da sein sollte. Er hatte lediglich Joseph und Charles, deren Gattinnen Maud und Sarah, und Walter eingeladen. Natürlich auch Robert und Marian. Und sonst niemanden.

Weder Nellie noch Emily. Louisa oder Christopher. Und auch nicht James.

Sie hatten alle dasselbe gedacht, als Thomas sie kontaktierte. Nämlich, dass er in Anbetracht seiner allgemeinen Verdrießlichkeit und seiner körperlichen Behinderung vielleicht plane, ihnen anzukündigen, dass er wieder heiraten werde.

Aber das wäre doch äußerst unwahrscheinlich.

Hätte er geplant, eine derartige Ankündigung zu machen, dann wäre es doch nicht notwendig gewesen, irgendjemanden auszuschließen. Ganz im Gegenteil, an einem festlichen Anlass sollten doch so viele wie nur möglich teilnehmen.

Zudem hatte sich Thomas noch gar nicht zu ihnen gesellt, obwohl sie ihn im Oberstock hören konnten.

Und Robert war auch oben. Es war Mrs. Bailey, die sie eingelassen hatte.

Seltsam war auch, dass Marion sich noch nicht hatte

sehen lassen. Normalerweise hätte sie alle schon bei ihrer Ankunft begrüßt.

Thomas und Lily mussten es sich anders überlegt haben, der Familie zu sagen, dass Lily zurück sei, dachte Charles voller Panik. Er war überzeugt, dass auch sie oben war. Nun saß er da, mit blassem Gesicht, hinter der Zeitung versteckt, wissend, dass es jetzt keine Flucht mehr gab.

Als die Unruhe unter den anderen nun ein Höchstmaß erreicht hatte, blickten sie mit gespielter Unbekümmertheit auf die Wände, den Parkettboden und die Vase mit den Kornblumen auf dem Mahagonitisch, während sich in ihnen ein beunruhigendes Gefühl der Vorahnung breitmachte.

Beim Klang von Schritten, die die Treppe herunterkamen, richteten sich die versammelten Linfords auf und starrten alle wie auf Kommando zur Tür hin.

Die sich einige Minuten später öffnete.

Thomas kam in den Raum und blieb stehen. Seine Hand ruhte auf dem Türgriff für einen festen Halt. Mit ausdruckslosem Gesicht ließ er seinen Blick von Joseph zu Charles, von Maud zu Sarah und dann zu Walter schweifen. Dann stellte er sich zur Seite und Lily kam langsam in den Raum, blieb stehen und blickte um sich.

Den Raum erfüllte fassungsloses Schweigen.

Die drei Männer erhoben sich.

Aller Augen waren auf Lily gerichtet.

Als sie Lily zum ersten Mal gesehen hatten, war sie jugendlich hübsch gewesen, aber die Frau, die jetzt vor ihnen stand, war mit ihrem perfekten Teint, ihren dunkelbraunen, von dunklen Wimpern umrahmten Augen und ihren blonden, in der Mitte gescheitelten lockigen Haaren, von einer wahren Schönheit.

Nur ihre dunkelrot bemalten Lippen zitterten leicht und

verrieten, dass sie sich der Enormität des Augenblicks bewusst war.

Josephs Gesicht war aschfahl geworden. Ein blauer Schatten lag um seinen Mund und seine Nackensehnen waren angespannt. Mit unnatürlich glänzenden Augen und offensichtlicher Angst öffnete er seinen Mund, aber kein Laut kam hervor. Da schloss er seine Lippen über den unausgesprochenen Worten, ließ sich schwer auf seinen Stuhl fallen und blickte zu Charles hin. Beide sahen einander an. Josephs Blick war angsterfüllt, doch in Charles Blick lag ein Ausdruck von Ergebenheit.

Beide wandten sich nun zu Walter hin, der leicht mit den Schultern zuckte.

Josephs Lippen hauchten „Es tut mir leid" zu Charles hin.

Leise betrat Robert hinter Lily den Raum und nahm neben Walter Platz.

Mit gesenktem Kopf setzte sich Charles wieder nieder. Er warf Sarah, die auf dem Sofa neben ihm saß, einen flüchtigen Blick zu. Als Sarah seine Spannung bemerkte, die sie für eine Schockreaktion hielt, drückte sie ihm beruhigend die Hand.

Mit blassem Gesicht erhob sich Maud von dem Lehnstuhl, in dem sie saß, ging an ihrem Gatten vorbei und auf Lily zu.

„Meine Liebe, ich weiß nicht was das zu bedeuten hat, und auch nicht, weshalb du uns auf deine Weise verlassen hast", sagte sie mit zitternder Stimme, „aber ich freue mich, dass du am Leben bist. Wie wir es sicher auch alle sind. Du wirst aber verstehen, dass dies ein enormer, wenn auch ein freudiger Schock ist." Sie streckte ihre Arme aus und umarmte Lily kurz. Dann ging sie zu Robert hin und legte ihre Hand auf seine Wange. „Mein lieber Junge", sagte sie und blickte ihn voller Mitgefühl an, bevor sie wieder auf ihrem Stuhl Platz nahm.

Walter gestikulierte mit nach oben gewandten Händen. „Lily, ich glaube, jetzt ist die Reihe an dir. Ich schlage vor, du sagst uns was du zu sagen hast. Wie du siehst", dabei wies er um sich, „hören wir dir alle zu." Dann setzte er sich.

„Lily, hier ist ein Stuhl für dich", sagte Thomas und nahm in einiger Entfernung von ihr Platz.

„Lily, wir möchten alle verstehen, was geschehen ist", sagte Maud ruhig. „Weshalb hast du dich denn nicht wenigstens gemeldet und uns gesagt, dass du lebst? Das hättest du doch tun können. Robert war in einem schrecklichen Zustand. Genau wie wir alle."

Lily zögerte. Sie warf einen Blick auf Thomas und dann auf Joseph, den sie lange anblickte.

Dann faltete sie ihre Hände im Schoß und schöpfte tief Atem. „Wie ihr alle wisst, wurde meine Kleidung am Strand gefunden und es sah aus, als ob ich ertrunken wäre. Ich hatte mich sehr niedergeschlagen gefühlt, denn ich dachte, dass mich niemand hier will. Und so beschloss ich, wegzulaufen", begann sie. „Wenn es wie Selbstmord aussieht, dachte ich, dann werdet ihr mich nicht suchen."

Thomas wandte sich abrupt um und starrte sie überrascht an.

„Das glaube ich nicht!" rief Robert aus. „Du hättest James nie freiwillig zurückgelassen. Schließlich habe ich mich gezwungen zu glauben, dass du dir irrtümlich und nicht bewusst das Leben genommen hast, aber ich werde nie annehmen, dass du James absichtlich verlassen hast und ihm all die Jahre ferngeblieben bist. Du warst eine wunderbare Mutter. Du hast James über alles geliebt. Und du hast mich geliebt. Ich weiß, dass es so war. Ich habe deine Liebe jeden Tag gespürt, an dem wir zusammen waren. Du hättest uns nie auf diese Weise verlassen."

„Ich fürchte, dass du nicht recht hast-" begann Lily.

„Nein, er hat doch recht", warf Joseph ein. „Du hättest weder James noch Robert verlassen, wenn ich dich nicht dazu gezwungen hätte." Dabei lächelte er Lily reumütig an. „Lily, ich kann es nicht zulassen, dass du die Schuld auf dich nimmst."

Maud schöpfte tief Atem. Sie und Sarah blickten rasch auf Joseph. Charles und Walter hatten den Blick fest auf den Boden gerichtet. Die Stille schien unendlich zu sein.

„Ganz gleich was Joseph jetzt auch sagen will, es war nicht allein seine Schuld. Schließlich bist du es gewesen, Lily, die beschlossen hatte zu gehen", sagte Walter. „Du hättest bleiben und um deinen Gatten und Sohn kämpfen können, du hast es aber nicht getan."

„Du hast gewusst, dass ich es nicht konnte." Verachtung hatte ihre Stimme erhärtet. „Du hast damit gerechnet. Charles hätte Josephs Anschuldigung unterstützt, dass ich die Smaragde gestohlen habe. Mit beiden gegen mich, wer hätte mir da wohl geglaubt? Ich war blind vor panischer Angst und konnte nicht klar denken. Und so tat ich, was Joseph wusste, dass ich tun würde – ich habe mich gefügt."

„Charles?" rief Sarah aus. Sie ließ Charles' Hand fallen und starrte ihn entsetzt an.

Maud blickte fragend in das Gesicht ihres Gatten. „Ich denke, du solltest uns erzählen, was geschehen ist. Nicht wahr, Joseph? Von allem Anfang an. Und achte darauf, dass es die Wahrheit ist."

Und so erzählte Joseph die Geschichte in groben Zügen und untertrieb dabei nach Möglichkeit Charles und Walters Beteiligung.

· · ·

ALS JOSEPH mit seiner Erzählung zu Ende war herrschte eine Weile völlige Stille.

Schließlich brach Robert das Schweigen und wandte sich an Lily. „Ich dachte du wärest tot", sagte er leise. „Ich habe um dich getrauert. Weshalb hast den denn nie geschrieben? Ich hätte wenigstens gewusst, dass du lebst."

„Ich habe doch nicht gewusst, dass sie meinen Selbstmord vortäuschen. Wenn ich es gewusst hätte, dann hätte ich geschrieben. Sie aber sagten zu mir, dass ich ganz einfach verschwunden sei. Ich habe immer gewusst, dass ich für James zurückkommen werde sobald ich genügend Geld gespart hatte, um für uns beiden sorgen zu können. Ich dachte mir, dass du mich nicht zurückhaben möchtest, dass du unsere Ehe bereust. Ich dachte auch, dass du andernfalls einen Detektiv beauftragt hättest, mich zu finden. Und wenn er mich gefunden hätte, dass du mich abgeholt hättest. Das hast du aber nicht getan. Und als ich dachte, dass du mich nicht willst, und du gewusst hättest, dass ich zurückkommen wollte, dass du verhindern würdest, dass ich James bekomme."

Robert schüttelte den Kopf. „Das hätte ich nie getan – ich wusste doch wie sehr du ihn liebst. Aber dreizehn Jahre. Du bist so lange fortgeblieben. Hättest du nicht früher zurückkommen können?"

„Das wollte ich auch. Wir haben aber so schwer gearbeitet, für sehr wenig Geld – du kannst dir nicht vorstellen, wie es war. Es ist mir aber doch gelungen, eine Schneiderei zu eröffnen, und ich habe dann auch mehr verdient. Dann kam aber der Crash, gerade als ich zurückkommen wollte. Rückblickend hätte ich damals trotzdem kommen sollen, wusste aber nicht, wie schlimm es noch werden wird – ich hatte gedacht, dass es mit der Schneiderei so weitergehen würde. Das war aber nicht der Fall. Ich bekam keine Aufträge mehr.

Als ich anfing zum Überleben in meine Ersparnisse zu greifen, fasste ich den Entschluss zu kommen, so lange ich es noch konnte."

Robert rückte sich auf seinem Stuhl zurecht. „Du hast gesagt, dass *ihr* so schwer gearbeitet habt. Hast du drüben geheiratet?"

Sie blickten einander an. Lily schüttelte den Kopf. „Ich dachte immer, dass ich mit dir verheiratet bin. Aber Thomas hat mir erklärt, dass es nicht so ist."

Robert blickte zu Walter hinüber. „Lily hat recht, nicht wahr? Ich bin mit Marian rechtmäßig verheiratet, oder nicht?"

„Ja, das bist du", erwiderte Walter. Er lehnte sich in seinem Stuhl zurück. „Lily, du hättest schon lange jemand anderen heiraten können."

„Das wollte ich nicht. Ich habe Robert immer geliebt, obwohl ich wusste, dass es zwecklos war."

Joseph räusperte sich. „Du hast gesagt, dass dein Geschäft schließlich eingegangen ist. Geht es bei deiner Rückkehr nach so langer Zeit eigentlich um Geld?"

Walter stand rasch auf. „Mit Verlaub, Sir, es könnte durchaus voreilig sein, eine derartige Angelegenheit schon jetzt zu besprechen. Lilys Rückkehr ist für uns alle ein Schock. Wir müssen die Sache erst einmal verdauen, bevor wir die Folgen erwägen können."

„Immer der Anwalt, Walter", entgegnete Thomas spöttisch. Er blickte zu Lily hin. „Er hat aber recht, Lily, dass wir allen Zeit lassen sollten die Sache zu überlegen." Dann wandte er seinen Blick der Familie zu. „Ich denke wir haben für heute genug. Ihr wisst jetzt, dass Lily lebendig und wieder hier ist. Maud wird sicher mit Joseph ein Wörtchen zu reden haben, und Sarah mit Charles. Es liegt an Walter, wie viel er Nellie davon erzählen will. Ich schlage vor, dass ich Lily jetzt nach Kentish Town zurückbringe und dass wir irgendwann am nächsten Wochenende wieder zusammenkommen. Lily kann euch dann sagen, was sie tun möchte, und wir werden sehen, wie wir ihr helfen können."

„Wenn niemand dagegen ist. möchte ich, dass Nellie nächste Woche mit dabei ist", sagte Walter. „Ich werde ihr heute noch alles erzählen, wenn ich heimkomme."

Thomas warf Charles einen Blick zu. „Was ist mit Louisa und Christopher? Wie viel sollen sie darüber wissen?"

Charles nagte an seiner Lippe. „Ich bin mir nicht sicher, dass sie etwas darüber- "

„Also, ich bin es jedenfalls", warf Sarah ein. „Sie sind ja kaum noch Kinder. Diese Familie hat genügend Geheimnisse bis an ihr Lebensende. Charles, ich nehme an, dass uns Joseph einige Einzelheiten bezüglich deiner und Walters Beteiligung erspart hat, aber bis zum Sonntag wirst du uns mit allem vertraut gemacht haben, das wir wissen sollten, nicht wahr?"

Charles nickte nur mit schuldbewusster Miene.

„Lily, bist du damit einverstanden, dass nächste Woche auch die Jüngeren mitkommen?" fragte Thomas.

„Ja. Aber ich möchte auf keinen Fall, dass James schon erfährt, dass ich hier bin." Sie zögerte und sah Robert fragend an. „Wo ist Marian?"

Er schüttelte den Kopf. „Sie hatte nicht die Kraft, sich alldem auszusetzen. Sie liegt mit geschlossenen Augen oben auf dem Bett."

„Es kann nicht einfach für sie sein, dass ich zurück bin", sagte sie mit erstickter Stimme und stand auf. „Thomas, ich möchte jetzt gehen."

Auch Maud war aufgestanden und kam auf Lily zu. Sie legte ihre Hand sanft auf Lilys Arm.

„Lily, bevor du gehst möchte ich dich etwas fragen",

sagte sie. „Als du anfingst uns zu erzählen was sich da vor Jahren zugetragen hat, hast du mit einer Lüge begonnen. Joseph hat dich aufgehalten und uns die Wahrheit gesagt. Weshalb wolltest du Joseph schützen und seine Beteiligung vor uns geheim halten? Nach der schrecklichen Tat, die er an dir – an euch dreien – begangen hat?"

Lily starrte Maud fragend an. „Ich weiß es nicht so recht", erwiderte sie langsam. „Als ich heute hierhergekommen bin hatte ich die Absicht, euch allen die Wahrheit zu sagen. Ich wollte, dass ihr alle wütend auf ihn seid, und ihn verachtet für das, was er getan hat."

„Weshalb hast du dich dann anders entschieden?"

„Vielleicht ist es wegen etwas, das James vergangene Woche zu mir gesagt hat", begann Lily. Robert zuckte zusammen. „Robert, er wusste nicht wer ich bin", fügte sie schnell hinzu. „Ich konnte sehen, dass er Joseph liebt und dass er ein glücklicher Junge ist. Und wenn ich seine Familie zerstöre, dann zerstöre ich auch sein Glück. Und Roberts ebenso. Mit glänzenden Augen blickte sie Robert an. Ich habe seit unserer Hochzeit gewusst, wie sehr Robert seinen Vater liebt und wie sehr er sich wünscht, ihm nahe zu stehen. Als es darauf ankam, ist mir bewusstgeworden, dass ich diese Bande nicht brechen will."

„Oh Lily", sagte Robert und stand auf.

„Und auch ..." Sie wandte sich an Thomas und lächelte ihn voller Wärme und Zuneigung an. „Thomas liebt euch alle, obwohl er, wie ich Thomas kenne, das je sagen würde. Er ist seit meiner Rückkehr mein bester Freund gewesen. Es wäre eine schlechte Art ihm zu danken, wenn ich versuchte, seine Familie, die er liebt, zu zerstören."

„Lily, ich danke dir", sagte Maud mit Tränen in den Augen. „Ich weiß nicht, ob irgendjemand von uns an deiner

Stelle so großmütig gewesen wäre. Wir sind dir sehr dankbar für das, was du versucht hast zu tun."

Lily wandte sich nun an Joseph. „Und als Antwort zu deiner vorherigen Frage, Joseph, ob ich Geld von dir möchte – nein, das will ich nicht. Ich bin für meinen Sohn zurückgekommen, wie ich es dir damals schon gesagt habe! Wenn du an die Stärke deiner Gefühle für Robert denkst, dann wirst du mich vielleicht verstehen." Damit wandte sie sich an Thomas. „Thomas, wir können jetzt gehen."

Mit einem raschen Blick auf seine Familie folgte ihr Thomas und einige Minuten später hörten sie, wie draußen ein Auto wegfuhr.

Joseph wandte sich an Robert. „Ich muss mit dir sprechen, mein Sohn." Er legte seine Hand auf Roberts Arm.

Robert schob seine Hand weg und trat einen Schritt zurück. „Es ist Zeit, dass du gehst", sagte er voller Kälte, „ich muss zu Marian hinauf."

ROBERT STAND am Fenster und beobachtete, wie die letzten Wagen wegfuhren. Alles in ihm war in Aufruhr.

Als er am Morgen aufgestanden war, war er ein Witwer gewesen, der wieder geheiratet hatte und der seine zweite Frau liebte. Und jetzt, noch vor Einbruch der Nacht, war er kein Witwer mehr, sondern ein geschiedener Mann mit einer zweiten Frau.

Und seine beiden Frauen waren jetzt wieder Teil seines Lebens.

Und er war sich seiner Gefühle nicht mehr sicher.

Im selben Augenblick, als er Lily gesehen hatte, war ihm mit aller Macht bewusstgeworden, wie sehr er sie noch liebte. Beim Anblick ihres Gesichts, ihres wunderschönen Gesichts, war ihm, als ob in seinem Inneren etwas ausgebrochen war. Sein ganzer Körper war wie in Brand gesetzt und er wollte sie nur halten und sie wieder in seinen Armen fühlen.

Doch er liebte auch Marian.

Marian war für ihn die perfekte Gattin. Die Wartezeit von sieben Jahren zwischen Lilys Verschwinden und der Todeserklärung war für ihn durch Marians Gegenwart erträglich geworden, und seine Ehe war wahrhaft glücklich geworden. Sie beide kamen ja aus derselben Welt und wollten dasselbe vom Leben. Er liebte sie aufrichtig und auch James war ihr sehr zugetan.

Er hatte aber immer gewusst, dass seine Liebe zu Marian anders war als seine Liebe zu Lily. Wenn er Marian ansah, verspürte er nie den kolossalen Nervenkitzel, der ihn erfasste, wenn er Lily erblickte. Das hatte ihm aber nichts ausgemacht, denn er hatte nicht erwartet, dass er je in seinem Leben wieder die atemberaubende Liebe erfahren würde, die er für Lily gefühlt hatte.

Er hatte mit Marian und James ein wunderbares Leben und das war alles, was wirklich zählte.

Marian war von Lilys Rückkehr sicher völlig erschüttert und fühlte sich in dieser Situation, von der keiner von beiden angenommen hatte, sie je durchstehen zu müssen, wahrscheinlich genauso verloren wie er. Sicher machte sie sich große Sorgen bezüglich seiner Gefühle für Lily, denn die waren für sie unübersehbar gewesen. Ihn hatte die Situation jedoch so überwältigt, dass er nicht versucht hatte, seine übermäßige Freude über Lilys Rückkehr zu verbergen.

Immerhin sollte er nicht vergessen, dass Lily für James zurückgekommen war und nicht für ihn.

Und James? Würde er Lily als seine Mutter akzeptieren, wenn er sein ganzes Leben lang doch nur Marian gekannt hatte, die ihm eine wunderbare Mutter gewesen war, und die er liebte? Und wenn er Lily akzeptierte, würde das dann seine Gefühle für Marian beeinflussen?

Er wusste es nicht, hoffte aber inständig, dass es nicht so sein würde.

Was er jedoch wusste war, dass er zu Marian hinaufgehen und sie beruhigen musste. Er musste ihr sagen ... aber was sollte er ihr sagen?

Wie konnte er sich denn überlegen, was er ihr sagen könnte, wenn Lily das einzige war, an das er denken konnte?

38

Primrose Hill, später am Nachmittag

Die Dämmerung hatte am späten Nachmittag bereits eingesetzt.

Die Schatten waren länger geworden und durch die Fenster in das Wohnzimmer gekrochen, wo sich ihre dämmrig grauen Arme über den Parkettboden zu Joseph und Maud hin ausstreckten. Die beiden saßen einander gegenüber in Ohrensesseln zu beiden Seiten des großen marmornen Kamins.

Die Haushälterin, Mrs. Morley, war soeben hereingekommen, um die Lampen einzuschalten, doch Maud wies sie an, wieder hinauszugehen. So saßen sie und Joseph nun weiterhin in dem dunkel werdenden Raum, und Mauds stiller Vorwurf lag schwer in der Luft zwischen beiden.

„Joseph, hast du mir auch wirklich alles gesagt?" fragte

sie ihn schließlich. „Ich wäre sehr verärgert, wenn noch weitere Überraschungen kämen."

Er versicherte ihr, nicht das Geringste ausgelassen zu haben.

Vor allem hatte er darauf hingewiesen, dass er sich seinen Plan noch einmal überlegt hätte, wenn er gewusst hätte, dass Lily ein paar Tage vor Nellies Geburtstag Robert gesehen hatte, wie er mit Marian sprach und dabei so entspannt und locker gewirkt hatte, dass Lily daraus auf eine gegenseitige Zuneigung geschlossen und Robert dann beschuldigt hatte, ihre Ehe zu bedauern. Wahrscheinlich hätte er nichts unternommen, sagte er zu Maud, und zwar wegen des Risikos, dass Robert die Schuld an allem übernommen haben könnte.

Alles, was er getan hatte, war mit bester Absicht geschehen, sagte er ihr. Seitdem habe er aber erkannt, dass es falsch von ihm war, in das Leben eines anderen Menschen einzugreifen, ganz gleich aus welchen Beweggründen auch immer, und er hoffe nur, dass Maud ihm verzeihen könne.

Dann lehnte er sich zurück und wartete.

Maud kreuzte ein elegantes Bein über das andere, lehnte sich in die samtene Polsterung zurück und blickte ihn abwägend an. „Zumindest weiß ich jetzt, weshalb du wolltest, dass ich meine Smaragde für einen geringen Anlass wie eine achtzehnte Geburtstagsfeier anlege", sagte sie schließlich. „Ich hatte mich schon gewundert. Joseph, du bist eigensinnig, hitzköpfig und nicht bereit zuzuhören. Und du bildest dir immer ein, dass du alles besser weißt. Deshalb hast du es auch ignoriert, als wir dich warnten, dass deine feindselige Haltung Robert noch enger an Lily binden wird. Aber so wie ich dich kenne, wirst du auch jetzt versuchen die Situation zu berichtigen, die du geschaffen hast."

Joseph machte eine zustimmende Geste und nickte.

„Das habe ich auch versucht. Ich konnte es nicht ertragen, dass Robert für den Rest seines Lebens unglücklich sein könnte."

„Deshalb bist du auch kein schlechter Mensch. Du liebst deine Familie und willst nur das Beste für alle. Ja, es war falsch, wie du es bewerkstelligen wolltest – sehr falsch – aber du hast aus einem, wie du dachtest, guten Grund gehandelt."

Er blickte sie voller Dankbarkeit an. „Maud, ich danke dir, dass du mir glaubst, wenn ich sage, dass ich dachte, ich würde das Richtige tun."

Sie nickte. „Ich denke, dass das auch die Kinder schließlich verstehen werden. Bei Robert wird es allerdings länger dauern – schließlich hat er jahrelang gelitten. Andererseits hast du aber Marian zu ihm gebracht und die beiden waren sehr glücklich. Ich bin sicher, dass er deine Rolle dabei anerkennen wird."

„Nach dem, was er mir bereits gesagt hat, tut er das auch."

„Gleichzeitig", fügte Maud hinzu, „dürfen die Auswirkungen von Lilys Rückkehr auf Robert und Marian aber auch nicht unterschätzt werden."

„Ja, dessen bin ich mir bewusst."

„Dass Lily heute ihren Wunsch nach Vergeltung – was unter den Umständen ja wirklich verständlich gewesen wäre – aus Güte und Rücksichtnahme aufgegeben hat, macht ihr wirklich Ehre. Dass sie die Familie schützen wollte, zeigt, wie positiv sie sich im Lauf der Jahre entwickelt hat, und dafür sollten wir sie respektieren. Du musst sie unterstützen, ganz gleich was sie tun will."

„Wir werden alles tun um ihr zu helfen. Wenn sie ein Haus braucht, dann werden wir es ihr geben. Es ist das Wenigste, was wir für sie tun können."

„Damit bin ich einverstanden. Ich bin auch sicher, dass Nellie dir und Walter verzeihen wird. Sie steht Robert sehr nahe und wird bestimmt äußerst verstimmt darüber sein, was ihr getan habt, und dass Walter darin verwickelt war. Ich bin aber sicher, dass auch sie verstehen wird, dass ihr damit das Beste gewollt habt. Erwarte dir aber nicht gleich zu viel. Zumindest brauchst du dir keine Sorgen zu machen, was du Dorothy erzählen wirst. Sie wird ja nichts darüber wissen, denn sie ist nach Deutschland gezogen, lange bevor Lily in unser Leben gekommen ist."

Joseph lächelte sie schief an. „Du erwartest doch sicher nicht von mir, dir zu glauben, dass du nicht weißt, dass Nellie ihrer Schwester schon seit Jahren schreibt?"

Maud erwiderte lächelnd: „Dir entgeht aber auch gar nichts, Joseph."

„Ja, ich kann einfach nicht anders. Ich bin aber sicher, dass Dorothy genug Sorgen hat, jetzt wo Hitler an der Macht ist. Die Zeitungen sind alle voll der Gräueltaten, die seine Braunhemden verüben. Er ist ein fieser Kerl. Um aber auf Lily zurückzukommen. Ich hätte Walter sagen sollen, bevor wir von Robert weggefahren sind, es Nellie klarzumachen, dass er nicht daran beteiligt war, Lily außer Landes zu schaffen. Und ich hätte Charles sagen sollen, Sarah gegenüber darauf zu bestehen, dass es mein Plan und nicht seiner war. Ich habe ihn vielmehr gezwungen, mich zu unterstützen."

„Du machst dir unnötige Sorgen. Niemand von uns würde glauben, dass sich Charles einen derart ausgefallenen Plan wie den deinen hätte ausdenken können, oder dass er dazu motiviert gewesen wäre." Sie glättete ihren Rock über den Knien. „Wahrhaft besorgniserregend ist natürlich, was in Zukunft aus Robert und Marian werden wird, ganz zu schweigen von James."

„Weshalb sollte irgendetwas geschehen?"

„Offensichtlich hast du nicht den Ausdruck auf Roberts Gesicht bemerkt, sobald er Lily angesehen hat", sagte sie in nüchternem Ton. „Ich aber habe es gesehen."

KNIGHTSBRIDGE

CHARLES SASS am Kopf des großen Mahagonitisches. Er hob kein einziges Mal den Blick von dem Gedeck vor ihm, als er erzählte, was sich vor so vielen Jahren zugetragen hatte. Sarah saß links von ihm, und Louisa und Christopher ihr gegenüber.

„Und das ist alles", beendete Charles seine Erzählung. „Lily ist jetzt zurück, und weiß Gott was jetzt geschehen wird. Ich habe euch alles gesagt. Ganz gleich was ihr mir vorwerfen wollt, ich verdiene es, weil ich mich für einen derart verabscheuungswürdigen Plan hergegeben habe." Er lehnte sich auf seinem Stuhl zurück und wartete auf ihre Antwort.

„Verabscheuungswürdig ist das rechte Wort", sagte Luisa in schneidendem Ton. „Ich kann es gar nicht fassen, dass du bei so etwas mitmachst. So zu tun, als ob eine Frau tot ist, wenn sie es gar nicht ist."

„Zu meiner Verteidigung kann ich nur sagen, dass ich versucht habe, es eurem Onkel auszureden, was mir aber nicht geglückt ist. Er war überzeugt, dass es das Beste für Robert und James ist, und auch für Lily. Er war ehrlich der Meinung, dass er Lily damit eine Chance für ein glücklicheres Leben gibt, als sie es bei uns gehabt hätte."

Mit blitzenden Augen setzte Louisa erneut zum Sprechen an.

Doch Sarah hob abweisend die Hand. „Halt, meine junge Dame!" warf sie ein. „Du hast bestimmt bemerkt, dass dein Vater nicht auf deine Kritik von ihm reagiert hat, indem er dich an deine zahlreichen Missetaten im Lauf der Jahre erinnert hat. Und an den Schaden, den du durch deinen Ungehorsam angerichtet hast. Er hat es nicht getan, weil er im Grunde ein gutherziger Mann ist."

Louisa ließ sich auf ihrem Stuhl zurückfallen. „Du hast recht. Es tut mir leid, Papa, ich hätte es nicht sagen sollen. Wir alle machen ja Fehler."

Sarah nickte. „Ja. Louisa, das ist die richtige Art, die Sache anzusehen. Und wie ist es mit dir, Christopher? Hast du etwas zum ungebührlichen Verhalten deines Vaters und dessen tragische Folgen zu sagen?"

„Nein, eigentlich nicht. Onkel Joseph jagt mir schreckliche Angst ein. Er setzt immer seinen Willen durch, weil niemand es wagt, ihm nein zu sagen. Ich weiß, dass ich überhaupt keine Chance hätte, ihm entgegenzutreten, und daher überrascht es mich auch nicht, dass Papa nachgegeben hat."

„Ich danke euch allen", sagte Charles und wischte sich die Augen aus, da er plötzlich sehr bewegt war. Sarah nahm seine Hand und lächelte ihn beruhigend an. „Ich habe eine wunderbare Familie", sagte er, als er wieder sprechen konnte. „Ihr habt mich so unterstützt, wie ich es nicht verdiene, und ich bin äußerst dankbar. Ich hoffe nur, dass Walter dasselbe Maß an Unterstützung von Nellie erhält. Er hat bei etwas geholfen, das nicht seine Idee war, und er hat uns nach besten Kräften unterstützt die Sache durchzuziehen."

„Und ich hoffe, dass uns Mrs. Garner das Abendessen bald bringen wird", seufzte Christopher.

„Ich hatte sie gebeten, uns das Essen erst zu bringen,

nachdem ich mit dem Reden fertig war. Aber weil du hungrig bist, Christopher, kannst du jetzt klingeln und ihr sagen, dass wir bereit sind zu essen."

Sarah warf Charles einen Blick zu. „Den Übeltätern zu vergeben ist aber nur der erste Schritt. Denn die Auswirkungen ihrer haarsträubenden Tat könnten enorm sein. Robert und Marian tun mir besonders leid. Ich frage mich, wie Marian damit fertig wird. Lily ist noch immer eine äußerst attraktive Frau. Ich bin nur froh, dass Marian nicht gesehen hat, wie Robert bei ihrem Anblick gesabbert hat."

CAMDEN TOWN

WALTER UND NELLIE waren am Tisch aus Walnussholz sitzengeblieben. Emily war bereits zu Bett gegangen und die Haushälterin hatte die Gedecke abgeräumt. Auf deren Wunsch hatte sie neben beide ein Glas Portwein gestellt. Nellie hob ihr Glas an die Lippen und nahm einen Schluck. Walters Glas blieb unberührt.

„Walter, du bist sehr geistesabwesend, seit du von Robert zurückgekommen bist. Nicht einmal Emily ist es gelungen, dir auch nur ein Wort zu entlocken." Sie stellte ihr Glas zurück auf den Tisch und sah Walter mit zunehmender Besorgnis an. „Was ist denn los, Walter? Ist etwas geschehen? Es ist dir gar nicht ähnlich, dass du während des Essens nichts sagst, vor allem wo du doch weißt, dass wir alle wissen wollten, was mit Thomas los war."

„Ich muss dir etwas gestehen, Nellie, auf das ich mich nicht gefreut habe. Ich habe bis jetzt gewartet, denn ich wollte dir nicht den Appetit verderben, bevor du gegessen hast. Und ich dachte auch, dass es Emily nicht hören sollte.

Oder zumindest nicht heute Abend. Es geht darum, was sich heute Nachmittag zugetragen hat."

Nellie war blass geworden. „Du klingst sehr ernst, Walter, und du machst mir Angst. Was ist los? Sag es mir."

Mit leiser Stimme erzählte er ihr, wie es sich zugetragen hatte, dass er am Verschwinden von Lily beteiligt war.

Es wäre seine Idee gewesen, gestand er, einen Schritt weiter als Joseph zu gehen, und den Eindruck zu erwecken, dass Lily sich ertränkt hatte. Und dass er Joseph erklärt hatte, wie sie ihren Tod vortäuschen könnten, und wie er ihnen dabei geholfen hatte. Er wollte damit sicherstellen, dass Joseph nie die Schuld an dem Geschehen zugeschrieben würde, wenn Robert einen Detektiv eingeschaltet hätte."

Sie starrte ihn entgeistert an. „Du hast zugelassen, dass Robert Marian heiratet", sagte sie, „obwohl du wusstest, dass Lily lebt. Wie konntest du nur?"

Der Gerichtsbeschluss bedeutete, dass Robert nicht mehr mit Lily verheiratet war, versicherte er Nellie. Und dass sie auch nie zu erwartet hatten, dass Lily zurückkommen würde.

„Ich weiß nicht, wie du und Papa etwas so Schreckliches tun konntet. Und auch Onkel Charles. Der arme Robert. Kannst du dich erinnern, was er alles durchgemacht hat?"

„Ja, natürlich. Wir waren alle von seinem Schmerz erschüttert. Es tut mir wirklich leid, dass wir ihm so viel Leid verursacht haben. Uns allen tut es leid."

Ihr Blick war vorwurfsvoll. „Das ist Anwaltsgeschwätz! Es tut dir leid, dass er traurig war, aber es tut dir nicht leid, was du getan hast."

„Damit hast du recht. Es tut mir nicht leid, dass Robert wegen uns Marian heiraten konnte, denn sie ist eine ausgezeichnete Frau für Robert und Mutter für James. Und es tut mir nicht leid, dass wir während der vergangenen dreizehn Jahre nicht bei jedem Familientreffen Lilys langweilige Gegenwart ertragen mussten. Und ich bedauere auch nicht, dass ich dafür gesorgt habe, dass dein Vater nie beschuldigt wurde, Lily in die Verbannung geschickt zu haben. Als du mir vorgeschlagen hattest, deinen Vater bei Gelegenheit abzufangen, damit er mich besser kennenlernt, hat das schließlich für uns beide funktioniert. Ich habe auch ihn kennengelernt und ihn wirklich gemocht. Er hat getan, was er für richtig hielt, und ich bin froh, dass ich verhindern konnte, dass er dafür bestraft wird. Du hast also recht, Nellie. Was ich getan habe, tut mir nicht leid. Leid tut mir nur der Kummer, der Robert dadurch entstanden ist."

Nellie spielte nachdenklich mit dem Stiel ihres Weinglases.

„Lily war langweilig, nicht wahr?" überlegte sie laut. „Sie hat dauernd über James geredet. Es war ihr einziger Gesprächsstoff. Kannst du dir vorstellen, dass wir uns über die Jahre hin alle Einzelheiten über James' Krankheiten hätten anhören müssen?" sagte sie mit einem theatralischen Schaudern. „Onkel Thomas konnte sich als Einziger irgendwie mit ihr unterhalten."

„Das wäre auch eine Erklärung, weshalb sie sofort nach ihrer Rückkehr in Kentish Town gelandet ist. Ja, das ist ganz sicher der Grund."

Nellie hatte aufgehört mit dem Stiel des Glases zu spielen, und wandte sich nun mit ernster Miene Walter zu. „Es war eine schlimme Sache, in die du verwickelt bist, aber ich verstehe, warum Papa es getan hat, und weshalb du ihm geholfen hast, und ich bin dir wirklich dankbar, dass du dich so loyal um Papa kümmerst. Und wie du sagst hat alles, das seitdem geschehen ist, gezeigt, dass ihr richtig gehandelt habt. Robert und James sind wirklich glücklich, und das ist doch am wichtigsten."

„Danke, Nellie. Es ist lieb von dir, dass du die *mens rea* und nicht den *actus reus* – also die Absicht und nicht den Tatbestand - erwogen hast."

Nellie beugte sich zu Walter hin und ließ ihre Finger seinen Arm entlang gleiten. „Walter, ich kenne dich gut und weiß, dass du nur tust, was deines Erachtens zum Besten ist. Und dasselbe gilt auch für Papa." Dann lehnte sie sich im Stuhl zurück und nahm einen Schluck vom Portwein. „Was denkst du, wird jetzt geschehen? Ich weiß, dass Robert nicht wirklich zwei Frauen hat, aber tatsächlich hat er zwei. Und eine davon war sehr schön."

„Und das ist sie leider immer noch."

Nellie machte ein langes Gesicht. „Der arme Robert. Was er wohl tun wird? Und die arme Marian. Ganz gleich was geschieht, für sie wird es nicht leicht sein."

„Nellie, ich habe das Gefühl, dass du mir verziehen hast, und ich bin dir sehr dankbar. Und wie du sagst, hast du auch Joseph verziehen. Und ich hoffe auch Charles. Joseph wird ihn zur Beteiligung gezwungen haben, weshalb auch Charles nicht inkriminiert werden sollte. Ich weiß, wie gut du mit Sarah befreundet bist, und ich möchte nicht, dass eurer Freundschaft irgendetwas im Wege steht."

„Weiß Sarah Bescheid?"

„Sie war heute mit dabei. Und auch Maud. Und Marian weiß es bestimmt auch. Ich nehme an, dass sie unten war, als Lily mit Thomas angekommen ist. Deshalb war sie am Nachmittag wahrscheinlich auch nicht anwesend. Jetzt ist nur James noch ahnungslos, dass Lily lebt und zurück ist. Lily will auf keinen Fall, dass er es erfährt, zumindest jetzt noch nicht."

„Es könnte riskant sein, es so lange vor ihm geheim zu halten.“

Walter zuckte die Schultern. „Ja, du hast recht. Aber den Zeitpunkt kann Lily bestimmen. Wenn wir nächstes Wochenende zusammenkommen, was anscheinend geplant ist, dann werden wir das sicher besprechen. Aber Lilys Wiedererscheinen wird eine Reihe von Auswirkungen haben, die Robert und Marian selbst aufarbeiten müssen.“

39

―――――

K entish Town, Montagvormittag

„BITTE, HIER ENTLANG, MRS. LINFORD", sagte Mrs. Carmichael und wies Marian an, in Thomas' Wohnzimmer zu gehen. „Ich werde Miss Lily sagen, dass Sie hier sind."

„Danke, Mrs. Carmichael", erwiderte Marian und betrat voller Bangen den Raum.

Die Morgensonne warf diesige Lichtbahnen durch die Fenster in den Raum. Marian stand einige Minuten lang in diesem Licht und blickte sich um. Dann ging sie zum Fenster und betrachtete die Reihe der Platanen entlang der gegenüberliegenden Straßenseite.

Wie seltsam, dachte sie, dass ein Ort, der so viel näher als Hampstead zum Zentrum von London liegt, so ruhig ist.

Ein mit Milchflaschen beladener Pferdewagen fuhr langsam vorbei und sie betrachtete den Milchmann, als er eine Flasche vor die Eingangstür eines jeden der baufälligen

Läden stellte, die sie zwischen den Bäumen auf der anderen Straßenseite erspähte. Er ist spät dran, dachte sie, und wandte sich wieder dem Raum zu.

Sie konnte das Ende ihres Besuchs kaum erwarten.

Über sich hörte sie das Knarren einer Diele, gefolgt von Schritten auf der Treppe.

Ihr Atmen wurde schneller.

Einen Augenblick später öffnete Lily die Tür und blieb auf der Schwelle stehen. Sie scheint sich ebenso unbehaglich und nervös zu fühlen, dachte sich Marian.

„Mrs. Carmichael hat mir gesagt, dass Sie hier sind", sagte Lily. „Thomas arbeitet. Soll ich ihn holen oder möchten Sie lieber zu ihm ins Büro gehen?"

„Nein, danke. Lily, ich wollte Sie sehen", erwiderte Marian und versuchte zu lächeln.

„Ach so." Mit vor Unbehagen geröteten Wangen kam Lily weiter ins Zimmer und schloss die Tür hinter sich. Sie wies auf die Stühle zu beiden Seiten des Kamins und setzte sich auf einen davon. Marian nahm auf dem gegenüberliegenden Stuhl Platz.

Marian räusperte sich. „Das hier ist wirklich nicht einfach. Und um ehrlich zu sein weiß ich nicht einmal, wie ich anfangen soll."

„Dann werde ich es tun." Lily faltete die Hände im Schoß. „Als ich zurückkam", begann sie mit einem herausfordernden Klang in der Stimme, „war mir nicht bewusst, dass Robert nicht mehr mit mir verheiratet ist, und dass Sie jetzt mit ihm verheiratet sind. Aber selbst wenn ich es gewusst hätte, wäre ich zurückgekommen. James ist mein Sohn. Niemand kann das ändern. Und ich möchte mit meinem Sohn beisammen sein, wie jede Mutter es möchte."

„Ich bin wegen James gekommen", warf Marian rasch ein. „Lily, ich weiß, dass Sie ihn lieben – natürlich tun Sie das, Sie sind ja seine richtige Mutter – aber Robert und ich sind beisammen seit James zwei Jahre alt ist und ich war seitdem für James wie eine Mutter. Das ist eine lange Zeit und auch ich liebe ihn. Sehr sogar.“

Lily runzelte die Stirn und starrte auf ihre Hände. „Was wollen Sie damit sagen?“

„Da wir beide James lieben, ist es doch an uns, dafür zu sorgen, dass wir das Beste für James, und nicht für uns tun.“ Dann war Marian eine Weile still. „Was ich jetzt sage, fällt mir so schwer.“ Bei diesen Worten entrang sich ihr ein kurzes Schluchzen und sie legte ihre Hand an die Lippen. „Gestern Abend, nachdem Robert Sie gesehen hatte“, fuhr sie nach kurzer Zeit fort, „hat er versucht, mir zu versichern, wie wichtig ich für ihn bin und wie sehr er mich liebt. Und auch heute früh. Lily, ich weiß, dass er mich liebt, und ich weiß auch, wie sehr er sich bemüht, das Richtige zu tun. Der arme Robert weiß aber nicht wirklich, was das ist. Ich aber schon.“ Sie unterdrückte erneut ein Schluchzen. „Ich habe sein Gesicht gesehen, als er sie angeblickt hat ...“ Ihre Augen füllten sich mit Tränen. „Ich habe gesehen, was er gefühlt hat... Was er ganz einfach fühlen musste...“

„Ich bin für James und nicht für Robert zurückgekommen. Sie sind jetzt Roberts Frau.“

Marian holte tief Luft und putzte sich die Nase. Ihr Taschentuch krampfhaft in die Hände gedrückt fuhr sie fort. „Wie ich schon sagte, bin ich aber wegen James gekommen. Angeblich möchten Sie noch nicht, dass er erfährt, dass Sie hier sind. Ich verstehe natürlich, dass Sie ihn schützen wollen, bis er etwas älter ist und die ganze Angelegenheit besser verstehen kann. Ich muss aber zugeben, dass das meines Erachtens nicht richtig wäre - “

Lily schüttelte den Kopf. „Nein, es ist aber das Richtige. Und das will ich auch – denn es ist für James am besten.“

„ – und außerdem glaube ich, dass es gar nicht möglich ist", fuhr Marian fort, ohne auf Lilys Unterbrechung zu achten. „Zu viele Menschen wissen es bereits. Alle im engeren Familienkreis wissen es – wenn nicht schon vor Samstag, dann wissen sie es jetzt. Irgendwann wird jemand irgendetwas sagen und James wird wissen, dass Sie zurück sind. Und das wäre die schlimmste Art, wie er es herausfinden könnte."

„Was schlagen Sie also vor?" fragte Lily in scharfem Ton. „Dass ich heute Abend zu Ihnen komme und es ihm sage? Ohne dass er oder ich irgendwie darauf vorbereitet ist? Und ohne dass ich Zeit gehabt hätte, mir zu überlegen, wie ich ihm erklären könnte, was geschehen ist? Ich will nicht, dass er seinen Großvater hasst, aber er soll auch nicht schlecht von mir denken."

Marian beugte sich vor. „Natürlich wollen Sie das nicht. Ich schlage vor, dass wir beide gemeinsam mit James sprechen, und zwar so bald wie möglich. Vielleicht schon am Nachmittag. Ich kann Robert bitten, früher heimzukommen. Wir könnten dann alle drei da sein, wenn James aus der Schule kommt, und wir könnten es ihm dann sagen. Wir müssen das aber gemeinsam tun, denn James muss sehen, dass es zwischen Ihnen und mir keine Feindschaft gibt." Tränen rollten über Marians Wangen. „Lily, James liebt mich, ebenso wie ich ihn liebe, und er wird auch Sie lieben. Für ihn wird alles viel leichter sein, wenn er von allem Anfang an weiß, dass er nicht gezwungen ist, zwischen uns zu wählen. Uns gemeinsam zu sehen wird ihm das sagen."

Lily nickte und verspürte einen Kloß im Hals. „Also gut. Aber wie soll ich ihm denn erklären, wie ich verschwunden bin?"

„Also, das einzige, was ich mir denken kann, und das auch etwas von der Wahrheit verwendet, ist so, dass Sie sagen, Sie seien schwimmen gegangen und dass Sie sich wahrscheinlich den Kopf angeschlagen haben. Vielleicht könnten Sie sagen, dass Sie eine große Welle gegen einen Stein geschleudert hat. Später haben Sie erfahren, dass man Sie bewusstlos aus dem Wasser gezogen hat. Als Sie wieder zu sich gekommen sind, hatten Sie keine Idee, wer Sie waren. Sie könnten es als eine Art Granatenschock bezeichnen, und James würde das wegen Thomas verstehen. Sie könnten sagen, dass man Sie in eine Klinik in Southampton eingeliefert hat, wo es Ihnen allmählich besserging. Sie haben aber immer noch nicht gewusst, wer Sie sind. Und als Sie aus der Klinik entlassen wurden, haben Sie, um Geld zu verdienen, die Stelle einer Putzfrau auf einem Schiff nach New York angenommen. Dort sind Sie dann geblieben, bis Ihr Gedächtnis zurückgekehrt ist. Das war dann der Auslöser, dass Sie nach England zurückgekommen sind. Mehr Einzelheiten brauchen Sie dann nicht."

Lily dachte ein paar Minuten lang nach. „Ich glaube, dass das gut funktionieren könnte. Ich bin Ihnen dankbar. Und Sie haben wahrscheinlich recht, dass wir es James heute sagen sollten, sowohl für ihn als auch für mich. Es ist besser, dass ich keine Zeit habe, noch mehr in Panik darüber zu geraten, was er sagen könnte und ob er mich hassen wird."

Marian wischte sich das Gesicht mit ihrem Taschentuch ab. „Das wird er ganz bestimmt nicht", erwiderte sie.

„Er könnte denken, dass ich versuchen werde, ihn von Ihnen wegzunehmen, und das wird er nicht mögen. Thomas hat mir erzählt, wie gut Sie mit ihm umgehen."

„Ich gebe zu, dass es anfangs wahrscheinlich seltsam sein wird, aber Kinder werden mit weit mehr fertig, als es sich die Erwachsenen vorstellen." Und nach einigem Zögern. „Lily, ich hoffe, dass Sie ihm hin und wieder erlauben werden, mich zu besuchen. Und auch meine Eltern würden ihn gern sehen. Denn auch sie haben ihn lieb."

Lily riss die Augen auf und starrte Marian erschrocken an. „Sie reden so, als ob er sofort bei mir wohnen würde, und nicht bei Ihnen und Robert. Natürlich möchte ich, dass er bei mir ist, aber dazu bin ich noch nicht bereit. Jetzt noch nicht. Wenn er bei mir wohnt, dann soll er mich als eine erfolgreiche Frau sehen. Das werde ich auch sein, sobald mein Schneideratelier im Gang ist – denn darin bin ich gut. Ich habe damit aber noch nicht angefangen. Ich bin ja erst zurückgekommen."

„Lily, er wird seine wahre Mutter sehen, wenn wir heute Nachmittag die richtigen Worte finden, und darauf kommt es an. Alles andere kann später kommen. Wir müssen es James zu dritt sagen und ihm dann die Zeit lassen, alles in sich aufzunehmen."

Lily nickte langsam. „Also, gut." Und nach einigem Zögern. „Marian, würden Sie mir ein wenig über ihn erzählen? Wie ist er denn? Was isst er denn am liebsten? Hat er viele Freunde?"

Marian stand auf. „Lily, es liegt an Ihnen, Ihren Sohn kennenzulernen." Sie lächelte schwach. „Sie werden es genießen, und auch er wird viel Freude am gegenseitigen Kennenlernen haben. Ich schlage vor, dass Sie heute Nachmittag um vier Uhr zu uns kommen. Er wird dann seine Jause nach der Schule schon gegessen haben."

Marian zwang sich, aufrecht durch den Raum zur Tür zu gehen, die sie öffnete. Dann ging Sie mit Mühe ins Foyer hinaus.

Vor Tränen fast blind erreichte sie die Eingangstür und fiel beinahe gegen den Holzrahmen, als sie einzuknicken drohte. Mit Schwierigkeit richtete sie sich auf, öffnete die Tür und ging taumelnd zu ihrem Auto.

VON EINER ENTFERNTEN Kirche schlug es sechzehn Uhr.

George stieg aus dem Wagen, ging zur Seite des Autos und öffnete für Lily die Tür.

Wenn sich Thomas doch nur bereit erklärt hätte, an diesem Nachmittag mit ihr zu kommen, dachte sie beim Aussteigen. Er hatte aber darauf bestanden, dass es etwas sei, das sie ohne ihn tun müsse. Wenn sie ihn aber jetzt an ihrer Seite gehabt hätte, wäre sie nicht so ängstlich, dachte sie.

Zitternd ging sie die Stufen zur Eingangstür hinauf und klopfte an.

Mrs. Bailey öffnete die Tür und hieß sie lächelnd willkommen. „Es ist so schön Sie wiederzusehen, Miss Lily. Ja, wirklich schön.“

„Danke, Mrs. Bailey. Ich hoffe es geht Ihnen gut.“

„Ja, danke. Mr. Robert und Mrs. Marian haben mit Master James gerade im Garten gegessen“, sagte sie und führte Lily in das hintere Empfangszimmer. „Ich werde den Herrschaften sagen, dass Sie hier sind.“

Einen Augenblick später kam James die Stufen vom Garten herauf, öffnete die Gartentür neben dem Fenster und kam mit einem Buch ins Zimmer, das wie ein Schulbuch aussah. Marian folgte knapp dahinter und Robert kam nach ihr.

„Nachdem auch du es nicht konntest, Papa“, sagte James lachend zu Robert, „hab' ich kein so schlechtes Gefühl, weil ich die Aufgabe vermasselt habe. Es ist aber seltsam, weil es doch nichts gibt, das du nicht kannst, wie du ja immer sagst.

Oder ist das vielleicht gar nicht wahr?" Er blickte Robert dabei gespielt vorwurfsvoll an.

„Komischerweise ist diese Rechnung das Einzige, was ich nicht kann."

„Ha!" rief James ausgelassen. „Die erste von vielen solchen Ausnahmen, denke ich!"

Lachend blickte er von Robert zu Marian und wischte sich mit der Hand einen hellbraunen Schopf aus den Augen. Als er sich umwandte sah er Lily.

Er ließ seinen Arm fallen und starrte sie an. Dann warf er seinem Vater einen fragenden Blick zu.

Robert kam an seine Seite und legte seine Hand auf James' Schulter. „Wir haben hier eine Dame, die du gern kennenlernen wirst", sagte Robert leise. „Aber setzen wir uns doch. Wenn du willst, James, kannst du Mamas Stuhl am Kamin nehmen. Ich setz mich dir gegenüber. Und Mama kann mit unserem Besuch auf dem Sofa sitzen."

Marian warf James ein beruhigendes Lächeln zu und nahm dann auf dem Sofa Platz, mit Lily neben sich.

James hielt sein Schulbuch fest in der Hand und blickte Lily weiterhin neugierig an. Dann setzte er sich auf den Stuhl am Kamin und Robert auf den Lehnstuhl ihm gegenüber.

Robert beugte sich vor und stützte seine Ellenbogen auf die Knie. „Ich muss dir etwas sagen, mein Sohn, das wahrscheinlich ein enormer Schock für dich sein wird. Ich weiß aber, dass du ein vernünftiger Junge bist und gut damit fertigwerden wirst."

James warf einen Blick auf Lily und wandte sich dann wieder an seinen Vater. „Wovon sprichst du denn?"

„Die Sache ist die... ja, die Sache ist die." Robert schüttelte den Kopf. „James, ich weiß nicht so recht, wie ich es dir sagen soll." Er blickte hilfesuchend zu Marian hin.

Sie stand rasch auf, ging zu James und kniete sich neben ihm nieder. Dann nahm sie seine Hand. „Was dein Vater dir sagen möchte, mein Liebling, ist, dass wir dachten, wir hätten deine Mutter vor langer Zeit verloren. Es ist jedoch etwas Wunderbares geschehen und es hat sich herausgestellt, dass wir uns geirrt haben."

„Aber du bist doch mein Mutter, nicht wahr, Papa?"

Robert nickte. „Ja, das ist sie. Sie ist die einzige Mutter, die du je gekannt hast. Wir hatten dir aber gesagt, dass du eine andere Mutter vor dieser Mami hattest, und dass deine erste Mami im Meer ertrunken ist. Du warst aber noch zu klein und kannst dich nicht mehr an sie erinnern."

„Louisa hat mir vor langer Zeit erzählt, dass sie sich ertränkt hat."

„Das war sehr schlimm von Louisa und überhaupt nicht wahr. Niemand wusste, was geschehen ist. Jetzt hat es sich aber ergeben, dass deine erste Mutter nicht gestorben ist, und sie ist jetzt zurückgekommen. Sie litt jahrelang an etwas wie Granatenschock – Onkel Thomas hat dir ja alles über den Granatenschock erzählt – viele Menschen litten daran, die mit ihm im Krieg gekämpft haben. Es geht ihr jetzt aber wieder besser und sie ist zu uns zurückgekommen. Das hier ist deine erste Mami, James." Robert wies dabei auf Lily.

Lily saß sehr still.

James starrte Lily an.

„Ich hab dich schon einmal gesehen", sagte er vorwurfsvoll.

„Ja, das stimmt. Du hast mich in der Nähe von Chorton House mit deinem Fahrrad angefahren."

„James, du hast mir nicht erzählt, dass du einen Unfall hattest!" rief Robert aus.

Lily hob abweisend die Hand. „Es war nichts Ernstes. Ich hatte mir nur die Hand abgeschürft, sonst nichts." Sie lächelte James zögernd an. „James, es war ein Schock für mich, als ich dich damals sah. In meiner Erinnerung warst du noch immer ein Baby. Aber jetzt warst du schon ganz erwachsen. Das hatte ich nicht erwartet. Das hat mich so verwirrt, dass ich dir nicht sagen konnte wer ich bin.“

Lily verstummte und blickte zu Robert hin.

James glitt von seinem Stuhl, lief zu Marian hin und drückte sie fest an sich. „Das hier ist meine Mami und ich will keine andere.“

„Wir beide lieben dich, James“, sagte Marian mit zitternder Stimme. „Deine erste Mami und ich sind jetzt Freundinnen. Wir verlangen nicht von dir, dass du zwischen uns beiden wählst. Es geht nur darum, dass du jetzt um eine Person mehr hast, die dich liebhaben will, eine ganz besondere Person – deine richtige Mutter.“

Völlig blass im Gesicht trat James zurück und blickte zu Marian hin. „Du bist meine richtige Mutter und sonst niemand. Ich gehe jetzt nach oben.“

„Bitte, James“, bettelte Lily und stand auf. „Bitte, bleib noch hier. Ich würde so gern noch ein wenig mit dir sprechen und dich kennenlernen.“

„Ja, weshalb bleibst du nicht hier und erzählst deiner Mutter ein wenig davon, was du in der Schule gern tust?“ schlug Robert schnell vor.

„Nein!“ James warf das Schulbuch mit aller Kraft auf das Sofa, wo Lily gesessen war, und lief aus dem Zimmer. Einen Augenblick später hörten sie, wie er laut weinend die Treppe hinauflief.

Lily ließ sich zurück auf das Sofa fallen. Eine Weile sprach niemand.

„Das ist nicht gut gelaufen“, sagte Lily schließlich und brach zu ihrem Entsetzen in Tränen aus.

Robert stand auf, machte einen Schritt zu ihr hin und

blieb stehen. „Lily, wir, und du auch, wussten, dass es nicht leicht sein wird.“

„Er braucht nur ein wenig Zeit“, meinte Marian. Sie stand auf und streifte imaginären Staub von ihrem Rock. „Wahrscheinlich aber nicht so viel Zeit, wie Sie vielleicht denken. Er ist schon fast vierzehn Jahre alt, und hat eine gesunde Neugier. Sobald es ihm bewusstgeworden ist, dass seine richtige Mutter zurück ist, wird er mehr über sie wissen wollen.“

Lily nahm ihre Handtasche, zog ein Taschentuch heraus und putzte sich die Nase. „Ich hoffe, dass Sie recht haben“, erwiderte sie und steckte das Taschentuch zurück in die Tasche. „Ich denke aber, dass ich mich jetzt auf den Weg zurück nach Kentish Town machen werde.“ Und sie ging dabei auf die Tür zu.

„Lily, weshalb bleiben Sie nicht noch ein wenig hier?“ sagte Marian. „Ich werde Mrs. Bailey bitten, uns Tee zu machen. Sie werden überrascht sein, wie schnell James etwas einfallen könnte, das er Sie fragen möchte. Und dann sollten Sie doch hier sein.“

Lily sah besorgt drein. „Ja, vielleicht sollte ich doch hier sein, wenn Sie glauben, dass es so sein könnte.“ Und sie setzte sich wieder.

Marian ging den Gang entlang zur Küche. Nachdem sie Mrs. Bailey Anweisungen gegeben hatte, ging sie auf den Gang hinaus, an der Tür zum hinteren Empfangsraum vorbei und die Treppe hinauf.

„Ich frage mich, wo Marian sein könnte“, meine Robert zehn Minuten später. Dabei blickte er zur Uhr auf dem Kaminsims. „Den Nachmittagstee für drei Personen zu arrangieren sollte eigentlich nicht so lange dauern.“

Gerade als er zu sprechen aufgehört hatte, kam Mrs. Bailey mit einem Tablett zur Tür herein. Auf dem Tablett waren zwei Tassen mit Untertassen, eine Teekanne, eine Zuckerschüssel, ein Milchkännchen und ein Teller mit Konfekt. Sie stellte das Tablett auf einen Beistelltisch am Ende des Sofas.

Im selben Moment hörten sie, wie die Eingangstür geöffnet wurde.

Robert stand sofort auf.

Als er das Foyer erreicht hatte, sah er Marion am offenen Eingang, mit der Hand auf dem Türgriff. Ihr zu Füßen standen zwei Ledertaschen.

„Was tust du da?" rief er aus und blieb wie angewurzelt stehen. Sein Blick wanderte von ihrem Gesicht zu den beiden Taschen und wieder zurück zu ihrem Gesicht. „Was ist denn los, Marian?"

„Ich gehe", sagte Marian mit todbleichem Gesicht. „Ich gehe zurück zu meinen Eltern. Ich habe sie heute früh angerufen und sie erwarten mich. Papa wird schon hier sein."

Das Blut war aus Roberts Gesicht gewichen. „Du darfst nicht gehen. Ich liebe dich."

Sie ließ die Türklinke los und ging einen Schritt zu Robert hin. „Liebster Robert, auch ich liebe dich, und werde dich wahrscheinlich immer lieben. Und ich glaube dir, dass du mich wirklich liebst. Aber es gibt verschiedene Arten von Liebe. Während all der Jahre unserer Ehe habe ich gewusst, dass noch eine andere Person bei uns ist, eine Person, die für dich ganz besonders ist, die du auf andere Art geliebt hast, die in deinem Herzen einen Platz hat, den ich nie erreichen konnte."

„Oh, Marian", stöhnte Robert.

„Es hat uns aber nicht davon abgehalten, sehr glücklich zu sein. Ich habe jeden Augenblick genossen, den ich mit dir zusammen war."

„Und ich mit dir."

„Aber diese besondere Person ist jetzt wieder zurück in deinem Leben, und ich würde es nicht ertragen, zu bleiben und zu sehen, mit welcher Höflichkeit du mich jeden Tag behandelst, wie ernsthaft du mir immer wieder versicherst, dass du mich noch immer liebst, während ich weiß, dass du dir wünschst, ich wäre eine andere. Lieber Robert, ich habe den Blick gesehen, mit dem du Lily angesehen hast."

Ihre Worte hingen in der Luft.

„Ich liebe dich wirklich, Marian", sagte er leise.

„Ja, ich weiß. Und wir beide lieben James. Und das ist ein weiterer Grund, weshalb ich gehen muss. Es wäre sehr schwer für James, wenn er Lily schließlich doch kennenlernen möchte, was sicher der Fall sein wird, und er sich dann mir gegenüber treulos fühlen würde. Ich könnte es nicht ertragen, dass er sich schuldig fühlt, weil er sich für sie interessiert, und vielleicht auch, dass er wegen des Kummers, den ich ihm bereite, wütend auf mich ist. Wenn ich mit euch beiden noch immer im Haus wäre, könnte das leicht geschehen."

„Marian, ich habe dich nie verdient."

„Natürlich hast du das. Denn du trägst keine Schuld an dieser Situation", sagte sie mit nassen Augen.

„Ich möchte mir vorstellen, dass wir immer Freunde sein werden, wegen James und auch wegen mir. Und wenn sich James beruhigt hat, dann hoffe ich, dass du ihn zu mir bringst und ihn vielleicht auch hin und wieder ein Wochenende bei mir verbringen lässt. Ich würde so gern ein Teil seines Lebens bleiben, aber als Freundin und nicht als Mutter. Und meine Eltern lieben ihn auch und möchten ihn weiterhin sehen."

„Natürlich will ich das. Und du musst auch hierher und nach Chorton kommen. Das müsst ihr alle. Du weißt, wie sehr dich meine Familie liebt."

Tränen rollten Marians Wangen hinunter.

Er hob ihre Hände an seine Lippen und drückte einen Kuss auf jede Hand. „Marian, ich danke dir", sagte er sanft. Dann ließ er ihre Hände los, nahm ihre Taschen und ging mit ihr zum Auto ihres Vaters, das am Ende des Wegs auf der Straße wartete.

40

Nachdem er die Eingangstür hinter sich geschlossen hatte, ging Robert langsam zurück in den Empfangsraum.

Als er durch die offene Tür trat, stand Lily in der Mitte des Raums und blickte ihm ängstlich entgegen. „Hast du gehört, dass Marian gegangen ist?" fragte sie ihn sofort.

Er nickte. „Ja, sie ist zu ihren Eltern zurückgegangen."

Sie machte einen Schritt auf ihn zu. „Robert, bitte glaub mir, ich wollte nicht, dass das geschieht", versicherte sie ihm. „Kannst du ihr nicht nachfahren und sie bitten, zurückzukommen?"

Er blieb stehen wo er war. „Ja, das könnte ich, aber es wäre falsch von mir. Denn alles was sie sagte war richtig."

Sie blickte ihn verwundert an. „Ich versteh dich nicht."

„Sie hat mich beschuldigt, dich all die Jahre geliebt zu haben. Sie sagte, dass ich sie zwar geliebt habe – und sie hat gewusst, dass ich sie *wirklich* liebte – dass meine Liebe zu ihr aber anders war, als meine Liebe zu dir, die ich immer gefühlt habe, obwohl ich dachte, dass ich dich nie mehr sehen werde. Und jetzt bist du zurück."

Lily machte einen Schritt auf ihn zu. „Ich bin jetzt aber ein anderer Mensch. Nicht mehr die Lily, in die du dich vor all diesen Jahren verliebt hast."

Er ging auf sie zu, fasste ihre Hände und blickte ihr in die Augen.

„Lily, wir haben uns beide verändert – das war unvermeidbar. Aber in unserem Innersten sind wir noch immer dieselben. Vom ersten Augenblick an, als ich dich vor so vielen Jahren im Feld erblickte, hast du mir den Atem genommen, und das tust du immer noch. Es hat keine Rolle gespielt, dass ich glaubte du seist tot, und dass ich Marian liebte. Du warst immer zutiefst in meinem Herzen und ich konnte nicht aufhören dich zu lieben. Und als du zurückkamst ... und ich dich wiedersah ... war es unbeschreiblich was ich empfunden habe. Es war als ob mein Innerstes auseinandergerissen worden wäre."

„Und ich habe nie aufgehört, Robert, dich zu lieben", sagte sie und blickte zu ihm auf. „Ich fühlte mich gekränkt, enttäuscht und war wütend auf dich – all das und noch mehr – und trotzdem hab ich dich geliebt, obwohl ich mich nie den Mut hatte, zu träumen, dass ich eines Tages wieder mit dir zusammen sein könnte."

Langsam strich er mit den Fingern über ihren Nacken.

„Meine wunderschöne Lily", hauchte er.

Sie machte eine unabsichtliche Bewegung auf ihn zu und er nahm sie in seine Arme.

„Ich bete dich an", flüsterte er und zog sie näher an sich. „Genauso wie immer. Das hat Marian gesehen und deshalb ist sie gegangen."

Sie starrte in sein Gesicht und Hoffnung stieg in ihr auf – eine Hoffnung, von der sie gar nicht gewusst hatte, dass sie während all der Jahre ihrer Abwesenheit noch immer in ihrem Herzen gewesen war.

„Lily, ich möchte, dass du hier bei mir bist", sagte er mit zitternder Stimme, „damit ich dir zeigen kann, was du mir bedeutest. Nicht in meinem Bett, wenn du das nicht willst – doch ich hoffe sehr, dass du es eines Tages doch möchtest – sondern an meiner Seite. Ich könnte es nicht ertragen, solltest du mich wieder verlassen. Meine allerliebste Lily, sag mir also bitte, dass du bleibst."

Sie blickte mit zunehmendem Erstaunen zu ihm auf. „Robert, wie könnte ich denn nicht hierbleiben wollen? Es ist mir nie gelungen, dich nicht mehr zu lieben, obwohl ich versucht habe mir vorzumachen, dass ich keine Gefühle mehr für dich habe. Ich habe dich aber immer geliebt. Und ja, ich werde hierbleiben, wenn du es wirklich willst."

„Gott sei Dank!" rief er aus und drückte einen leidenschaftlichen Kuss auf die ihm gebotenen Lippen.

An der Tür war ein sanftes Klopfen zu hören und beide stoben erschreckt auseinander.

Robert blickte Lily fragend an. Dann ließ er sie los, ging zur Tür und öffnete sie.

„Oh, James, du bist es", sagte er überrascht. „Weshalb hast du geklopft?"

James zuckte die Schultern. Er blickte zu seinem Vater hoch, und dann an ihm vorbei zu Lily hin.

„Wo warst du denn dann die ganze Zeit?" fragte er und trat ins Zimmer.

WENN DIR AM TAGESENDE GEFALLEN HAT

.... wäre es wirklich nett von dir, wenn du dir einige Minuten Zeit nimmst und eine Rezension zum Buch hinterlassen könntest.

Rezensionen geben dem/der Autorin ein willkommenes Feedback und sie machen den Roman auch für andere Leser sichtbar, sowohl durch die Rezension als auch dadurch, dass mehrere Werbeplattformen eine Mindestanzahl von Rezensionen verlangen, bevor sie jegliche Werbung für das Buch übernehmen.

Deine Worte haben also wirklich Gewicht.

Vielen Dank!

LIZ'S NEWSLETTER

Vielleicht hättest du Interesse, dich für Lizs Newsletter anzumelden.

Liz entsendet jeden Monat einen Newsletter mit Updates zu ihrer Arbeit als Schriftstellerin, was sie alles unternommen hat, wohin sie gereist ist und sie berichtet über interessante Fakten, die sie entdeckt hat. Als Abonnent*in erhältst du auch Informationen zu Aktionen und Sonderangeboten.

Du kannst ganz beruhigt sein, dass Liz deine E-Mail-adresse nie an irgendeine andere Person weitergeben wird.

Als Dank dafür, dass du Lizs Newsletter abonniert hast, erhältst du ein Gratisexemplar eines ihrer Romane in voller Länge.

Zum Anmelden und für dein Gratisbuch gehst du zu:

www.lizharrisauthor.com

DANKSAGUNG

Meiner hervorragenden Umschlagdesignerin Jane Dixon-Smith gilt mein ganz besonderer Dank für ein weiteres wunderbares Umschlagdesign. Der Umschlag ist das Erste, das der Leserin oder dem Leser ins Auge fällt, und mein Umschlag fällt ganz gewiss ins Auge. Von ganzem Herzen danke ich auch Stella, meiner Freundin im Norden von England, die stets als Erste mein fertiges Manuskript erhält. Stellas Kommentare sind immer konstruktiv und ihre Kritik ist äußerst wertvoll.

Mein besonderer Dank gilt auch meiner Lektorin Debz Hobbs-Wyatt und meiner Schwester Diana, die im letzten Moment eingesprungen ist, als mich ein vorübergehendes Augenproblem daran hinderte, einige kurzfristig erfolgten Änderungen auf mögliche Schreibfehler zu prüfen.

Ebenfalls zu Dank verpflichtet bin ich meinen Freundinnen, den Autorinnen Charlotte Betts, Carol McGrath und Deborah Swift für ihre unfehlbare Unterstützung und hilfreichen Ratschläge, und auch der Autorin Clare Flynn, die mich wie immer inspiriert.

Das Schreiben des Romans *Die Wiederkehr*, in dem die Protagonisten auch aus der Familie der Linfords stammen, aber nicht dieselben wie in *Am Tagesende* sind, habe ich beim Beschreiben von Alice Linfords frühen Jahren ein Bild von Waterfoot, einer Textilstadt in der Grafschaft Lancashire gegeben, aus der Alice stammt, und die sich heute ganz wesentlich vom damaligen Waterfoot unterscheidet.

Daher möchte ich mich bei den heutigen Bewohnern aufrichtig dafür entschuldigen, dass ich im Buch schmerzliche Aspekte aus der Vergangenheit der Stadt wieder habe aufleben lassen.

Ich habe für meine Nachforschungen zahlreiche Bücher zu Rate gezogen, die ich hier gar nicht alle auflisten kann. Allerdings möchte ich eines davon, *A Social History of Housing, 1815-1970* von John Burnett, ganz besonders erwähnen, da es mir sehr geholfen hat, die Tätigkeit der Firma Linford & Sons und die Geschichte des Wohnungswesens in England besser zu verstehen.

Wie immer hat meine Mitgliedschaft in der Romantic Novelists' Association und meine Freundschaft mit deren Mitgliedern für mich den Schreibprozess enorm bereichert, denn die Schriftstellergemeinschaft ist immer außergewöhnlich hilfsbereit und fürsorglich.

Und nicht zuletzt auch ein besonderes Dankeschön an meinen Gatten Richard, der immer für mich da ist, und auch an die Leserinnen und Leser meiner Bücher.

WENN DIR AM TAGESENDE GEFALLEN HAT

- und ich hoffe, dass es so ist –

dann würdest du vielleicht auch gern eine Kostprobe von *Die Wiederkehr*, dem nächsten Roman über die Familie der Linfords lesen. Obwohl *Am Tagesende*, *Die Wiederkehr* und *Im Dämmerlicht* Teil einer Reihe sind, ist jeder Band auch ein eigenständiger Roman.

Auf den nächsten Seiten kannst du die Einführung zu *Die Wiederkehr* lesen.

PROLOG UND KAPITEL 1: DIE WIEDERKEHR

PROLOG

Belsize Park, London,
  Juli 1923

Mit einer großen Ledertasche in Händen stand Alice auf dem Gehsteig und starrte auf die Auffahrt zu einem großen viktorianischen Haus, das etwas abseits von der Straße lag – ein Haus, das ihr neues Zuhause sein sollte.

Trotz seiner imposanten Größe wirkte es warm und einladend, dachte sie erleichtert.

Es war aber nicht *ihr* Heim. Es gehörte jemandem anderen - einer Mrs. Violet Osborne. Einer Frau, die noch vor drei Wochen nur ein Name am Ende einer Annonce für eine Gesellschafterin gewesen war.

Genauer gesagt war es gar nicht Mrs. Osbornes Name gewesen, der ihr damals ins Auge gefallen war, sondern dass Mrs. Osborne in Belsize Park wohnte.

In Belsize Park – einem Londoner Viertel unweit von

Kentish Town, wo sie ihr Heim hatte, als sie noch Mrs. Thomas Linford war.

Thomas Linford—der Mann, den sie noch immer liebt, den sie aufgrund ihrer eigenen Dummheit aber verloren hat. Der Mann, für den sie nach London zurückkam, und um den zu kämpfen sie bereit ist.

Ein Auto fuhr auf der Straße lautstark an ihr vorbei und der kalte Fahrtwind ließ sie erschauern.

Und eine Welle des Selbstmitleids erfasste sie.

Als sie zuletzt in London wohnte, wäre sie in einem solchen Auto unterwegs gewesen. Damals hätte sie die Strecke vom Bahnhof Euston nicht mit zwei Reisetaschen in Händen zu Fuß zurücklegen müssen. Als sie zuletzt in London wohnte, war sie als Familienmitglied der Linfords, den Besitzern des erfolgreichen Bauunternehmens Linford & Sons, respektiert worden, und es hatte ihr an nichts gefehlt. Und damals hatten Bedienstete ihr Heim betreut.

Doch jetzt war sie es, die zu den Bediensteten von jemand anderen gehören sollte.

Und die Schuld dafür lag nur bei ihr selbst. Wie konnte sie nur so blind gewesen sein!

Bei dem Gedanken kamen ihr die Tränen.

Doch sie musste sich zusammenreißen. Sich auf die Gegenwart konzentrieren und auch darauf, weshalb sie hier war. Es war ihre Entscheidung gewesen, ihr Heim in Lancashire wieder zu verlassen und eine Stelle in einem Haushalt im Süden von England anzunehmen. Niemand hatte sie gezwungen, dafür nach London zurückzukommen. Doch sie wollte Thomas zurückgewinnen, und dazu musste sie in London sein.

Und jetzt, wo sie zurück war, kam es darauf an, was als Nächstes geschehen sollte.

Sie packte ihre Taschen fester an, ging die Auffahrt

entschlossen hinauf, bis hin zur dunkelblauen Eingangstür mit der eingelegten Buntglastafel. Mit einem flauen Gefühl in der Magengrube setzte sie ihre Taschen nieder, hob die Hand zum schweren Türklopfer aus Messing, klopfte damit gegen die Rückplatte, trat von der Tür zurück, und wartete auf den Beginn ihrer Zukunft.

Kapitel 1

Waterfoot, Lancashire
  Frühling, 1904

Mit angezogenen Knien saß Alice Foster auf einem grasbewachsenen Hügel und starrte über das weitläufige Tal von Rossendale in die weite Ferne.

Dann wandte sie ihren Blick hinauf zum Firmament, atmete tief die saubere frische Luft ein, und stieß einen genüsslichen Seufzer aus.

Sie war auf ihrem Lieblingsplatz. Hier auf den Hügeln war es viel angenehmer als im Tal inmitten der grauen Backsteinhäuser und umgeben vom dichten gelben Rauch, der die Stadt von morgens bis abends einhüllte.

Ihre Mutter hatte ihr erzählt, dass vor vielen Jahren – lange, bevor sie selbst und ihre Mutter vor ihr auf der Welt waren – Rossendale ein wunderschönes, dicht bewaldetes Tal gewesen war, und dass es im Fluss, der durch Waterfoot lief, vor Fischen wimmelte. Aber die Wälder waren seit langem verschwunden. Und wo früher Bäume gestanden hatten, gab es jetzt Baumwollspinnereien, und im Fluss schwammen keine Fische mehr.

Anstelle einer reichhaltigen Natur war das Tal voller Fabriken und einem Sammelsurium kleiner Häuser und

Läden, die um die Fabriken wie Unkraut aus dem Boden geschossen waren.

Unter diesem ganzen Gemenge konnte sie die lange Zeile der Reihenhäuser und Läden entlang der Bacup Road erkennen, die das Zentrum von Waterfoot von den Reihen weiterer kleiner grauer Häuser entlang der steil ansteigenden Straßen trennte. Nicht zu übersehen waren die hohen schmalen Schlote, die sich aus dem steinernen Gemäuer und zwischen den Schieferdächern erhoben, und die Tag und Nacht dicke graue Rauchsäulen zum Himmel spien.

In einer dieser Fabriken arbeitete ihre Mutter und wahrscheinlich würde auch sie dort arbeiten, wenn sie etwas älter war. Bei diesem Gedanken verzog sie gleich angeekelt ihr Gesicht.

Ihr Blick wanderte nun zu jenem Teil der Stadt, wo sie mit ihren Eltern wohnte. Es war aber gar nicht so einfach, ihre Reihe der Häuser auszumachen, die sich eine gemeinsame Rückwand teilten. Sie starrte intensiver in die graue Menge, doch bei der einfallenden Dämmerung und der alles bedeckenden Rauchwolke waren die Häuser ganz verschwommen und sie konnte keine Häuserreihe mehr von der anderen unterscheiden.

Auch die Hügel auf der anderen Talseite waren inzwischen undeutlich geworden und sie wusste, dass es nun an der Zeit war, vom Hügel hinunter in die Stadt zu gehen und mit der Zubereitung des Abendessens zu beginnen. Wenn ihre Mutter nach Hause kam, war sie nach den zwölf Stunden Arbeit in der heißen Weberei immer todmüde. Auch ihr Vater würde nach seiner Rückkehr vom Steinbruch, wo er seit den frühen Morgenstunden geschuftet hatte, erschöpft und hungrig sein.

Nur ungern stand Alice auf, wischte sich das Gras vom

Rock, und begann, den trockenen staubigen Pfad nach Waterfoot zurückzugehen.

Sie stieß die Eingangstür auf und ging in den düsteren Wohnraum.

Die Wärme des späten Nachmittags war draußen geblieben und sie begann vor Kälte zu zittern.

Es war eine der unangenehmsten Tatsachen des Wohnens in einem Haus am Ende dieser Rücken an Rücken gebauten Reihenhäuser – denn da hatte man zwei Außenwände. Ihr Haus war also kälter als die Häuser in der Mitte der Reihe, denn die hatten zu beiden Seiten ein Haus. Das Haus, in dem ihre Freundin May wohnte, war ebenso kalt wie das ihre. Mays Familie wohnte am anderen Ende der Reihe von sechs Häusern, und in der Nähe der Stufen, die von der Straße heraufführten.

Es sei schon ein Glück, dass das Haus nicht weit von den Stufen stand, hatte May immer gesagt. Denn ihre Mutter brachte jede Woche Bügelwäsche heim, und sobald sie mit dem übervollen großen Weidenkorb in den Armen die letzte Stufe erreicht hatte, war sie am Ende ihrer Kräfte angelangt.

Alice mochte Mays Mutter, denn die sprach beim Bügeln immer gern mit ihr und May, und erzählte ihnen viel Interessantes.

Manchmal waren es Dinge, die sie selbst erlebt hatte, wenn sie die Bügelwäsche in den Häusern der Reichen abholte oder ablieferte, und manchmal war es auch Tratsch, den Mays ältere Schwester Gladys, die bei der Familie Bates ein Hausmädchen war, aufgefangen hatte, und den sie an ihrem freien Nachmittag, wenn sie nach Hause kam, dann weitererzählte. Die Bates waren die Besitzer der Baumwollspinnerei mit der Weberei, in der Alices Mutter arbeitete.

Alice und May hörten gern, wie die anderen Leute lebten – was sie taten, was sie aßen, wie sie sich kleideten. Und auch über die Häuser, in denen sie wohnten, die zumeist von Bäumen und Blumen umgeben waren, und in denen es viele Zimmer gab. Sie hatten wesentlich mehr Zimmer als nur einen Dachboden, zwei Schlafzimmer im Oberstock und darunter eine Küche mit einem steinernen Spülbecken und einem Kaltwasserhahn, sowie einen Wohnraum und einen Keller.

In den Häusern der reichen Leute hingegen gab es ein eigenes Badezimmer mit Toilette. Die Glücklichen mussten sich kein Außenklo mit anderen Leuten teilen!

Obwohl eine jede der zwölf Familien einmal wöchentlich die vier gemeinsamen Aborte, die sie miteinander teilten, abwechselnd putzten, und dazu die Bretter mit einem Loch in der Mitte über einen mit Erde gefüllten Bottich abschrubbten, den Boden wischten und für genügend zurechtgeschnittenes Zeitungspapier sorgten, herrschte am Ende der Woche immer ein übler Geruch! Der war im Sommer ganz besonders streng, da die Bottiche nur einmal in der Woche von einem Gemeindearbeiter entleert wurden, der mit seinem Karren erst abends die nächtlichen Fäkalien einsammelte.

Und die reichen Häuser hatten auch eine Badewanne im Badezimmer.

Niemand musste sich dort in einer Wanne aus Zinn vor dem offenen Feuer waschen. Dafür wurde das Wasser aus der Küche geholt und im Kessel erhitzt, der neben dem großen eisernen Kamin im Wohnraum stand. Und der Kessel, der immer rostig war, ganz gleich wie oft man ihn auch innen ausgetüncht hatte, musste sofort wieder aufgefüllt werden, sobald Wasser entnommen worden war.

Natürlich mussten die reichen Leute auch nicht selbst

das Wasser aus der Küche holen—sie hatten dafür ja Bedienstete. Zu denen gehörten eine Köchin, etliche Küchenmädchen und Hausmädchen und eine Haushälterin, die alle weiblichen Bediensteten überwachte, sich um die Wäsche- und Porzellanschränke und um das Haushaltsgeld kümmerte und etwaige Gäste betreute. Und sie bekamen auch Hilfe von Frauen, wie Mays Mutter, die Arbeiten übernahmen, die vom Hauspersonal nicht gemacht wurden.

Aber in Alices und Mays Haus mussten sie und ihre Mütter alle Arbeiten selbst erledigen.

Solange sie sich erinnerte, hatte es immer Arbeiten gegeben, die sie vor oder nach der Schule machen musste. Und jetzt, im Alter von zehn Jahren, hatte sie noch zusätzliche Arbeiten bekommen. So musste sie zum Beispiel Anrichte und Stühle sorgfältig mit nach Lavendel riechender Möbelpolitur einlassen und darauf achten, dass keine Wachsklumpen in den Fugen und Ecken zurückblieben.

Sie war jetzt so beschäftigt, dass sie kaum Zeit hatte, mit May, die noch mehr tägliche Arbeiten als sie hatte, zu spielen. Mays Vater und ihre Brüder machten im Haus überhaupt nichts, außer Unordnung. Und da Gladys bei den reichen Bates wohnte, mussten May und ihre Mutter nach den Männern aufräumen und alles Übrige im Haushalt erledigen.

Aber ganz gleich wie beschäftigt Alice auch war, sie verübelte es ihrer Mutter nie, dass ihr täglich so viel aufgetragen wurde.

Ihre Mutter musste morgens um halb sieben in der Fabrik sein, und bevor sie zur Arbeit ging hatte sie nur Zeit für eine Tasse Tee und vielleicht auch ein Marmeladenbrot. Falls sie sich verspätete, war das Tor zur Fabrik für sie geschlossen, oder sie musste eine Strafe zahlen. Und sie kam abends nur selten vor sieben Uhr heim.

Die Beschäftigung ihres Vaters war noch anstrengender als die ihrer Mutter, und seine Arbeitszeit war ungefähr ebenso lang—vorausgesetzt es gab überhaupt Arbeit für ihn. Da das frisch abgebaute Gestein bei frostigem Wetter nicht bearbeitet werden konnte, waren die Männer oft zeitweilig arbeitslos. Vor einigen Jahren, als es im Winter eine besonders lange Kältewelle gegeben hatte, war er mehrere Wochen lang arbeitslos gewesen, und ihre Mutter war nur schwer über die Runden gekommen, denn vom Verband der Steinhauer hatten sie pro Woche nur ein Pfund bekommen.

Im Gegensatz zu ihrer Mutter frühstückte Alices Vater nicht zu Hause, weil er schon sehr früh in den Steinbruch musste. Und zwar früh genug, um das Feuer für die Dampfkräne vor Ankunft der Männer vorzubereiten. Dann machten er und die anderen Männer ihr Frühstück, indem sie Schmalz auf einer Schaufel über offenes Feuer hielten und darauf Würste, Speck und Eier brieten. Das aßen sie dann gemeinsam mit dicken Scheiben getoastetem Brot zum Frühstück.

Alice fragte ihren Vater eines Tages, was er denn im Steinbruch tat, und er sagte ihr, dass er einen Kegelbrecher bediente. Dazu werden Steinstücke, die nicht zum Bauen verwendet wurden, in eine auf einem steilen Abhang angebrachte Rutsche gegeben, und durch das Drehen einer Spindel in der Rutsche konnte Alices Vater die restlichen Stücke zerkleinern. Die kleineren Stücke fielen dann auf der Rutsche weiter nach unten, wo sie erneut zerkleinert wurden. Dieser Vorgang wurde dann so oft wiederholt, bis die Stücke so klein waren, dass sie durch einen schmalen Spalt unten an der Rutsche fallen konnten und von dort dann abgeholt wurden.

Das hörte sich wie eine harte und langweilige Arbeit an, und Alice tat ihr Vater leid.

Wenn sie nur in einer Stadt wohnten, dachte Alice, wo es mehr gab als nur Spinnereien und Fabriken und etliche kleine Läden, von denen die meisten familiengeführt waren, dann hätten ihre Mutter und ihr Vater vielleicht eine Arbeit gefunden, die weniger anstrengend und interessanter war.

Es gab ja *tatsächlich* Städte, in denen die Leute den verschiedensten Tätigkeiten nachgingen.

Sie wusste das mit Gewissheit, denn sie und May hatten begonnen, das Magazin *Tatler* zu lesen. Die Haushälterin bei den Bates hatte begonnen, das Magazin an Gladys weiterzugeben, nachdem es Mrs. Bates fertiggelesen hatte. Und Gladys, die kaum lesen konnte, gab es immer an May weiter.

Auf den Seiten von *Tatler* hatten sie Bilder von Leuten gesehen, deren Leben ganz anders war als das der Menschen in Waterfoot. Sie wohnten in den unterschiedlichsten Häusern, trugen Kleidungsstücke, die man nie in einer Fabrik oder einem Steinbruch tragen würde. Und sie arbeiteten nicht den ganzen Tag in einer Fabrik, gingen dann heim und arbeiteten weiter. Sie reisten zu interessanten Orten, gingen zu Partys und besuchten Galerien. Und wenn sie daheim waren, hatten sie Zeit sich zu entspannen, auf dem Sofa oder im Lehnstuhl zu sitzen und Tee zu trinken.

Und darin waren auch viele Bilder von Dingen, mit denen sich die Frauen in solchen Städten schönmachen konnten. Denn es war anscheinend wichtig, attraktiv zu sein.

Ihre Mutter sagte aber, dass Alice ein sehr hübsches Mädchen sei, und auch Mays Mutter und Vater sagten dasselbe. Mit ihrem Aussehen sollte sie doch anderswo als in Spinnereien oder Fabriken arbeiten können, meinte ihre Mutter immer wieder. Mit einem Gesicht wie dem ihren sollte sie doch etwas aus sich machen können.

Und als sie das Ende ihres zwölften Lebensjahres erreicht hatte, war sie sich bewusstgeworden, dass sie das auch tun wollte.

Wenn sie erst einmal erwachsen war, würde sie alles tun, um nicht wie ihre Mutter und die anderen Frauen in Waterfoot zu enden. Sie würde eine Arbeit finden, bei der sie, wenn sie abends nachhause kam, nicht zu müde war, sich mit ihrem Gatten zu unterhalten oder sich zu ihren Kindern zu setzen.

Sie wusste noch nicht, was für eine Arbeit das sein könnte, denn auf den Seiten des *Tatler* war nie von irgendeiner Arbeit die Rede. Es hatte ja den Anschein, dass die Frauen darin überhaupt nicht arbeiteten. Eines wusste sie allerdings mit Gewissheit – dass sie in einer Kleinstadt wie Waterfoot keine Arbeit finden würde, die ihren Vorstellungen entsprach. Sie würde eine solche Arbeit aber anderswo finden, und ganz gleich wo dieses Anderswo auch sein mochte, sie würde es finden.

Das war das Versprechen, das sie sich im Alter von zwölf Jahren gegeben hatte.

ÜBER DIE AUTORIN

Liz Harris ist gebürtige Londonerin. Nach einem Abschluss in Rechtswissenschaften ging sie nach Kalifornien, wo sie sich in allen möglichen Beschäftigungen versuchte – vom Kellnern am Sunset Strip bis hin ins Sekretariat des CEO einer großen japanischen Handelsfirma.

Sechs Jahre später kehrte sie nach England zurück, wo sie ein Studium der Anglistik absolvierte und dann an Sekundärschulen, zuerst in Berkshire und dann in Cheshire, unterrichtete.

Zusätzlich zu ihren siebzehn veröffentlichten Romanen wurden auch mehrere ihrer Kurzgeschichten in Anthologien und Zeitschriften veröffentlicht.

Liz wohnt jetzt in Windsor in der Grafschaft Berkshire. Sie ist ein aktives Mitglied der Romantic Novelists' Association und der Historical Novel Society und von Writers in Oxford. Ihre Interessen sind Reisen, Theater, Lesen und kryptische Kreuzworträtsel. Noch mehr über Liz erfährst du unter www.lizharrisauthor.com.

WEITERE WERKE VON LIZ HARRIS

(Derzeit sind die meisten davon nur auf Englisch erhältlich.)

Historische Romane
Die Kolonisten

Eine Erbschaft in Darjeeling

(Darjeeling Inheritance)

Liebe und Verrat in Cochin

(Cochin Fall)

Hanoi Spring

Die Linford Serie

Eine mitreißende Geschichte aus der Zwischenkriegszeit.

(Deutsche Übersetzungen erscheinen in

2023 and 2024)

Am Tagesende

(The Dark Horizon)

Die Wiederkehr

(The Flame Within)

Im Dämmerlicht

(The Lengthening Shadow)

Allgemeine historische Romane

The Road Back

A Bargain Struck

(wird 2023 neuveröffentlicht)

The Lost Girl

(wird 2023 unter dem Titel „Golden Tiger" neuveröffentlicht)

A Western Heart

<u>Zeitgenössische Romane</u>

The Best Friend

Word Perfect

Evie Undercover

The Art of Deception